名典名选丛书

古文笔法百篇

（经典本）

[清]李云程 编
蒙木 点校

普及类古籍整理图书专项资助项目

北京出版集团公司
北京出版社

图书在版编目（CIP）数据

古文笔法百篇：经典本／（清）李云程编；蒙木点校．—北京：北京出版社，2018.5
（名典名选丛书）
ISBN 978-7-200-13879-5

Ⅰ．①古… Ⅱ．①李… ②蒙… Ⅲ．①古典散文—鉴赏—中国 Ⅳ．①I207.62

中国版本图书馆 CIP 数据核字（2018）第 024757 号

总 策 划：安 东　　责任编辑：乔天一　曲 丹

名典名选丛书
古文笔法百篇（经典本）
GUWEN BIFA BAI PIAN
［清］李云程 编
蒙 木 点校

出　版　北京出版集团公司
　　　　北京出版社
地　址　北京北三环中路 6 号
邮　编　100120
网　址　www.bph.com.cn
总 发 行　北京出版集团公司
印　刷　北京华联印刷有限公司
经　销　新华书店
开　本　880 毫米×1230 毫米　1/32
印　张　14.875
字　数　198 千字
版　次　2018 年 5 月第 1 版
印　次　2023 年 5 月第 2 次印刷
书　号　ISBN 978-7-200-13879-5
定　价　48.00 元
如有印装质量问题，由本社负责调换
质量监督电话：010-58572393

目　　录

卷之三　一字立骨

卷之四　波澜纵横

卷之五　曲折翻驳

卷之六　起笔不平

卷之七　小中见大

卷之八　无中生有

卷之九　借影

卷之十四　旷达

卷之十五　感慨

卷之二十　论文

序

《古文笔法百篇》，滇南李扶九先生所编集也。戊寅秋，黼客成都，于坊间购得之。旅居无事，朝夕展阅，见其标题分类，文简法赅，异乎他本之编代编人，莫分门径，致初学无从入之途，虽所选不必尽与时文合，而遗貌取神，自别有所心得。岁庚辰，权榷澧滨，公余每取玩味，因于所评解中或未尽阐发者，或与所见闻未符者，就其文其人其世，妄摅己意，各为书后。并裒集先正评语，撷其精英，逐层汇附小批之上，有未经前人道及，虽无可发挥之处，亦必参以管见，补苴其罅漏焉。前后五阅月而蒇事。至所选如汉武帝《求茂才异等诏》、东方朔《上武帝书》、岳武穆《良马对》、朱子《送郭拱辰序》、阎复《加封孔子制》、刘因《读药书漫记》、何乔远《七州诗稿序》、归有光《沧浪亭记》等篇，皆味淡声希，艰于学步，用皆节去；又李贽《杂说》，文虽可采，而体格稍卑，白居易《琵琶行》，以诗歌入古文，实为破体，亦悉汰去。所存仅九十篇，兹用补入：司马迁《伯夷列传》《报任少卿书》，韩愈《平淮西碑》《原道》《毛颖传》《圬者王承福传》，柳宗元《种树郭橐驼传》，刘蜕《梓州兜率寺文冢铭》，苏洵《辨奸论》，苏轼《代张方平谏用兵书》等篇，以足百篇成数。庶几时文一道，不累于俗，不饰于物，不苟于人，不忮于众，骎骎乎熊、刘复生，洋洋乎韩、柳可企，以之问世可，以之寿世可。是同一不龟手之药，人以为洴澼絖者，己独因以受封。斯言虽浅，亦可喻大。当世操觚家苟不貌袭皮傅，由笔法以几神理，将圣贤未发之秘、儒先欲启之扃，皆得自我以宣泄而推阐之矣，又奚俟獭祭为富、点鬼为奇也夫？

光绪七年辛巳孟夏中浣　湘西后学黻麟氏黄仁黼
谨识于洞庭寄庐

凡例六则

一、自来选古文，皆以时代先后为序，代又就人而序。兹集以笔法为序，故概不拘，虽似倒乱，然汇聚观法，实便初学。

黼按：时代原可不拘，而各类中亦宜为之先后。惟首篇不移，重发端也。

一、自来选古文，皆始《左》《国》等书。兹集不之及者，以上古之文多倔奥，初学难读难解，往往望而生畏，对之欲眠。故此集多收唐宋以来，即汉魏亦止录一二，要皆取其明亮者，以宜于初学也。其《左》《国》等俟二集编入，是亦循序而诱之一法也。

黼按：《左》《国》倔奥不选，诚得其法。而汉魏如贾太傅、史公所作，气味雄厚，最合墨材，学者所当潜玩，自应将明亮者多采一二，以借入门，不得概以高深置之。

一、自来古文评语，有详训文义累幅不已者，有止赞其文寥寥数言者。兹集专论文法，故评语得中，若训义赞文亦一二及之。有出于前人者，必标姓字，不敢掠美也。

黼按：原选评语虽云得中，而原委事实仅一二及之，间多未详，兹用循次节补。凡出前人者，仍标其姓字；附以己见者，第用“按”字以别之。然标姓字处，亦多据见节改，非若《合评》《辑评》诸书也。

一、古刊本各家不一，或节疏，或句解，非不详细，但篇幅画断，不便诵读。兹从时文式样，以便于读也，读熟而义自见矣。其有难解字义与夫出处，亦一二注之于旁，或掇之于后。至句点分明，段落有评，初学读之，已节节了然矣。

黼按：原选出处字义注批在旁，每致读者昏目。兹刊惟存一二音解，较为爽利。至出处训义，或提附顶批之中，或间列本句之下，删繁就简，一归至当，其不甚紧要者概割爱不录。

一、是集古文采辑诸家，有习见者，有未习见者；未习见者固新异可喜，即习见者亦批列不同。盖厌故喜新，人之恒情，故顺人情以导之。慎勿谓某某篇我已读也，窃恐读犹未读耳，试取目汇评语阅之，当亦恍然有新得矣。

黼按：习见各文多辑他评，间亦互参己见。而中间字句讹误及后人所节改者，均照善本补正，以成完璧。惟未习见诸篇多据梼昧之见，以求一是，读者幸勿以文义之劣而见哂也。

一、古文美不胜收，兹将坊刻数集合选，得此百篇，大抵其笔法于时文可通者方录，若于时文不甚合者虽奇不录也。至选之太少，于法不备；选之太多，恐难卒读；兹选得中，勤学者每日一首，岁可三周，否则岁可周一二，庶无读头抛尾，读此忘彼，甚而置之高阁，书旧而文犹新者矣。况好学者得一法又喜究一法，读一篇又喜进一篇，一两月即可竟者乎。然恐贪多不熟，涉猎不精，亦与未尝读者等。吾愿学之者务必熟读，方有所得，他日临文，自来凑笔端矣。

黼按：百篇中如《琵琶行》《杂说》《良马对》《上武帝书》《加封孔子制》等篇，或以诗歌不类，或以体格稍卑，或以声味俱淡，皆节去，另补若干首，以符其数。至原选如《过秦论》只取中篇，兹从《史记》以上、中、下合为一篇。《正气歌》无序，

《桃花源记》无诗，《箕子碑》无颂，均从各专集补入。补选如《伯夷列传》附录韩文公《伯夷颂》，《孔子世家赞》附录王荆公《读孔子世家赞》，是又百篇外之所增，而不出百篇内者也。下此如总批后有因原评太略，间参己见者，有因评解虽详而于事实未尽，别为附录者，要皆与前批后书互相阐发，初非以烦多自扰而扰人也，阅者鉴之。

论读古文法二则

一、上等读法：将读此首文，先宜知人论世，考明题目来历，了然于心。如我当境作文一般，要如何用意下笔遣词，再四沉思。思之得不得，得之，其浅深高下俱有成见再去读其文；看其作法合我与否，合我者高几著？出我者远几层？得失自知矣。所谓“文章千古事，得失寸心知”者此也。于是读之而喜，拍案叫绝，起舞旋走；读之而悲，涔涔泪落，脉脉欲诉。斯时不知古人为我，我为古人，但觉神入文，文入心，永不失矣，日后动笔辄合，在己亦不知何来。然在初学或不易企。

一、次等读法：亦须知人论世，先考明题目来历。然后逐字逐句而细读之，看其措语遣词如何锤炼；又逐节逐段而细思之，看其承接起落如何转变；又将通篇抑扬唱叹缓缓读之，审其节奏；又将通篇一气紧读，审其脉络局势，再看其通篇结构照应章法一一完密与否，则于此首古文自有心得矣。能读古文，异日自能作古文者，此也。初学最要，若古人字句险僻不亮，用意深晦不明者，可解则解，否则不求甚解，盖读书贵得大意，此古人所谓善读书也。如必字字句句不遗，将皆可适用乎哉？然特为执著者开一门，如易解而不求深解，则又不可。

卷之一　对偶

待漏院记

（宋）王禹偁

漏者，以铜为壶，贮水其内，水滴有声，宫中报更之器也。院以待漏名，取宰相来朝，于此待漏，及晨趋朝也。禹偁，字元之，济州人。九岁能文，太宗朝进士，为翰林学士，著有《小畜集》，文重当时。为大理寺丞，因作此记。

天道、圣人对起，立论阔大。

天道不言，而品物亨、岁功成者，何谓也？四时之吏，五行之佐，宣其气矣。

上平此侧。

圣人不言，而百姓亲、万邦宁者，何谓也？三公论道，六卿分职，张其教矣。

是知君逸于上，臣劳于下，法乎天也。古之善相天下者，自咎、夔至房、魏，可数也。是不独有其德，亦皆务于勤

侧重宰相当勤。

入题。

点明勤政。

用韵。

“思”字生下两大比，与前“勤”字、后“慎”字皆一篇主。

六气：阴阳，风雨，晦明。

此段写贤相。

耳。夙兴夜寐，以事一人，卿大夫犹然，况宰相乎！朝廷自国初，因旧制，设宰相待漏院于丹凤门之右，示勤政也。

至若北阙向曙，东方未明，相君启行，煌煌火城。相君至止，哕哕鸾声。金门未辟，玉漏犹滴。撤盖下车，于焉以息。待漏之际，相君其有思乎！

其或兆民未安，思所泰之；四夷未附，思所来之；兵革未息，何以弭之；田畴多芜，何以辟之；贤人在野，我将进之；佞人在朝，我将斥之；六气不和，灾眚荐至，愿避位以禳之；五刑未措，欺诈日生，请修德以厘之。忧心忡忡，待旦而入。九门既启，四聪甚迩。相君言焉，时君纳焉。皇风于是乎清夷，苍生以之而富庶。若然，则总百官、食万钱，非幸也，宜也。

其或私仇未复，思所逐之；旧恩未报，思所荣之；子女玉帛，何以致之；车马器玩，何以取之；奸人附势，我将陟之；直士抗言，我将黜之；三时告灾，上有忧色，构巧词以悦之；群吏弄法，君闻怨言，进谄容以媚之。私心慆慆，假寐而坐。九门既开，重瞳屡回。相君言焉，时君惑焉。政柄于是乎隳哉，帝位以之而危矣。若然，则死下狱、投远方，非不幸也，亦宜也。

此段写奸相。

是知一国之政、万人之命，悬于宰相，可不慎欤！复有无毁无誉，旅进旅退，窃位而苟禄，备员而全身者，亦无所取焉。

总收上文。带补庸相，亦足为戒。

棘寺小吏王禹偁为文，请志院壁，用规于执政者。

点作记本意。

顶批　按：《眉诠》云：非骈非散，似箴似铭，文格犹沿五代，而紧切“待”字落想，词无鲠避，正色毅然。按：朱良玉曰：法天是待漏源头，勤政是待漏本旨，有思是待漏光景。惟勤政始克法天，惟慎思方能勤政。首尾关照，一线穿成。　按：鸡鸣待旦，鸾哕视朝，当宰相待漏有思之时，即君后反侧不安之顷。人臣代君张教，读此两诗，尤当兢业百倍。　按：古今相品有三：曰贤、曰奸、曰庸。

贤相不世出，奸相不恒有，惟庸相却多。故中开贤、奸二比，而末以庸相另言之。　　按：司马温公《题名谏院》则以天下之政、四海之众萃于一官，故末以“惧”字惕之。此文以一国之政、万民之命悬于宰相，故末以“慎”字警之。一片婆心，千载如揭，此所以皆为垂世立教之文。　　按：自署官及姓名，亦见敬谨之意。

评解　以法言，起对、中对乃对偶法，即时文八股之祖也。尤妙在起以天道、圣人高陪，说极为大方冠冕。中有侧笔、束笔，对股齐整，句调变换，意思周到，收束完密。以脉络用意言，前以“勤”字引出待漏院，又从“待”字上想出“思”字，从“思”字生出贤、奸两种，末以“慎”字束，意在为相者，当勤慎也。以体言，虽云是记，实可为古今宰相箴。以理言，堂堂正论也。以文言，煌煌大文也。极似一篇近时绝好会元文字，故特取以冠此集之首。

书后　天道为人命之源，人命实国家之本。固赖主治者有以正本而清源，尤赖辅治者因委以溯源，后末而先本。古者三公不必备，惟其人，亦以慎天道而培国原，重人命而固邦本也。若夫大忠大节，虽曰体天尽人，而究非天下之福；大奸大慝，虽曰逆天拂人，而究亦君上之过。惟此升平无事之日，君乐臣熙，忠良发于拜跪，回邪藏于语默，即委蛇素食者，亦得借口于天下已治已安。为臣不易，兴丧一言，天人之际，其责顾可旁贷哉？此记首以天道，终以人命，而要归于善体其君之一心。呜呼！所系亦大矣。待漏之顷，思乎？否乎？是又在居其职者。

原　毁

（唐）韩　愈

原毁者，推原其所以毁也。愈字退之，河南邓州南阳人，一云修武人。南阳属河南府，修武属怀庆府，地近，或为一邑。生三岁而孤，自幼知书，日记数千言。及长，尽通六经、百家之学，以崇圣道、辟佛老为己任，官至吏部侍郎。年五十七卒，封昌黎伯，谥曰文。才学博大，时人多毁之，故作《原毁》。

“古”字对针“今”字，起突兀。

“责己”四句，一篇之主。下详、廉、怠、忌，正见与此异。

古之君子，其责己也重以周，其待人也轻以约。重以周，故不怠；轻以约，故人乐为善。

闻古之人有舜者，其为人也，仁义人

也。求其所以为舜者，责于己曰：“彼，人也，予，人也；彼能是，而我乃不能是！”早夜以思，去其不如舜者，就其如舜者。

二比就古人畅发。

闻古之人有周公者，其为人也，多才与艺人也。求其所以为周公者，责于己曰：“彼，人也，予，人也；彼能是，而我乃不能是！”早夜以思，去其不如周公者，就其如周公者。

二比足上语句，参差不板对。

舜，大圣人也，后世无及焉；周公，大圣人也，后世无及焉。是人也，乃曰：

应一句。

“不如舜，不如周公，吾之病也。”是不亦责于身者重以周乎！

其于人也，曰：“彼人也，能有是，是足为良人矣；能善是，是足为艺人矣。”取其一不责其二，即其新不究其旧，恐恐然惟惧其人之不得为善之利。一善，易修

以上写古之君子。

也；一艺，易能也。其于人也，乃曰：

应一句。

“能有是，是亦足矣。”曰：“能善是，是亦足矣。”不亦待于人者轻以约乎！

由今及古，一句折下，申明今与古异。

今之君子则不然，其责人也详，其待己也廉。详，故人难于为善；廉，故自取也少。

己未有善，曰：“我善是，是亦足矣。”己未有能，曰：“我能是，是亦足矣。”外以欺于人，内以欺于心，未少有得而止矣，不亦待其身者已廉乎！

应一句。

其于人也，曰：“彼虽能是，其人不足称也；彼虽善是，其用不足称也。”举其一不计其十，究其旧不图其新，恐恐然惟惧人之有闻也。是不亦责于人者已详乎！

以上写今之君子。

应一句。

单承今之君子作一小束。

夫是之谓不以众人待其身，而以圣人望于人，吾未见其尊己也！虽然，为是者有本有原，怠与忌之谓也。怠者不能修，而忌者畏人修，吾尝试之矣。

随说到忌、怠为毁之根。

尝试语于众曰：“某良士，某良士。”其应者，必其人之与也；不然，则其所疏远，不与同其利者也；不然，则其畏也。不若是，强者必怒于言，懦者必怒于

一句一折。此比主中宾。

色矣。

又尝语于众曰："某非良士，某非良士。"其不应者，必其人之与也；不然，则其所疏远，不与同其利者也；不然，则其畏也。不若是，强者必说于言，懦者必说于色矣。

此比主中主。

是故事修而谤兴，德高而毁来。呜呼！士之处此世，而望名誉之光、道德之行，难已。将有作于上者，得吾说而存之，其国家可几而理欤？

总归于忌，明点"毁"字。推到上作结，得体。

顶批　按：王念存曰：通篇皆用排偶，惟结处以单行作收。茅鹿门谓：秦汉来无此调，昌黎公创之。则是篇也，即为今日八股之权舆矣。其摹写人情，形容刻酷，如铸鼎象物，燃犀烛怪。大都以"忌"字为根原，而"详"与"廉"则毁之枝叶也。　按：天道以岁月而差，人情以岁月而薄，而人有今古之辨，天无今古之分者，何哉？不知天数有差，而天道不贰；人性皆善，而人情不常。是以天不变而人屡变，屡变则每况而愈下矣。此文公所以有古今不相及之感也。

按：公集《原毁》之外，有《原道》《原性》《原鬼》诸篇。性原上、下，鬼原形、声，毁原怠、忌。而性以率道，鬼以见道，毁以闲道，其理尽于中庸，其传接乎孔孟，故余后所书，直以阐圣道正人心言之。　　按："怠""忌"二字，切中今人要害，是以怠、忌并提。而忌缘于怠，下故只言忌，不言怠。　　按："尝语"二段，两意形出"忌"字，以原毁者之情，委蛇曲折，词采若画，尤妙在每段分三层写，一气舒卷，调逸思深。　　按：林西仲曰：结到有国家身上，不但欲君相得听言之法，并为君相定观人之法，是《原毁》本主。

评解　　体则两扇，笔则曲折，意则刻露，波澜壮阔，词意和平。结归到君上，见其所关之大，不徒为一己原也。然篇中不明露己，泛泛说来，何等含蓄。

书后　　《春秋》笔削，严于一字，而圣人犹以无毁无誉自明，非以三代直道自在人心，而未可一日泯哉！孟子闲圣道必正人心，亦欲存直道于三代耳。文公《原道》之作，所以闲孔孟之道者已至，而一人原而闲之，众人毁而坏之，直道之不存，将圣道藩篱果何自而固乎？吾知是篇不徒原一己之毁，盖所以挽回直道者，其心当更殷也。然则《原道》之作，固所以闲圣道，而《原毁》之作，不即所以存直道哉！斯文元气，至今犹存，闻知之寄，舍公将谁与归？

原　道

（唐）韩　愈

秦火而后，圣道不明，老倡于前，佛乘于后，其害甚于杨、墨。公作此篇，使人明于正学、异端之辨。

博爱之谓仁，行而宜之之谓义，由是而之焉之谓道，足乎己无待于外之谓德。仁与义为定名，道与德为虚位。故道有君子小人，而德有凶有吉。老子之小仁义，非毁之也，其见者小也。坐井而观天，曰"天小"者，非天小也。彼以煦煦为仁，孑孑为义，其小之也则宜。其所谓道，道其所道，非吾所谓道也；其所谓德，德其所德，非吾所谓德也。凡吾所谓道德云者，合仁与义言之也，天下之公言也；老

起四句，揭明道之大旨。

先提清四项，顿住。

以下言老子所见，与吾道异。

"合仁"二句是主，括尽通篇。

子之所谓道德云者，去仁与义言之也，一人之私言也。

道不明，全因孔子没。

周道衰，孔子没，火于秦，黄老于汉，佛于晋、魏、梁、隋之间，其言仁义道德云者，不入于杨，则入于墨，不入于老，则入于佛。入于彼，必出于此。入者主之，出者奴之；入者附之，出者污之。噫！后之人其欲闻仁义道德之说，孰从而听之？

杨、墨指周、秦，是客；老、佛指汉以后，是主。

此段言弃儒入老、佛之害道。

老者曰："孔子，吾师之弟子也。"佛者曰："孔子，吾师之弟子也。"为孔子者，习闻其说，乐其诞而自小也，亦曰："吾师亦尝云尔。"不惟举之于口，而又笔之于书。噫！后之人虽闻仁义道德之说，其孰从而求之？

又将老、佛两段作波澜。

此段言援儒入老、佛之害道。

甚矣，人之好怪也！不求其端，不讯其末，惟怪之欲闻。

"甚矣"四句，为上下枢纽。

古之为民者四，今之为民者六。古之教者处其一，今之教者处其三。农之家一，而食粟之家六；工之家一，而用器之

四谓士农工商，一谓儒，今加佛、老，是为六为三。

家六；贾之家一，而资焉之家六：奈之何民不穷且盗也！古之时，人之害多矣。有圣人者立，然后教之以相生养之道。为之君，为之师，驱其虫蛇鸟兽而处之中土；寒，然后为之衣；饥，然后为之食；木处而颠，土处而病也，然后为之宫室；为之工，以赡其器用；为之贾，以通其有无；为之医药，以济其夭死；为之葬埋祭祀，以长其恩爱；为之礼，以次其先后；为之乐，以宣其湮郁；为之政，以率其怠倦；为之刑，以锄其强梗。相欺也，为之符玺斗斛权衡以信之；相夺也，为之城郭甲兵以守之。害至而为之备，患生而为之防。今其言曰："圣人不死，大盗不止；剖斗折衡，而民不争。"呜呼！其亦不思而已矣。如古之无圣人，人之类灭久矣。何也？无羽毛鳞介以居寒热也，无爪牙以争食也。

"害"指下文各项而言。

说出圣人许多作用，正见佛、老之谬，全在下"清净""寂灭"上。

"其言"指佛、老书，下同。

一语唤醒。

此段言佛、老甚有妨于民生，吾道大有功于天下。

是故君者，出令者也；臣者，行君之令而致之民者也；民者，出粟米麻丝，作一正一反，见上下相维，不可弃去。

器皿，通货财，以事其上者也。君不出令，则失其所以为君；臣不行君之令而致之民，则失其所以为臣；民不出粟米麻丝，作器皿，通货财以事其上，则诛。今其法曰："必弃而君臣，去而父子，禁而相生养之道。"以求其所谓"清净""寂灭"者。鸣呼！其亦幸而出于三代之后，不见黜于禹、汤、文、武、周公、孔子也；其亦不幸不出于三代之前，不见正于禹、汤、文、武、周公、孔子也。

法，即佛、老之法。"必弃"句，应本段；"禁而"句，应上段。一转，味深。

此段专辟佛老，见人有常伦，不可弃。

帝之与王，其号名殊，其所以为圣一也。夏葛而冬裘，渴饮而饥食，其事殊，其所以为智一也。今其言曰："曷不为太古之无事？"是亦责冬之裘者曰："曷不为葛之之易也！"责饥之食者曰："曷不为饮之之易也！"《传》曰："古之欲明明德于天下者，先治其国；欲治其国者，先齐其家；欲齐其家者，先修其身；欲修其身者，先正其心；欲正其心者，先诚其意。"然则古之所谓正心而诚意者，将以有为

突作一喻，又随即束住，关锁灵动。

引《传》作证，归重有为，以承上启下。

孔子一接，痕迹俱化。

历引经、传，文笔古茂。此段言贵因时而治，见佛、老不可从。

紧接有力。

重述一番，回应起首，妙！妙！

二“易”字，与“怪”“诞”对看。

再提再收，应前“非吾所谓道”句，有关锁。

也。今也欲治其心，而外天下国家，灭其天常，子焉而不父其父，臣焉而不君其君，民焉而不事其事。孔子之作《春秋》也，诸侯用夷礼则夷之，夷而进于中国则中国之。《经》曰：“夷狄之有君，不如诸夏之亡。”《诗》曰：“戎狄是膺，荆舒是惩。”今也举夷狄之法而加之先王之教之上，几何其不胥而为夷也？

夫所谓先王之教者何也？博爱之谓仁，行而宜之之谓义，由是而之焉之谓道，足乎己无待于外之谓德。其文《诗》《书》《易》《春秋》，其法礼乐刑政，其民士农工贾，其位君臣、父子、师友、宾主、昆弟、夫妇，其服麻丝，其居宫室，其食粟米、蔬果、鱼肉，其为道易明，而其为教易行也。是故以之为己，则顺而祥；以之为人，则爱而公；以之为心，则和而平；以之为天下国家，无所处而不当。是故生则得其情，死则尽其常，郊焉而天神假格同，庙焉而人鬼飨。曰：“斯道历叙道统之传，以收拾全篇。

也，何道也?”曰：“斯吾所谓道也，非向所谓老与佛之道也。尧以是传之舜，舜以是传之禹，禹以是传之汤，汤以是传之文、武、周公，文、武、周公传之孔子，孔子传之孟轲。轲之死，不得其传焉。荀与杨也，择焉而不精，语焉而不详。由周公而上，上而为君，故其事行；由周公而下，下而为臣，故其说长。”然则如之何而可也？曰：“不塞不流，不止不行。人其人，火其书，庐其居，明先王之道以道导同之，鳏寡孤独废疾者有养也。其亦庶乎其可也。”

设问以商卫道，见佛、老不塞不止，吾道不流不行。

“可”字呼应作结。

顶批　按：储同人云：天具二曜、五星、三垣、列宿及众星之繁然者，太史公《天官》一书综而举之；地具高山、大川、州域、土壤与其生植之物，《禹贡》一书综而举之；人具帝王、师相、周公、孔子所相生养、经训之理，《原道》一书综而举之。词少义赅，盖三才之隐括。　按：沈确士曰：黄老盛于西汉，佛始盛于东汉，此参错言之。首段但言老子者，以三代时佛尚未入于中国也。　按：《史记》言孔子问礼老聃，后人遂以老子为孔子师，道家尝称孔子为太极公。《列子》载孔子云“西方有圣人”，后人遂以为称佛，且以孔子为儒童菩萨，皆怪诞之甚。　　按：沈确士曰：此段本《并耕章》“当尧之时”数节，《好辩章》“水逆行”数节。老泉所云“长江大河，浩瀚流转”，于此等文见之。按：《观止》云：运用十七个“为”“之”字，起伏顿挫，如层峰迭岚，如惊波巨浪，自不觉重复，盖句法善转换也。

按：喈凤云：老氏意，谓有圣人以开智巧，反致奸窃成风，不可底止。倘清净无为，虽剖其斗、折其衡，而民自不相竞，正与圣人之道相反。　　按：汪江乘曰：儒教有君臣，下分出士、农、工、贾。不农不工不贾，正为佛老之教者。

按：《吕氏春秋》云：帝者天下之所适，王者天下之所往。其号名虽殊，要不外仁义以为作用，此所以尧舜三代之君能为道之宗主也。　　按：沈确士曰：宋儒讥其引经未全，不知韩子对释氏明心见性言，所引只宜从此截住。又汪江乘云：此言吾心仁义，关系天下国家，渐穷异端宗旨，而佛、老之弊，正坐不格致。遗却此二条，宋儒讥之诚是。　　按：程子尝云：仁是性，爱是情，岂可专以爱为仁？朱子亦云：仁义皆当以体言；若曰博爱，曰行而宜之，则皆用矣。又确士云：孔子论仁，或从体言，或从用言。此对煦煦为仁立论，故云博爱，不得议其有用无体。　　按：道统之绝续，非真知道者不能言之凿凿，撇却荀与杨，更见识力精卓，此与“然而无有乎尔，则亦无有乎尔”同意。　　按：沈确士曰：

“明先王之道以道之”，此欧公本论之祖，语本《礼运》。而大道之行与三代之英，昌黎卒有志未逮焉，良可叹已！

评解　昔《唐书》称以奥衍宏深，佐佑六经，与孟轲扬雄相表里。茅鹿门谓：辟佛、老，是退之一生命脉。故此文是退之集中命脉，其文源远流洪，最难鉴定。兼之其笔下变化诡谲，足以眩人。若一下打破，分明如时论中一冒、一承、六腹、一尾。又一评云：前段推究本原仁义道德之说，以求其端；后六段指斥其诞妄斁弃，为生民之害，以讯其末，却暗藏枢轴于中间，此等处极不易识。三评皆确论，后两评尤为度世金针。黼则喜其文之曲折条畅，章法谨严。首冒似小讲，接用“孰从”两股作提比，“甚矣”四句小束出题，再用“今其言曰”“今其法曰”作中后三大股，末述前语一段，以作收束。通篇大势，以承接言之，宜于段落；以整饬言之，又极合墨材。至每股十散行中，如首段用“其所为道”“其所为德”“公言”“私言”，中间用“其亦幸”“其亦不幸”“为智一”“为圣一”等语，仍寓对偶之意。原选摈不录入，亦未合全局以审之也。况此篇文公寻道统于不得之余，逼异端于方张之日，本布帛菽粟之理，发日星河岳之文，为《孟子》七篇后第一篇大文字，学者尤不可不读，故补选之。

书后　先天先地者谓之道，后天后地者谓之人。天地载道以生人，人固各具一道之体以为用。是故圣人以教修道，即以人治人，无俟虚假，非由外铄，其为道易明，其为教易行也。自夫愚者不及，而智者过之；不肖者不及，而贤者过之，于是易明易行者，每转而为不明不行。此岂道之远于人哉？抑人自远于道耳？文公《原道》之作，其所以辟佛、老者，不在愚与不肖之不及，而在智与贤之过；不在贤与智之过，而在人不知其过。以出奴而入主之，出污而入附之，故其说平易而易明，其事切近而易行。即与之论仁义、辨公私，绳其言以复夫道之体，纠其法以完夫道之用，亦不过以人治人，因其所固有者而裁之也。然则人欲探先天先地之原，不虚生以自外，可勿即后天后地者，而一念有生所自具也哉？

严先生祠堂记

（宋）范仲淹

先生名光，字子陵，会稽余姚人。本姓庄，史臣避明帝讳，改姓严。少与光武同学，帝即位，思其贤，以物色访得之，光不为屈。后复引入，论道故旧，因与共卧。光以足加帝腹，明日太史奏客星犯帝座甚急，帝笑曰："朕与故人严子陵卧耳。"除谏议大夫，不受，乃钓于富春山下，后人名其处为严陵濑。仲淹，字希文，江南吴县人。历官参知政事，为宋朝人物第一。知严州时，建子陵祠，风起士习，故有是记。祠堂在浙江严州桐庐县。

先生，光武之故人也，相尚以道。

（“道”字为一篇之骨。）

及帝握赤符，乘六龙，得圣人之时，臣妾亿兆，天下孰加焉？惟先生以节高之。

既而动星象，归江湖，得圣人之清，泥涂轩冕，天下孰加焉？惟光武以礼下之。

（宾主平对，正写“相尚以道”处。）

在《蛊》之上九，众方有为，而独不事王侯，高尚其事。先生以之。

（引《易》赞，亦平对证其合道处。）

在《屯》之初九，阳德方亨，而能以贵下贱，大得民也。光武以之。

（停顿，侧下，俨然过峡。）

盖先生之心，出乎日月之上；光武之量，包乎天地之外。微先生不能成光武之大，微光武岂能遂先生之高哉！而使贪夫廉，懦夫立，是大有功于名教也。

（互言，以终“相尚”之意。）

（独归先生，见当立词意。）

"名教"与前"道"字应。

仲淹来守是邦，始构堂而奠焉。乃复免租也为其后者四家，以奉祠祀。又从而歌曰：

以歌作结，使使通篇生动不板。

云山苍苍，江水泱泱。先生之风，山高水长。

顶批　按：光武顾庐，有"相助为理"一语，则当日富春高蹈，不过使人知天子至尊，尚友布衣，借以激发其志气。而其裁成辅相，治佐中兴，有非云台诸公所可并以迹象寻者。然则文正"有功名教"一语，当不徒多其轻功名，而正所以美其为功名也。　按：文正作《记》时，李泰伯在座间，曰："公此文一出名世，只一字未安。"公曰："何字?"曰："'先生之德'，不如以'风'字代'德'字。"公欣然改之。盖泰伯因《记》中有"贪夫廉，懦夫立"六字，遂思"闻伯夷、柳下惠之风"一段，因得"风"字也。

评解　有起有结，有平有侧，有夹缝。予尤爱其起句，以"先生"特安于光武之上，平中已寓侧矣。而每比俱先主人，极得尊题之法。金圣叹曰："题目是严先生，却以光武对讲，说得光武大，愈显得先生高。此水长船高法。"

书后　《祭法》曰："以死勤事则祀之，以劳定国则祀之，能御大灾捍大患则祀之；非是族也，不在祀典。"严先生特光武一故人耳，初不闻有功德于民之事，而文正守严，即为祠祀，抑独何哉？不知先生之不臣光武，虽第相高以节；而光武之不臣先生，实由相尚以道。《易》曰："同人于野，亨，利涉大川。"光武得先生为同人，因以涉大川而恢大业。然则光武之功，固皆先生友助以成之矣。夫既以道成光武之功，又以道全一己之节，此文正之所以祀先生，而先生之所以能为文正祀也。厥后岁祀寖远，此意弗嗣。侍郎萧公道出祠下，因慨然曰："先生此祠，乃名教之首，何可令其颓圮若是？"其亦庶几能继文正之志，而心知《祭法》者欤！

吴山图记

（明）归有光

吴山，在江南苏州府吴县境内。明魏用晦为吴令，升给事中，吴人绘《吴山图》赠之。后在京，以此图求有光作记。有光，字震川，一字熙甫，苏州府昆山人。与用晦同年，嘉靖乙丑进士，除长兴知县，移顺德通判，迁南京太仆寺丞。有《震川文集》，名重一时。

吴、长洲二县，在郡治所，分境而治。而郡西诸山，皆在吴县，其最高者：穹窿、阳山、邓尉、西脊、铜井。而灵岩，吴之故宫在焉，尚有西子之遗迹。若虎丘、剑池，及天平、尚方、支硎，皆胜地也。而太湖汪洋三万六千顷，七十二峰，沉浸其间，则海内之奇观矣。

此叙吴山之奇，为“图”字地。

余同年友魏君用晦为吴县，未及三年，以高第召入为给事中。君之为县有惠爱，百姓扳留不能得，而君亦不忍于其民，由是好事者绘《吴山图》以为赠。

此段叙图山之由。

夫令之于民诚重矣！令诚贤也，其地之山川、草木，亦被其泽而有荣也；令诚不贤也，其地之山川草木，亦被其殃而有辱也。君于吴之山川，盖增重矣。异时吴民将择胜于岩峦之间，尸祝于浮屠、老子之宫也，固宜。而君则亦既去矣，何复惓惓于此山哉？

贤、不贤两层拓开，反正淋漓，高浑无匹。

反振一笔，为下引古地。

昔苏子瞻称韩魏公去黄州四十余年，而思之不忘，至以为《思黄州》诗，子瞻

借魏公美用晦，有此一证，文气不薄。

不忍忘，即有情，主意从“图”字生，不泛点作记。

一结悠然不尽。

为黄人刻之于石。然后知贤者于其所至，不独使其人之不忍忘，而已亦不能自忘于其人也。君今去县已三年矣。一日，与余同在内庭，出示此图，展玩太息，因命余记之。噫！君之于吾吴有情如此，如之何而使吴民能忘之也！

顶批　按：《观止》评云：因令赠图，因图作记；因赠图而知令之不能忘情于民，因记图而知民之不能忘情于令。婉转情深，笔墨在山水之外。　按：《晋书》：陆云补浚仪令，到官肃然，一县称为神明。郡守害其能。去官后，百姓图其形，配食县社。今先生为魏公作记，不曰“配食县社”，而曰“尸祝于浮屠、老子之宫”，固知所题者山图，非若浚仪之民实有其事。故“择胜岩峦”一语，只为虚衬烘托之笔，以为丹青生色，而读者几疑为真。于此可悟公文之妙。按：“乐只君子，民之父母。”民固君子之子也，原属有情。今人一经捧檄，每竭膏脂以饱囊橐，抑独何哉？

评解　一山图耳，有甚情趣？乃从为令上生发，说得极有情。至笔墨之妙，尤深于开拓、断续、离合之法。欲摹古文为时文，此种最好学。震川先生，明时文八大家之一，古文则媲美韩、欧，粹然渊穆。吾故曰：“不能古文，其时文必不高。”观于斯，益信。以上各首，皆对偶体裁，于古文为变格，于时文则其源也。黼按：此篇惟中段“令诚贤”“令诚不贤”一偶未尽合法，因原编入，仍之。

书后　吴中山水甲天下，为去任官图赠，即有如王摩诘之画辋川，意出尘外，怪生笔端，亦不过丹青名胜，聊以供异日娱目赏心之具耳，初何尝有所眷恋于其间哉！乃一经先生品题，而山川草木皆若有情。信由先生妙笔，情至文生，故能言之恳款，娓娓动人。然非魏公遗爱在民，足以兴起其爱慕流连之致，亦乌能使吴之山川增重若是哉？他日题之壁端，吾意吴人读之，当不仅叹故乡湖山之好，必有难忘情于攀辕卧辙时，而顿生郇黍召棠之慕者矣！

卷之二　就题字生情

蕉　鹿　梦

（周）列御寇

蕉鹿梦者，因中言蕉言鹿言梦，特取以名篇。御寇，周人，盖老氏之徒，著书名《列子》。

此段叙郑人以真为梦，奇。

郑人有薪于野者，遇骇鹿，御而击之，毙之。恐人见之也，遽而藏诸隍中，覆之以蕉，不胜其喜。俄而遗其所藏之处，遂以为梦焉，顺途而咏其事。

室人以夫之真为梦，又奇。

旁人有闻者，用其言而取之。既归，告其室人曰："向薪者梦得鹿，而不知其处，吾今得之，彼直真梦者矣！"室人曰："若将是梦见薪者之得鹿耶？讵有薪者耶？今真得鹿，是若之梦真耶？"夫曰："吾据得鹿，何用知彼梦我梦耶？"

郑人梦而得真，又奇。

薪者之归，不厌失鹿。其夜真梦藏之之处，又梦得之之主。爽旦，按所梦而寻得之，遂讼而争之，归之士师。士师曰：

士师断清。“真”“妄”二字，一篇之主。

“若初真得鹿，妄谓之梦；真梦得鹿，妄谓之实此断薪者之过。彼真取若鹿，而与相争鹿此断得鹿者。室人又谓梦认人鹿，无人得鹿此断室人之过。今据有此鹿，请二分之。”以闻郑君。

郑君与士师亦梦听讼，更奇。国相数语，结住全篇。

郑君曰：“嘻！士师将复梦分人鹿乎？”访之国相，国相曰：“梦与不梦，臣不能辨也；欲辨觉梦，惟黄帝、孔子。今亡黄帝、孔子，孰辨之哉？且恂信也士师之言可也。”

顶批　按：林西仲曰：《列子》一书，多本《庄子》，与“梦蝶”大旨相类。然《庄子》言梦觉多以生死为喻，此则言人之动静云为无一非梦。执以为真者，固非；即漫以为妄者，亦非。倘能于扰攘中勘破此等关头，则无在非梦，无在非真矣。　按：《评解》谓《列子》与佛经同意。西仲亦云：夫佛经者，大都六朝人伪撰，故西域转无此书。尝观袁简斋《答陈绵庄书》，谓：“《楞严》谈禅，不过有心高妙，与宋儒语录了无义意无异，是以视一波便知再一波，万千波不过尔尔。”此诚道破机关之言！而林子著为图说，以为有同《列子》。然则是篇之为微言深论者，当亦与《法华》《维摩》同为达观人所不取也。

评解　此《列子》寓言也，不必实有其事。如真以事而赏其奇，是与痴人说梦也。盖《列子》书与佛经同意，以梦、觉比真、妄。谓以真为真，以妄为妄，都非。即真即妄，即妄即真，真妄两忘，方是《列》《庄》之文。奇矫变幻，于此可见一斑。

书后　是非不可不明，究不可太明。是以养牲自鬻，百里莫辨食牛之诬；识鸟遭刑，公冶终抱取羊之屈。古圣贤平情定论，虽不无昭雪剖白之心，而事实有先，一略以迹，一原其心，不辨是非，而是非自辨。《列子·蕉鹿之梦》，郑薪藏而闻者取，室人疑而士师分。谓梦为真鹿，鹿何以梦？谓鹿非真梦，梦何以鹿？谓鹿为真鹿，室人何以疑鹿中之梦？谓梦为真梦，士师何以分梦中之鹿？以鹿言梦，不必真梦；以梦言鹿，不必真鹿。藏之取之，则鹿不妨梦，梦不妨鹿；疑之分之，则梦自为梦，鹿自为鹿。亦何必是梦中之鹿，而非鹿中之梦，非梦中之梦，而是鹿中之鹿乎？鹿之梦明，则室人之疑亦明矣；梦之鹿明，则士师之分亦明矣。然则列子之以不明明之，非即孔孟之以不辨辨之也哉？

谏太宗十思疏

（唐）魏　徵

唐太宗即位后，渐多怠荒。魏徵忧之，急欲规正，故上《十思疏》——以篇中历陈十事而名；疏，条陈也。徵字元成，魏州曲城人。初事李密，后归高祖，隐太子引为洗马。太宗即位，拜为谏议大夫，进左光禄大夫、郑国公。卒赠司空，谥文贞。

首四句兴起，下二句虚冒，一段已提出“思”字。

臣闻求木之长者，必固其根本；欲流之远者，必浚其泉源；思国之安者，必积其德义。源不深而望流之远，根不固而求木之长，德不厚而思国之安，臣虽下愚，知其不可，而况于明哲乎！

“居安思危”四字，一篇主脑。回应篇首有情。

人君当神器之重，居域中之大，将崇极天之峻，永保无疆之休，不念居安思危，戒奢以俭，德不处其厚，情不胜其欲，斯亦伐根以求木茂，塞源而欲流长者也。

人情大抵如此。

凡百元首，承天景命，莫不殷忧而道著，功成而德衰，有善始者实繁，能克终者盖寡。岂取之易而守之难乎？昔取之而有余，今守之而不足，何也？夫在殷忧必竭诚以待下，既得志则纵情以傲物；竭诚则胡、越为一体，傲物则骨肉为行路。虽董之以严刑，振之以威怒，终苟免而不怀仁，貌恭而不心服。怨不在大，可畏惟人；载舟覆舟，所宜深慎。奔车朽索，其可忽乎！

此段从前“居安思危”反复开论，逼出十思。

实疏十思，语语皆切太宗之病。

君人者，诚能见可欲，则思知足以自戒；将有作，则思知止以安人；念高危，则思谦冲而自牧；惧满盈，则思江海下百川；乐盘游，则思三驱以为度；忧懈怠，则思慎始而敬终；虑壅蔽，则思虚心以纳下；想谗邪，则思正身以黜恶；恩所加，则思无因喜以谬赏；罚所及，则思无因怒而滥刑：总此十思，宏兹九得。

总束一笔。

归在用贤可以无思，斯为善于思者。

简能而任之，择善而从之，则智者尽其谋，勇者竭其力，仁者播其惠，信者效其忠。文武争驰，君臣无事，可以尽豫游之乐，可以养松乔之寿，鸣琴垂拱，不言而化。何必劳神苦思，代下司职，役聪明之耳目，亏无为之大道哉！

顶批　按：归震川曰："十思"之论，遏人欲于将流，存天理于将灭，实古今帝王之龟鉴。文字虽异于汉，又为一代之风气矣。　按：以木、水两喻引起，于《诗》为兴体，于《书》为《梓材》之类，故能入人之深而感人之速也。古人行文不苟，有如此。　按：林西仲曰：此言守成之君，易于失人心以取败，盖由于不知畏慎而思耳。　按：方禹修曰：论君子、小人之际，极中事情。当时封德彝、权万纪之俦犹并列在朝，故魏公勤勤言之。　按：林见素曰：魏公《十思疏》比匡衡《六戒》尤切，即本《书》中"思曰睿，睿作圣"之意，故有此目。约而言之，不外"居安思危"而已。此在唐奏疏中为第一，看来此等文字意恳至而词不甚激，却有一段温雅处。太宗称其妩媚，当不独以其人也。　按：此篇选本诸多节改，虽便诵读，而文气脉络不及原文周匝，用照善本补正，能者辨之。又世诵此文，但知魏徵忠诚发于至性，而太宗纳谏之美，究难洞悉其详。兹将手诏附此，亦以验当日明良之盛也。

评解　以文论，总冒总收，有埋伏，有发挥，有线索，反正宕跌，不使直笔，排奡雄厚，不尚单行，最合时墨；以理论，忧盛危明，善始虑终，虽古大臣谟诰，不过如此。疏上太宗即纳，此魏公所以称贤相，而贞观之治，亦几于古也。

附录　疏奏，太宗手诏答曰："省频抗表，诚极忠款，言穷切至，披览忘倦，每达宵分。非公体国情深，启沃义重，岂能示以良图，匡其不及？朕闻晋武帝自平吴以后，务在骄奢，不复留心治政。何曾退朝，谓其子劭曰：'吾每见主上，不论经国远图，但说平生常语，此非贻厥子孙者。尔身犹可以免，'指诸孙曰：'此等必遇乱死。'及孙绥，果为淫刑所戮。前史美之，以为明于先见。朕意不然，谓曾之不忠，其罪大矣。大为人臣，当进思尽忠，退思补过，将顺其美，匡救其恶，所以共为理也。曾位极台司，名号崇重，当直词正谏，论道佐时。今乃退有后言，进无廷诤，以为明智，不亦谬乎？危而不持，焉用彼相？公之所陈，朕闻过矣。当置之几案，事等弦韦。必望收彼桑榆，期之岁暮。不使康哉良哉，独美于往日；若鱼若水，遂爽于当今。迟复嘉谋，犯而无隐，朕将虚襟静志，敬伫德音。"

书后　明良之遇，至难言矣，以魏徵之贤，得遇太宗，疏上即纳，闻过若喜，虽古帝王置铎悬鞀，立谏鼓，设肺石，迁善之速，不是过也。是以贞观之治，庶几成、康。即魏徵亦得获保首领，共称贤相。此三镜之喻所由，足系人思也。无何以侯、杜之故，遂罢尚主，踣撰碑。良由太宗好名，面从而非心悦，以故身没未几，顿易初心。而其所上疏中，虽中时病，而伦常之大，究未一言。盖其凉德于手足者，不觉凉德于股肱矣。呜呼！此所为三代以后之明良也与？

愚溪诗序

（唐）柳宗元

愚溪者，即永州之冉溪也。中有八景，柳宗元贬此时，俱以“愚”名，而为之序。宗元，字子厚，唐河东人。少精敏绝伦，坐宰相王叔文党，贬湖广永州司马。诸记多出于此，故其为文思益深。后徙柳州刺史，卒。韩愈评其文曰：“雄深雅健，司马子长、崔、蔡不足多也。”

题前作波。

灌水之阳，有溪焉，东流入于潇水。

或曰："冉氏尝居也，故姓是溪曰冉溪。"或曰："可以染也，名之以其能，故谓之染溪。"余以愚触罪，谪潇水上，爱是溪，入二三里，得其尤绝者家焉。古有愚公谷，今余家是溪，而名莫能定，土之居者犹龂龂争辩也然，不可以不更也，故更之为"愚溪"。

提出"愚"字。

引古作陪。

叙出名溪之故。

愚溪之上，买小丘，为愚丘。自愚丘东北行六十步，得泉焉，又买居之，为愚泉。愚泉凡六穴，皆出山下平地，盖上出也。合流屈曲而南，为愚沟。遂负土累石，塞其隘，为愚池。愚池之东，为愚堂。其南，为愚亭。池之中，为愚岛。嘉木异石错置，皆山水之奇者，以余故，咸以"愚"辱焉。

就"愚"字生发。

叙出八愚，文极错落，指点如画。

以"奇"字跌出"愚"字。

夫水，智者乐也，今是溪独见辱于愚，何哉？盖其流甚下，不可以灌溉；又峻急，多坻石，大舟不可入也；幽邃浅狭，蛟龙不屑，不能兴云雨。无以利世，而适类于余，然则虽辱而愚之可也。

此段明己之所以愚溪。"无以利世"句，一篇主脑。

两引古人，见身分。

此段明己之所以名溪。

与“其流甚下”段对照。

与“违理”“悖事”段对照。

将己之愚、溪之愚写作一团。

仍收转八愚作结。

宁武子邦无道则愚，智而为愚者也，颜子终日不违如愚，睿而为愚者也，皆不得为真愚。今余遭有道，而违于理，悖于事，故凡为愚者莫我若也。

夫然，则天下莫能争是溪，余得专而名焉。溪虽莫利于世，而善鉴万类，清莹秀澈，锵鸣金石，能使愚者喜笑眷慕，乐而不能去也。余虽不合于俗，亦颇以文墨自慰，漱涤万物，牢笼百态，而无所避之。以愚辞歌愚溪，则茫然而不违，昏然而同归，超鸿濛，混希夷，寂寥而莫我知也。于是作《八愚诗》纪于溪石上。

顶批　按：沈确士曰：以愚辱溪，柳子肮脏语也。后“善鉴万类”，隐言其识；“清莹秀澈”，隐言其清；“锵鸣金石”，隐言其文。写景写情，面面俱到。古人用意，往往如此。　按：《文醇》云：水黑曰卢，水流曰奴，水之不能泽物者，古人被之以恶名。宗元以溪水不可溉田负舟而名之曰“愚”，亦有本焉，其亦以慨己济世之愿不遂也。无知之谓愚；无知者，万有之所从出，超鸿濛，混希夷，抑又太自誉矣。若夫“漱涤万物，牢笼百态”，实乃善自状其文，可为实录。虽然，得毋与布帛菽粟者，犹有间乎？读者不可不知。　　按：前“何哉”“可也”“莫若”等节，后“溪虽”“余虽”等节，将“愚”字抑扬播弄，姿态横生，而自己行事，亦曲为写照。“愚”之名虽不佳，得公文则成灵境，地以人传矣。

评解　　通篇就一“愚”字点染成文，写景历历在目，趣极；而末后仍露身分，景中人，人中景，是二是一，妙极。盖柳公所长，尤在山水诸记也。又林西仲曰：本是一篇诗序，止因胸中许多郁抑，忽寻出一个“愚”字自嘲不已，无故将所居山川尽数拖入溪水中，一齐嘲杀。而且以是溪当得是嘲，己所当嘲，人莫能与，反复推驳，令人无处再寻出路。然后以溪不失其为溪者代为解嘲，又以己不失其为己者自为解嘲。转入作诗处，觉溪与己同归化境，其转换变化，匪夷所思。

书后　　世谓文人少达而多穷，非文能穷人，盖穷而后工也。夫古今天下文人众矣，而必使之穷其遇，厄其遭，以郁郁山水间，盖亦天之所以牢笼夫文墨也。而柳子《愚溪》之作，其殆即天之牢笼夫一己者以牢笼夫万物。此岂违理悖事而为此不经之谈哉，抑亦借以淑性陶情而道其所自得也。然则天能穷以遇，而不能穷其不遇之心；天能厄以遭，而不能厄其所遭之境。是以山水幽邃之奇，皆吾人文事之奇，金石锵鸣之乐，皆天地文章之乐，自非达不达之所得而拘，穷不穷之可得而概也。

喜雨亭记

（宋）苏　轼

喜雨亭，在今陕西扶风县。苏轼守此时，未雨得雨，因喜而名记之者也。轼，字子瞻，号东坡，蜀眉山人。父洵尝游学四方，母程氏亲授以书。幼颖悟有识，及冠，博通经史，嘉祐二年，登进士，官礼部尚书。谥文忠。

起二句如时文破题；下三句释所志喜之意。

亭以“雨”名，志喜也。古者有喜，则以名物，示不忘也。周公得禾，以名其书唐叔得禾，异母同颖，献之成王。王以归周公，公受禾，作《嘉禾》六篇；汉武得鼎，以名其年汉武帝得宝鼎汾水上，改元为元鼎元年；叔孙胜狄，以名其子鲁叔孙得臣败狄于咸，获侨如、虺、豹三人，皆名其子：其喜之大小不齐，其示不忘一也。

引古为证，应上“不忘”，作一束。

予至扶风之明年，始治官舍，为亭于堂之北，而凿池其南，引流种树，以为休息之所。是岁之春，雨麦于岐山之阳，其占为“有年”。既而弥月不雨，民方以为忧。越三月，乙卯乃雨，甲子又雨，民以为未足，丁卯大雨，三日乃止。官吏相与庆于庭，商贾相与歌于市，农夫相与忭于野，忧者以喜，病者以愈，而吾亭适成。

先记作亭。

言麦得雨，以衬引下文。

次记雨。

次记亭。

于是举酒于亭上，以属客而告之曰：“五日不雨，可乎？”曰：“五日不雨，则无麦。”“十日不雨，可乎？”曰：“十日不雨，则无禾。”“无麦无禾，岁且荐饥，狱讼繁兴，而盗贼滋炽，则吾与二三子虽欲优游以乐于此亭，其可得耶？今天不遗斯民，始旱而赐之以雨，使吾与二三子相与优游而乐于此亭者，皆雨之赐也。其又可忘耶？”

以无雨之可忧，明得雨之可乐。

两段一反一正，写出雨之与亭甚有关系。

应前“示不忘”，一篇主意，收束于此。下歌以宕之。

既以名亭，又从而歌之曰：

眼注亭，却不一笔说亭。

使天而雨珠，寒者不得以为襦；使天而雨玉，饥者不得以为粟。一雨三日，伊一路推到亭上，想奇。

谁之力？民曰太守，太守不有；归之天子，天子曰不然；归之造物，造物不自以为功；归之太空，太空冥冥，不可得而名，吾以名吾亭。

“亭”字起，“亭”字结，天然巧妙。

顶批　按：《观止》云：只就“喜雨亭”三字分写、合写、倒写、顺写、虚写、实写，即小见大，以无化有，意思愈出而不穷，笔态轻举而荡漾，可谓极才人之雅致矣。又按：《文醇》云：此记妙万物而不有万物，是为大善。茅坤谓之滑稽，储欣谓之浅制，洵乎高言，不入众人之心也。

按：过商侯曰：“吾亭适成”一语，为安顿得体，方雨而亭成，则未雨而始经营此亭，于民为不堪，于时为不宜，于太守为不忍。今却紧接“忧者以喜，病者以愈”，极苦事翻作极喜事，最为奇笔。此与余后书同一寻闲，何古人之先得我心与？　　按：原评云：歌非余文，正志名亭之故。然神到之笔，其妙不可名言。

评解　林西仲曰：居官兴建，当言与民同乐。但亭在官舍，为休息之所，无关民生，髯苏却借旱后大雨，语语为民，便觉阔大。若言雨是雨，亭是亭，两无交涉，则言虽大而近夸也，此却自喜雨之后，追言无雨必不能乐此亭，是亭以雨故方成，其为亭何等关系！末忽撰出歌来，而以雨力不可忘处层层推原，皆有至理，不但舍雨之外无以名此亭，亦舍亭之外无以名此雨，把一个太守私亭，毋论官吏、商贾、农夫，即天子、造物、太空，无不一齐搀入，岂非异样大观！

书后　汤祷雨以六事自责，固只见其忧，而未见其喜。即后稷教民稼穑，开亿兆年谷食之利，而思天下之饥犹己之饥，其心亦何尝喜哉。东坡守扶风，始旱而即赐之雨，天之忧斯民者至矣。而公方为亭以图休息，但不知未雨之先，亦尝自责如汤，而以稷之思为心否也？如使初无忧戚于民之意，第以既雨而优游以乐此亭，则其所喜者亦不过贪天之喜以为喜，而亭之名奚取焉？然其中所谓“忧者以喜，病者以愈”，吾知坡公当日，必先以民之忧为忧，而后能以民之喜为喜，而亭又适成其间，则喜而名之，以志不忘也，固宜。

黄州快哉亭记

（宋）苏　辙

黄州，湖北属，别名齐安。张梦得谪居于此，尝作亭，东坡名之曰“快哉”，子由为之作记。子由，名辙，与其兄东坡同登进士，神宗朝以沮安石新法见谪。哲宗朝，宣仁后垂帘听政，召为司谏，进户部侍郎，屡与大议，后尝从其言。后以太中大夫致仕，筑室于许，号颍滨逸叟。有《栾城文集》行世。

以亭览观江流，故从江叙起。

江出西陵，始得平地，其流奔放肆大；南合湘、沅，北合汉、沔，其势益张；至于赤壁之下，波流浸灌，与海相若。

记谪居，为后段伏案。

清河张君梦得，谪居齐安，即其庐之西南为亭，以览江流之胜，而余兄子瞻名之曰“快哉”。

先点亭，次出“快哉”。

此段写当日所见以为快。

盖亭之所见，南北百里，东西一舍，涛澜汹涌，风云开阖；昼则舟楫出没于其前，夜则鱼龙悲啸于其下。变化倏忽，动心骇目，不可久视。今乃得玩之几席之上，举目而足。西望武昌诸山，冈陵起伏，草木行列；烟消日出，渔父樵夫之舍，皆可指数。此其所以为“快哉”者也。

总上一笔。

此段吊往古之事以为快。

至于长洲之滨，故城之墟，曹孟德、孙仲谋之所睥睨，周瑜、陆逊之所驰骛，其流风遗迹，亦足以称快世俗。昔楚襄王从宋玉、景差于兰台之宫，有风飒然至者，王披襟当之曰：“快哉！此风。寡人所与庶人共者耶?”宋玉曰：“此独大王之雄风耳，庶人安得共之?”玉之言盖有讽焉。

因“快哉”二字，发此一段议论，寻到张君身上，若断若续，无限烟波。

夫风无雌雄之异，而人有遇不遇之变。楚王之所以为乐，与庶人之所以为忧，此则人之变也，而风何与焉？士生于世，使其中不自得，将何往而非病？使其中坦然，不以物伤性，将何适而非快？今张君不以谪为患，收会计之余功，而自放山水之间，此其中有以过人者。将蓬户甕牖，无所不快；而况乎濯长江之清流，挹西山之白云，穷耳目之胜，以自适也哉？

主意在此，几道着圣贤性分之乐。

紧收，正写“快哉”。

不然，连山绝壑，长林古木，振之以清风，照之以明月，此皆骚人志士之所以悲伤憔悴而不能胜者，乌睹其为“快哉”也哉？

反结，更有余味。

顶批　按：《观止》评云：前幅握定“快哉”二字洗发，后幅俱从谪居中生意。文势汪洋，笔力雄壮，读之令人心胸旷达，宠辱俱忘。　按：“所见”一段，万顷茫然，都归一览，当不次乃兄襟臆，故吊古具有同情。而髯公《赤壁》，则云“东望武昌”，此云“西望”，殆即东西一舍易地而观者耶？　按：《文醇》云：元会运世，与一弹指无殊，未能于此洒然，真乐何由可味？若假外物以为乐，滋不乐也。而富贵者务其名，辄于山林求之，无异刻舟求剑。甚至辇致山石，以为林峦，凿穴平地，以为江湖，如唐相平泉、宋帝艮岳者。彼其生平，何曾知所为真乐者果何等耶！按：沈确士云：金玉锦绣，五鼎大烹，焉往非病？中无自得之实也。空室蓬户，疏食饮水，焉往非乐？不亏天性之真也。子由虽未几此，而见能及之。借题发挥，真觉触处皆是。

评解　就江写，就人写，就题字写，深于切字诀者，此等作法最与时文相近。林西仲曰：全篇止拿定“快哉”二字洗发，可与乃兄《超然台记》并传。盖“超然”二字出《庄子》，“快哉”二字出楚辞，皆有自乐其乐之意。“超然”乃子由命名，而子瞻为文，言其无往而不乐；“快哉”乃子瞻命名，而子由为文，言其何适而非快。俱从居官不得意时看出，取意亦无不同也。文中一种雄伟之气，可以笼罩海内，与乃兄并峙千秋。子瞻尝云：“四海相知惟子由，天伦之中岂易得?”此安得不令人羡煞!

书后 人生悲乐之故，不视其境，恒视其心，盖以人各一心，即心各一境，有难强不同以为同者。异哉！张子梦得之建“快哉亭”也。其时东坡流寓于此，二人朝夕凭眺，或喜江山之助我，或爱风月之宜人，道同为谋，取而名之，亦固其所。若夫子由，则因兄之友以为友，取兄之题以为文，而欲将张君心迹，一一于亭名抉出，斯亦难矣，而乃心心相印，如出一心。使梦得、东坡两人当日不谪，必将出一己同心之言，和其声以鸣盛于国家，又岂在区区悲乐之故哉！虽然，文章之事，得失寸心，鲜不别户分门，各执成见，观此亦可化斯文畛域之形矣。

可 楼 记

（明）高攀龙

可楼者，高攀龙致仕归，于其所居之左为楼，而题以名之，因为之记。攀龙，字云从，一字存之，无锡人。万历己丑进士，除行人，谪揭阳典史，起光禄寺丞，历官刑部侍郎、左都御史。坐忤逆阉，被逮死。崇祯初，赠太子少保、兵部尚书，谥忠宪。有《高景逸诗集》。

直起，调奇。 出“可”字，飘然。 此段记名楼之故。	水居一室耳，高其左偏为楼。楼可方丈，窗疏四辟，其南则湖山，北则田舍，东则九陆，西则九龙峙焉。楼成，高子登而望之，曰：“可矣。吾于山有穆然之思焉，于水有悠然之意焉，可以披风之爽，可以负日之暄，可以宾月之来而饯其往，悠哉！游哉！可以卒岁矣。”于是名之曰“可楼”，谓吾意之所可也。
此段开宕翻驳以生波，文径不直，主意方透。 “惑”字一篇之主。	曩吾少时，慨然欲游五岳名山，思得丘壑之最可如桃花源者，托而栖焉。及抵燕、赵，至闽、越，逾齐、鲁、殷、周之墟，目观所及，无足而可吾意者。今乃可斯楼耶？噫！是予之惑矣。
上就己翻，此就人翻，正见己不惑处。	凡人之大患，生于有所不足、意所不足，生于有所不可、无所不可焉。斯无所不足矣，斯无所不乐矣。今人极力以营其口腹，而所得止于一饱；极力营其居处，

“且”字以提作转，用笔陡突。

收结“可”字，正意已完，更进一层，乃百尺竿头进步法。

而所安止几席之地；极力营苑囿游观，止于岁时十二之托足耳，将焉用之！

且天下之佳山水多矣，吾不能日涉也，取其足以寄吾之意而止。凡为山水者一致也，则吾之于兹楼也可矣。虽然，有所可，则有所不可，是犹与物为耦也。吾将由兹忘乎可忘乎不可，则可楼者赘矣。

顶批　按：高子为人，操履笃实，一时儒者宗之。少读书，辄有志程、朱之学。常与顾宪成讲学东林书院，海内士大夫称颂无异词。当其抗表，赵用贤、李世达被诘去位，举朝善类摈斥为之一空，则当日桃花源之想，盖亦有感而然，固非无病呻吟也。故自谪揭阳添注典史后，杜门不出者近垂三十年；后虽起用，卒以按发崔呈秀秽状，反为所陷，遂衣冠自沉于池而死。生平以静为主，斯记之作，不过借山水之乐以明一己定静之天而可其意。而篇中“大患”一段，审见膏粱醉梦，皆足汩其性灵，故自感自悟，直抒胸臆所有。世俗沉迷，读此当唤醒不少，诚有道之言也。

评解　总从“可”字生情：首段说件件可；次段忽翻说无一可，或在己说，或在人说，而仍收到“可”上；结又更进一层说，说可还有不可，须可、不可两忘方是。识解到此，何等旷达！笔墨到此，何等精妙！《观止》称：先生道学中人，故胸中能如此洒落，而文直与《南华·秋水》诸篇并垂。信不虚也。

书后 无可无不可者，孔子也。下此如伯夷之清，伊尹之任，柳下惠之和，有所可，即有所不可。高子何人，竟欲因一楼山水之可，以蕲至于无所可无所不可哉！然古今贤人君子众矣，有志于古者，鲜不心仪乎大圣之登山观水，以寄一己穆然之思，悠然之想，盖欲有以可乎吾意也。故当倚楼凭眺，初不让乎沂浴雩咏之贤，而可使足民，可使有勇，可使立朝诸大经，直不啻与口腹、居处、苑囿、游观同一无所用之。夫岂独无移世易俗之心哉？抑以人生大患未有不自功名富贵来者？知足不辱，知止不殆，高子之可，意在斯乎！意在斯乎！虽然，有所可，即有所不可。而欲由所可以蕲至于无可无不可，孔子也，斯则高子有志未逮者也。

梦愚堂铭

（清）施闰章

梦愚堂，施闰章奉使粤西时，会永明王犯桂林，杀定南王孔德彰（编按：当作“孔有德”），还抵家，丁祖母艰，一夕宿山东青州官舍，梦愚公，后督学至其地，于学厅题“梦愚堂”匾，为序与铭。闰章，字尚白，安徽宣城人。顺治己丑进士，授刑部主事，补员外郎，擢山东提学佥事，秩满迁湖南道参议，旋举授侍讲，转侍读。年六十六卒。

缘起当日事情，为下所以取愚之故，一篇主脑。

追叙梦愚之由。

梦觉光景。

施子返自粤西，既脱险难，载罹忧戚，除服北征，惊魂甫集。一夕，宿青州官舍，庭月皎然，酒酣就睡，若有见焉：颀然而长，黝然而黑，长袖青衣，袒胸跣足，持半刺，署“愚山道人”四字。予诧问曰：“是何为者？将古之愚公耶？抑其柳愚溪之苗裔也？将山鬼、木客之无名者耶？抑游方之外，不通姓字，倨见士大夫者耶？”其人不对，投刺去。觉而视之，空庭无人，月在高树，时乙未三月望日也。至京师，以告学士方先生，答曰：“殆子之前身也。”因呼余曰“愚山子”。其明年，督学山东，驻青州。开帙视郡志，地故有愚公谷，乃失笑曰：“向所梦者，其斯人耶!”岂以余负才矜异，哓哓然自鸣于人，非自全之愚，而以愚告耶？

以开为断。

夫举世巧宦，遇之以愚，则无失足；人情刻深，与之以愚，则无戒心；惟口兴戎，守之以愚，则沉默而不争；位高则危，名盛则毁，居之以愚，则淡泊而无损；至于幽忧伤人，思虑耗精，雕虫漓大道，待之以愚，则颓焉浩焉而得所归。愚之义大矣哉！予惟惧予之不克终愚也，乃额之曰“梦愚堂”。铭曰：

作文亦伤人，论周到。

总束上文一笔。

不脱“梦”字，自勉结，合铭体。

愚为陋名，哲人用耻。人之所恶，天之所喜。梦耶？觉耶？神或予启。含醇抱朴，以没余齿。

顶批　按：此篇叙梦，全从髯苏“孤鹤”一段化来，而神采逊之。然彼用于结，此用于首，首不嫌详，结不嫌略，详略之际，神迹形化之所由分也。　按：先生尝云：“终日不见己过，便绝圣贤之路；终日喜言人过，便伤天地之和。”此言与此文，真堪并寿千古。　按：原评云：自全之道，处世之道，真莫妙于愚。格言正论，可佩可铭。　按：愚而自用，灾必及身，大圣人教人安愚之心，千载如见。而举世梦梦，莫葆其真，致使机械日开，而祸变迭出，可哀也哉！按：人世穷通得丧，天之位置者恒巧，而循环往来之理实至庸焉。人每汩于梦中，常欲以巧偿天，而卒为所愚，亦何事过恶以取戾也。

评解　亦同柳公将“愚”字生情，然彼有式世意，此有悔悟意，论尤为得正也。意施公遭一番患难而感为之乎？庶几近道矣。当不徒以文读，直书以为座右铭也。

书后　从来险难之来，惟恐可以致福；忧戚之至，惟诲可以格天。此“震来虩虩”，君子所以三致意也。施公既脱险难，载罹忧戚，一旦于惊魂甫集之余，即悟负才矜异之失，确见含醇抱朴，舍此无以自全，故不惜痛加针砭，铭以自新。然当猛醒之初，忽觉忽梦，深得大《易》修省之道，诚不失为“震亨”之君子也。后此履险如夷，转祸为福，虽曰天幸，岂非人事哉！

客山记

（清）钱肃润

客山，即楚大别山，吴人毛子霞来居于此，因以号之。钱肃润为之作记，中云“为寿藏于山之南”，疑此即寿藏记。肃润，字础日，无锡人。有《圭峰草堂集》。

直起点题。

毛子子霞，别字客山。山以客称，别乎主也。然则山无主乎？曰：有。子霞生于吴，长于吴，吴中之山皆主也。吴中有山，不能为子霞主，子霞亦不乐为之主，于是乃以客山称。

此段叙“客”之由。

或曰：江山风月，问者便是主人，何客为？曰：天地，蘧庐也；古今，传舍也；人生，逆旅也。何独于山不然？子霞尝游越矣，越山客也；尝游闽矣，闽山客也；尝游粤矣，粤山客也；又尝游晋、豫、燕、赵、齐、秦间，无往非山，亦无往非客；而于楚尤低徊留之不能去。

此段于无所不客之中而独留于楚。

始筑霞寄亭于襄阳，为鹿门客；继筑听雪楼于郢中，为兰台客。及后游于三湘七泽，黄鹤晴川，以至大别，俯瞰一切，风景绝异，喟然叹曰：“乐哉此山，吾终

此段于楚中又屡客而终客于大别，主意在“为寿藏”上。

以上三层，层层生波，此方正落。

客于此矣。”乃于山之南为寿藏，而题之曰“万里青山”。又于其前筑一杯亭，与二三朋友饮酒赋诗其中。噫！非大别山，乌能有此客哉？

将客之失意得意者，两两比较一番。

引《易》《礼》《诗》，见为客之难，起下子霞为客之壮。

夫人之为客难矣！《易》之《旅》以言客也，初为琐琐，三为焚次，四虽得资斧而心不快，上曰鸟焚巢而先笑后咷。其为即次怀资，而得僮仆之贞，射雉矢亡，终获誉命之来者，有几哉！至于诸侯寄寓他国，谓之寓公。寓亦客也，《礼》：“诸侯不臣寓公。”客重矣。然以读《式微》《旄丘》之诗，犹不能无痛心焉，为客其能久乎？

又写出无数客来，妙。

子霞之为客可壮也。当其拜乐令，法仪曹，为客卿；迨夫放浪云水，行游物外，为客星严子陵；或入大将军之幕，称揖客汲黯见卫青不拜，曰：大将军有揖客，顾不重耶；或诣宰府之门，称钓鳌客唐李白谒宰府，简上题云“海上钓鳌客”；足迹所至，候人郊迎，公卿拥彗，为郑庄之置驿汉郑当此段前半如许波澜，此方落题上。

时为太子舍人，常置驿马，请客惟恐不遍，为陈遵之投辖辖，车头铁。遵留客诚，因投于井，不得出。斯其为客也，岂犹夫人之客也哉。山灵有知，能不为之歌戾止，咏信宿乎？

说到己亦是客，妙极。

有此才文，方足为山之客。客山互收，结亦古峭。

予亦吴客也，游楚者再矣。而此间之山不我留，山负我耶？若子霞之诗、之文、之大书、之篆刻，皆足不朽兹山者。故客若为山留，山亦为客重；山传客传，客山恶得不传？作《客山记》。

顶批　按：《禹贡》："内方至于大别。"注：内方，汉水所经；大别，则汉水入江之处：皆荆州山也。汉水出嶓冢，东流而为汉，至大别为山所阻，折而南，入于江。盖南条之水，莫大于江、汉，而皆发源于梁，合流于荆，入海于扬。大别治，则南条北境之水治矣。然则大别为江、汉山水大会之区，毛子客此，岂无故哉？　按："乐哉斯丘"之叹，古人原有同情，此篇为记寿藏无疑。　按：钱公《九日雨阻堆山园居和徐乐之诗》有云"闲居今日易，行路古人难。舟楫江方水，干戈枕不安"之句，在壮游时所作。此明其终客之意，或在倦游时代拟也。　按："白马""振鹭"两诗，乃微子见庙祀宋助祭而作，故有"歌戾止，咏信宿"之事。毛子以可南可北之身，其临岐而恸杨子之哭者，当不知凡几。今一旦遄征大别，倘山灵有知，亦将效南岳献嘲，北陇腾笑，如孔稚圭之《北山移文》，为谢逋客也。而乃维之絷之，彼此皆无斁恶，亦何疑于当日庶几夙夜，以永此终誉哉！

评解　从一“客”字生情，或言山有主有客，或言无之非客，山安得不是客？次言人无之非客，而终有所客。又将“客”字引古洗发一番，方收到题。而又言曾为各种客，大段插入。己亦是客，然山不以为客；若子霞者，爱为山之客，山亦愿为之客。真是狮子滚球、宜僚弄丸手段也。而复波澜壮阔，笔意超旷。以此法而作小题，那得不拍案叫绝？就题字生情一法，本地风光，极其现成，无如看在眼前，人不见也。或有病其尖小者，看以上八首，题有大小，人皆名人，若云尖小，彼早不为矣。学者甚勿惑焉！

书后　古人云：死生亦大矣！生，寄也；死，归也。以归为寄，则魂魄形气之存于天地者，非反终不足以原始，故君子慎死所焉。毛氏子霞，生长于吴者也。生于吴，即当寄于吴，而客越，客闽，客粤，客晋、豫、燕、赵、齐、秦，而皆不终客。岂真无一可客而寄其生者哉，亦以未得死所而归之耳。故其于楚也，虽寄襄阳，不作鹿门客；寄郢中，不作兰台客；及后游三湘七泽，而始终客于大别。呜呼！毛子可谓知死所者矣。然则客山之记，非记山也，直记寿藏耳。

以记山者记寿藏，则客若为山留，山亦焉得不为客留？以记寿藏者记山，则山既为客重，客亦焉得不为山重？题之曰“万里青山”，得正而毙焉，守全而归焉。毛子之死，不且重如泰山，而不愧为知生以知死也哉。

卷之三 一字立骨

陋 室 铭

（唐）刘禹锡

陋室者，禹锡以所居之室鄙陋，因自为铭以表彰之。禹锡，字梦得，中山人。唐贞元九年进士。与王叔文交，贬连州司马，徙和州刺史，后以晋公裴度荐为翰林学士，仕至礼部尚书。

以山水引陋室，不突。 “德”字一篇之骨。	山不在高，有仙则名；水不在深，有龙则灵。斯是陋室，惟吾德馨。苔痕上阶绿，草色入帘青。谈笑有鸿儒，往来无白丁。可以调素琴，阅金经。无丝竹之乱耳，无案牍之劳形。
引证确切。 紧接上二句作收。	南阳诸葛庐，西蜀子云亭。孔子云：“何陋之有？”

顶批 按：汪江乘曰：德馨，故室不嫌陋，此即“有道布衣尊”之谓。具此识解，心眼迥异恒流。铭词亦简炼隽逸，声如金石。按：朱良玉曰：室有二君（编按：指诸葛亮、扬雄），如仙在山，如龙在水，讵犹为陋？窃恐室中人未能相方耳。

评解 小小短章，无法不备。凡铭多自警，此却自得自夸，体格稍变。起以山水喻引，则来不突；末引古结，则去不尽。中间室中景、室中人、室中事，布置层次。末引“何陋”之言，隐藏“君子居之”四字在内，若全引便著迹，尤见其巧处。

书后 汤盘濯垢，孔鼎益恭。日新其德，伛偻其躬。莫之敢侮，天下予宗。潜修懋白屋，馨香达苍穹。仁智寄山水，风云想仙龙。可以娱心志，启聩聋。无六事之自责，有三命之可从。龟鉴师往哲，鸿词铸渊衷。刘子铭，吾无间然。

梅圣俞诗集序

（宋）欧阳修

梅圣俞，名尧臣，宣州宣城人，世称宛陵先生。

博学工诗，不遇而卒。修与相善，因为之序。修字永叔，江西庐陵人。仁宗朝进士，试南宫第一。历官枢密副使、参知政事，以太子少师致仕。修天资刚劲，见义勇为，放逐流离，至于再三，志气自若。宋兴百年，而文章体裁犹仍五季余习，公一洗卑弱，天下之士翕然宗之。号六一居士。

劈头引一语即驳倒，如生龙活虎，百倍精神。

予闻世谓诗人少达而多穷，夫岂然哉？盖世所传诗者，多出于古穷人之辞也。凡士之蕴其所有，而不得施于世者，多喜自放于山巅水涯之外，见虫鱼、草木、风云、鸟兽之状类，往往探其奇怪。内有忧思感愤之郁积，其兴于怨刺，以道羁臣寡妇之所叹，而写人情之难言，盖愈穷则愈工。然则非诗之能穷人，殆穷者而后工也。

发明多出于穷人之故。

入题。

见其穷。

予友梅圣俞，少以荫补为吏，累举进士，辄抑于有司，困于州县凡十余年。今年五十，犹从辟书为人之佐，郁其所畜，不得奋见于事业。其家宛陵，幼习于诗。

以文章陪起诗。

补出文。

不得志，正其穷处，与“穷”字皆一篇之主。

自为童子，出语已惊其长老。既长，学乎六经仁义之说，其为文章，简古纯粹，不求苟说于世。世之人徒知其诗而已。然时无贤愚，语诗者必求之圣俞；圣俞亦自以其不得志者，乐于诗而发之。故其平生所作，于诗尤多。

翻转说，反衬“穷”字，跌宕雍容。

世既知之矣，而未有荐于上者。昔王文康公尝见而叹曰：“二百年无此作矣。”虽知之深，亦不果荐也。若使其幸得用于朝廷，作为雅颂，以歌咏大宋之功德，荐之清庙，而追商、周、鲁《颂》之作者，岂不伟欤！奈何使其老不得志，而为穷者之诗，乃徒发于虫鱼物类、羁愁感叹之言。世徒喜其工，不知其穷之久而将老也，可不惜哉！

叙作序之由，本文止此。

圣俞诗既多，不自收拾。其妻之兄子谢景初，惧其多而易失也，取其自洛阳至于吴兴以来所作，次为十卷。予尝嗜圣俞诗，而患不能尽得之，遽喜谢氏之能类次也，辄序而藏之。

结得惘然不尽。

其后十五年，圣俞以疾卒于京师。予既哭而铭之，因索于其家，得其遗稿千余篇，并旧所藏，掇其尤者六百七十七篇，为一十五卷。呜呼！吾于圣俞诗，论之详矣，故不复云。

顶批 按：王念存曰：于世所云者独翻进一解。穷者而后工，即夫子少贱多能、史公穷愁著书意也。中间悲其穷，言其工，一往情深，淋漓尽致，而后结出作序缘由，见表彰之意。此篇是欧公最作意文字。 按：苏文忠登第后，公尝语圣俞曰："吾当避此人出一头地。"然则圣俞为公友，在文忠受知以前，当日欧公知贡举，竟不能为之一荐，而令辄抑于有司，抑独何哉？ 按：穷而益工者诗，穷而益坚者志；诗以言志，志不穷则诗不穷。圣俞不得志而乐于诗，则其志可想矣。 按：圣俞尝语人曰："语无难工，得前人所未道者斯善矣。"故其生平所为，能状难有之景，含未尽之意，使人见于言外。果其进于朝，工于铺陈功德，恐无传世行远之作矣。 按：沈确士曰：玩"今年五十"句，知序为生时作也，结处"其后十五年，圣俞卒于京师"云云，知他时补书于序后也，细玩自明。 按：圣俞与欧公相善本末，人多未详，兹用附登当日两人交情，庶了于指掌矣。

评解　切人、切事，中复有波澜，议论亦超。余尤爱一起，引言便驳，独抒所见，目无一切，真大手眼也。《观止》评云：“穷而后工”四字，是欧公独创，实千古不易之论。通篇写来，低昂顿挫，一往情深。“若使其得用于朝廷”一段，尤突兀争奇。

附录　王志坚曰：欧阳公与圣俞，由河南幕府缔交最久，至嘉祐元年始荐为直讲，距圣俞之死仅五年耳。故王荆公挽诗云：“贵人怜公青两眸，吹嘘可使高岑楼。坐令隐约不见收，空能乞钱助馈馏。”此为欧公发也。然公为作《志》，又为作《序》，于故人之谊不薄，其不早汲引，岂无意乎？世传圣俞不得志，作一书名《碧云騢》，以诋诸公。叶梦得尝辨为魏泰作。然于《石林燕语》载，范公初贬饶州，圣俞作《灵乌赋》以寄，及公秉政，意其援己而漠然无意，所荐乃孙明复、李泰伯，圣俞乃作《后灵乌赋》，云：“我昔闵汝之忠，作赋吊汝，今主人误丰尔食，安尔巢，而尔不复啄叛臣之目，伺贼垒之去，反憎鸿鹄之不亲，爱燕雀之来附。”《清波杂志》引圣俞《闻范公讣诗》云：“一出屡更郡，人皆望酒壶。俗情那可学，奏记向来无。贫贱常甘分，崇高不解谀。虽然门馆隔，泣与众人殊。”疑《碧云騢》一书真出圣俞。合而观之，圣俞之为人可知。欧公待之最为得体。

书后　古者太史陈诗以观民风，诚以诗者被上之化而为言，而其言又足以感人而讽上。是以輶轩所被，虽刍荛至愚之辈，亦得以歌帝力而咏圣躬。有唐以来，朝廷既无博采之典，草野复乏颂祷之言，故学士大夫，则专以词章博取声誉，而穷愁抑郁之子，又每于长篇短幅中，吐发其胸中不平之气，而三百之旨微矣。圣俞之诗，既无太史之陈，又非学士大夫得志者比，故一时之作，皆为虫鱼物类羁愁感叹之言。而王文康公竟叹二百年来所未有，斯亦可谓专门名家者矣。而乃卒为穷愁所迫，终身不得一雅颂之音，致使清庙明堂，让美在昔，悲夫！

留侯论

（宋）苏轼

留侯，汉张良所封之职，字子房。五世相韩，韩为秦灭，寻欲复仇，破家散金，求得力士沧海，椎击始皇于博浪沙中，误中副车，始皇大索天下十日，弗获，良匿迹下邳。后佐汉高祖定天下，辞官归隐，从赤松子游。

此段虚冒，以能忍不能忍为一篇之骨。

古之所谓豪杰之士者，必有过人之节。人情有所不能忍者，匹夫见辱，拔剑而起，挺身而斗，此不足为勇也。天下有大勇者，卒然临之而不惊，无故加之而不怒，此其所挟持者甚大，而其志甚远也。

入子房。

夫子房受书于圯上之老人也，其事甚怪；然亦安知其非秦之世有隐君子者，出而试之？观其所以微见其意者，皆圣贤相与警戒之义。而世不察，以为鬼物，亦已过矣。

受书一事，人皆奇之，此独翻之，有卓识。

且其意不在书。当韩之亡，秦之方盛也，以刀锯鼎镬待天下之士，其平居无罪夷灭者不可胜数。虽有贲、育，无所复施。夫持法太急者，其锋不可犯，而其势未可乘。子房不忍忿忿之心，以匹夫之力，而逞于一击之间。当此之时，子房之不死者，其间不能容发，盖亦已危矣。

此正不能忍之故。

突作一喻。

千金之子，不死于盗贼，何者？其身之可爱，而盗贼之不足以死也。子房以盖世之才，不为伊尹、太公之谋，而特出于

再抑一笔。

此段见老人以“忍”字造就子房，明上文“不在书”一句。

荆轲、聂政之计，以侥幸于不死，此圯上之老人所为深惜者也。是故倨傲鲜腆而深折之，俾其能有所忍也，然后可以就大事。故曰：“孺子可教也。”

引忍而成事者作衬。

楚庄王伐郑，郑伯肉袒牵羊以迎。庄王曰：“其君能下人，必能信用其民矣。”遂舍之。勾践之困于会稽，而归臣妾于吴者三年而不倦。且夫有报人之志，而不能下人者，是匹夫之刚也。

又提前语申论之，但前虚此实。

夫老人者，以为子房才有余，而忧其度量之不足，故深折其少年刚锐之气，使之忍小忿而就大谋。

此段极写子房之能忍，见其为天下大勇。

何则？非有平生之素，卒然相遇于草野之间，而命以仆妾之役，油然而不怪者，此固秦皇之所不能惊，而项籍之所不能怒也。

观夫高祖之所以胜，项籍之所以败者，在能忍不能忍之间而已矣。项籍唯不能忍，是以百战百胜，而轻用其锋；高祖忍之，养其全锋，而待其敝，此子房教之也。

忽推倒高祖、项籍，正是说归子房。

当淮阴破齐而欲自王，高祖发怒，见

举一事以明子房教高祖忍。

于词色。由是观之，犹有刚强不忍之气。非子房，其谁全之？

太史公疑子房，以为魁梧奇伟，而其状貌乃如妇人女子，不称其志气。呜呼！此其所以为子房欤。

顶批 按：原评云：子房受书事甚奇，偏驳之不道，凭空撰出一“忍”字，以我驭题，将子房事实贯串，先抑后扬，前有衬，后有波，一结更不可方物。而圣贤道理，豪杰经济，皆在其中。是奇而不诡于正者。 按：“隐君子”一段，太史公含意未申者，公一眼窥破，是真能读书人。茅鹿门谓此等亦本黄老来。 按：沈确士云：太白于博浪沙击秦一事，许以智勇。此又翻出子房之不能忍，而老人教以能忍，议论正大。“且其意不在书”一语，空际掀翻，如海上潮来，银山蹴起。 按：林西仲曰：博浪椎乃忠义兼游侠之气，非忿忿之心也。时秦势方张，子房岂计及草野之间遽有取而代之者？一击以谢故主，于愿足矣。至后兴汉为帝师，皆分外事，其始愿不及此，观于学辟谷之语固可知也。篇中以“忍小忿而就大谋”一句，发出黄石授书之意。虽未合于当日事情，但能忍不能忍之间，实为刘、项成败之案，说得中窍。 按：沈确士曰：老人教子房以能忍是正义，子房又教高祖能忍是余意，作文必如此推论。　　按：此段（编按：见“评解”）文义发挥，最合当年事实，故将原评移置在前，而以此附入，读者合前文后书观之，更见五花八门。

评解　　子房博浪之击，倘使其时真中，子房必与始皇俱死。而其时，斯、高之谋未萌，扶苏尚在，恬、毅诸将无恙，秦国未可亡也。虽其忠肝义胆，震动天地，而自达者视之，其行事不犹孺子之为乎？子房本豪族公子，其时尚少，未尝学问。而秦法挟书者弃市，意其时如东序所陈之大训，列国纪载之嘉言，民间荡然无存，圯上老人当必有所存者，如鲁壁之类，度子房可授，故出以授子房。子房得闻所以定天下为帝王师之道，佐高帝灭无道秦，而韩之仇果以报矣。惠、文之世，学校未兴，而书遂无传于后世耳。后世疑为神怪，谓所授之书必用兵之术，则又儿童之见无异。汉高之取天下也，定三秦之后，子房始归汉。五年之内，赖韩信东取齐，北取赵，诸侯并叛羽，羽食尽，乃一举而灭之。自羽食尽以前，汉高自将，与羽遇，但屡败耳。此时不在帷幄间乎？然则子房所为定筹决胜者，非搏战之事亦明矣。吊诡之士复为造《黄石公素书》三篇以实之，皆可怪也。

书后　　太史公尝论留侯矣，其生平行谊，一归之于天。故其始从高祖也，则曰“天授”；迄其成功，则曰“天以臣授陛下”。呜呼！留侯之不死，得以相高祖而定天下者，夫岂在区区能忍不能忍之故哉！然天欲降大任于是人，必先动心忍性，以增益其所不能。故得天者必能忍，特不能必天果予以能忍之年否耳。东坡谓圯上取履，乃黄石公深惜博浪椎击之出于不能忍，而特倨傲深折，以俾其能有所忍。是留侯之能就大事，皆此一忍成之固也。不知留侯非有博浪之一击，而为始皇所不容于天下，则其聪明才智，亦未必遽能练达若斯，而甘受老人之倨傲鲜腆，以忍人所不能忍。然则后此之能忍，皆前此忿忿不忍之心所抑郁而成之者也。倘非天之将降以大任，俾得侥幸以不死，亦何由得成其忍哉？且何由成其忍，以相高祖而定天下哉？

三槐堂铭

（宋）苏　轼

宋王祐有功德于国家，未得拜相，因植三槐于庭，取《周礼》“三公面三槐”之义，以决其子孙之必相。后子王旦、孙王素相继大拜。曾孙巩与苏轼相善，请作铭。铭者，述其先世之功德，以为子孙法也。

"天"字劈首提出便作疑词，为序中主。

天可必乎？贤者不必贵，仁者不必寿；天不可必乎？仁者必有后。二者将安取衷哉？

吾闻之申包胥曰："人定者胜天，天定亦能胜人。"世之论天者，皆不待其定而求之，故以天为茫茫，善者以怠，恶者以肆。盗跖之寿，孔、颜之厄，此皆天之未定者也。

即物以验之。

松柏生于山林，其始也，困于蓬蒿，厄于牛羊；而其终也，贯四时、阅千岁而不改者，其天定也。善恶之报，至于子孙，而其定也久矣。吾以所见所闻考之，而其可必也审矣！

决之于见闻。入题有势，即提"德"字，归功人事，故"德"字又为铭中主。

国之将兴，必有世德之臣，厚施而不食其报，然后其子孙能与守文太平之主，共天下之福。故兵部侍郎晋国王公名祐，

王氏盛事。

显于汉、周之际，历事太祖、太宗，文武忠孝，天下望以为相，而公卒以直道不容于时。盖尝手植三槐于庭，曰："吾子孙必有为三公者。"已而，其子魏国文正公名旦相真宗皇帝于景德、祥符俱年号之间，

朝廷清明，天下无事之时，享其福禄荣名者十有八年。

忽插一喻，用反跌法。

今夫寓物于人，明日而取之，有得有否。而晋公修德于身，责报于天，取必于数十年之后，如持左券，交手相付，吾是以知天之果可必也。

应起句，转盼有情。

写世德，子孙又添出一世。

吾不及见魏公，而其子懿敏公名素以直谏事仁宗皇帝，出入侍从将帅三十余年，位不满其德。天将复兴王氏也欤？何其子孙之多贤也！

作陪出色，文气亦厚。

世有以晋公比李栖筠者：其雄才直气，不相上下；而栖筠之子吉甫，其孙德裕，功名富贵，略与王氏等；而忠恕仁厚，不及魏公父子。

收束刚劲。

由此观之，王氏之福，盖未艾也！懿敏公之子巩与吾游，好德而文，以世其家，吾是以录之。铭曰：

铭意种槐即是种德。

呜呼！休哉！魏公之业，与槐俱萌，封植之勤，必世乃成。既相真宗，天下砥平，归视其家，槐荫满庭。吾侪小人，朝不谋夕，相时射利，遑恤厥德。庶几侥幸，不种而获，不有君子，其何能国！王城之东，晋公所庐，郁郁三槐，惟德之符。呜呼！休哉！

顶批　按：起首以“可必”“不可必”两设疑局，作诘问体；次即说出有未定之天，有一定之天。历世数来，乃见人事既尽，然后可以取必于天心。此苏公作铭微意。　按：自来龙兴云属，虎啸风生，一时栉风沐雨之臣，其子孙莫不坐享磐石泰山之利，亦以天下之福，当与天下共之也。故夫烹走狗，藏良弓，后之论史者，竟以汉高之刻薄功臣为慨。　按：史载：魏州节度使符彦卿有飞语闻于上，太祖遣晋国公按之，付以便宜曰：“使旋，与以相职。”及还朝，以百口保其无异意。且云：“五代之君，多因猜忌杀无辜，故享国不长。”太祖怒其语直，贬护国行军司马，华州安置。世以此称其多阴德云。　按：人定胜天，天定亦胜人，其所以定之胜之者，德也。德者，天持以相人，人即持以信天，故铭第以德言之。

评解　凡铭多有叙于前，是文叙中以“天”字为骨，铭中以“德”字为骨。叙中铺扬功德世系极其盛矣，铭中“吾侪小人”六句，有规勉其子孙意，乃为得体。若一味夸张，纵然切合，非名笔也。王氏勋业、功德，得此名笔益显，乃见文人之笔，尤光于史。

书后　自阴骘之说起，而果报神焉，故相时射利之徒，每不惜朝夕营谋，庶几侥幸以希一遇。而天卒不一应其求，此岂果报之不足凭与？抑亦所以祈天之具有未尽焉耳？若晋国王公则不然，当夫直道不容，而文武忠孝之行，初不计福以图报，而子孙三公之贵，即取必于三槐手植之年。此非积德之身，先有可以自信而契冥漠者乎？不然，何预操其券若是也？东坡既铭其先世，而又叹子孙之多贤，益见天虽有意兴王，而实王之德足以致兴于天。然则人欲祈福子孙者，可不一探阴骘之原，而自修厥德也哉！

超然台记

（宋）苏　轼

台在山东莱州府胶州。苏轼为此太守，因旧台而修葺之，四时登临，其弟子由名之曰“超然”，自为之记。

一起便见超然，即提“乐”字为骨，明超然之理。

凡物皆有可观。苟有可观，皆有可乐，非必怪奇伟丽者也。哺糟啜醨，皆可以醉；果蔬草木，皆可以饱。推此类也，吾安往而不乐？

夫所为求福而辞祸者，以福可喜，而祸可悲也。人之所欲无穷，而物之可以足吾欲者有尽。美恶之辨战于中，而去取之择交乎前，则可乐者常少，而可悲者常多，是谓求祸而辞福。夫求祸而辞福，岂人之情也哉？物有以盖之矣。彼游于物之内，而不游于物之外。物非有大小也，自其内而观之，未有不高且大者也。彼挟其高大以临我，则我常眩乱反覆，如隙中之观斗，又乌知胜负之所在？是以美恶横生，而忧乐出焉，可不大哀乎！

承上启下。就不超然反说一段。

予自钱塘移守胶西，释舟楫之安，而服车马之劳；去雕墙之美，而庇采椽之居；背湖山之观，而行桑麻之野。始至之日，岁比不登，盗贼满野，讼狱充斥，而斋厨索然，日食杞菊，人固疑予之不乐也。处之期年，而貌加丰，发之白者日以反黑。予既乐其风俗之醇，而其吏民亦安予之拙也。

入题。

正写已之安往不乐。

先言乐，后言台，见乐本在心。

于是治其园囿，洁其庭宇，伐安丘、高密之木，以修补破败，为苟完之计。而园之北，因城以为台者旧矣，稍葺而新之，时相与登览，放意肆志焉。

此段写台之所由成，见不劳民伤财，有同乐意。

南望马耳、常山，出没隐见，若近若远，庶几有隐君子乎？而其东则卢山，秦人卢敖之所从遁也。西望穆陵，隐然如城郭，师尚父、齐威公之遗烈犹有存者。北俯潍水，慨然太息，思淮阴之功，而吊其不终。台高而安，深而明，夏凉而冬温。雨雪之朝，风月之夕，予未尝不在，客未尝不从。撷园蔬，取池鱼，酿秫酒，瀹脱粟而食之。曰："乐哉！游乎。"

此段写其登台眺览，触目感怀，所谓"放意肆志"者也。

"乐"字锁住。

方是时，予弟子由适在济南，闻而赋之，且名其台曰"超然"。以见予之无所往而不乐者，盖游于物之外也。

此段正言其乐，以结出名台之由。

顶批　按：黄石斋云：不得所乐，虽穷奢极欲，皆不自满足之境；能游于物外，则穷居疏食，皆乐意也。此庄生达观之见，而为坡公生平实际，故临老谪居海外，穷愁颠倒，无不自得。“超然”哉！名台乎，亦以名其人也。　　按：“求祸辞福”一段，即《中庸》所谓驱而纳诸罟擭陷阱，莫之知辟，而犹曰“予知”者也。其自缠自缚，愈转愈牢，亦何怪乐常少而悲常多。　　按：黄石斋曰：此篇不惟文思温润有余，而说安遇顺性之理极为透彻，故中间去奢华就俭约一幅安贫乐道本领，悉于言外见之。　　按：林西仲曰：此段凭今吊古，点染生姿。文势从习凿齿《与桓秘书》脱化而出，与《凌虚台》同一机轴，至卢襄《西征记》邯郸再步，则数见不鲜矣。　　按：《集评》云：似应非应，有意无意，天然妙笔。

评解　《观止》云：是记先发超然之意，一止一反，然后入事。其叙事处，忽及四方之形胜，忽入四时之佳境，俯仰情深，而总归之一乐，真能超然物外者矣。予按：超然物外之说，本之《庄子》，而笔亦似之。若中四方四时之波，亦古文常套。欧公集中两用，皆用简笔，长公集中两用，皆用吊古之笔，各出一奇。故虽恒径，亦不落俗，于此可悟套写之法。

书后　东坡作《韩文公庙碑》，固拟以孟子浩然之气矣，而其弟子由《上太尉书》亦引之，是两人者不皆有不可一世之概充实于其中哉。然有诸内必形诸外，谙于理必洞于言。故子由之记“快哉”也，则曰：“予兄子瞻，名之曰‘快哉’。”及东坡此记亦曰：“予弟子由，闻而赋之，名其台曰‘超然’。”是岂徒为高出一世之想乎？吾知“超然”之趣，与“快哉”之适，皆自孟子浩然之气来也。然则东坡之神游物外者，不直可以拟昌黎者自拟哉！

代张方平谏用兵书

（宋）苏 轼

张公，字安道，南京人，官至太子太保。此书以李宪破斩冷鸡朴兵出有功，张公恐帝注意用兵，故力陈战胜之祸以动之。姚姬传谓此书是乌有子虚之事，方平并未入奏。盖在黄州时，闻永乐徐禧之败，神宗悔痛，因追作是文。

陡起用喻。

“好”字一篇之骨。得已而不已是好之病根，胜不胜是好之流弊。

臣闻好兵犹好色也。伤生之事非一，而好色者必死；贼民之事非一，而好兵者必亡：此理之必然者也。夫惟圣人之兵，皆出于不得已。故其胜也，享安全之福；其不胜也，必无意外之患。后世用兵，皆一束有力，最宜时文。

得已而不已。故其胜也，则变迟而祸大；其不胜也，则变速而祸小。是以圣人不计胜负之功，而深戒用兵之祸。

极言好兵之弊。

何者？兴师十万，日费千金，内外骚动，殆于道路者，七十万家。内则府库空虚，外则百姓穷匮。饥寒逼迫，其次必有盗贼之忧；死伤愁怨，其终必致水旱之报。上则将帅拥众，有跋扈之心；下则士众久役，有溃叛之志。变故百出，皆由用兵。至于兴事首议之人，冥谪尤重，盖以平民无故缘兵而死，怨气充积，必有任其咎者。是以圣人畏之重之，非不得已，不敢用也。

"冥谪"二字，伏下天怒。

自古人主好动干戈，由败而亡者，不可胜数。臣今不敢复言，请为陛下言其胜者。秦始皇既平六国，复事胡、越，戍役之患，被于四海。虽拓地千里，远过三代，而坟土未干，天下怨叛。二世被害，子婴被擒，灭亡之酷，自古所未之有也！汉武帝承文、景富溢之余，首挑匈奴，兵

撇开战败，归重战胜。盖此所谏，正在兵出有功之后。秦好兵而遂灭。

汉好兵而仅存。

连不解，遂使侵夺及于诸国，岁岁调发，所至成功。建元之间，兵祸始作，是时蚩尤旗出，长与天等。其春戾太子生，自是师行三十余年，死者无数。及巫蛊事起，京师流血，僵尸数万，太子父子皆败。故班固以为太子生长于兵，与之终始，帝虽悔悟自克，而没身之恨，已无及矣。隋文帝既下江南，继事夷狄，炀帝嗣位，此志不衰，皆能诛灭强国，威震万里。然而民怨盗起，亡不旋踵。唐太宗神武无敌，尤喜用兵，既已破灭突厥、高昌、吐谷浑等，犹且未厌，亲驾辽东，皆志在立功，非不得已而用。其后武氏之难，唐室陵迟，不绝如线，盖用兵之祸，物理难逃。不然，太宗仁圣宽厚，克己裕人，几至刑措，而一传之后，子孙涂炭，此岂为善之报也哉？

隋好兵而遂灭。

唐好兵而仅存。

欲折到用兵，故用“不然”一拓，接方有力。

由是观之，汉、唐用兵于宽仁之后，故胜而仅存；秦、隋用兵于残暴之余，故胜而遂灭。臣读书至此，未尝不掩卷流

总锁上文。

进一步显翻古案，暗照时事。

涕，伤其计之过也。若使此四君者，方其用兵之初，随即败衄，惕然戒惧，知用兵之难，则祸败之兴，当不至此。不幸每举辄胜，故使狃于功利，虑患不深。臣故曰：胜则变迟而祸大，不胜则变速而祸小，不可不察也！

应前束住。

将仁宗之不好兵反说。

昔仁宗皇帝覆育天下，无意于兵，将士惰偷，兵革朽钝。元昊乘间窃发西鄙，延安、泾、原、麟、府之间，败者三四，所丧动以万计，而海内晏然。兵休事已，而民无怨言，国无遗患。何者？天下臣庶知其无好兵之心，天地鬼神谅其有不得已之实故也。

好兵之根。

今陛下天锡勇智，意在富强。即位以来，缮甲治兵，伺候邻国。群臣窥见此旨，多言用兵。始也，弼臣执国命者，无忧深思远之心；枢臣当国论者，无虑害持难之识；在台谏之职者，无献替纳忠之议。从微至著，遂成厉阶。既而薛向为横山之谋，韩绛效深入之计，陈升之、吕公

伏后“左右大臣未尝一言”，正见不得不言之故。

弼等阴与之协力，师徒丧败，财用耗屈。较之宝元、庆历之败，不及十一。然而天怒人怨，边兵背叛，京师骚然，陛下为之旰食者累月。何者？用兵之端，陛下作之，是以吏士无怒敌之意，而不直陛下也。尚赖祖宗积累之厚，皇天保佑之深，故使兵出无功，感悟圣意。然浅见之士，方且以败为耻，力欲求胜，以称上心。于是王韶构祸于熙河，章惇造衅于梅山，熊本发难于渝、泸，然此等皆戕杀已降，俘累老弱，困腹弊心，而取空虚无用之地，以为武功，使陛下受此虚名，而忽于实祸。勉强砥砺，奋于功名，故沈起、刘彝复发于安南，使十余万人暴露瘴毒，死者十之五六，道路之人毙于输送，赀粮器械不见敌而尽。以为用兵之意，必且少衰，而李宪之师，复出于洮州矣。今师徒克捷，锐气方盛，陛下喜于一胜，必有轻视四夷，陵侮敌国之意。天意难测，臣实畏之。

“然而”一折，以下正与前“海内”数句针对。

转得妙极。

此又正与前四君相反。

重咎诸人，为下复发安南作势。

与胜而祸大相应。

且夫战胜之后，陛下可得而知者，凯旋捷奏，拜表称贺，赫然耳目之观耳。至于远方之民，肝脑涂于白刃，筋骨绝于馈饷，流离破产，鬻卖男女，薰眼、折臂、自经之状，陛下必不得而见也。慈父孝子、孤臣寡妇之哭声，陛下必不得而闻也。譬犹屠宰牛羊，刳脔鱼鳖，以为膳羞，食者甚美，死者甚苦。使陛下见其号呼于梃刃之下，宛转于刀几之间，虽八珍之美，必将投箸而不忍食。而况用人之命，以为耳目之观乎？

此段以民命之可哀动之。

警心惕目。

且使陛下将卒精强、府库充实如秦、汉、隋、唐之君，既胜之后，祸乱方兴，尚不可救，而况所任将吏罢软凡庸，较之古人万万不逮。而数年以来，公私窘乏：内府累世之积，扫地无余；州郡征税之储，上供殆尽；百官廪俸，仅而能继；南郊赏给，久而未办。以此举动，虽有智者，无以善其后矣。且饥役之后，所在盗贼蜂起，京东、河北，尤不可言。若军事

此段以后患警惕之。

极言人事不可恃。

一兴，横敛随作，民穷而无告，其势不为大盗无以自全。边事方深，内患复起，则胜、广之形，将在于此。此老臣所以终夜不寐，临食而叹，至于恸哭而不能自止也。

此段以天心之向背哀思之。

且臣闻之，凡举大事，必顺天心。天之所向，以之举事必成；天之所背，以之举事必败。盖天心向背之迹，见于灾祥丰歉之间。今自近岁日蚀星变，地震山崩，水旱疠疫连年不解，民死将半，天心之向背可以见矣。而陛下方且断然不顾，兴事不已。譬如人子得过于父母，惟有恭顺静默，引咎自责，庶几可解；今乃纷然诘责奴婢，恣行棰楚，以此事亲，未有见赦于父母者。故臣愿陛下远览前世兴亡之迹，深察天心向背之理，绝意兵革之事，保疆睦邻，安静无为，固社稷长久之计，上以安二宫朝夕之养，下以济四方亿兆之命，则臣虽老死沟壑，瞑目于地下矣！

极言天时不可恃。

引喻真切恳至。

此引二帝以形“好之”之失。

昔汉祖破灭群雄，遂有天下；光武百

战百胜，祀汉配天。然至白登被围，则讲和亲之议；西域请吏，则出谢绝之言。此二帝者，非不知兵也，盖经变既多，则虑患深远。今陛下深居九重，而轻议讨伐，老臣庸懦，私窃以为过矣。然而人臣纳说于君，因其既厌而止之，则易为力；迎其方锐而折之，则难为功。凡有血气之伦，皆有好胜之意，方其气之盛也，虽布衣贱士有不可夺。自非智识特达、度量过人，未有能于勇锐奋发之中舍己从人、惟义是听者也。今陛下盛气于用武，势不可回，臣非不知，而献言不已者，诚见陛下圣德宽大，听纳不疑，故不敢以众人好胜之常心望于陛下。且意陛下他日亲见用兵之害，必将哀痛悔恨，而追究左右大臣未尝一言。臣亦将老且死，见先帝于地下，亦有以藉口矣。惟陛下哀而察之！

反复说来，无非欲其纳谏。

先抑后扬，具见老成心苦。

无意不到，真是八面周匝。

说到先帝，更见不知不言。

顶批　按：史载：张方平守蜀日，得眉山苏洵与其二子轼、辙，深器异之。尝荐轼为谏官，轼下制狱，又抗表为请，故轼终身敬事之，尝叙其文以比孔融、诸葛亮。又张公为益州刺史，去之日，民德之，留其画像，洵为之记。临卒，遗令毋请谥，辙为之请，乃谥文定。当日苏轼父子皆德公，故咸乐为之尽力。而此篇又为东坡所拟，是军国大政，亦必询之，则感恩知己之称，于此可庶几矣。　　按：《春秋》有首祸之诛，《胤征》有歼渠之令，自来兴事首祸者，未有不显遭刑戮者也。况冥冥之表尤多谴谪乎？是以君子怀刑焉。按：张公为人颖悟，凡书皆一阅不再读。平居未尝以言徇物，以色假人。所为文，旨丰而言约，意博而辞寡，虽《书》之训、诰，殆无如也。神宗朝尝请减锡赉，草诏进，帝亲批曰："卿文章典雅，焕然有三代风。"其见称重有如此。此篇引今证古，历叙前代，旨丰而言不约，意博而辞不寡，盖以东坡之长江大河，而泻张公之湖海停蓄者也。故其文于东坡为少变，而其旨仍不失三代训、诰之风，诚巨制也。　　按：古语云："塞翁失马，安知非福？得马，安知非祸？"明于此，可以语迟速小大之故矣。不然，以败为福，以胜为祸，此岂平情之论哉？　　按：初，赵元昊叛，为嫚书来，朝廷欲绝使以激怒之。张公请顺适其意，乘岁月之闲，得以选将厉士。时天下全盛，皆谓论出姑息，决计用兵。迨兵连久不解，元昊亦困弊。张公言："陛下犹天地父母也，岂与犬豖豺狼较乎？愿因郊赦引咎示信，开其自新之路。"帝从之，故篇中得云"兵休事已"，而"国无遗患"也。　　按：王志坚曰：

是时薛向为三司使，不知何为首谋，吕公弼方知太原，为主馈饷，陈升之在中书，亦未见与议。今皆云“阴与之协力”，当必有之，但史略耳。　　按：史载：王师征安南，方平言：“举西北壮士健马而弃之炎荒，其患有不可胜言者。若师老费财，无功而还，社稷之福也。”此旨甚合此文。然则是书虽上于李宪获胜之时，其实因沈起、刘彝肇衅安南，深足为当今之祸，而始有是谏也。　　按：战胜以屠杀为譬，是东坡黄州戒杀时论。而其恺恻详明，婉转深入，无非欲动其不忍之心，以一回其锢蔽。大意即齐宣见牛，不忍觳觫，而孟子之所谓仁术也。《文醇》谓：“此仅百余字，直可配上六经。”信然。　　按：神宗尝以丰财省费访群臣，方平上数千言，大略谓：祥符以来，务为姑息，命将养兵，皆非旧律。则当日所任将吏，其不罢软凡庸者果几人也？又谓：政出多门，国用既窘。则篇中所云“公私窘之”一段，非虚语矣。然则是书之上，虽不过借平日所言稍扩充之，而其忠君爱国之心，则未尝一日去诸怀也。亦何疑于终夜不寐、临食而叹，至于痛哭而不止哉！　　按：自古乱亡之国，大都般乐怠敖，意不在国与民。未有自朝至于日中昃，不遑暇食，蕲跻一世于三代之隆，而不得小治，乃得大乱，且基祸以亡如神宗者，论者咸以义利之辨未明，遂为安石所惑。不知神宗未尝学问，虑患不深，而徒以英锐之姿，逞一己好胜之气耳。故卒任用安石，坚行新法，以成有宋一代聚敛之名，可不戒哉！

评解　杨升庵曰：古之谏用兵，只说不胜之害，务避害而趋利。此说虽胜，其害犹不可言，况以当今天时、人事观之，动必不胜。如此立意，便高人一等。《渊鉴》云：识解既超，则措词自然警动，行文自然高卓。至其疏宕俊迈之气，磅礴笔端，真奇才也。黼按：此篇历叙当日情事，利害较然，切至缠绵，使一腔忠爱之气，溢于言表。然非张公平日慷慨论事，气节嶙峋，虽得倩名手代作，其人不重，其言亦未必传也。况词气伉爽，全似陆宣，直可为万世人主好用兵、人臣好生事者之戒，故补选之。

书后　横目方趾之民，营营然待泽而待教者，上而天地、下而圣贤皆是也。然天地有其泽而无其教，圣贤有其教而无其权；以权弼教，以教施泽者，天下一人而已矣。一人者何？天子是也。天子父天母地而臣圣贤：有其德，则天地位、万物育，君明臣良，熙熙皞皞，以酿一世于太和不难也；苟无其德，而但以穷兵黩武为有权，则孤人之子，寡人之妻，泽以是斩，教以是熄。非威不足以慑，势不足以临，而所以逞威怙势者，得已而不已，故其权亦遂退处于无用。是以圣帝明王，以雷霆继雨露之穷，以肃杀救温柔之弊。凡此体天地之心以为心，本圣贤之意以为意，而皆出于不得已者也，初何尝有偏好偏恶于其间哉！张公用兵之谏，其所以张君之权者，不在逞威怙势，以黩武而穷兵，而在养晦韬光，以回心而向道。不然，以一天子之权之尊，不能禁天之不水旱，人之不盗贼，一二臣下之不跋扈，亿万兆民之不溃叛；将肘腋咫尺之地，且不得行，而何有于泽下究、教下行也！故其言之痛切，利害较然，诚得老成谋国之道。当日神宗果能因此一谏，不以得已而不已，则有宋三百年之天下，凡待泽而待教者，未必不赖此一疏之力也；又奚止安南一隅之地，不老师而费财，得安边驭夷之长策也乎！

深　虑　论

（明）方孝孺

虑，谋也。虑而曰深，其旨远矣。孝孺，字希直，一字希古，明初浙江宁海人。辅建文谋国，及靖难兵入金川门，建文遁去，孝孺以文学博士衰绖号泣阙下，太宗命草诏，不屈，诛其九族，又并朋友门生为一族诛之，坐死者八百七十三人，磔孝孺于市。追谥文正。

虑天下者，常图其所难，而忽其所易；备其所可畏，而遗其所不疑。然而祸常发于所忽之中，而乱常起于不足疑之事，岂其虑之未周欤？盖虑之所能及者，人事之宜然，而出于智力之所不及者，天道也。

从人事侧到天道，通篇主意在此。

引秦事一证。

当秦之世，灭诸侯，一天下，而其心以为周之亡，在乎诸侯之强耳，变封建而为郡县。方以为兵革可不复用，天子之位可以世守，而不知汉帝起陇亩之中，而卒亡秦之社稷。汉惩秦之孤立，于是大建庶孽而为诸侯，以为同姓之亲可以相继而无变，而七国萌篡弑之谋。武、宣以后，稍剖析之而分其势，以为无事矣，而王莽卒移汉祚。光武之惩哀、平，魏之惩汉，晋之惩魏，各惩其所由亡而为之备，而其亡也，皆出于所备之外。唐太宗闻武氏之杀其子孙，求人于疑似之际而除之，而武氏日侍其左右而不悟。宋太祖见五代方镇之足以制其君，尽释其兵权，使力弱而易

引汉事一证。

引东汉、魏、晋，又一证。

引唐事一证。

引宋事一证。

总承一段。

制，而不知子孙卒困于夷狄。此其人皆有出人之智，盖世之才，其于治乱存亡之几，思之详而备之审矣。虑切于此而祸兴于彼，终至乱亡者，何哉？盖智可以谋人，而不可以谋天。良医之子，多死于病；良巫之子，多死于鬼。岂工于活人，而拙于谋子也哉？乃工于谋人，而拙于谋天也。

总断一笔，应上天人二意。关锁甚紧。

引医巫喻，醒快。

古之圣人知天下后世之变，非智虑之所能周，非法术之所能制，不敢肆其私谋诡计，而惟积至诚，用大德，以结乎天心。使天眷其德，若慈母之保赤子而不忍释，故其子孙虽有至愚不肖者足以亡国，而天卒不忍遽亡之。此虑之远者也。夫苟不能自结乎天，而欲以区区之智笼络当世之务，而必后世之无危亡，此理之所必无者也，而岂天道哉！

此段才说出工于谋天而能为深虑者，一篇主意结穴在此。

反掉作结，尤见老法。

收出天道。

顶批　按：《观止》云：天道为智力之所不及，然尽人事以合天心，即天亦有可谋处。此文归到积至诚、用大德，正是祈天永命工夫。古今之论天道人事者多，得此乃见透快。按：五证由人事入天道，皆用“而”字折下，笔力千钧。按：公幼时常从宋濂游，同门多知名士，一旦皆出其下，顾未视文艺，恒以明王道、辟异端为己任，世以为程、朱复出云。此篇虽感燕事而作，而尚论历代帝王，上自秦汉，下迄五代，成败利钝，剖辨入微，实足以发明王道之宗旨。有天下者，可不奉为圭臬也乎！　　按：原评云：昔司马有言：“积金以遗子孙，子孙未必能守；积书以遗子孙，子孙未必能读；不如积阴德于冥冥之中，以为子孙长久之计。”与此相合，盖治国治家，无二理也。　　按：积诚乃君上事，且通篇为有天下者说法，评解以此疑方子，不合文意，接引程子，方为得之。

评解　通篇虽以人事陪说，而实重在天道，看起结可见。章法则首段虚冒，中间历引古及医巫喻，波浪壮阔，后方发正意，末乃反掉结，极有结构。意彼时方子知有燕王事，亦深思远虑一番，而无可如何，惟是积诚以结天心，而卒不能靖燕王之难者，大约精诚有未至也。程子曰：“为臣而祈天永命，大是难事。”然此实正论，古今不磨也。

书后　《书》曰：“天难谌，命靡常，常厥德，保厥位。厥德匪常，九有以亡。”呜呼！有天下者，可不深长虑哉！方子孝孺，以一代之儒宗，作千秋之龟鉴。其平日祈天永命，亦大可思。无如建文新立，首削宗藩，始则发谋于卓敬，继则属事于齐、黄，未几五王递废，湘柏自焚，君臣固谋，以图燕棣，不及数年，酿成巨祸。先生深知人事已亟，天怒难回，故不惜博采遐征，以冀朝廷之一悟。而执迷未启，靖难兵临，九有之亡，岂细故哉！而先生卒以草诏不屈，族及友生，竟使天下读书种子，一旦顿绝。倘非昊天之不惠建文，而罹此鞠凶，胡遽若是耶？《诗》曰：“天之方难，无然宪宪；天之方蹶，无然泄泄。”有天下者，可不深长虑哉！

徐文长传

(明) 袁宏道

徐文长，浙江山阴人，有才不遇而卒。宏道为之立传，借以吐千古才人不遇之奇，原不止为文长发也。宏道字无学，一字中郎，湖北公安人。与兄宗道、弟中道并有才名。万历壬辰进士，除吴县知县，改京府学官、国子监博士，历右庶子卒。泰昌时追录光宗讲官，赠礼部右侍郎。尝游吴越山水，好为诗以申写性情，世谓“公安派”。有《锦帆》《解脱》《潇碧堂》《瓶花斋》《华嵩游草》《破砚斋》《广陵》《桃源》《敝箧》等集。

通篇从"数奇"二字着眼。

此不遇之遇，亦奇。

徐渭，字文长，为山阴诸生，声名藉甚。薛公蕙校越时，奇其才，有国士之目。然数奇，屡试辄蹶。中丞胡公宗宪闻之，客诸幕。文长每见，则葛衣乌巾，纵谈天下事，胡公大喜。是时公数督边兵，威震东南，介胄之士膝语蛇行，不敢举头，而文长以部下一诸生傲之，议者方之刘真长、杜少陵云。会得白鹿，属文长作表。表上，永陵喜。公以是益奇之，一切疏计皆出其手。文长自负才略，好奇计，谈兵多中。视一世事无可当意者，然竟不遇。

应"数奇"一结。

苦遇安得游此，正天之纵其奇也。

文长既已不得志于有司，遂乃放浪曲蘖，恣情山水，走齐、鲁、燕、赵之地，穷览朔漠。其所见山奔海立、沙起雷行、雨鸣树偃、幽谷大都、人物鱼鸟，一切可惊可愕之状，一一皆达之于诗。其胸中又有勃然不可磨灭之气，英雄失路、托足无门之悲。故其为诗，如瞋如笑，如水鸣峡，如种出土，如寡妇之夜哭、羁人之寒起。虽其体格时有卑者，然匠心独出，有丈夫气，非彼巾帼而事人者所敢望也。文有卓识，气沉而法严，不以模拟损才，不以议论伤格，韩、曾之流亚也。文长既雅不与时调合，当时所谓骚坛主盟者，文长皆叱而怒之，故其名不出于越，悲夫！喜作书，笔意奔放如其诗，苍劲中姿媚跃出，欧阳公所谓“妖韶女老，自有余态”者也。间以其余，旁溢为花鸟，皆超逸有致。

连作六喻，见诗诗新确。

并论其文。

总上诗文一结，正见数奇不偶。

并论其书与画。

卒以疑杀其继室，下狱论死，张太史元汴力解乃得出。晚年愤益深，佯狂益甚。显者至门，或拒不纳。时携钱至酒肆，呼下隶与饮。或自持斧击破其头，血流被面，头骨皆折，揉之有声。或以利锥锥其两耳，深入寸余，竟不得死。

极写不可一世之概。

益穷而益狂，益狂而益奇。

周望言：晚岁诗文益奇，无刻本，集藏于家。余同年有官越者，托以抄录，今未至。余所见者《徐文长集》《阙编》二种而已。然文长竟以不得志于时，抱愤而卒。

数奇不偶，一语收住。

石公袁公字曰："先生数奇不已，遂为狂疾；狂疾不已，遂为囹圄。古今文人，牢骚困苦，未有若先生者也。虽然，胡公间世豪杰，永陵英主，幕中礼数异等，是胡公知有先生矣；表上，人主悦，是人主知有先生矣。独身未贵耳。先生诗文倔起，一扫近代芜秽之习，百世而下，自有定论，胡为不遇哉！"

先悲其穷。

遇不遇，不在贵不贵，千古特识。

梅客生尝寄余书曰："文长吾老友，病奇于人，人奇于诗。"予谓文长，无之而不奇者也。无之而不奇，斯无之而不传也。悲夫！

到底不脱"奇"字。

顶批　按：林西仲曰：以"奇"字作骨，而重惜其不得志，悲壮淋漓，文如其人，且令天下后世负才不遇者，读之一齐下泪。　按：唐采臣曰：人之不敢藐大人者有三：一阻于分，一隔于情，一溺于利。文长以一诸生傲胡公，此其必有以过人者。　按：胡公令文长草表，并他客草寄所善学士择其尤，学士以渭表进，由是益宠异。时幕中有歙余寅、鄞沈明臣同管书记，亦颇负崖岸，而文长尤见礼焉。按：文长数奇不偶，一一达之于诗，倘非石公识之残篇断简中，几埋没千古矣。　按：史载，文长天才超轶，诗文绝出伦辈，善草书，工写花草竹石。尝自言："吾书第一，诗次之，文次之，画又次之。"然皆自性中流出，不假人工雕琢，故能独擅一奇。　按：自明曰：宁为玉碎，毋为瓦全。可伤可痛！　按：史载：文长当嘉靖时，王、李倡七子社，谢榛以布衣被摈。文长愤其以轩冕压韦布，誓不入二人党。后二十年，公安袁宏道游越中，得其残帙，以示祭酒陶望龄，相与激赏，刻其集行世。此篇言托官越者抄录，是作在未至以前；至托之不得，而又自至以求之。石公可谓爱才矣。文字知己，岂多遇哉！　按：西仲云：始终以"奇"字断，惟其奇，所以不合，创论实正论。

评解　自来奇人，必有奇事奇文；无奇事奇文，何以为奇人？然奇事奇文，必有奇穷；若无奇穷，何以成奇事奇文？文长之为人奇穷矣，而文与事皆奇。故此传之文，即以"奇"字为骨，且末段用"石公曰"三字，俨然史笔，尤为大奇。然非是文，不足以表是人也。

书后　传者，纪载事迹，以传后世者也。诸史列传，班班可考，而其中或传或不传。非其人不足传，盖生平行事，必无一二奇行奇能，可以骇动人之耳目者，故虽传而其传不广。文长以一布衣游诸侯，纵谈天下事，胡公以是奇之，一切疏计皆出其手，亦可吐胸中所蕴矣。而其名仅震于白鹿一表，以是其奇不传诸史而传诸石公。而石公又不以其奇为不遇，而以其诗其文直取定于百世之下，则牢愁困苦皆不足为先生奇，而其勃然不可磨灭者乃真奇也。以真奇而论其病其穷，则无之不奇矣；无之而不奇，则无之不传矣。

卷之四　波澜纵横

过秦论

（汉）贾　谊

《过秦论》者，论秦之过，借以讽汉也。坊本分此论为上、中、下三篇，以论始皇为上，论二世为中，论子婴为下。原选只录中篇，惟真德秀本照《史记》不分篇次，今仍之。贾谊，洛阳人。少有才名，河南守吴公荐之于朝，文帝诏为博士，年二十余。帝爱其辞博，一岁超迁至太中大夫，诸法令多所更定。及列侯就国，其说皆自谊发之。谊欲立制度，兴礼乐，而绛、灌之属害其能，天子后亦疏之，以为长沙王太傅，又为梁怀王太傅。王薨，谊自伤，哭泣死，年三十二。

直起。

秦并兼诸侯山东三十余郡，缮津关，据险塞，修甲兵而守之。然陈涉以戍卒散乱之众数百，奋臂大呼，不用弓戟之兵，鉏耰白梃，望屋而食，横行天下。秦人阻险不守，关梁不阖，长戟不刺，强弩不射。楚师深入，战于鸿门，曾无藩篱之艰。于是山东大扰，诸侯并起，豪俊相立。秦使章邯将而东征，章邯因以三军之众，要市于外，以谋其上。群臣之不信，可见于此矣。子婴立，遂不寤。藉使子婴有庸主之才，仅得中佐，山东虽乱，秦之地可全而有，宗庙之祀未当绝也。秦地被山带河以为固，四塞之国也。自缪公以来，至于秦王，二十余君，常为诸侯雄。岂世世贤哉？其势居然也。

断案。

虚势作跌法。

又起一波作一跌。

且天下尝同心并力而攻秦矣。当此之世，贤智并列，良将行其师，贤相通其谋，然困于险阻而不能进，秦乃延入战而为之开关，百万之徒逃北而遂坏。岂勇力智慧不足哉？形不利，势不便也。

又一束。

此节申明上二节，撰出“救败非也”一句，为一篇之纲。

秦小邑并大城，守险塞而军，高垒毋战，闭关据厄，荷戟而守之。诸侯起于匹夫，以利合，非有素王之行也。其交未亲，其下未附，名为亡秦，其实利之也。彼见秦阻之难犯也，必退师。安土息民，以待其敝；收弱扶罢疲同，以令大国之君，不患不得意于海内。贵为天子，富有天下，而身为禽者，其救败非也。秦王足己不问，遂过而不变。二世受之，因而不改，暴虐以重祸。子婴孤立无亲，危弱无辅。三主惑而终身不悟，亡不亦宜乎！当此时也，世非无深虑知化之士也；然所以不敢尽忠拂过者，秦俗多忌讳之禁，忠言未卒于口，而身为戮没矣。故使天下之士，倾耳而听，重足而立，拑口而不言。是以三主失道，忠臣不敢谏，智士不敢谋，天下已乱，奸不上闻，岂不哀哉！

窥破群雄底里。

主意。

申明救败之非。

顿挫生姿。

乱本在此数语。

先王知雍蔽之伤国也，故置公卿大夫士，以饰法设刑，而天下治。其强也，禁暴诛乱而天下服；其弱也，五伯征而诸侯从；其削也，内守外附而社稷存。故秦之盛也，繁法严刑而天下振；及其衰也，百

又提起一句，拓开文势。

姓怨望而海内叛矣。故周五序得其道，而千余岁不绝；秦本末并失，故不长久。由此观之，安危之统相去远矣！野谚曰：“前事之不忘，后事之师也。”是以君子为国，观之上古，验之当世，参以人事，察盛衰之理，审权势之宜，去就有序，变化应时，故旷日长久，而社稷安矣。

秦孝公据殽、函之固，拥雍州之地，君臣固守，以窥周室，有席卷天下、包举宇内、囊括四海之意，并吞八荒之心。当是时，商君佐之，内立法度，务耕织，修守战之备；外连衡而斗诸侯。于是秦人拱手而取西河之外。

孝公既没，惠王、武王蒙故业，因遗策，南兼汉中，西举巴蜀，东割膏腴之地，北收要害之郡。诸侯恐惧，会盟而谋弱秦，不爱珍器重宝、肥美之地，以致天下之士，合从缔交，相与为一。当是时，齐有孟尝，赵有平原，楚有春申，魏有信陵。此四君者，皆明知而忠信，宽厚而爱

“安危”二字，伏后段脉。

总束。

束笔即为下段提笔。

追叙。

秦过由商君而起，至始皇而极。

四句一意融足。

截笔妙。

此再叙秦强。

合从。

此申明“以致天下之士”一句，极写诸侯得人之盛，反衬下文。

人，尊贤而重士，约从离横，并韩、魏、燕、楚、齐、赵、宋、卫、中山之众。于是六国之士，有宁越、徐尚、苏秦、杜赫之属为之谋，齐明、周最、陈轸、昭滑、楼缓、翟景、苏厉、乐毅之徒通其意，吴起、孙膑、带佗、兒良、王廖、田忌、廉颇、赵奢之朋制其兵。常以十倍之地，百万之众，叩关而攻秦。秦人开关延敌，九国之师逡巡遁逃而不敢进。秦无亡矢遗镞之费，而天下诸侯已困矣。于是从散约解，争割地而奉秦。秦有余力而制其敝，追亡逐北，伏尸百万，流血漂橹楯也。因利乘便，宰割天下，分裂河山。强国请服，弱国入朝。延及孝文王、庄襄王，享国日浅，国家无事。

散从。

极写秦强，文势至此作一小束。

入始皇。

及至秦王，续六世之余烈，振长策而御宇内，吞二周而亡诸侯，履至尊而制六合，执捶拊拍也以鞭笞天下，威震四海。南取百越之地，以为桂林、象郡。百越之君，俛首系颈，委命下吏。乃使蒙恬北筑

极形始皇之强，比前更不同。

长城而守藩篱，却匈奴七百余里，胡人不敢南下而牧马，士不敢弯弓而报怨。于是废先王之道，焚百家之言，以愚黔首。隳名城，杀豪俊，收天下之兵聚之咸阳，销锋鏑，铸以为金人十二，以弱黔首之民。然后斩华为城，因河为津，据亿丈之城，临不测之溪以为固。良将劲弩，守要害之处；信臣精卒，陈利兵而谁何！天下以定，秦王之心自以为关中之固，金城千里，子孙帝王万世之业也。

实言始皇之过。

愚、弱二段，伏后“仁义不施”。

又作跌宕生姿，束上起下。

秦王既没，余威振于殊俗。陈涉，瓮牖绳枢之子，氓隶之人，而迁徙之徒，才能不及中人，非有仲尼、墨翟之贤，陶朱、猗顿之富，蹑足行伍之间，而倔起什伯之中，率罢散之卒，将数百之众，而转攻秦。斩木为兵，揭竿为旗，天下云集响应，赢粮而景从，山东豪俊遂并起而亡秦族矣。

再衬一句，如引弓不满不发。

前写诸侯如此难，此写陈涉如此易，反照作章法。

且天下非小弱也，雍州之地，殽、函之固，自若也。陈涉之位，非尊于齐、楚、

上是叙，此方论，就前说反复

承转，极迂回顿挫之妙。

燕、赵、宋、卫、中山之君；鉏耰棘矜，不锬一作铦于勾钩同戟长铩也；谪戍之众，非抗于九国之师；深谋远虑，行军用兵之

复说，与上一反一正，互相俯仰。

道，非及乡时之士也。然而成败异变，功业相反，何也？试使山东之国，与陈涉度

又飏开。

长絜大，比权量力，则不可同年而语矣。然秦以区区之地、千乘之权，招八州而朝同列，百有余年矣。然后以六合为家，殽、函为宫。一夫作难而七庙隳，身死人

一句断制，以百折出之。

手，为天下笑者，何也？仁义不施，而攻守之势异也。

此补得妙。

秦并海内，兼诸侯，南面称帝，以养四海。天下之士，斐然向风若是者，何

论二世承始皇说，下申言“仁义不施”二句。

也？曰：近古之无王者久矣。周室卑微，五霸既没，令不行于天下。诸侯力政，强侵弱，众暴寡。兵革不休，士民罢敝。今秦南面而王天下，是上有天子也。既元元之民冀得安其性命，莫不虚心而仰上。当

“安危”二字，照应前段。

此之时，守威定功，安危之本在于此矣。秦王怀贪鄙之心，行自奋之智，不信功

臣，不亲士民，废王道，立私权，禁文书而酷刑法，先诈力而后仁义，以暴虐为天下始。夫兼并者高诈力，安定者贵顺权，此言取与守不同术也。秦离战国而王天下，其道不易，其政不改，是其所以取之、守之者异也。孤独而有之，故其亡可立而待也。借使秦王计上世之事，并殷、周之迹，以制御其政，后虽有淫骄之主，而未有倾危之患也。故三王之建天下，名号显美，功业长久。

此单发明“攻守之势异也”句。

一折文势开展。

即带入二世。

今秦二世立，天下莫不引领而观其政。夫寒者利裋褐，而饥者甘糟糠，天下之嗷嗷，新主之资也，此言劳民之易为仁也。乡使二世有庸主之行，而任忠贤，臣主一心而忧海内之患，缟素而正先帝之过；裂地分民，以封功臣之后；建国立君，以礼天下；虚囹圄而免刑戮；除去收帑污秽之罪，使各反其乡里；发仓廪，散财币，以振孤独穷困之士；轻赋少事，以佐百姓之急；约法省刑，以持其后。使天

论二世。

又作一折。

此诚救敝要策。

纯于正面播击。

顿挫处无限感慨。

实言二世之过。

"民危"应前。

归宿处。

下之人，皆得自新，更节修行，各慎其身，塞万民之望，而以威德与天下，天下集矣。即四海之内，皆欢然各自安乐其处，唯恐有变。虽有狡猾之民，无离上之心，则不轨之臣无以饰其智，而暴乱之奸止矣。

二世不行此术，而重之以无道：坏宗庙，与民更始，作阿房宫；繁刑严诛，吏治刻深；赏罚不当，赋敛无度。天下多事，吏弗能纪；百姓穷困，而主弗收恤。然后奸伪并起，而上下相遁。蒙罪者众，刑戮相望于道，而天下苦之。自君卿以下至于众庶，人怀自危之心，亲处穷困之实，咸不安其位，故易动也。是以陈涉不用汤武之贤，不藉公侯之尊，奋臂于大泽，而天下响应者，其民危也。故先王见始终之变，知存亡之机。是以牧民之道，务在安之而已。天下虽有逆行之臣，必无响应之助矣。故曰：安民可与行义，而危民易与为非。此之谓也。贵为天子，富有结得斩然。

天下，身不免于戮杀者，正倾非也。是二世之过也。

顶批　按：唐绍烈曰：天之亡秦，前有扶苏，能得蒙恬之忠，后有子婴，能戮赵高之横，皆不继始皇而立，积衅久矣。如此而亡，犹非隋氏俄得俄失之遽。谊彼一论，视此尤核。以文取之者，其戒后世也夫。　按：《史记索隐》曰："章邯之降，由赵高用事，不信任将军，一则恐诛，二则楚兵既盛，王离见虏，遂降耳。"非三军要市于外以求封明矣。　按：储同人云：贾谊、司马并责子婴，孟坚极议其非。班之论笃矣。然此正论古家设身处地，尤于败局中寻活著也。　按："秦王"二字，选本皆作"始皇"。"秦王"本《史记》，"始皇"本《汉书》。太傅恶秦暴虐，因而不予其赠，是以《陈政事疏》亦称秦王，准此自当更正。

按：陈傅良曰：秦以七世亡六国，而民以期月亡秦。以秦之强，不能当民之弱，天下之真可畏者，果安在哉？　按：何义门曰：过秦自应归重始皇、二世，故论子婴，须挈二主说下。　按：储同人曰：抉出祸败根源，《过秦论》为此而作。又曰：三主各断案，而总以秦俗忌讳，忠言不闻，为嬴氏致亡之原，为君子为国之鉴。前人谓贾生过秦，所以规汉。嗟乎！使元、成、桓、灵而知壅蔽之伤国，汉何自亡哉？有天下者，可以得师矣。　按：徐健庵曰：周之兴，以归马放牛、散财发粟，汉之兴，以破觚为圜、斲雕为朴。始皇专任法术，而轻用民力。秦不能法周，而汉犹能监秦，此享国之所以异也。　　按：周显王三十六年，六国合从摈秦，以苏秦为从约长。明年，秦及齐、魏伐赵，从约皆解。赧王四年，秦使张仪说楚、邹、齐、燕、赵事秦。惠王卒，复合从，亦不久而散。“从”“衡”二字是七雄大关键，故篇中详言之。　　按：姚姬传曰：“叩关”，《汉书》作“仰关”，《史记》作“叩”。师古以秦地形高，故仰向，乃讥作“叩”是流俗本。不知对下开关字，应作“叩”为当。　　按：汉惩秦之孤立，因大建庶孽而为诸侯。文帝时，匈奴侵边，天下初定，制度疏阔，诸侯王僭拟，地过古制。谊尝疏陈政事，多所匡建。以视秦之谋为子孙帝王万世之安者，奚啻天壤。而礼乐制度之兴，尚不免厄于绛、灌，亦何疑七国蒙篡弑之谋，不数传而王莽几移其祚也。然则汉之不绝如缕，亦天幸耳。太傅讽此，可谓见远而旨微矣。　　按：《渊鉴》云：“何”作“呵”，犹问也。《汉旧仪》：宿卫郎官分五夜。谁呵者，呵夜行为谁也。何、呵字同。　　按：胡致堂曰：谊之言必出于陆生，所谓武逆取而顺守之也。是不然，秦以诈力取，既得之，必无能施仁义之理。又真西山曰：贾生论秦成败千有余言，而断之曰“仁义”云云。文字甚妙，但非至当之论。盖儒者以攻尚谲诈而守尚仁义也。又陈说岩曰：攻守异势，是言秦之所以暴兴；仁义不施，是言秦之所以速亡。

全篇如许波澜，只以一语收住，关锁甚紧。　　按：马君常曰：司马迁《秦纪》取此作赞，以为莫善于贾生也。陆机论吴，干宝论晋，体意俱本此。　　按：裋音竖，盖谓褐布竖裁，为劳役之衣。短而且狭，故谓之裋褐，亦曰竖褐。按：真西山曰：天下嗷嗷，新主之资，此正孟子饥渴易饮食之说也。然桀纣之虐，必有如汤武者代之，然后可以慰斯民之望。若二世者，以始皇为之父，以赵高为之师，所习见者，非斩刈人，则夷人之三族也。谊乃以任忠贤、忧海内望之，何异责盗跖以伯夷之行乎？昔有谓太甲苟不能改过，则商必亡；秦能立扶苏，虽秦必祀。先贤非之曰："以成汤之圣德，天必不使太甲终于桐宫；以始皇之暴虐，天必不使扶苏得嗣守其业。"斯言当矣。如谊所云，亦书生之论，今特以其文而取之。　　按：储同人曰：民危故易动，牧民之道，务在安之。大哉言乎！万世人主之龟鉴也。

评解　　《渊鉴》云：此篇文势，一步紧一步，如回风激水，蹙蹙生漪，末乃其归墟处也。何义门曰：坊本次序相递，分上、中、下三篇。不知秦过在始皇、二世，不在子婴。故太史公作赞，逆提子婴为缘起，虚挈始皇、二世，再追叙孝公以至庄襄六代事业，归重始皇、二世之过。此犹断狱分首从之意，非漫为颠倒。即以文法言之，合为一篇，亦当取逆势。或讥其乱列，过矣。黼按：通体主意，只在"安危"二字，其所以过之之意，亦只在仁义不施，以愚弱黔首，遂致救败正倾之非，而攻守异势。董份谓三篇文意如一，不免重袭处。不知反复说来，只是一意到底，其重袭处正其应照处也，学者尤宜潜玩。

书后　太史公修《史记》，以秦皇、项羽之暴虐，皆列“本纪”。而项羽之赞，初不以起陇亩之中，无尺寸可藉，而或稍屈，则秦皇之席其余烈者，自不得因此而伸矣。故其赞中虽历叙世系，以明与项羽之倔起争雄者有异。而其推贾生之言，以善其所谓，则直以功高五帝，地广三王，自以羞与为伍之心，遂觉过不可言。然则二世、子婴之过，皆始皇有以成之。吾意史公之过之者，宜第过始皇已耳。而又谓罪起始皇，恶极胡亥，惟以太傅所责子婴之秦地可全，为不通时变之论。岂将以恕子婴者，重始皇之过欤？抑将以过二世者，分始皇之过欤？不然，何与太傅之论牴牾若是耶？虽然，其不过子婴者，固所以过始皇；即过二世者，亦正所以重始皇之过。读者自不得以史公恶极胡亥之言，遂谓始皇之过可恕；而后首从之辨明，则当日过之之心，庶几得所指归矣。

送孟东野序

（唐）韩　愈

孟郊，字东野，武康人，后隐嵩山。谥贞曜。

时起为江南溧阳尉，有不乐之意，文公为此序以赠之。朱子云：“据本集，贞元十九年，文公《与陈给事书》云：‘《送孟郊序》一首，生纸写，不加装饰。’吕汲公以为此序是年作。”

起句包人物在内，一篇大旨。由物说起。

说到人。

大凡物不得其平则鸣。草木之无声，风挠之鸣。水之无声，风荡之鸣。其跃也，或激之；其趋也，或梗之；其沸也，或炙之。金石之无声，或击之鸣。人之于言也亦然，有不得已者而后言，其歌也有思，其哭也有怀。凡出乎口而为声者，其皆有弗平者乎？

突插“乐”与“天时”二段，不可方物。

又转到人，以下方畅发之。

乐也者，郁于中而泄于外者也，择其善鸣者而假之鸣；金、石、丝、竹、匏、土、革、木八者，物之善鸣者也。维天之于时也亦然，择其善鸣者而假之鸣。是故以鸟鸣春，以雷鸣夏，以虫鸣秋，以风鸣冬。四时之相推夺，其必有不得其平者乎！其于人也亦然。人声之精者为言，文辞之于言，又其精也，尤择其善鸣者而假之鸣。

历叙古人，俱以“鸣”字串，波澜无尽。

其在唐、虞，咎陶、禹，其善鸣者也，而假以鸣。夔弗能以文辞鸣，又自假于《韶》以鸣。夏之时，五子以其歌鸣。伊尹鸣殷。周公鸣周。凡载于《诗》《书》六艺，皆鸣之善者也。周之衰，孔子之徒鸣之，其声大而远。《传》曰：“天将以夫子为木铎。”其弗信矣乎？其末也，庄周以其荒唐之辞鸣。楚，大国也，其亡也，以屈原鸣。臧孙辰、孟轲、荀卿，以道鸣者也。杨朱、墨翟、管夷吾、晏婴、老聃、申不害、韩非、昚慎同到、田骈、邹衍、尸佼鲁人、孙武、张仪、苏秦之属，皆以其术鸣。秦之兴，李斯鸣之。汉之时，司马迁、相如、扬雄最其善鸣者也。

扫一笔。

以文仲、荀卿与孟子同道，似少分寸。

许多物，许多人，无非要显出孟郊之诗鸣。

其下魏晋氏，鸣者不及于古，然亦未尝绝也。就其善鸣者，其声清以浮，其节数以急，其辞淫以哀，其志弛以肆。其为言也，乱杂而无章。将天丑其德莫之顾耶？何为乎不鸣其善鸣者也？

“天丑”数句，故作摇曳，以入有唐。

	唐之有天下，陈子昂、苏源明、元结、李白、杜甫、李观，皆以其所能鸣。其存而在下者，孟郊东野始以其诗鸣。其高出魏、晋，不懈而及于古，其他浸淫乎汉氏矣。
至此才点题，只此数句是正面。	
又添出二人，妙绝。	从吾游者，李翱、张籍其尤也。三子者之鸣，信善矣。抑不知天将和其声而使鸣国家之盛耶？抑将穷饿其身，思愁其心肠，而使自鸣其不幸耶？三子者之命，则悬乎天矣。其在上也奚以喜？其在下也奚以悲？东野之役于江南也，若有不释然者，故吾道其命于天者以解之。
两句咏叹括尽前面许多人。	
结出作《序》本意。	
应前四"天"字收。	

顶批　按：过商侯曰：以"鸣"字作骨，以"善"字作低昂；其手法变化在"鸣"字，其线索抽牵却在"善"字。极变化纵横，不可捉摹，文章之态，于斯尽矣。"鸣"字凡四十，而转换处二十有九，便有二十九样顿挫、二十九样声调，有起伏，有升降，序中当属第一。　按：诗与乐相表里，为天地元音，乃气化所成。生人感天地之气，发而为喜怒哀乐之节，以成诗歌。故所感处，皆不得其平处。按：前泛说人言，此就人言中说到文辞，领起下半篇意。而

所引或物、或声、或乐、或天时，其为前路作势，于惝恍离奇之中，寓整饬谨严之法，尤见匠心独运。　按：荀卿、孟子并提，公《进学篇》已然。原评谓少分寸，自是定论。但唐时去古未远，公以一身起八代之衰，前人从未道破，当日之以大醇小疵归之，不过偶未检点，正是一人精力有限处，后世不得以此苛求也。　按：不以进退为悲喜，乃范文正先忧后乐本怀，为不释然对症下药，此竿头进步法，非文之余波游衍可比。

评解　林西仲曰：昌黎少时梦人与五色篆文，强吞之，旁有一人拊掌而笑。觉后，胸中如有物下咽，自是文章日丽。后遇孟郊，乃梦中旁笑者，是两人文章皆本天授，为最得意之友，而是篇为最得意之文也。朱环峰曰：布置衬托，纯用宾主法。东野是主，余是宾。但细分之，自唐至晋魏，是宾之宾也；陈子昂六人，宾中主也；李翱、张籍，又是主中宾也。郊诗阴祖沈、谢，而流于蹇涩，故有“郊寒岛瘦”之评。文公极推之，行文不得不尔。

书后　东野一序，评家谓文公极欲推崇其文，因举历代之善鸣者以显其鸣。余尝读而疑焉。夫鸣者，鸣其不平也，其于天也，以鸟以雷，以虫以风；其于人也，以歌以哭；而其形于乐也，以金以石，以丝以竹，以匏、土、革、木。或鼓之鸣，或激之鸣，或感之鸣，或戛之鸣，大叩而大鸣，小叩而小鸣，皆不得已而鸣，非不释然而鸣，此所以为善鸣也。

是以古今人才得其大鸣者为大人，得其小鸣者为小人。使其先有一不释然者存于心，则其鸣大者小矣。东野之诗，其大鸣者也。而溧阳之行，有不释然于心，则未免小其鸣矣。文公恐其鸣之或小也，故一再择其善鸣者以假之鸣，使其为言，不至以悲喜之形而乱杂其鸣，将为天之所丑也。然则此序之作，虽以善其诗之鸣，而其勉以善鸣者实深矣，岂但推崇其文而为是鸣者哉！

争臣论

（唐）韩　愈

阳城，字亢宗，唐定州北平人。少好学，贫不能得书，乃求为集贤写书吏，窃官书读之，六年无所不通。隐中条山，李邺侯荐于朝，德宗以束帛召为谏议大夫。受职后，与二弟及客日夜痛饮，五年不谏，文公作《争臣论》以讥之。后二年，裴延龄谮陆贽失势怨望，贽坐贬。城上疏论延龄奸邪，帝怒，赖救得解。帝又欲相延龄，城语于朝曰：“果尔，当取白麻裂之！”哭于廷，坐改国子司业。

以“或”起，借托法。

有道故能改，通篇主脑。

“乎哉”二字连下作疑词，下段段应之。

或问谏议大夫阳城于愈，可以为有道之士乎哉？学广而闻多，不求闻于人也；行古人之道，居于晋之鄙，晋之鄙人，薰其德而善良者几千人；大臣指李泌闻而荐之，天子以为谏议大夫，人皆以为华，阳子不色喜；居于位五年矣，视其德如在野，彼岂以富贵移易其心哉。

引《易》爻词，节却妇人句，分明以此目城。

再用反振。

入本事。

忙中着喻，与《原道》坐井同法。

愈应之曰：是《易》所谓“恒其德贞”而“夫子凶”者也，恶得为有道之士乎哉！在《易》，《蛊》之上九云：“不事王侯，高尚其事。”《蹇》之六二则曰：“王臣蹇蹇，匪躬之故。”夫不以所居之时不一，而所蹈之德不同也。若《蛊》之上九，居无用之地，而致匪躬之节，以《蹇》之六二，在王臣之位，而高不事之心，则冒进之患生，旷官之刺兴，志不可则，而尤不终无也。今阳子在位，不为不久矣；闻天下之得失，不为不熟矣；天子待之，不为不加矣。而未尝一言及于政，视政之得失，若越人视秦人之肥瘠，忽焉连着三问，申前意。

不加喜戚于其心。问其官，则曰谏议也；问其禄，则曰下大夫之秩也；问其政，则曰我不知也。有道之士，固如是乎哉？

又推出一层，就当谏不谏正驳之。

且吾闻之：有官守者，不得其职则去，有言责者，不得其言则去。今阳子以

此再以不去位激之。

为得其言乎哉？得其言而不言，与不得其言而不去，无一可者也。阳子将为禄仕乎？古之人有云：仕不为贫，而有时乎为

又推出一层，以不辞尊富激之。

贫，谓禄仕者也。宜乎辞尊而居卑，辞富而居贫，若抱关击柝者可也。盖孔子尝为委吏矣，尝为乘田矣，亦不敢旷其职，必曰会计当而已矣，必曰牛羊遂而已矣。若阳子之秩禄，不为卑且贫章章明矣，而如此，其可乎哉？

再设为宽解。正使阳子无可借口。

或曰：否！非若此也。夫阳子恶讪上者，恶为人臣招其君之过而以为名者，故虽谏且议，使人不得而知焉。《书》曰：“尔有嘉谋嘉猷，则入告尔后于内，尔乃

又设问以起下一节，深一节。

顺之于外，曰：斯谋斯猷，惟我后之德。”夫阳子之用心，亦若此者。

愈应之曰：若阳子之用心如此，滋所谓惑者矣。入则谏其君，出不使人知者，大臣宰相者之事，非阳子之所宜行也。夫阳子本以布衣隐于蓬蒿之下，主上嘉其行谊，擢在此位。官以谏为名，诚宜有以奉其职，使四方后代知朝廷有直言骨鲠之臣，天子有不僭赏从谏如流之美，庶岩穴之士闻而慕之，束带结发，愿进于阙下，而伸其辞说，致吾君于尧舜，熙鸿号于无穷也。若《书》所谓，则大臣宰相之事，非阳子之所宜行也。且阳子之心，将使君人者恶闻其过乎？是启之也。

提起阳子。

“使四方”数句，破“使人不得而知”。

“不僭赏”，指擢居谏位言。

复笔醒透。

此以导君讳过之罪激之。

或曰：阳子之不求闻而人闻之，不求用而君用之，不得已而起，守其道而不变，何子过之深也？

又设问生下。

愈曰：自古圣人贤士，皆非有求于闻用也。悯其时之不平，人之不乂乂，治也，得其道，不敢独善其身，而必以兼济天下也，孜孜矻矻，死而后已。故禹过家门不入，孔席不暇暖，而墨突不得黔，彼二圣结上。

再作顿跌，逼出妙理。

又用喻。

议论入情，语亦奇创。

又以贤不贤两路夹攻。愈击愈紧。

一贤者，岂不自知安佚之为乐哉？诚畏天命而悲人穷也。夫天授人以贤圣才能，岂使自有余而已，诚欲以补其不足者也。耳目之于身也，耳司闻而目司见，听其是非，视其险易，然后身得安焉。圣贤者，时人之耳目也；时人者，圣贤之身也。且阳子之不贤，则将役于贤以奉其上矣。若果贤，则固畏天命而悯人穷也，恶得以自暇逸乎哉！

前数段攻激阳子，直说得无所逃避，此段假"或人"之言以攻己。

或曰：吾闻君子不欲加诸人，而恶讦以为直者。若吾子之论，直则直矣，无乃伤于德而费于词乎？好尽言以招人过，国武子之所以见杀于齐也，吾子其亦闻乎？

逼出"改"字，为通篇结穴。

掉应首段，一篇关键。

愈曰：君子居其位，则思死其官；未得位，则思修其词以明其道。我将以明道也，非以为直而加人也。且国武子不能得善人，而好尽言于乱国，是以见杀。《传》曰：惟善人能受尽言。谓其闻而能改之也。子告我曰：阳子可以为有道之士也。今虽不能及已，阳子将不得为善人乎哉！

顶批　按：过商侯曰：此篇到底是讽阳子以必谏，不是讥阳子之不谏也。若说以不谏讥阳子，安见其非尽言以招人过哉？看其从宽处逼紧，更从逼紧处放宽，层层辨驳，始终只是耸动阳子可见。　按：原评云：如“荣”变为“华”，“无喜色”变为“不喜色”，乃文公之力去陈言也。　按：“志不可则”二句，皆《蛊》《蹇》本文象辞，故语虽递说，而意实分承也。谢叠山谓文有小心，殆此类耳。　按：不言、不去、不为禄仕责阳子者，至此已尽，故下二段再设问答以生波。又何云：第一段正对垒之兵也。下三问三答，乃沮间设伏遮拦去路之兵，后来作论多祖此，独难其兵愈多而战愈猛耳。　按：此段语（编按：指“会计当而已矣”二句）录《孟子》，看其偶尔点窜增损数字，遂竟成自己文字。如此可验古人之心灵，幸勿以童习而滑读之也。　按：韩子为史官，柳子尝责以当为而不为为大惑，故前设两难，谓退之使为御史中丞、大夫，为宰相，则恐惧尤大。今韩子谓阳城用心之惑，在不宜行大臣宰相之事。虽用意各殊，而劝善规过之诚一也。　按：汪江乘曰：岩穴中之人，平日披襟散发以自逸，一旦慕而欲进，故必须加束结也。　按：孟子曰：“长君之恶，其罪小；逢君之恶，其罪大。”阳子果若《书》所谓，则启君讳过之罪不又深于不谏哉？　按：《释义》云：“孔席”二句，出班固《答宾戏》。又按《淮南子》云：“孔子无黔突，墨子无暖席。”此盖据其言而颠倒出之。突，灶额通烟处也。黔，黑也；灶为炊未久，故突不得黔。　　按：顺宗初年城卒，文公为实录，其中特立传者三人：陆贽、阳城、张万福，详书其谏德宗事。是公于其时，已晓然有以知城之心，则其费词以讽之者，乃公一片热肠，冀其称职，非世之好为刻论者比。故末段再设问答，为己斡旋留余地，正以期后效也。

评解　以格言四问四答，段落分明，前后照应。而每一段中，接口甚紧，而承笔则缓中又每用一“且”字为进步，疾徐和节。前一问答是主意，故发之详。中两问答是旁意，故说之略。最喜末一问答，不待人攻而自攻，人不自护而代护，不然，令人难堪，恐亦取祸，其周到有如此。林西仲曰：按阳城始受职，诸谏官纷纠言事，天子厌之，而城默然。即昌黎作论，城亦不屑，意其为有待而发无疑。及裴延龄进用，陆贽坐贬，罪在不测，诸谏官皆结舌，城独毅然以死争之，名震天下。夫国家大事，无过任相，城一言而贽不死，延龄不相，天下不受小人之祸足矣，无俟乎多言也。是篇与欧阳《上范司谏书》，可为谏官常法，而独不可以律城。然段段纯用激法，笔力纵横，无坚不破，宜其家传而户诵也。

附录　叶水心曰：“韩愈作《争臣论》，年甚少，是时意盛，谓天下事但当如是为之。逮其出入忧患，终不能有所为，似去阳城远矣。城与元德秀卷舒以己而不以人，唐人未有及者，近于东汉人矣。”又欧阳永叔曰：“退之作《争臣论》，以讥阳城不能极谏，卒以谏显，人皆谓城之不谏，盖有待而然，退之不识而妄讥，修独以为不然。当退之作论时，城为谏议已五年，复二年始廷论陆贽，及沮延龄作相，欲裂其麻，才两事耳。当德宗时，可谓多事，付受失宜，叛将强臣罗列天下，又多猜忌，信任小人。于此之时，岂无一事可言，而需七年耶？当时岂无急于延龄、陆贽两事者，而为谏官七年，适遇其事，一谏而罢，以塞其责？向使止五六年，而遂迁司业，是终无一言而去也，何所取哉！”

书后　昔蚳鼃辞灵丘而请士师，数月不言，孟子即以未可以言责之，而蚳鼃果谏于王而去。今阳子为谏议五年，文公始责其不言，与孟子之责蚳鼃者已宽矣。而阳子又不遽谏，亦不遽去，后二年而始有排击裴延龄之事，则较蚳鼃之谏又久矣。而当时有笑孟子之善于为蚳鼃，而反诘文公之刻于待阳子者，何哉？岂以蚳鼃为人不及阳子之见重于世，而因以笑孟子者诘文公与，而不知非也？孟子之笑，实有其人，盖在蚳鼃既谏既去之后；文公之诘，不必实有其人，乃在阳子未谏未去以前。夫既谏既去者，非笑之至，听之外人，而未谏未去者，启悟之权，操于独断。此所由孟子以绰然自处，而文公以反诘相形，皆直而能恕之道也，又岂齐人、或人之所能知哉。

荀卿论

（宋）苏轼

荀子，名况，赵人。年五十始游学于齐，三为祭酒；适楚，为兰陵令，因家焉。生平明王道，述礼乐，几合于圣贤，独以性为恶则大悖。李斯，其徒也。

一起即提"放言高论"，以为下荀卿定案，一篇主脑。

善于形容。

此段以孔子立言，本意伏下文。

尝读《孔子世家》，观其言语文章，循循莫不有规矩，不敢放言高论，言必称先生，然后知圣人忧天下之深也，茫乎不知其畔岸而非远也，浩乎不知其津涯而非深也。其所言者，匹夫匹妇之所共知；而所行者，圣人有所不能尽也。呜呼！是亦足矣。使后世有能尽吾说者，虽为圣人无难；而不能者，不失为寡过而已矣。

子路之勇，子贡之辩，冉有之艺，此

三者，皆天下之所谓难能而可贵者也。然三子者，每不为夫子之所悦。颜渊默然不见其所能，若无以异于众人者，而夫子亟称之。且夫学圣人者，岂必其言之云尔哉，亦观其意之所向而已。夫子以为后世必有不能行其说者矣，必有窃其说而为不义者矣。是故其言平易正直，而不敢为非常可喜之论，要在于不可易也。

忽然振起。笔势腾跃。

正发明“不敢放言高论”意。

昔者尝怪李斯事荀卿，既而焚灭其书，大变古先圣王之法，于其师之道，不啻若寇仇。及今观荀卿之书，然后知李斯之所以事秦者，皆出于荀卿而不足怪也。荀卿者，喜为异说而不让，敢为高论而不顾者也。其言，愚人之所惊，小人之所喜也。子思、孟轲，世之所谓贤人、君子也，荀卿独曰：“乱天下者，子思、孟轲也。”天下之人，如此其众也；仁人义士，如此其多也。荀卿独曰：“人性恶。桀、纣，性也；尧、舜，伪也。”由是观之，意其为人必也刚愎不逊，而自许太过。彼

空中翻出。

以“异说”“高论”立案，煞是荀卿顶门一针。

二段引其言以实之。

带起下文，钓连入妙。

李斯者，又特甚者耳。

今夫小人之为不善，犹必有所顾忌。是以夏、商之亡，桀、纣之残暴，而先王之法度、礼乐、刑政，犹未至于绝灭而不可考者，是桀、纣犹有所存而不敢尽废也。彼李斯者，独能奋而不顾，焚烧夫子之六经，烹灭三代之诸侯，破坏周公之井田，此亦必有所恃者矣。彼见其师历诋天下之贤人，以自是其愚，以为古先圣王皆无足法者，不知荀卿特以快一时之论，而荀卿亦不知其祸之至于此也。其父杀人报仇，其子必且行劫。荀卿明王道，述礼乐，而李斯以其学乱天下，其高谈异论，有以激之也。孔、孟之论，未尝异也，而天下卒无有及者。苟天下果无有及者，则尚安以求异为哉？

应前"独"字。

此三句断李斯之罪，以实荀卿之罪。

喻简而明。

结住。

孔、孟应前，仍以圣言不求异作掉尾。

顶批　按：《文醇》载王志坚曰：钟伯敬谓长公此论为荆公作。不知此论公刻于《应诏集》，乃应制科时作，未有荆公事。伯敬误也。　按：储同人云，太史公作孟、荀合传，而韩文公亦以为圣人之徒，与孟并称，是长公以前荀氏已有定论。相沿数千百年，忽欲翻案，岂易措手？却得李斯乱天下一节压倒他，分勘合勘，总之归罪于荀。又按：通篇本孟子“生于其心、害于其政”之说。此论出，后人不敢复推荀卿矣。文人之笔，重如山立如此。　按：王文修曰：荀子之书，其微言妙论甚多，独摘一二语以为罪，又牵一意外之李斯以连坐，此论似不公。　按：先鞫荀卿，接入李斯；次鞫李斯，归罪荀卿。反复推诘，如在士师之位，以亲降诛罚。　按：《文醇》载：轼谓李斯破坏周公之井田，然井田坏于商鞅，不自斯始，且井田昉于虞夏，亦不得属之周公。此语盖公少时所作，未检点处。　按：励静清曰：以荀子喜为高谈异说，亦不自知其流弊至此。平心至公之言，可以论世。

评解　以孔子起结，有对照，有章法。以李斯之罪罪荀卿，虽深文曲笔，自不可易。文亦雄辩快论，乃长公得意之笔。林西仲曰：放言高论，是著作家第一病痛，以其无所顾忌也。人若无所顾忌，何事不可为？李斯之罪坐此，乃归狱于其师，就其流弊言之耳。文之曲折纵横，的是名手。

书后　甚矣！取友之不可不端也。后羿一授逢蒙，而膺杀身之辱；荀况一授李斯，而冒千古不韪之名。然此犹有说以解之。羿以正志直体授蒙，而蒙以其所学害夫子，是蒙之不善报羿，而非羿之不尽心于蒙也。况以明王道、述礼乐授斯，而斯以其所学乱天下，是斯之不善学况，而非况之不尽心于斯也。不知人必正己之心，而后能必人心之正。羿以篡弑之贼，罪不容于天下，其不端甚矣！当时正人，必不肯为之用。故虽回邪如蒙者，亦乐收为心腹，得以资一己缓急之备，此则羿之取友不端，而先以杀人之技授蒙也。况以曲异之徒，力求悖乎古圣，其不端甚矣！天下贤人，亦孰乐与之友？故必谬妄如斯者，以共肆其排诋，庶可广他年坚僻之传，此则况之取友不端，而先以祸世之心授斯也。不能正其身，而徒欲正人，是犹以矢人、匠人之心自待，而以函人、巫人之心望人，有是事哉？有是理哉？

卷之五　曲折翻驳

辨　奸　论

（宋）苏　洵

嘉祐初，王安石名始盛，党友倾一时，欧阳修亦善之，劝老泉与之游，而安石亦愿交老泉。老泉曰："吾知其人矣，是不近人情者，鲜不为天下患。"安石母死，士大夫皆往吊，老泉独不往，乃作此论以见志。及安石用事，人服其先见云。老泉名洵，字明允，眉山人。年二十七始发愤为学，举进士、茂才皆不中，益读书，遂通六经百家之说。至京师，欧阳修上其著书，宰相韩琦见而善之。除秘书省校书郎，以为霸州文安县主簿。卒赠光禄寺丞。有《文集》十一卷、《谥法》三卷。

四句虚笼起。"见微知著"，正是辨奸本领，一篇之主。

事有必至，理有固然。惟天下之静者，乃能见微而知著。

月晕而风，础润而雨，人人知之。人事之推移，理势之相因，其疏阔而难知、变化而不可测者，孰与天地阴阳之事，而贤者有不知。其故何也？好恶乱其中，而利害夺其外也！

“贤者”暗指永叔诸公，恰与“静者”反。

昔者山巨源见王衍，曰：“误天下苍生者，必此人也！”郭汾阳见卢杞，曰：“此人得志，吾子孙无遗类矣！”自今而言之，其理固有可见者。以吾观之，王衍之为人，容貌言语，固有以欺世而盗名者，然不忮不求，与物浮沉。使晋无惠帝，仅得中主，虽衍百千，何从而乱天下乎？卢杞之奸，固足以败国，然而不学无文，容貌不足以动人，言语不足以眩世，非德宗之鄙暗，亦何从而用之？由是言之，二公之料二子，亦容有未必然也。

引巨源、汾阳为见微作证。

“王衍”二段，两两翻论，为下合为一人作反照。

用笔宽正是紧逼本位。

今有人口诵孔、老之言，身履夷、齐之行，收召好名之士、不得志之人，相与造作言语，私立名字，以为颜渊、孟轲复出，而阴贼险狠，与人异趣，是王衍、卢

“今有人”指安石，入题。

二句抱上甚紧。

杞合为一人也，其祸岂可胜言哉！

“今也”五句从不近情处推见其奸。

夫面垢不忘洗，衣垢不忘浣，此人之至情也。今也不然，衣巨卢之衣，食犬彘之食，囚首丧面而谈诗书，此岂其情也哉？

“凡事”二句中介甫之病，一篇结穴。

凡事之不近人情者，鲜不为大奸慝，竖刁、易牙、开方是也。以盖世之名，而济其未形之患，

“虽有”句暗对惠帝、德宗，借讽神宗。

虽有愿治之主、好贤之相，犹将举而用之；则其为天下患，必然而无疑者，非特二子之比也！孙子曰：“善用兵者，无赫赫之功。”使斯人而不用也，则吾言为过，而斯人有不遇之叹，

结出两“知”字、两“祸”字，收拾全篇。

孰知祸之至于此哉？不然，天下将被其祸，而吾获知言之名，悲夫！

顶批　按：王念存曰：擒定“不近人情”四字发论，见得真、说得透。先机之哲，韩、欧诸君子所不逮也。又按：介甫立心行事虽似与卢杞辈有间，而一味执拗，新法烦苛，流毒天下，奸邪之名，亦所难辞矣。而后此坡公竟以伊川为不近人情，而目之为奸，遂分蜀、洛之党，不且大误也耶！按：西仲曰：老泉以竖刁、易牙、开方比荆公，要知此三人不近人情只是图利，而荆公却是图名。原其始亦非以祸人为

心者，但以自许太过，而新法试行又颇有效，以故执持愈坚耳。彼以衍、杞拟之，恐未尽合。　　按：“巨卢”二字，或云犬之大者。西仲谓犬不当有衣，且与下句“犬彘”字重复。《朱子言行录》载“衣臣虏之衣”。且“臣虏”二字出秦文，对下“犬彘”方合，诸善本因多从之。惟《渊鉴》释明：“巨卢为粗卑之服。”据此似宜仍从其旧也。　　按：《避暑录》云：洵作论成，密以示张安道。安石闻之，两家自此有隙。盖斯人之遇，固天下之不幸，抑亦不仅天下之不幸也。

评解　从不近人情处推见其奸，所谓见微知著者全在此。其以王衍、卢杞合为一人断安石，及以竖刁、易牙、开方比之，只借来预决安石必乱天下，正不必究其比拟之恰合否也。“口诵孔、老之言”及“囚首丧面”等处，虽历举安石实事，通篇却未曾明说出安石，然安石生平已无不料定。卓识奇文，自应一时无两。黼按：老泉为唐宋八家之一，原选不录，未免阙如，而其文纵横捭阖有似子家，稍嫌说之太尽，固不多录耳。此篇识见明到，要从学问中得来，原非亿中者比，可为千古定观人之法。尤妙笔情翻驳、曲折不直，谨严而仍寓变化之致。于《四书》中援情定案各题，如舞八佾、旅泰山等节，均可借为蓝本也。故补选之。

书后　东莱吕氏曰：“杀人不忌者谓之暴，冒货无极者谓之贪，沉湎昏纵者谓之荒，阴贼诡谲者谓之险。苟无故加人以四者之谤，其不见愠者几希矣。”介甫之奸，虽未尽四者之恶，而其以兵革财利为先务，引用奸邪，排摈忠良，所以成此阴贼险狠之习者，皆非无故而然。然当未为相时，自以文章节行高一世，道德经济为己任，天下方引领而望，而惟恐斯人之不出焉。于此而欲迹生平所为，以一发胸中之藏，料其必为天下患，夫谁信之而谁知之者？不知已发之情庸众共知，而未发之情虽贤者亦有所不知。夫此贤者不知之情，而老泉知之。介甫而果非奸也者，闻过而喜，顿改前非，力矫其不近人情之习，安知前此之误入歧途者，不转而为圣为贤？亦何至阴贼险狠之一念，卒为天下患而莫可救止哉！乃不闻易辙改弦，而一聆张安道之言，遂至两家有隙，其见愠之心果亦如东莱之所逆料矣。呜呼！此其所以为介甫也欤？

管 蔡 论

（明）郭子章

武王伐纣，封纣子武庚于殷，使弟管叔鲜、蔡叔度、霍叔处监之。武王崩，成王立，三叔与武庚叛，古今皆力诋其叛之非。子章悲其志，故作此论。

不言霍叔者，论管、蔡而霍叔在内矣。子章字相奎，江西泰和人。隆庆辛未进士，历官都御史，巡抚贵州，进兵部尚书。著有《青螺集》。

此段总挈通篇。

管、蔡之事，据《诗》《书》所载，一则曰《鸱鸮》，一则曰《破斧》，一则曰“违王命”。噫嘻！何太甚也。

四句立一篇之断。

伏后泰伯、箕子。

管、蔡者，周之顽民，殷之忠臣，夷、齐之流匹，而文王之孝子也。独憾其所以处殷周之际未善耳。

是“复”不是“畔”，驳得妙。

此段畅发“殷之忠臣”数句。

点出“志”字，正所以谅“心”处，此二字为一篇之主。

其以殷畔，非畔也，以复殷也。武庚，故主也。纣虽无良，武庚未闻失德，其父可诛，其子可立。不立武庚而自为之，此管、蔡之所疑于武王也。文王内文明，外柔顺，以蒙大难，三分天下有其二，以服事殷，此管、蔡所习见也。其父之所为如此，其兄之所为如彼，管、蔡筹之熟也。复故主，忠也；守父之节，孝也；反兄之为，义也，故不顾弟侄而委心武庚。事虽未就，志足悲矣。

周鼎已定，殷灰已烬，成王之慧，周、召之智，俱未可以一举而遽得志。故为管、蔡者，欲守文王之贞，莫若迹泰伯、箕子之为。夫泰伯之之荆蛮也，非以天下让也，示终其身臣殷也；箕子之之朝鲜也，非欲存殷也，示终其身不臣周也。故为管、蔡者，舍周而远遁，则天下后世庶几有谅其心者矣。

并定泰伯、箕子之案，更见奇绝。

此段畅发“善处”二句。

《传》称太姒生有十男：长伯邑考、次武王发，次管叔鲜、次周公旦、次蔡叔度、次曹叔振铎、次成叔武，次霍叔处，次康叔封，次冉季载。太姒教诲十子，自少及长，未尝见邪僻之事，则姒之所以教管、蔡者，当无异于武、周也；而必以武、周之伐商者为圣，以管、蔡之辅武庚者为不类，可乎？

此段又追出源头，见各成其是。

管、蔡不幸诛耳，使其辅武庚灭周，后之作史者，又恶知不以武庚为少康，以管、蔡为忠，而以武、周为逆乎？故凡訾管、蔡者，类以成败论也。

此段言不可以成败论人，乃作者本意。

此段引证作结，乃余波。

呜呼！新莽之篡汉也，其子宇不以为可；朱温欲篡唐也，其兄昱不以为可。故夫天理之在人心，即父子兄弟之间有不可得而灭者。彼管、蔡者即不类，吾以为宇与昱之俦而已。

顶批　按：武王伐纣为天子，是受天命、顺人心；其不立武庚而自为之，所谓天命不可违、人心不可强也。相奎之论，其意在不以成败论人，不只为管、蔡白。如专为说法，此是则彼非，武王将不是矣，亦老泉“武王非圣人”之说也，其文尚可传哉？原选特备翻案一法，读者倘以辞害意，将后世乱臣贼子皆得巧为借口，以自附于忠孝之列，益肆而无忌惮矣。况所谓志足悲而心可谅，亦非全为除脱，正见罪有由取也。故中间迹其所为，直以泰伯、箕子之案剖断当年是非，议论方为圆到。不然，亦乌敢与《诗》《书》为难也耶？　按：《诗话》载：郭公扬历外台，而所著不辍，所著《闽草》《留草》《蜀草》《浙草》《晋草》《楚草》《黔草》等集，皆逐手而成。此篇虽不知编入何草，而原心略迹，论见本原，诚为独具只眼，可想见当年扬历之所本矣。

按：鲧殛而禹忠，象傲而舜孝，人心之不同，如其面焉，读此益信。

评解　文章有翻案一法最为新奇，然此不易作。先要有识，识者得题之间也；次要有笔，笔者议论出奇，层层批驳也；三要有书，书者引证得切合也。如此文三者备矣，故尔足传。然识、笔、书三者，即一切题作之要备，方足观也，不止翻案文而已。

书后　古今来乱臣贼子，其敢于僭窃者，亦以利禄薰其心耳。吾观当日武王母弟八人，三叔而外，皆得胙土分茅，以笃手足之谊；使其不随武庚以叛，亦必与曹、成诸人同命矣。以天潢一体之亲，享千百世子孙之利，舍此不图，而希冀亡国败军之富贵，吾恐三叔虽愚，未必至是也，而况天理之未尽泯于人心哉。

信陵君救赵论

（明）唐顺之

信陵君，魏公子无忌也。秦围赵邯郸，公子姊为平原君夫人，平原君遗书公子，请救于魏。魏王使将军晋鄙救赵，鄙畏秦不进。平原君使让公子曰："胜所自附为婚姻者，以公子之高义，为能急人困也。”公子约车骑百余乘，欲走秦军，与赵俱死。夷门监人侯生，教公子请如姬窃兵符于王之卧内。公子尝为如姬报其父仇，果盗兵符与公子，夺晋鄙军，救邯郸存赵。《史记》极称此事。顺之为论独非之，亦翻案文字也。顺之号荆川，字应德，武进人。举进士，仕至佥都御史，谥文襄。为明八大家之一。

一句立案。

论者以窃符为信陵君之罪，余以为此未足以罪信陵也。夫强秦之暴亟矣，今悉兵以临赵，赵必亡。赵，魏之障也；赵亡，则魏且为之后。赵、魏，又楚、燕、齐诸国之障也；赵、魏亡，则楚、燕、齐诸国为之后。天下之势，未有岌岌于此者也。故救赵者亦以救魏，救一国者亦以救六国也。窃魏之符以纾魏之患，借一国之师以分六国之灾，夫奚不可者？

先论六国大势，明信陵救赵之功。欲纵先擒，此宽一步法。

然则信陵果无罪乎？曰：又不然也。余所诛者，信陵君之心也。信陵一公子耳，魏固有王也。赵不请救于王，而谆谆焉请救于信陵，是赵知有信陵，不知有王

“诛心”一语扼定主意。

提清“王”字。罪也，罪平原，亦是罪信陵。

也。平原君以婚姻激信陵，而信陵亦自以婚姻之故欲急救赵，是信陵知有婚姻，不知有王也。其窃符也，非为魏也，非为六国也，为赵焉耳；非为赵也，为一平原君耳。使祸不在赵，而在他国，则虽撤魏之障，撤六国之障，信陵亦不必救；使赵无平原，或平原而非信陵之姻戚，虽赵亡，信陵亦必不救。则是赵王与社稷之轻重，不能当一平原公子；而魏之兵甲所恃以固其社稷者，只以供信陵君一姻戚之用。幸而战胜，可也；不幸战不胜，为虏于秦，是倾魏国数百年社稷以殉姻戚，吾不知信陵何以谢魏王也！

层层驳入。

反勘二层，更醒透。

又设一难以诘之，信陵更难置喙。

夫窃符之计，盖出于侯生，而如姬成之也。侯生教公子以窃符，如姬为公子窃符于王之卧内，是二人亦知有信陵，不知有王也。余以为信陵之自为计，曷若以唇齿之势激谏于王；不听，则以其欲死秦师者而死于魏王之前，王必悟矣。侯生为信陵计，曷若谏魏王而说之救赵；不听，则

罪及二人，信陵之罪更见，乃加一倍法。

以其欲死信陵君者而死于魏王之前，王亦必悟矣。如姬有意于报信陵，曷若乘王之隙，而日夜劝之救；不听，则以其欲为公子死者而死于魏王之前，王亦必悟矣。如此，则信陵君不负魏，亦不负赵；二人不负王，亦不负信陵君。何为计不出此？信陵知有婚姻之赵，不知有王；内则幸姬，外则邻国，贱则夷门监人，又皆知有公子，不知有王，则是魏仅有一孤王耳！

此段代为区处，乃反敲法。

作一总笔，深明信陵君之罪，使之无地可逃。

鸣呼！自世之衰，人皆习于背公死党之行，而亡守节奉公之道，有重相而无威君，有私仇而无义愤。如秦人知有穰侯，不知有秦王；虞卿知有布衣之交，不知有赵王，盖君若赘旒久矣。由此言之，信陵之罪，固不专系乎符之窃不窃也。其为魏也，为六国也，纵窃符犹可；其为赵也，为一姻戚也，纵求符于王而公然得之，亦罪也。

引战国时事作陪衬，见列国无王习已成风，深一层说。

结定罪案。

虽然，魏王亦不得为无罪也。兵符藏于卧内，信陵亦安得窃之？信陵不忌魏

上因罪信陵而并罪侯生、如姬，此处又以罪魏王，论至此无不到矣。

王，而经请之如姬，其素窥魏王之疏也；如姬不忌魏王，而敢于窃符，其素持魏王之宠也。木朽而蛀生之矣。古者人君持权于上，而内外莫敢不肃，则信陵君安得树私交于赵，赵安得私请救于信陵，如姬安得衔信陵之恩，信陵安得卖恩于如姬？履霜之渐，岂一朝一夕也哉。由此言之，不特众人不知有王，王亦自为赘旒也！故信陵君可以为人臣植党之戒，魏王可以为人君失权之戒。《春秋》书“葬原仲”“翚帅师”。嗟夫！圣人之为虑深矣！

插喻乃妙。

如此立论。真是穷根到底。

两语双收，全局俱振。

引经结意懔然。

顶批　按：唐荆川生有异秉，稍长，贯通经籍，于学无所不窥。所著《左》《右》《文》《武》《儒》《稗》六编，学者多莫测其奥。其为文汪洋纡折，有大家风。此篇谨严处虽稍不逮古，而辩驳醒快，已闯眉山堂奥矣。　按：魏安釐王二十年，秦昭王已破赵长平军，又进围邯郸，平原君数遗魏王及公子书以求救魏，是以有晋鄙之命。然则赵之请救，并非徒谆谆于信陵，而荆川谓其无王，亦所以诛其心也。
按：史载：魏公子无忌，魏昭王少子，魏安釐王异母弟也。以魏王视平原，则魏王更亲矣。而信陵以手足之亲，供床第之用，是谓不孝；而况倾社稷以殉姻亲，又可谓之忠也乎？不孝不忠，此信陵之所以可罪，而荆川之所以必诛也。按：侯生名嬴，年七十，家贫，为大梁夷门监。信陵为人，仁而下士，不以富贵骄人，士莫不归之；而侯生独修身洁行，不肯受公子遗。是侯生之高人一等，宜不为欺君罔上之为者也。故信陵虚左自迎，执辔愈恭，以罗致门下，留为缓急之一助。而乃计不正用，教其窃符，是信陵之罪皆侯生成之也。不然，信陵自计不行，约车骑百余，赴秦军以一死，虽如肉投馁虎，决其无功，而其大义特伸，岂不美哉？　　按：史载：魏王怒公子盗其兵符矫杀晋鄙。魏王原非木偶，不过一时失察觉耳。而信陵知其获罪，使其将将军归魏而已，与客独留赵，绝不闻请罪待阙之一言，是魏王所不甘心于信陵者也。故其后秦以信陵在赵，日夜伐魏，虽信陵以是归魏，得佩上将军印如故，而未几反间一乘，遂致谢病不朝，竟郁郁于酒色以死。则当年之植党行权尽付乌有子虚，不啻一梦，而千古独冒不韪之名，可不戒欤！

评解　闻之黄际飞曰：凡《四书》题目，必有一说俗解，惟驳去俗解，翻深一层，方得真谛。此篇以窃符罪信陵，此俗解也。先生劈首驳去，直揭其无王之心，畅发而并罪及赵王、平原、侯生、如姬、魏王，无义不到，无笔不深。以此为时文，金、陈当避席矣。吾于此文，真无遗憾。《观止》云：诛信陵君之心，暴信陵君之罪，一层深一层，一节深一节，愈驳愈醒，愈转愈刻，词严义正，至文也！

书后　战国时之天下，一攘窃之天下也。诸侯则窃王之号矣，大夫则窃君之称矣，名分纲常，显然窃之而不顾，何一符之足惜也。先生不此之较，而惟心是诛，盖亦从不可胜诛之中而诛之耳。故其中一则曰“不知有王”，再则曰“不知有王”，非真不知也，心无王耳；一则曰“王必悟”，再则曰“王必悟”，非真能悟也，心有王耳。心不知有王，而王亦卒不知；心不肯悟王，而王亦卒不悟。噫！此区区之魏所以卒灭于秦，而秦遂并六国也。

古　砚　说

（明）许　獬

古砚之说，借以明俗不可同，己与俗异，有挽今于古意。许獬，字子逊，福建同安人。万历辛丑会元，授编修。有《钟斗集》。

直起。
此段叙己不留心于古物。

余家有古砚，往年得之友人所遗者。受而置之，当一砚之用，不知其为古也。

已而有识者曰："此五代、宋时物也，古矣。宜谨宝藏之，勿令损毁。"余闻诸言，亦从而宝之，不暇辨其为真五代、宋与否。虽然，斯物而真五代、宋也，当时人亦仅以当一砚之用耳，岂知其必不毁，必至于今而为古耶？盖至于今而后知其为五代、宋也。不知其在五代、宋时，所宝为周、秦、汉、魏以上物者，视此又奚如乎？而又不知其以周、秦、汉、魏以上物，视周、秦、汉、魏以上人，其人自视又奚如？

此段三层驳进，见古物之无常。

人见世之熙熙者沈酣于纷华绮丽之乐，奔走于权贵要津之门，褰裳濡足，被耻辱而不知羞。于是有一人焉，出而矫之，卓然以道自重，以澹泊自守，以古先琴、书、图、画、器物、玩好自娱，命之曰"好古"。故凡名能好古者，必非庸俗人也。以其非庸俗人之所好，则庸俗人亦从而效之。于是士之射利求进者必穷极其所无，以谄事权贵要津。权贵要津亦时出

此段慨世，乃作记之由。

好古之缘起在此。

其所有以夸士，而士之慕为古而不知务者亦每与世竞逐，必尽效其所有而后快。

笔如环转。

嘻嘻，是非真能好古也，特与庸俗人同好而已。夫既与庸俗人同好矣，而犹哓哓然窃好古之名，以求自异于庸俗，不知其名则是，而其意则非。吾之所谓好古者，学其道，为其文，思其人而不得见，徘徊上下，庶几得其手泽之所存而观玩焉，则恍然如见其人也，是以好之而不厌。故夫古之为好者，非以其物，以其人也。如以其物而已矣，今亦何以异于古哉！夫苟不重其物，惟其人，则吾亦可以为古人矣。安知千百世之下，不以好古者好吾？乃必舍其在吾，而惟古之好，亦已惑矣。余观今世之所好，大率如是，盖所谓名是而意则非者也。不能尽述，述其近似者，作《古砚说》。

文势至此，作一小束，下便接发感慨。

转到己，进一层说，方是真好古者，主意在此。

说到自己，后亦是古人，妙极！

“惑”字一篇之骨。

醒前一笔。

起结点“砚”，乃不脱题。

顶批　按：《文心雕龙》以论说合为一篇：论者，伦也；说者，悦也。兑为口舌，故与论合契，而亦伦理无爽也。

今先生此篇不惜以口舌之力，借古砚以伦理，能使读者悦怿，所谓“飞文敏以济辞”，而得说之本旨者矣，直可与《鬼谷子·转丸》《飞钳》两篇并传。　　按：林西仲以权贵要津不专贵人之珠玉，而惟古物是好，犹是第一流人物，遂疑其责备之过。不知虞公灭而垂棘返，壮武残而龙剑飞，自来美服珍玩，未有不近祸机者。要之，在人固不得以古物取谀，即在权贵亦不得以玩物丧志，当如《楚书》之“惟善为宝”为得。　　按：许公性不谐俗，喜读书，矢口纵笔，议论跃如。此篇因庸众之好，而归本于学道为文。其矫时励俗，不苟炳烺，真有举世皆浊我独清之慨，可谓元气斯文者矣。

按：世俗之好，是不知其惑，先生之说，是力解其惑；惟其惑，所以解也。

评解　　“砚”字只于首尾一点，中间从“古物”“好古”上生发，追前穷后，层出不竭，一气流行。不引古，不用喻，乃白描妙手也。笔性钝者最宜学取。西仲曰：初言古物之不必好，继言好古之人究竟不离乎庸俗，末言好古在好人而不好物。雄辩迭出，皆发前人所未发。且篇中一气呵成，如天衣无缝，读者不能寻其段落，此纯以神行者也。是集之选，多录此等，以其最近时文。

书后　　甚矣！立言之当权其大也。昔黎生、安生尝以文就正于曾南丰，迨及黎生将去，以己之不同乎俗者，求其言以解惑于里人，而曾公作序以勉之。予尝读而疑焉，以为士生斯世，诵其诗，读其书，传其文于后世，其所以易俗而不为俗易者，但当尽其在己，而不必求之在人，因以不见许于曾公也。及读先生此说，力解世俗好古之惑，有异曾公。所言如是，而又见重于世，传其文于不朽者，何哉？盖尝推而求之，黎生之请，第解惑于一人；而先生之说，则解惑于一世。公私之际，学术判焉。甚矣！立言之当权其大也。

告邑人送何二尹文

（明）金　声

何二尹，蜀人，为休邑县丞，告终养归，金声为文以劝邑人捐金赠之。金声，字正希，一字子骏，休宁人，原籍嘉鱼。明末进士，殉国难。为有明时文八大家之一。

一起顿住，点出二尹。

邑方多难，赖仁明公祖父母戮力卵翼。需才方殷，有二尹如何君而不得留佐治邑。父老人士日相与咨嗟慨叹，彷徨奔走，互相诛责，问何故而不竭力图所以留尹者？

"念"字一篇之骨。

尹离蜀十余年，念母心劳，即日卖刀、市书、典弓、鬻衣而徒步以归。度其势不可留；即得请于当事而为题留，尹亦必不留。尹已决归，而邑人日徒咨嗟慨叹，彷徨奔走，空望其留；而毕竟端视其卖刀、市书、典弓、鬻衣而徒步以去，而亦何以为心？

此段应直说赠尹，乃但言尹之贫，坐视不忍。不言赠，而意已透。

点出路远。

此段只言其路远及平日之勤苦，不直说出"赠"字。

呜呼！尹生西蜀，去吾休六千里外，但奉天子命而来尹此，乃视邑如家，邑宄盗如其家宄盗，患苦如其家患苦。而险难罔顾，怨责不避；而入则未取给吾邑人一钱，出则未尝啜享吾民间一饭，终朝饘粥，并日菜羹；而竟从吾邑中弃其官，令卖刀、市书、典弓、鬻衣以去。此岂其夙负于吾邑人，而今应平白为吾邑勤苦，而吾邑人宜平白坐视其勤苦如此？以为吾邑上自士大夫而下及徒贩，少有人心者皆如此焉动念矣。虽贤者夙负高志，自不屑

赠尹不为尹计，为道路之观者计。	意，而自休达蜀六千里，道路上见者闻者，其当以吾休之士大夫与父老人士为何如人？虽今日仁明公祖父母，其勤施于吾民也初不为报，而夙念尹居官任职，苦其身以为吾民如此，而今冷眼见吾邑重利尹之留，而不利于其去，毕竟乃以咨嗟慨叹
句凡四用，正以复为奇。	赠尹六千里之行，而坐视其卖刀、市书、典弓、鬻衣乃如此，其以吾邑人为何如人？其不视吾邑人如草木、如鸟兽？虽有
又借俗情鼓动一番，说得更有关系。	深爱厚仁，不无愀然而冷、坦然而淡乎？俗情贪货利，惮廉节；而见尹既如此，合邑之人为邑叹惜，而徒叹惜如此，其不益惮廉节如登峻山，而趋货利若赴流水？邑人士志习其得不日以劣，而民心其得不日
总结上文，至此方是直说。	以偷？礼义廉耻，是为四维，吾为兹惧。谨告长者，维桑与梓，共深念之！

顶批　按：《容斋笔记》：唐呼县令为明府，丞为赞府，尉为少府。《汉书》：县令、长皆有丞、尉，秩四百石至二百石，是为长吏。百石以下有斗食佐吏之秩，是为少吏。

县丞，长吏也。　　按：原评云：此篇纯以意与气相辅而行，盘旋曲折，到底不驾势，不使词，似乎柔软，然在古文中别是一格，与王介甫文相近，最合时文。　　按：唐《大中敕》曰：州有上佐，县有丞、簿，所以资威采棒、赞理鸣琴者也。故宄盗患苦之事皆得预闻。今竟视为闲官，不领公事，殊乖当年制作之本旨。　　按：用“虽”字两层（编按：指“虽贤者”　“虽今日”二层）荡开，尹之身分自高，其为“赠”字作势，跃如也。　　按；《语林》载：商则任廪丘尉，性廉洁，县令、丞皆贪。因宴会，令、丞舞则动手，尉则回身而已。令问其故，曰：“长官动手，赞府亦动手，尉更动手，百姓何容活焉?”人皆大笑，曰：“令、丞皆动手，县尉止回身。”今二尹何君苦其身以为吾民如此，非不肯轻于动手者乎！

评解　　林西仲曰：为去任官题募赠行，不过述其在任之贤与宦囊之薄、道路之远，而以捐金高义鼓励一番，此常法也。先生拿定邑人欲留而不得处说起，转到在任之贤，其囊薄、路远二意顺手带入，作法已高。通篇不言赠金者之厚，只言不赠金者之薄，且就其薄上说出无数关系来，到底不露出赠金话头，真别行一路手笔也。其文之缭绕荡漾，如天半彩霞，变出异样形态，俗手何曾摸索得来。

书后　　人之良能可贵者，惟此廉耻之心耳。然非得礼以齐之、义以动之，而其心每汩没坏败于不觉。先生以一己礼义之言，作邑人廉耻之念，故不惮言之烦、词之复，以鼓动而激励之。且见不如此，不免负人；必如此，而后可以对人。人不如此，则道路之见者闻者皆将鄙其为人；必如此，而后一邑之叹者嗟者乃不愧其为人。以大礼遏其偷心，以大义去其惮心。少有人心者，能不激其廉，励其耻，以共趋于礼义之林乎？

卷之六　起笔不平

送董邵南游河北序

（唐）韩　愈

董邵南，寿州安丰人。贫能读书，有孝行。举进士不得志，去游河北。时河北自天宝以后，诸藩镇不禀朝命，邵南欲往，有求用意，故昌黎以之隐讽云。《南部新书》："贞元中，仕进道塞，奏请难行。东省数日闭门，南台惟一御史。令狐楚为桂府白身判官，七八年奏官不下。由是两河竞辟才隽，抱器之士往往归之，用为谋主，日以恣横。元和以来，始进用有序。"昌黎之序，正从事汴、徐二府时作。董生之游河北，盖有以也。

突起，伏下望诸君、荆轲一流人物。
此段言其必合，是用正笔，却是宾。

燕赵古称多感慨悲歌之士。董生举进士，连不得志于有司，怀抱利器，郁郁适兹土。吾知其必有合也。董生勉乎哉！

夫以子之不遇时，苟慕义强仁者，皆爱惜焉；矧燕赵之士，出乎其性者哉。

然吾尝闻风俗与化移易，吾恶知其今不异于古所云耶？聊以吾子之行卜之也。董生勉乎哉！

此段言未必合，用反笔，却是主。

吾因之有感矣，为我吊望诸君乐毅封号之墓，而观于其市，复有昔时屠狗者高渐离乎？为我谢曰："明天子在上，可以出而仕矣。"

陡起一笔。

结用余波，正作文主意。

顶批　按：过商侯曰：通篇以"古""今"二字作关键，"吾知""吾恶知"等字作呼应，咽呜驰骤。既爱才，亦忧国。圣乎文矣！　按：《隋书·地理志》：冀、幽"俗重气侠、好结朋党，其相赴死生，亦出于仁义。故《班志》述其土风，悲歌慷慨，椎剽掘冢，亦自古之所患焉"。发端议论即从此出。　按：董生极有孝行，河北之行，不惟不能扬名以显亲，必将有以辱身。文公此序，所以全其名，亦即所以全其孝。

评解　燕赵，即河北之地也。劈首突起一句，下文不接，最为奇横。中间一正一反，文意委婉。末结出"明天子在上"五字，懔然责诸镇之不臣，而讽董生以不必往。寥寥短章，一起一结，笔亦不平如此。此韩文之所以如潮也。《快笔》评：送董邵南往燕赵，却反托董邵南谕燕赵归朝廷，分明是责诸镇之不臣，而讽董生不必往也。此等叙不过应酬文字，亦必从大纲大纪立论。于此可见昌黎之为文，即于此可见昌黎之为人。

书后　朋友居五伦之末，其所以切磋心性者，当不徒在文章之末艺，而在出处之大纲。古今所传，如文公之铭柳子，则直以坐党叔文谓其不自贵重，绝不少为之讳。非其气谊与许，未能深洽，盖以大纲所在，不得为之假借耳。今董生河北之行，文公岂不知其连不得志，以为苟合幸进之计，故不直言其失，而第即圣天子在上，可出而仕，以明“率土之滨，莫非王臣”，隐寓规讽，俟其自悟。在人或疑文公待柳子之刻而遇董生以宽，不知彼为盖棺论定之言，此非有志竟成之事。凡欲全大纲于两人者，真可谓仁至义尽，而不徒以文章末艺相切磋也。岂非千古论交之极则哉？

送温处士赴河阳军序

（唐）韩　愈

温处士，名造，字简舆，大雅五世孙。性嗜书，盛气，少所降屈。李希烈反，造为张建封参谋。承密诏，说刘济效命，称旨，将用为谏官。不果复去，隐东都。乌重胤镇守河阳，以石处士之荐，奏置幕府，文公作序送之。此从将军取士上立论，真大手眼。苏氏行文每从此出，是为正喻夹写之祖。

喻起，奇突。“空”字为骨。

伯乐一过冀北之野而马群遂空。夫冀北马多天下，伯乐虽善知马，安能空其群邪？解之者曰：“吾所谓空，非无马也，无良马也。伯乐知马，遇其良辄取之，群无留良焉。苟无良，虽谓无马，不为虚语矣。”

一语即从喻处渡下。

所谓“遇良辄取”。

字法。

此段乃作序正旨，应前段马空冀北之喻。

东都，固士大夫之冀北也。恃才能深藏而不市者，洛之北涯曰石生，其南涯曰温生。大夫乌公，以斧钺镇河阳之三月，以石生为才，以礼为罗，罗而致之幕下。未数月也，以温生为才，于是以石生为媒，以礼为罗，又罗而致之幕下。东都虽信多才士，朝取一人焉，拔其尤；暮取一人焉，拔其尤。自居守河南尹，以及百司之执事，与吾辈二县之大夫，政有所不通，事有所可疑，奚所谘而处焉？士大夫之去位而巷处者，谁与嬉游？小子后生，于何考德而问业焉？搢绅之东西行过是都者，无所礼于其庐。若是而称曰：“大夫乌公一镇河阳，而东都处士之庐无人焉。”岂不可也？

束住。

夫南面而听天下，其所托重而恃力者，惟相与将耳。相为天子得人于朝廷，将为天子得文武士于幕下，求内外无治，不可得也。愈縻于兹，不能自引去，资二生以待老。今皆为有力者夺之，其何能无介然于怀邪？生既至，拜公于军门，其为吾以前所称，为天下贺；以后所称，为吾致私怨于尽取也。

此段足上文，美乌公得士，可敌相臣。

时公令河南，此方自序。

四句总收。

“尽取”二字应前“空”字。

留守相公首为四韵诗歌其事，愈因推其意而序之。

顶批　按：《文醇》曰：长庆初，造以京兆司录为太原幽镇宣谕使，为刘总开示祸福，总籍所部九州入朝。还授御史，知弹奏。劾大金吾李祐违诏进马，祐曰：“吾夜入蔡州，擒吴元济，未尝心动，今日胆落于温御史。”兴元军乱，杀李绛，授造山南西道节度使，许以便宜从事。至则大宴将士，酒间伏兵起，叛者八百余人皆伏诛；加检校礼部尚书。造在当时，固矫矫有风裁者。　　按：储同人曰：四层写“空”字，错落变化，不使一实笔，议论皆是横空而来。

按：《唐书》载造，盖英干之士。文公两处士序，词若重石而简温，细玩之，石序犹反复进规，温序则惟自叹失良友而已，则其重温者尤至矣。　　按：大舜以怨慕感亲，屈原以怨思悟主，文公以怨颂待友，于此可见古人之至诚。

评解　送温生耳，而必援石生以为陪。前送石生曾有序，绝好陪客也。送温生耳，文中无一语正写温生之好，而反归美乌公，何也？公《杂说》曾言矣：“世有伯乐，然后有千里马。”况二生皆乌公所聘，故于此用伯乐事喻起，而以“空”字为骨，恰切此时情事，不可移用他人也。自序一段，于送美之后兼以怨词，盖以怨为颂，怨甚于颂也。看来文公为文专用虚托之笔、曲折之笔，不用一实笔、直笔也。如颂温生宜言温生之才，乃在乌公及河南尹等上写之；颂乌公之美宜直言其美，而反以怨词出之。至以宾陪主，宾中生宾，有正意，有余意，来去分明，人已写到。令人读之无不起舞，直以文为戏者也，莫可及矣。

书后　自来公侯将相之门，所以役使豪杰者，以其独操一时荣辱之柄也。文人学士之辈，所以自媒权贵者，以其得展半生郁结之志也。然此第可以论寻常之遇合，而不可律道义之遭逢。何则？道义者，信之深、思之至，接之必以礼，而不能以荣辱加；不恃才，不矜能，至之必有因，而不漫以郁结试。此岂寻常之食以草具、坐甘下客，必待弹铗而始宠用、处囊而始自荐者所可同日语哉？故一时贤人君子不禁喜出望外，每以不及推毂为恨，而致私怨于尽取焉。是诚千古伯乐之奇，而于大夫乌公仅一遇之者。此文公所以既为石生序，而复乐为温生序之也与？

平淮西碑

（唐）韩　愈

旧史载：元和十二年，宰臣裴度为淮西宣慰处置使兼彰义军节度使，请公为行军司马。淮、蔡平，十二月随度还朝，以功授刑部侍郎，仍诏撰《平淮西碑》，其词多叙裴度事。时先入蔡州擒吴元济，李愬功第一，愬不平之。愬妻，唐安公主也，出入禁中，因诉碑词不实。诏令磨公文，命翰林学士段文昌重撰。文昌文载姚铉《唐文粹》中。厥后宋代汝宁守陈洵命工磨去段作，重刻公文，真为千古快事。

一起。绝大手笔。得此才领得一篇文字起。

天以唐克肖其德，圣子神孙，继继承承，于千万年，敬戒不怠，全付所覆，四海九州，罔有内外，悉主悉臣。

唐室之乱自玄宗始。

极写四朝姑息。伏下致讨之根。

高祖、太宗，既除既治。高宗、中、睿，休养生息。至于玄宗，受报收功，极炽而丰。物众地大，孽牙指藩镇强其间。肃宗、代宗，德祖、顺考，以勤以容。大慝指安、史、朱泚、李希烈乱适去，稂莠不薅，相臣将臣，文恬武嬉，习熟见闻，以为当然。

应首句，应列祖，极庄重，

补出群臣。针线最密。

先引他处，是借形法。

睿圣文武皇帝既受群臣朝，乃考图数贡，曰："呜呼！天既全付予有家，今传次在予，予不能事事，其何以见于郊庙！"群臣震慑，奔走率职。明年平夏杨惠琳，又明年平蜀刘辟，又明年平江东李钧、李锜，又明年平泽、潞卢从史，遂定易、定张茂昭，致魏、博、贝、卫、澶、相田兴，无不从志。皇帝曰：“不可究武，予其少息。”

顿一句明不急讨之故。
吴元济有应讨之罪。

九年，蔡将吴少阳死，蔡人立其子元济以请，不许，遂烧舞阳，犯叶、襄城，以动东都，放兵四劫。皇帝历问于朝，一二臣外，皆曰：“蔡帅之不廷授，于今五十年，传三姓四将，其树本坚，兵利卒顽，不与他等。因抚而有，顺且无事。”大官臆决唱声，万口和附，并为一谈，牢不可破。皇帝曰：“惟天惟祖宗所以付任予者，庶其在此，予何敢不力！况一二臣同，不为无助。”曰：“李光颜，汝为陈、许帅，维是河东、魏博、郃阳三军之在行者，汝皆将之。”曰：“乌重胤，汝故有河阳、怀，今益以汝，维是朔方、义成、陕、益、凤翔、延、庆七军之在行者，汝皆将之。”曰：“韩弘，汝以卒万二千，属而子公武往讨之。”曰：“李文通，汝守寿，维是宣武、淮南、宣歙、浙西四军之行于寿者，汝皆将之。”曰：“李道古，汝

借群臣口中，见淮西亦劲敌。

归功于上之独断。

得《虞书》命官体。

文法一变。

文法又一变。

其观察鄂岳。”曰：“李愬，汝帅唐、邓、随，各以其兵进战。”曰：“裴度，汝长御史，其往视师。”曰：“度，惟汝予同。汝遂相予，以赏罚用命不用命。”曰：“弘，汝其以节都统诸军。”曰：“梁守谦，汝出入左右，汝惟近臣，其往抚师。”曰：“度，汝其往，衣服饮食予士，无寒无饥，以既厥事，遂生蔡人。赐汝节斧、通天御带、卫卒三百。凡兹廷臣，汝择自从，惟其贤能，无惮大吏。庚申，予其临门送汝。”曰：“御史度，予闵士大夫战甚苦，自今以往，非郊庙祠祀，其无用乐。”

伏下“责战益急”句。

三写命度，委曲详尽，归重相臣。

以上各节皆命将之词。

颜、胤、武合攻其北，大战十六，得栅、城、县二十三，降人卒四万。道古攻其东南，八战，降万三千，再入申，破其外城。文通战其东，十余遇，降万二千。愬入其西，得贼将，辄释不杀，用其策，战比有功。十二年八月，丞相度至师，都统弘责战益急，颜、胤、武合战益用命。元济尽并其众洄曲以备。十月壬申，愬用

论战功。

愬功独虚叙，留下雪夜之地。

所得贼将李祐，自文城，因天大雪，疾驰百二十里，用夜半到蔡，破其门，取元济以献，尽得其属人卒。辛巳，丞相度入蔡，以皇帝命赦其人。淮西平，大飨赉功。师还之日，因以其食赐蔡人。凡蔡卒三万五千，其不乐为兵愿归为农者十九，悉纵之。斩元济京师。

征淮西事毕。

处分淮西罪人事毕。

论赏功。

册功：弘加侍中；愬为左仆射，帅山南东道；颜、胤皆加司空；公武以散骑常侍，帅鄜、坊、丹、延；道古进大夫；文通加散骑常侍；丞相度朝京师，道封晋国公，进阶金紫光禄大夫，以旧官相；而以其副马总为工部尚书，领蔡任。

册功事毕。

自叙撰文来历。

既还奏，群臣请纪圣功，被之金石。皇帝以命臣愈，臣愈再拜稽首而献文曰：

起即顿跌，为下谋讨作势。

四圣：肃、代、德、顺。

总写内、外事之败坏。

唐承天命，遂臣万邦。孰居近土，袭盗以狂。往在玄宗，崇极而圮。河北悍骄，河南附起。四圣不宥，屡兴师征。有不能克，益戍以兵。夫耕不食，妇织不裳。输之以车，为卒赐粮。外多失朝，旷不岳狩。百隶怠官，事亡其旧。

谋讨之词。

帝时继位，顾瞻咨嗟：“惟汝文武，孰恤予家?”既斩吴、蜀，旋取山东。魏将首义，六州降从。

各路先平。

叙元济。

淮、蔡不顺，自以为强。提兵叫讙，欲事故常。始命讨之，遂连奸邻。阴遣刺客，来贼相臣。方战未利，内惊京师。群公上言，莫若惠来。帝为不闻，与神为谋。乃相同德，以讫天诛。

“始命”四句，补叙中所无。

帝之独断。

乃敕颜、胤，愬、武、古、通，咸统于弘，各奏汝功。三方分攻，五万其师。大军北乘，厥数倍之。常兵时曲，军士蠢蠢。既剪陵云，蔡卒大窘。胜之邵陵，郾城来降。自夏入秋，复屯相望。兵顿不励，告功不时。帝哀征夫，命相往厘。士饱而歌，马腾于槽。试之新城，贼遇败逃。

总叙前后兵士之多。

渐次报功。

兵忽不利，因命度督战，以转败为功。

尽抽其有，聚以防我。西师跃入，道无留者。頟頟额同蔡城，其疆千里，既入而有，莫不顺俟。

不没李愬。

宽其兵之罪。

帝有恩言，相度来宣：“诛止其魁，释其下人。”蔡之卒夫，投甲呼舞；蔡之妇女，迎门笑语。蔡人告饥，船粟往哺；蔡人告寒，赐以缯布。始时蔡人，禁不往来，今相从戏，里门夜开；始时蔡人，进战退戮，今旰而起，左餐右粥。为之择人，以收余惫。选吏赐牛，教而不税。

济其民之穷。

自“帝有恩言”至此皆“遂生蔡人”之实。

蔡人有言：“始迷不知，今乃大觉，羞前之为。”蔡人有言：“天子明圣，不顺族诛，顺保性命。汝不吾信，视此蔡方，孰为不顺，往斧其吭！凡叛有数，声势相倚。吾强不支，汝弱奚恃？其告而长，而父、而兄，奔走偕来，同我太平。”

作察人自悔语。

作察人劝戒语。

总上文作收。

淮、蔡为乱，天子伐之。既伐而饥，天子活之。始议伐蔡，卿士莫随。既伐四年，小大并疑。不赦不疑，由天子明。凡此蔡功，惟断乃成。

归功朝廷。

既定淮、蔡，四夷毕来。遂开明堂，坐以治之。

明断作结。见君相一德也。

顶批　按：王志坚曰：史载碑仆于李愬倚唐安公主入诉。方愬入蔡，具櫜鞬迎晋公，示人以上下之分，其人知礼如此，不应争功于文字间。观罗隐《记石烈士事》，知仆碑实出于石。盖将帅宣力之迹著，庙堂主持之权微，军中健儿安知所谓“惟断乃成”，而是时政在姑息，遂因而从之耳。观段文昌改作碑文中，愬部将姓名如史旻、仇良辅、李祐、李忠义、田进诚之类，一一胪列殆尽，则当时所以改作之故可知矣。　按：李忠臣、陈仙奇、吴少诚相继为淮西节度使，是为三姓。李忠臣、吴少诚及李希烈、吴少阳，是为四将。　按：当日裴度、李吉甫、武元衡皆主讨，一二臣之外，皆不欲讨也。庸人误国，大抵如此。仍是上文所谓“习熟见闻，以为当然”语气。　按：鲁庄十年，公及齐师战于长勺，曹刿请见，而以衣食分人、牺牲奉祀为小惠小信，不足与战，仅许其察狱以情为忠之属，可以一战。而此篇命将于度，必叮咛其衣食饥寒之小惠，郊庙祠祀之小信，而不及察狱之忠属者，此何以故？不知彼为平时之固结，此乃临事之抚绥，原未可一概论也。亦何疑于当日之一战而胜，遂有蔡地也乎？　按：师行有裨将，有大将。裨将者，将兵者也；大将者，将将者也。兵不用命，裨将主之；将不用命，大将主之。淮西之役，度为大将，愬等为裨将，故度一至师而诸将皆益用命也。然则愬之功，皆度之功，正不得议公之推崇夫度者为阿私也；而况铺叙愬功较诸将为独详尽，并未稍没其勋，何当日仆碑之举即在转瞬者哉！　按：元和十年，宰相武元衡入朝，东平李师道遣刺客暗中射之，并伤裴度。尔时高霞寓大败于铁城，故群公皆上言而“莫若惠来”也。　　按：自来名将成功，每多资降贼者，以能知敌中虚实，可以直捣其巢穴也。然非假以恩信、策驭尽善，而亦未有不因以贾祸者。如李愬擒丁士良、陈光洽、吴秀琳、李祐等以归，辄释不杀，待以客礼，深得策驭降将之法，故一时皆乐为之用。不然，蔡人自董昌龄以郾城降后，尽抽其有，聚以防我，纵众寡不敌，而以逸待劳，相持不下，其跃入之师又何以奏功旦夕哉？　　按：林西仲曰：蔡平后，其时淄青李师道等尚抗朝命。忽借蔡人之口劝戒鼓舞，朝廷恩威，得此分外生动。此千古仅作也。

评解　王念存曰：此昌黎奉制所作也。庄重古雅，叙次出落，一字不苟。章法、句法，皆为绝唱。沈确士曰：记畔乱，记廷议，记命将，记战功，记赦宥，记论功，而总归于天子之明且断，井井整整、肃肃穆穆，如读《江汉》《常武》之诗，西京后第一篇大文字。李商隐诗云：“点窜《尧典》《舜典》字，涂改《清庙》《生民》诗。”其言似矣。然公之此文，审轻重，明顺逆，歌之舞之，振动天下，又岂在于抄掇摹绘之间哉？又曰：“公之斯文若元气。”“濡染大笔何淋漓。”斯言尽之矣。东坡临江亦有诗云：“淮西功业冠吾唐，吏部文章日月光。千古断碑人脍炙，不知世有段文昌。”其推崇有如此。黼按：通篇以“天”“德”二字为主。淮、蔡以不顺天而致讨，群臣以不同德而不讨，而究其所以能讨之故，实由天子之明且断，与乃相同德，以讫此天诛也。尤妙在叙如《书》、铭如《诗》，读者所宜潜玩，故补选之。

书后　昔汉高祖之得天下也，群臣争功不决，及高祖以功人功狗喻之，而群臣始莫敢言。此虽一时抵拦之词，未足为定论，而当其纷争不息，非此不足以折服其嚣陵不靖之心，以此见高祖之明而能断也。淮西之平，天子既有册功行赏之典，则当日发纵指示者，固自有人。文公奉命撰文，自不得不推崇功人，以稍抑功狗，而岂有偏党于其间哉？而何以此文一出，竟听臣下之喧哗扰攘以仆其碑，若无异汉廷群臣所谓徒持文墨议论，而未尝有汗马之劳者，而又令段文昌重撰。当日在廷诸臣，独无如鄂千秋其人得以一伸定论乎？而况当日之能固帝意者，惟裴度一人，其功原不在萧何下。倘宪宗稍能明断，亦何至入谗言而旋树旋仆之耶？然则唐之君臣远不及汉之明且断也，而文公岂任其咎哉！

永州韦使君新堂记

（唐）柳宗元

使君，贤太守之称。韦君为永州太守，新作堂为游观，时子厚为是州司马，作之记。

陡然翻起，忽作数折，全用虚字衬成，笔法奇幻。

将为穷谷、嵁岩、渊池于郊邑之中，则必辇山石，沟涧壑，凌绝险阻，疲极人力，乃可以有为也。然而求天作地生之状，咸无得焉。逸其人，因其地，全其天，昔之所难，今于是乎在。

为政之道，备此三语。

此段追写前景荒芜，以起韦公之修。

永州实惟九疑之麓，其始度土者，环山为城。有石焉，翳于奥草；有泉焉，伏于土涂。蛇虺之所蟠，狸鼠之所游，茂树、恶木、嘉葩、毒卉乱杂而争植，号为秽墟。韦公之来既逾月，理甚无事，望其地，且异之。

此段记工毕景况，句句伏末段。

始命芟其芜，行其涂，积之丘如，蠲之浏如。既焚既酾，奇势迭出，清浊辨质，美恶异位。视其植，则清秀敷舒；视其蓄，则溶漾纡余。怪石森然，周于四隅，或列或跪，或立或仆，窍穴逶邃，堆阜突怒。乃作栋宇，以为观游。凡其物类，无不合形辅势，效伎于堂庑之下。外

方入新堂。

此记堂成，并记堂内堂外。

文中有画。

以赞贺为规讽，托之或妙。

志即上“逸其人”三项，一篇主。

推到后来，所见更大。

结屹立。

之连山高原，林麓之崖，间侧隐显。迩延野绿，远混天碧，咸会于谯门之内。

已乃延客入观，继以宴娱。或赞且贺，曰：“见公之作，知公之志。公之因土而得胜，岂不欲因俗以成化？公之择恶而取美，岂不欲除残而佑仁？公之蠲浊而流清，岂不欲废贪而立廉？公之居高以望远，岂不欲家抚而户晓？夫然，则是堂也，岂独草木、土石、水泉之适欤？山原、林麓之观欤？将使继公之理者，视其细，知其大也。”

宗元请志诸石，措诸壁，编以为二千石楷法。

顶批　按：徐万资曰：昔人谓柳文长于记，苍洁简括，令人涵咏不忍释。是篇叙次生动，有用韵语，有雕琢语，最为河东擅胜之处。　按：《文醇》云：人或良才美质，自天畀之。而不学不问，好恶无节于内，知诱于外，以至灭天理而穷人欲，于是有悖逆诈伪之心，有淫佚慝乱之事，以之终身而不变。人曰天之生是使然也，奚知其质美才良，克念即可作圣耶？其与佳景、瑰观、清泉、美石之汩于荒区蛮域恶木毒卉之中，与为终古者奚异？宗元为上官作记，故以治人之道言之。善读之，知修身矣。　　按：“或赞”一段，语语收缴前文，洗发苦心，用意正大。俗解病其稍落常调，不知不如此着笔，直无可住手处。读者正不得以寻常颂扬语目之。

评解　　劈首翻起，最为出色，有悬岩万仞之陡峻。尝见八大家古文，最争一起笔。此新堂在城内，以郊邑之人为者来翻，非无根据，正切题下笔也。中间写景似乎太多，然句句为末段埋伏，自非泛设。末段发出正论，见非山水适情，乃治政经济也。尤巧者，赞贺托之或人口中，在己不为谄谀；且名曰赞贺，实是规讽，亦不取戾使君。夫作一小堂，不过为观游耳，而云可为后法，亦小中见大之文；自来大家皆如此。柳公山水诸记，大抵自吐胸中丘壑，此独关照政治，为太守作，不得不尔。然如此方切、方和平。若东坡《凌虚台》，昔人以为是一篇骂太守文也，逊此多矣。

书后　　《愚溪诗序》，柳子贬永州时所作也。夫山、水本仁、智之所乐，而咸以“愚”辱者，岂不以韦君新堂之作亦于是乎在？土则因其胜，植则取其美，流则择其清，居则望其远，一时嘉惠廉明之誉，无不归之使君。若已之流则趋下，石则峻急，地则幽邃浅狭，虽欲不愚，得乎？而不知使君之智，无妨柳子之愚；而柳子之愚，实足以发明使君之智。故其见公之作也，则知其志；继公之理也，则知其大。

不徒在草木、土石、水泉之适，山原、林麓之观。则柳子之愚，只自愚耳，夫岂因人而愚者哉！

箕子庙碑

（唐）柳宗元

箕子名胥余，官太师，纣叔父。食采于箕，故曰箕；子，其爵也。纣作炮烙之刑，箕子谏之，不听，囚之。乃佯狂为奴，遂隐。鼓琴以自悲，至今传《箕子操》。后武王克殷，访箕子以天道，遂陈《洪范》，封之朝鲜而不臣。唐建庙于汲郡，子厚为作碑文。

劈立三峰，古文奇境。

“道”字一篇主脑。

凡大人之道有三：一曰正蒙难身赖以保，二曰法授圣道赖以传，三曰化及民时赖以济。

殷有仁人曰箕子，实具兹道，以立于世。故孔子述六经之旨，尤殷勤焉。当纣之时，大道悖乱，天威之动不能戒，圣人之言无所用。进死以并命，诚仁矣，无益吾祀，故不为；委身以存祀，诚仁矣，与亡吾国，故不忍。且是二道有行之者矣。

不学比干、微子。

是用保其明哲，与之俯仰，晦是谟范，辱于囚奴。昏而无邪，颓而不息，故在《易》曰“箕子之明夷”。正蒙难也。

三段应起三柱。

及天命既改，生人以正。乃出大法，用为圣师，周人得以序彝伦，而立大典，故在《书》曰“以箕子归，作《洪范》”。法授圣也。

及封朝鲜，推道训俗，惟德无陋，惟人无远，用广殷祀，俾夷为华。化及民也。

造句。

率是大道，丛于厥躬，天地变化，我得其正。其大人欤？

应篇首“大人”。

於虖！当其周时未至，殷祀未殄，比干已死，微子已去，向使纣恶未稔而自毙，武庚念乱以图存，国无其人，谁与共

咏叹一番，将箕子心事曲传，笔墨淋漓。

理？是固人事之或然者也。然则先生隐忍而为此，其有志于斯乎？唐某年作庙汲郡，岁时致祀。嘉先生独列于《易》象，作是颂云：

蒙难以正，授圣以谟。宗祀用繁，夷民其苏。宪宪大人，显晦不渝。圣人之仁，道合隆污。明哲在躬，不陋为奴。冲让居礼，不盈称孤。高而无危，卑不可逾。非死非去，有怀故都。时诎而伸，卒为世模。《易》象是列，文王为徒。大明宣昭，崇祀式孚。古阙颂辞，继在后儒。

顶碑文三项对起。

“死”“去”二字亦顶碑文来。

结明作颂之旨。

顶批　按：沈确士曰：开天明道者为圣人。箕子《洪范》，以布帛、菽粟之言，发天人感应之理，固圣人也。其时周家父子兄弟圣聚一堂，人故多以亡国之臣而忽之。柳子以特识，而犹只称曰“大人”，然则圣人殆有幸有不幸耶？按：黄东发曰：子厚发明箕子之道，善矣。但恐不当于三人分轻重。　按：《文醇》云：储欣谓末段乃书生事后揣测之谈，当日不顾行遁，何暇计及？不知当纣之时，微子、微仲、王子比干、箕子、胶鬲皆贤人，流风善政犹有一二存者，故久而后失。迨比干死，微子、微仲、胶鬲归周，若无箕子，明不既息矣乎？宗元末段之意实本诸此。夫硕果不食，松柏后凋，守先王之道以待后之学者，诚圣贤与天地同心之处。观夫东汉之末，贤士大夫沦胥以亡，于是郭泰有殄瘁之伤，卓、操无顾忌之意。宗元之论，夫又曷可议哉！

评解　《快笔》云：《箕子碑》全文真如海外三峰，卓然峭峙。末忽换笔，变作天风海涛，但以先立三柱，后应三段，在前人为创格，在后人觉陈腐，故不全录。而林西仲则讥其不善读古。余则正喜其劈立三柱，后应之，将箕子一生事业写尽。末一段虽推心置腹，不过想当然作波澜耳，何得去正诠而取旁意乎？且三柱之格，吾见时文中魁者多矣，何不可学？又《快笔》云：即一佯狂为奴，看出箕子无数妙用。真是议高于顶、力大于身，旨哉！张初洞之评曰：善作文者，儿戏事说出大礼，败局中算出胜著，乃妙，如《桐叶封弟辨》《箕子庙碑》皆是。从无说有，从虚说实，乃见过人处。此单评后段也，亦佳，故录。尝言文章高下，一起便见。孔子云："一言以为智，一言以为不智。"言不可不慎也。故特选十余首以约其概。然十余首之佳，不止一起，特以备体耳；即集中起法佳者尚多，亦不徒此十余首。读者随文取之可也。

书后　《明夷》释象兼言文王，而五爻独言箕子。人或疑羑囚演《易》，初无授圣之艰，岐邑承宣，亦与荒民较易。不知文王之明夷，不过如日月之食，其掩也，人皆见之，及其复也，人皆仰之，故象言而五不言。若夫箕子，以贵戚之卿，遇宗国之难，谏之不可，去之不能，一念精忠，尽归隐忍，而欲其明不息，亦綦难矣。而佯狂养晦，宗社默图，迨至南狩大得，天命难回，而始陈畴演范，攸叙彝伦，训俗型方，用广殷土，非晦人所不能晦，而明人所不能明者乎？是以晦之迹虽不异于文王，而晦之心更难白于天下。此所由象既释之，而爻又言之，一若箕子之明夷，有非五不足以形之也。柳子之嘉其独列《易》象，非即以此哉？

谏院题名记

（宋）司马光

谏院者，谏官衙门也；题名，将已往谏官题名于上。仁宗嘉祐中，司马光知此院而为之记。光字君实，陕州夏县涑水人。年二十举进士，相哲宗，改新法，以天下为己任，有旋乾转坤之功。辽人相戒不敢犯边，死之日，百姓如丧考妣。封温国公，谥文正。

高一层起。

古者谏无官，自公卿大夫至于工商，无不得谏者。汉兴以来，始置官。

溯源一顿，布局宽。

夫以天下之政，四海之众，得失利病，萃于一官使言之，其为任亦重矣。

知治体，明职守。

居是官者，当志其大，舍其细，先其急，后其缓，专利国家而不为身谋。

侧注名上，作记本旨。

彼汲汲于名者，犹汲汲于利也，其间相去何远哉！

天禧真宗年号初，真宗诏置谏官六员，责其职事。庆历仁宗年号中，钱君始书其名于版。光恐久而漫灭，嘉祐仁宗年号八年，刻著于石。

方点题事。

后之人将历指其名而议之曰：“某也忠，某也诈，某也直，某也曲。”呜呼！可不惧哉。

以名惧之，凛若秋霜。

顶批　按：公《传家集》八十卷，语多类此。文章百六十余字耳，言简意赅，字含铦锷，读之令人生敬。　按：谏官本无利，然最易犯名，故汲汲于名。“名”字非一己之荣名，乃朝廷之大名，观“专利国家”“不为身谋”句可见。按：公自少至老，语未尝妄，尝语人曰：“吾无过人者，但平生所为，未尝有不可对人言者耳。”其诚心自然，不愧屋漏，吾固知公之不惧也。

评解　一起之高远突兀，一结之深情警惕，已不可及；而题前三层，题后咏叹，所谓节短音长、文约势宽者也。可为短篇法程。至题名，人皆以为荣，公独以惧惕之，此等卓识，乃作史法也。公之德业昭著天壤，而文章复如此正大深宏，万家生佛，真一代全人也。“古者”突起，近时墨中提股起句多祖之。

书后　谏诤者，朝廷之元气，故一代忠良正直之士，每不惜面折而廷争。此岂求博荣名于一生哉，抑以天下之政，四海之众，萃于一官，有非可以缄默而委蛇之者。真宗谏官之置，知所以保全元气矣。然圣明之创建，虽寓有深意，而臣下之奉行，每视为具文。倘不预为提撕，安见治法治人之流布得以永垂于不弊也？温公题名石壁，虽以警一时之忠诈曲直，而其责望后人之意，要在务其大，先其急，以专利乎国家，原不徒为一生之荣辱计也。然则居是职者，其为光竹帛而耀勋猷者，名犹小；而保全元气于朝廷者，其名不独大哉？

相州昼锦堂记

（宋）欧阳修

堂以昼锦名，取“富贵不归故乡，如衣锦夜行”

之意。相州，今河南彰德府安阳县。宋韩琦，字稚圭，相人。仁宗朝大拜，封魏国公。后罢相，出镇长安，辞而请守相。荣君之恩，因作此堂而名之，欧公为之作记。

就题名起。冠冕切实。

此段先将世俗之荣形起于前，便好跌出魏公身分来。

仕宦而至将相，富贵而归故乡，此人情之所荣，而今昔之所同也。盖士方穷时，困厄闾里，庸人孺子皆得易而侮之，若季子不礼于其嫂，买臣见弃于其妻。一旦高车驷马，旗旄导前，而骑卒拥后，夹道之人相与骈肩累迹，瞻望咨嗟；而所谓庸夫愚妇者，奔走骇汗，羞愧俯伏，以自悔罪于车尘马足之间。此一介之士得志当时，而意气之盛，昔人比之衣锦之荣者也。

“得志”数句，收拾前文。

反照公之志。

一转入题。

此段序公生平，见与人异。

惟大丞相魏国公则不然。公，相人也，世有令德，为时名卿。自公少时已擢高科，登显仕。海内之士，闻下风而望余光者，盖亦有年矣。所谓将相而富贵，皆公所宜素有，非如穷厄之人，侥幸得志于一时，出于庸夫愚妇之不意，以惊骇而夸耀之也。然则高牙大纛，不足为公荣，桓圭衮裳，不足为公贵；惟德被生民而功施社稷，勒之金石，播之声诗，以耀后世而垂无穷。此公之志，而士亦以此望于公也，岂止夸一时而荣一乡哉？

翻去俗情。

“志”字为骨，应前。

公在至和仁宗年号中，尝以武康之节来治于相，乃作昼锦之堂于后圃。既又刻诗于石，以遗相人。其言以快恩仇、矜名誉为可薄，盖不以昔人所夸者为荣，而以为戒。于此见公之视富贵为何如，而其志岂易量哉？故能出入将相，勤劳王家，而夷险一节。至于临大事，决大议，垂绅正笏，不动声色，而措天下于泰山之安，可谓社稷之臣矣。其丰功盛烈，所以铭彝鼎而被弦歌者，乃邦家之光，非闾里之荣也。

此序作堂之由。

初无溢美。

“邦家”二句通篇结穴。

余虽不获登公之堂，幸尝窃诵公之诗。乐公之志有成，而喜为天下道也，于是乎书。

序作记之由，结得体。

顶批　按：徐日如曰：极庸俗题翻出极高雅议论，非欧公不能为此文，非魏公不能当此文。文之峥嵘峻伟，与魏公之相烈，并传不朽。　按：公罢相镇长安，或献以诗云："是非莫问门前客，得失须凭塞上翁。引取碧油红旆去，邺王台上醉春风。"其意盖劝公辞分陕之重，是以有相州之请。然则公作是堂，当不徒有异季子、买臣诸人之出其不意，而其轻视富贵之心为何如哉！　按：何义门曰：有此证佐（编按：指"公在至和中"一节），则前半方不涉客气。若不量轻重，只要高处立，阔处坐，便成乱道矣。　按：公在谏垣，前后凡七十余疏；及为相，劝上早定皇嗣，以安天下；英宗即位，公调护两宫，劝太后撤帘，故曰"临大事"云云。

评解　《观止》云：魏公、永叔岂皆以昼锦为荣者。起笔便一笔撇开，以后俱从第一层立议，此古人高占地步处。按魏公为相，永叔为翰林，人曰"天下文章莫大于是"。即《昼锦堂记》，以永叔之藻采，著魏公之光烈，正所谓天下莫大之文章。题本以富贵为荣，文乃翻进一层，方合魏公身分，亦见作者身分。如徒夸人富贵，近于谀矣。古人行文原不苟也。此文以"志"字为骨，从魏公生来；以"荣"字为线，从昼锦堂生来。乃切人切题之法。

书后　富贵者，一时之尊显也；功德者，千古之声称也。将相能致尊显于一时，而不能必声称于千古。则欲以一时易千古，非得一时之文人以尊显之，而其声称终无以大著于天下。魏公之作昼锦堂也，千古比以衣锦之荣。而其尊显于一时者，皆公所素有，非出于庸夫愚妇之不意。而欲以一时争千古，夫岂难哉？而乃必记于公。是不以己之声称为可贵，而直以文人之尊显为可珍，而公亦不以其一时所尊显者而声称之。则魏公之声称于千古者，虽非公所得而增损之；而其传千古于一时者，未必不系此一记也。然则文人之权，尊显于将相。彼以富贵骄人者，亦当废然自返哉。

纵囚论

（宋）欧阳修

唐太宗六年，有斩犯三百余人，放回家看父母妻子，至期来受刑，后无一逃者。古君民俱忠厚，此事容或有之。欧公以为不近人情，特太宗好名耳，故作此论驳之，然其论自正也。

泛论作冒，以伏下意。

信义行于君子，而刑戮施于小人。刑

入于死者，乃罪大恶极，此又小人之尤甚者也。宁以义死，不苟幸生，而视死如归，此又君子之尤难者也。方唐太宗之六年，录大辟囚三百余人，纵使还家，约其自归以就死。是以君子之难能，期小人之尤者以必能也。其囚及期而卒自归无后者，是君子之所难，而小人之所易也，此岂近于人情哉！

入事。

此言纵囚归，非人情，伏下“必本”句。

或曰：“罪大恶极，诚小人矣。及施恩德以临之，可使变而为君子。盖恩德入人之深，而移人之速，有如是者矣。”曰：太宗之为此，所以求此名也。然安知夫纵之去也，不意其必来以冀免，所以纵之乎？又安知夫被纵而去也，不意其自归而必获免，所以复来乎？夫意其必来而纵之，是上贼下之情也；意其必免而复来，是下贼上之心也。吾见上下交相贼以成此名也，乌有所谓施恩德与夫知信义者哉！不然，太宗施德于天下，于兹六年矣，不能使小人不为极恶大罪；而一日之恩能使

设一难以起下。

将太宗与囚心事一一推勘，以见求名。

见上下相贼，不是恩信。

一句反上收住。

又跌一层，愈醒快。

视死如归而存信义，此又不通之论也。

然则何为而可？曰：纵而来归，杀之无赦。而又纵之，而又来，则可知为恩德之致耳。然此必无之事也。若夫纵而来归而赦之，可偶一为之耳；若屡为之，则杀人者皆不死，是可为天下之常法乎？不可为常者，其圣人之法乎？是以尧、舜、三王之治，必本于人情，不立异以为高，不逆情以干誉。

此是戏论，故末句即掉转断明。

提出常法，其失显然。

结出本意。立论不刊。

双句屹立，与首应。

顶批　按：林西仲谓：帝王好名，便是足与为善处，未可苛论。徐万资以为近霸术，非王道，此论自非深文。　按：沈确士曰：怨女三千放出宫，死囚四百来归狱，是太宗盛德事。欧公以为不近人情，恐后世借口以行其好名之举也，正与孟子论子产乘舆济人同意。　又按：纵囚事，后汉戴封已行之，又见《南北史》，不始于唐太宗。戴封载《独行传》中。　按：黄东发曰：纵囚要是三代后盛事，论上下相贼恐太甚，若后“不立异”二句则至论也。　按：自古皆有死，民无信不立。故兵可去，食可去，而信独不可无。太宗纵囚，果即为知信义。圣贤论政，亦可不必拳拳于此已。按：《合评》云：前不说尧、舜、三王，留在结后，辞有尽而意无穷。

评解　太宗纵囚来归，事载唐史，当时以为美谈，此或太宗好名，史故夸张之也。事之有无，亦不可知。欧公以为非人情，不可为常法。层层辨驳，数纵数擒，愈折愈警，自是老吏断狱。若谓太宗真有此事，亦不可为法。而一起一结，尤见壁立千仞。又《眉诠》云：前路逼出“人情”二字，中间驳出恩德速化之说，后仍勒转治法本乎人情作断案，笔笔扎紧。要其后放阔说，本情以伸常法也。

书后　余尝读史至唐，而知太宗之为人矣。一宫殿耳，毁隋之侈，而寻复修之；恕琎之华，而寻复毁之。一魏徵耳，恶其庭辱，而会须杀之；闻其疏慢，而妩媚进之。皆由好名心盛，不得不强从以干誉耳。惟制刑一道，庶几近之：鞭背刑除有诏矣，关内饥赦有诏矣，决死奏复有诏矣。一旦录囚见悯，敕使还家，亦情或所有，而事所可信也。而如期就死，自诣朝堂，在诸囚纵无侥幸获免之心，而太宗目击神伤，未必不心仪来格质成之盛，以冀比迹乎虞、周，纵而赦之，亦犹是好名之故智也。公之层层驳诘，亦只就人情物理以断之耳，岂真不知太宗之为人者哉？

醉翁亭记

（宋）欧阳修

醉翁者，欧公为滁太守时以之自号也。亭在今江南省滁州琅琊山。欧公谪此时，以自号而名其亭，因为之记。王淑士曰：公以庆历五年谪滁州，年三十九。公有《赠沈博士歌》云：“我昔被谪居滁山，名虽为翁实少年。”醉翁之号，其为公寓言无疑。

一“也”字起下许多“也”字，是放宽起法。

此段序作亭、名亭之由。

环滁皆山也。其西南诸峰，林壑尤美，望之蔚然而深秀者，琅琊也。山行六七里，渐闻水声潺潺而泻出于两峰之间者，酿泉也。峰回路转，有亭翼然临于泉上者，醉翁亭也。作亭者谁？山之僧智仙也。名之者谁？太守自谓也。太守与客来饮于此，饮少辄醉，而年又最高，故自号曰醉翁也。醉翁之意不在酒，在乎山水之间也。山水之乐，得之心而寓之酒也。

“乐”字一篇之骨，妙含与民同意。

若夫日出而林霏开朝，云归而岩穴暝暮，晦明变化者，山间之朝暮也。野芳发而幽香春，佳木秀而繁阴夏，风霜高洁秋，水落而石出者冬，山间之四时也。朝而往，暮而归，四时之景不同，而乐亦无穷也。

此段写四时之景，亦见其可乐。

又收到朝暮四时，应前“乐”字，起下数“乐”字。数语为一篇关键。

至于负者歌于途，行者休于树，前者呼，后者应，伛偻提携，往来而不绝者，滁人游也。临溪而渔，溪深而鱼肥，酿泉为酒，泉香而酒洌清也，山肴野蔌，杂然而前陈者，太守宴也。宴酣之乐，非丝非竹，射者中，弈者胜，觥筹交错，坐起而喧哗者，众宾欢也。苍颜白发，颓乎其间者，太守醉也。

此段序宴酣之乐。

已而夕阳在山，人影散乱，太守归而宾客从也。树林阴翳，鸟声上下，游人去而禽鸟乐也。然而禽鸟知山林之乐，而不知人之乐；人知从太守游而乐，而不知太守之乐其乐也。醉能同其乐，醒能述以文者，太守也。太守谓谁？庐陵欧阳修也。

此段写醉归之乐。

结出太守之同乐，兼点姓名，尤入化境。

顶批　按：过商侯曰：从山出泉，从泉出亭，从亭出人，从人出名，此明明是记，后人即谓之赋体，想读“山间之朝暮也”数段以为类赋耳。不知将此数句节节倒转，便是记体，此意从无人识。　按：何义门曰：昭明太子《陶潜集序》云：“有疑渊明诗篇篇有酒，吾观其意不在酒，亦寄酒为迹者也。”公此篇中用其语。　按：独孤至之《琅琊溪述》云：“公登山，乐山者争同，无小无大，乘兴从公。”又云：“时时醉止，与夕鸟俱，明月满山，朱轿徐驱。”亦采用而变化出之。　按：原评云：公《秋声赋》结添出虫声作余波。此于太守归，游人去，已无可写，忽转出禽鸟来，以见仁民而兼爱物之意，所谓“山穷水尽疑无路，柳暗花明又一村”者也。

评解　随记随解，记体中千古创调也，亦千古绝调也。劈首用一“也”字生出下二十“也”字；然首一“也”字，是拖起下文，尚虚，与下众“也”字实煞者不同。从来文中用“也”字之多，无过于此，故独出一奇。闻公初起稿时，从四方说来有数句，共二十余字，后尽删，作此五字。省而括，高而洁，于此可悟作文不贵冗长。又朝暮四时等，赋记中皆成套语，此只六句了之，亦见其人详我略，故不落俗。至末始点名一法，后来古文时文多祖之。盖欧公《秋声赋》及此首，于作小题法最宜，学者熟读可也。《辑评》：明是玩赏风月，文章妙有与民同乐一段议论，为通篇结穴。中间

"醉翁之意"四语，如山之有峡，前后点染，有似诸峰攒集。所以然者，作记非他人，太守也。先点太守，末点姓名，煞有深意。西仲云：自首至尾，共用二十一个"也"字，句句是记山水，句句是记亭，句句是记太守。评亦佳。　按：《文醇》云：此篇天机畅而律吕调，文中原具有琴，故非他作所可并。况修在滁，蒙被垢污，常人所不能堪，乃于文萧然自远如此，是其深造自得之功，发于心声而不可强也，亦何疑后人之推崇若是哉。用将源流附此（编按：见"附录"），以志不忘云。

附录　东坡作《醉翁操》，其序曰："琅琊幽谷，山水奇丽，泉鸣空涧，若中音会。醉翁喜之，把酒临听，辄欣然忘归。既去十余年，而好奇之士沈遵闻之，往游。以琴写其声，曰《醉翁操》。节奏疏宕而音指华畅，知琴者以为绝伦。然有其声而无其辞，翁虽为作歌，而与琴声不合。又依楚辞作《醉翁引》，好事者亦倚其辞以制曲，虽粗合均度，而琴声为辞所绳约，非天成也。后三十余年，翁既捐馆舍，而遵亦没久矣。有庐山玉涧道人崔闲，特妙于琴，恨此曲之无辞，乃谱其声，而请于东坡居士以补之云。"其词曰："琅然清圜，谁弹？响空山，无言。惟翁醉中知其天。月明风露娟娟，人未眠。荷蒉过山前，曰：'有心也哉，此贤！'醉翁啸咏，声和流泉。　醉翁去后，空有朝吟夜怨。山有时而童巅，水有时而回渊，思翁无岁年。翁今为飞仙，此意在人间，试听徽外三两弦。”相传崔闲按琴而鼓，东坡援笔而书，曲止词尽，而宫商谐畅，长短恰宜，为一时胜事。

书后　自来文人学士，谪宦栖迟，未有不放怀山水，以寄其幽思。而或抑郁过甚，而辱之以愚；抑或美恶横生，而盖之于物；又或以物悲喜，而古人忧乐，绝不关心；甚或闻声感伤，而一己心思，托于音曲。凡此有山水之情，无山水之乐，而皆不得为谪宦之极品也。六一公之守滁也，尝与民乐岁物之丰，而兴幸生无事之感。故其篇中写滁人之游，则以“前呼后应”“伛偻提携”为言，以视忧乐之不关心者何如也？至其丝竹不入，而欢及众宾；禽鸟声闻，而神游物外。绝无沦落自伤之状，而有旷观自得之情。是以乘兴而来，尽兴而返，得山水之乐于一心，不同愚者之喜笑眷慕而不能去焉。然此记也，直谓有文正之规勉，无白傅之牢愁；有东坡之超然，无柳子之抑郁。岂不可哉？岂不可哉？

潮州韩文公庙碑

（宋）苏　轼

唐宪宗迎佛骨入禁中，文公谏，帝怒，贬潮州。

有德政，潮人立庙祀之。后新迁于州城之南，立碑记其事，请东坡作文以祀之。

文争一起，此起可冠古今。

匹夫而为百世师，一言而为天下法，是皆有以参天地之化，关盛衰之运。其生也有自来，其逝也有所为矣。故申、吕自岳降，而傅说为列星，古今所传，不可诬也。

提出“浩然之气”来，乃生为人、没为神之本。

孟子曰：“我善养吾浩然之气。”是气也，寓于寻常之中，而塞乎天地之间。卒然遇之，则王、公失其贵，晋、楚失其富，良、平失其智，贲、育失其勇，仪、秦失其辩。是孰使之然哉？其必有不依形而立，不恃力而行，不待生而存，不随死而亡者矣。故在天为星辰，在地为河岳，幽则为鬼神，而明则复为人。此理之常，无足怪者。

自“王、公失贵”至此三层皆叠句，气雄力厚。是一篇之骨。

自东汉以来，道丧文弊，异端并起。历唐贞观、开元太宗、明皇之盛，辅以房、杜、姚、宋而不能救。独韩文公起布衣，宕句得神。

谈笑而麾之，天下靡然从公，复归于正，盖三百年于此矣。文起八代之衰，而道济天下之溺，忠犯人主之怒，而勇夺三军之帅。此岂非参天地、关盛衰，浩然而独存者乎？

四句说尽文公一生。

盖尝论天人之辨，以谓人无所不至，惟天不容伪。智可以欺王公，不可以欺豚鱼；力可以得天下，不可以得匹夫匹妇之心。故公之精诚，能开衡山之云，而不能回宪宗之惑；能驯鳄鱼之暴，而不能弭皇甫镈、李逢吉之谤；能信于南海之民，庙食百世，而不能使其身一日安于朝廷之上。盖公之所能者天也，所不能者人也。

应前束住，提笔再起，然上下二段无非公浩然之气所为。

一段起止自为照应。

应上收住，极力赞公，非扼腕其不遇也。

始潮人未知学，公命进士赵德为之师。自是潮之士皆笃于文行，延及齐民，至于今，号称易治。信乎孔子之言："君子学道则爱人，小人学道则易使也。"潮人之事公也，饮食必祭，水旱疾疫，凡有求必祷焉。而庙在刺史公堂之后，民以出入为艰。前太守欲请诸朝作新庙，不果。

此段序在潮德政与潮人以礼事公，并新庙之由。

元祐宋哲宗五年，朝散郎王君涤来守是邦，凡所以养士治民者，一以公为师。民既悦服，则出令曰："愿新公庙者，听。"民欢趋之，卜地于州城之南七里，期年而庙成。

此叙庙已毕，再设问答生波，固不负"潮州"二字而意不粘住潮州，亦与前文相应。

或曰："公去国万里而谪于潮，不能一岁而归，没而有知，其不眷恋于潮也审矣。"轼曰："不然。公之神在天下者，如水之在地中，无所往而不在也。而潮人独信之深，思之至，焄蒿凄怆，若或见之。譬如凿井得泉，而曰水专在是，岂理也哉？"

"神"即浩然之气。

"理"字正与前应。

一篇大文，歌以结之，乃端庄杂流利也。

元丰元年，诏封公昌黎伯，故榜曰"昌黎伯韩文公之庙"。潮人请书其事于石，因作诗以遗之，使歌以祀公。其辞曰：

公昔乘龙白云乡语本《庄子》，手抉云汉分天章，天孙为织云锦裳言公之文章自天而成。飘然乘风来帝旁，下与浊世扫秕糠言公降自天，为除世俗文字之陋。西游咸池略歌词峭刻古险，摹仿韩诗绝肖，却不没坡公本色。

扶桑，草木衣被昭回光言公为民物所瞻仰。追逐李、杜参翱翔，汗流张籍、皇甫湜走且僵。灭没倒影不可望言公之文章人莫能及，作书诋佛讥君王。要观南海窥衡湘，历舜九嶷吊英、皇言公谪潮及所经历之处。祝融南海神先驱海若东海神藏，约束蛟鳄如驱羊言公之神威足以感神服物。钧天无人帝悲伤，讴吟下招遣巫阳言公没后仍归帝旁，犦牲鸡卜羞我觞，於粲荔丹与蕉黄言庙中陈祭之品。公不少留我涕滂，翩然被发下大荒用公诗语祝其来享。

"於粲"二字，坊本均作"於餐"，文义妍媸迥判。

顶批　按：过商侯曰：章子厚谓领句似孔孟庙记，褒之太过。然全篇写得浩然凌空，锵然有声，不如此振起，便不相称，未可过疵也。沈确士曰：二语借孔孟形起，非即实指韩公。亦确。　按：史载：王庭凑反，诏公宣慰。至镇，庭凑拔刀弦弓待之。公厉声责以顺逆，晓以利害，于是庭凑心动而归朝廷。然当诏观事势，令勿遽入，而公乃以止君之仁、死臣之义为言，是直以孔子之却莱兵、郭令公之见回纥自任，非所谓三军之帅可夺，而匹夫之志不可夺乎？此所以为大勇也。　按：此段（编按：指"盖尝论天人之辨"

段）再提天人，益见公之生有关气数，非另提头也，读者宜玩。　　按：沈确士曰：昌黎袁州后，未尝不安于朝，此苏公借以自言其遇也。　　按：公七岁读书，日记数千言。比长，尽通百家，佐佑六经。其为文粹然一出于正，学者仰之如泰山北斗。今潮人炙光独近，亦何怪一教学而即笃文行也。按：公为京兆尹时，六军不敢犯法，私相谓曰："是尚欲烧佛骨头，何可犯也。"盖公之精诚，其能得匹夫匹妇之心者，原不仅南海之民。坡公谓其神在天下，亦岂阿公之言哉？按：王元美曰：此碑自始至末，无一字懈怠，佳言格论，层见迭出。尤妙在以诗作结，如太牢之悦口，其味无尽，夜明之夺目，其照不疲。宜为古今所推。　　按：湜，睦州人，字持正。元和元年进士，与李翱同学文于公，而仅得其奇倔。又公有《调籍诗》云："蚍蜉撼大树，可笑不自量。"故此曰"汗流走且僵"也。

评解　韩文公道德文章，乃为孟子后第一人，东坡极力推尊。雄词伟论，气焰光昌，非东坡不能为此，非韩公不能当此，千古大文也。予尝谓文章一起，最要出色。闻东坡作此碑，不能得一起头，起行数十遭，忽得此，果名句。后人拟为《学而》"子曰"破题，亦极确当。文前一段，见参天地、关盛衰由于浩然之气；中一段，见公之合于天而乖于人，是所以贬斥之故；后一段，是潮人所以立庙之故，脉理极清。通篇从古圣贤昌黎一生说来，而末方略顾潮州，盖从高处立、阔处行，真大手笔也，又不可以沾沾切时切地律之。

书后　浩然之气，天地盛衰之所关也。然不极其运，而其数不灵；不过其时，而其理不显。此岂天地之故示人以不测哉，抑未得其人，而终无以发明之耳？文公承八代之衰，三百年来，道丧文弊，而天卒不一生其人以为之救，而魏、而晋、而宋、而齐、而梁、而陈、而隋、而唐而始生公，非所谓运不极而数不灵乎？谏征税而贬，谏佛骨而贬，为博士至嘲，立师道而笑，一时君臣友朋间竟无一人知公者，而潮人独信之深，思之至，而精诚乃大白于天下，非所谓不过其时而其理不显乎？然则东坡此作，虽以推崇至教，阐扬潜德，而其发明天地之理、盛衰之数，则又卓万古而不磨，盱千载而独见，浩然之寄也。舍斯人，将谁与归？

刑赏忠厚之至论

（宋）苏　轼

此论宋仁宗嘉祐二年，欧阳文忠公考礼部进士，疾时文之诡异，思有以救之，出此为题也。东坡此作，皆帝王圣训，异端曲说，概斥不用，所以投合入彀。

引古咏叹，另是一种起法。

此段言盛时之忠厚。

尧、舜、禹、汤、文、武、成、康之际，何其爱民之深，忧民之切，而待天下以君子长者之道也。有一善从而赏之，又从而咏歌嗟叹之，所以乐其始而勉其终；有一不善从而罚之，又从而哀矜惩创之，所以弃其旧而开其新。故其吁俞之声，欢休惨戚，见于虞、夏、商、周之书。

此段言周衰而忠厚犹存。

成、康既没，穆王立而周道始衰，然犹命其臣吕侯，而告之以祥刑。其言忧而不伤，威而不怒，慈爱而能断，恻然有哀怜无辜之心，故孔子犹有取焉。

就“疑”字说出忠厚来，篇中不出此意。独举尧以为例。

《传》曰：“赏疑从与，所以广恩也；罚疑从去，所以慎刑也。”当尧之时，皋陶为士，将杀人，皋陶曰“杀之”三，尧曰“宥之”三。故天下畏皋陶执法之坚，而乐尧用刑之宽。四岳曰：“鲧可用。”尧曰：“不可。鲧方命圮族。”既而曰：“试之。”何尧之不听皋陶之杀人，而从四岳之用鲧也？然则圣人之意，盖亦可见矣。

上引传，此引《书》，皆见忠厚之意。

《书》曰："罪疑惟轻，功疑惟重。与其杀不辜，宁失不经。"呜呼！尽之矣。可以赏可以无赏，赏之过乎仁；可以罚可以无罚，罚之过乎义。过乎仁不失为君子，过乎义则流而入于忍人，故仁可过也，义不可过也。

至理快论。

又将刑赏振宕一番，下便一转而入，快利无前。

古者赏不以爵禄，刑不以刀锯。赏之以爵禄，是赏之道行于爵禄之所加，而不行于爵禄之所不加也；刑以刀锯，是刑之威施于刀锯之所及，而不施于刀锯之所不及也。先王知天下之善不胜赏，而爵禄不足以劝也；知天下之恶不胜刑，而刀锯不足以裁也。是故疑则举而归之仁，以君子长者之道待天下，使天下相率而归于君子长者之道，故曰忠厚之至也。

"疑"字点睛，到底不脱。

应上

一句点出，文气已完，下作余波。

《诗》曰："君子如祉，乱庶遄已。""君子如怒，乱庶遄沮。"夫君子之已乱，岂有异术哉？时其喜怒，而无失乎仁而已矣。《春秋》之义，立法贵严，而责人贵宽。因其褒贬之义以制赏罚，亦忠厚之至也。

顶批　按：沈确士曰：以长公之高才，欧文忠之巨眼，而闱中遇合之文，圆熟流美如是，宜后世墨卷不矜高格也，为之三叹。此篇构局周匝，而机神怒发，如川云岭月，其出不穷，虽哀梨并剪，不足以喻之矣，诚仙才也。　按：疑之已发为仁，疑之未发为敬、为畏，故“疑”字能诠出忠厚之至来。观余后所书，自明主脑之在此矣。　按：公生平为文，如行云流水，行于所当行，止于所不可不止，虽嬉笑怒骂之词，皆可书而诵之。此篇灏气英光溢于简外，入后以“仁”“义”二字畅论刑赏，于尺幅中具长江大河之势，尤属千古无匹。当日因疑而抑其不冠多士，未免屈公文矣。按：《诗》亡然后《春秋》作，引《诗》引《春秋》，亦见同归于忠厚，深得尧、舜、禹、汤、文、武、成、康之心。

评解　刑赏不可废，惟疑者可从厚，文故拈出“疑”字立论，最为精细。盖“仁”字尚是忠厚之面，惟“疑”字方是刑赏忠厚之所以然，而引经据传，凿凿有凭，最为畅达。此长公应试文也，其冠冕处正合场屋体裁，然非浮泛者比，故尔独传。时欧公于场中得此，欲置第一，疑门人曾子固所为，乃置第二。后以《春秋》条对，仍置第一。篇中“杀三”“宥三”，主司不知其出处，及入谢，问之。东坡笑曰：

“想当然耳。”数公大笑。噫！用杜撰亦使人惊如此，其才为何如哉。后遂传为笑谈，则又杜撰中之公案也。名人之语，无不乐传如此。

书后　圣帝明王之心，一上天好生之心也。故尧、舜、禹、汤、文、武、成、康之为君，赏必曰“天命有德”，罚必曰“天讨有罪”。亦以赏之罚之者君，而所以赏之罚之者天也。然天不言，而以赏罚付之君，则君之心通于天矣。通于天而欲合于天，则非疑以昭其敬心，而天不合；非疑以致其畏心，而天不合；非敬与畏交集以生其疑心，而天仍不合。此东坡刑赏之论，所由必致意于君心之疑也。疑则赏之固为仁，刑之亦未始非仁。是以赏之过不失为君子，而仁可过；刑之过则流为忍人，而义不可过。然此过不过之间，非敬天以合天，而不过者过矣；非畏天以合天，而不过者过矣；非敬天畏天，不遽求之天以合天，而不过者亦过矣。然则敬可合天，畏可合天，而非疑不足以合好生之天。以仁合天，则仁至为仁，义至亦为仁，而后赏可称天，刑可称天。此东坡所论忠厚之至也。

汉关夫子春秋楼记

（清）刘 曾

关夫子，名羽，字云长，山西解梁人。生平喜读《春秋》，忠义大节，冠于千古，虽妇孺无不知者。兹楼以"春秋"名，盖奉夫子读《春秋》像于楼故也。刘曾本末待考。

劈首问起，下层层应之。此段明《春秋》书之来历。

"志"字一篇之骨。

夫楼胡以"春秋"名也？考《春秋》系鲁史，东周以还，王纲欲坠，我孔子惧万世君臣之义不明，不得已而以宗鲁者尊周，托《春秋》以见志。此"春秋"之所以有其书也。

此段明夫子读《春秋》来历。

若汉自灵、献守府，无异东迁，而当时汉统在蜀，我关夫子欲以存蜀者存汉，志《春秋》之志。此"春秋"之所以有其人也。

汉阴之西北隅，秦、晋诸君子建夫子庙，面江背湖，创开巨丽，后起危楼，宏模壮规，与晴川、黄鹤二楼鼎峙相望，肖夫子读《春秋》像于其上。此“春秋”之所以有其楼也。

此段记楼。

嗟乎！麟经一书，系万古纲常。当其时，笔削独断，非所称游、夏不能赞一词，而《公》《穀》《左》《胡》仅得其貌焉者也？我夫子以布衣起戎行，抢攘于金戈铁马之间，而讨贼大义，如揭日月，东鲁心传，若合符节。是岂必斤斤焉取二百四十二年之事，如经生家占毕穷年，皓首一室，搜遗迹于往帙，讨故实于残编也耶？则夫子所读之书，谓鲁《春秋》也可，直谓汉《春秋》也亦可。然因之重有慨矣。

从《春秋》说到夫子，见与东鲁合符，极得尊之之法。

顿一句，生下一段。

凡天之生圣人，必极穷其数。如当日周德虽衰，而鲁有仲尼；汉祚虽微，而蜀有夫子。乃一则坐老洙、泗，而东周之志托诸空言；一则固守弹丸，而歼吴灭魏竟

又两两比论，慨叹一番，恰是相合天之位置，圣人真不可解。

成遗憾。岂天之所以位置圣人者，独有此杏坛一片席、荆襄一块土也哉？亦何遭遇之穷如是耶！

不脱“楼”字。

今试登楼而望，彼武昌、夏口之间，月明星稀，横槊而赋者，犹有存焉者乎？东指吴会，彼楼船铁锁，拥三世之业而据长江之险者，犹有存焉者乎？铜台湮销，吴宫草埋，亦知数千百年后，摩荡日月，倚仗乾坤，巍巍然与鲁之东山遥峙，而有此春秋楼者乎！吾愿登斯楼者，无徒咏汉阳芳草与晴川黄鹤，同作眺览嬉游之想，盖所以作忠臣义士之气，而非以供骚人墨士之娱。此春秋楼之所以有记也。

又从吴、魏感叹一番，烟波无限。

一振，不脱孔子，束上生下，古气。

以忠孝勉登楼者，得体。

或曰：“夫子之神在天下，家尸户祝。而成斯楼者皆秦、晋人，意者其有私祝乎？”非也。譬之日月经天、普海同照，而扶桑、昆仑之区，炙光倍近。夫子晋人也，而秦与晋亲，亦犹扶桑、昆仑之民，虽不求私照，而得以习睹其日月者，天下实莫能争也。我秦、晋人之成斯楼也，亦

以下余波。

就秦、晋人生情妙。

若是焉云尔。

顶批　按：此篇全仿《公》《穀》体为呼应，但《公》《穀》随呼随应，此则一呼至末犹应。真有登高一呼、众山皆响之势。局格虽觉稍变，而元气独见浑沦。所谓“神而明之，存乎其人”者，此文其庶几乎！　按：预提秦、晋诸君子，为后幅生波。即晴川、黄鹤前后亦两现。此文之善于照应处，读宜留心。　按：原评云：武圣忠义愤发，大节凛然，是直行《春秋》之事，原不徒读其文也。而文亦写得大方切实，发前人所未发，读之令人快极！　按：东山片席，荆襄块土，上下千余年间，两圣人巍巍遥峙，独能使亘古宇宙生辉。造物安排，亦未始不可解也。　按：日月得天而能久照，先生既以讨贼大义为揭日月，则秦、晋人之炙光而习睹者，又岂以斯楼之兴废而始云然者哉！　按：古今文每作余波者，一以能足文气，一以能补文意。文气足，则旨趣弥深；文意补，则理法愈密。此种处最见精神。

评解　题有“春秋”字，文即以夫子陪起，陪客相称，难其熟于春秋、三国，能举其大，配对稳洽，尤得力在起句。以后层层照应，通发大义，归本忠孝。而识力坚深，词旨宏壮，有排山倒海之势，足以惊风雨而泣鬼神。末段仿东坡《文公庙碑》作余波，亦切秦、晋诸君子。自来夫子庙记，无有如此之佳者。予疑其作时，当有神助，真可与唐宋大家并驱矣，谁谓后来无能文者哉。

书后　《春秋》一书，大圣人所以正君臣之分，作忠义之气，而示人以大纲者也。然不深明其义，而终无以知作者之心，将何以知千载上之善读其书者哉？刘公之记春秋楼也，直以武圣之存蜀者存鲁，存汉者存周。则当日鼎足之峙，不过如春秋时之各国其国；而正统之独在蜀，亦犹周礼之独在鲁也。故其比拟宣圣处，第以讨贼大义，揭其心传，以符当年笔削称天之旨。倘非独见其大，未必知歼吴灭魏之隐憾，即合东山坐老之深心也。吾辈读圣贤书，所学何事？登斯楼，览斯记，固当激发忠义而知所向往哉。

驱鳄鱼文

（唐）韩　愈

鳄鱼之状，龙吻虎爪，蟹目鼍鳞，齿如锯，尾长数尺，末大如箕，芒刺成钩，仍有胶粘。常于水滨潜伏，人畜近，则以尾击取食，盖犹象之任鼻也。一生百卵，及成形，则有为蛇为龟为蛟者。文公以谏迎佛骨忤宪宗，贬潮州刺史。初至，问民疾苦，皆曰："恶溪有鳄鱼，食民畜产且尽，民是以穷。"数日，公自往视，祭以羊豕，为文祝之。是夕，暴风震雷起湫水中，数日水尽涸，西徙六百里，自是潮无鳄鱼患。

此一段先以前王所不容正告之。

先待以礼，以有其知。

维元和十四年四月二十四日，潮州刺史韩愈使军事衙推秦济，以羊一、猪一，投恶溪之潭水，以与鳄鱼食，而告之曰：

昔先王既有天下，列山泽，罔同网绳擉刃，以除虫蛇恶物为民害者，驱而出之四海之外。及后王德薄，不能远有，则江汉之间尚皆弃之，以与蛮、夷、楚、越；况潮，岭海之间，去京师万里哉。鳄鱼之涵淹卵育于此，亦固其所。

先归咎后王，故意放宽一步，是为欲擒先纵。

今天子嗣唐位，神圣慈武，四海之外，六合之内，皆抚而有之；况禹迹所揜扬州之近地，刺史、县令之所治，出贡赋以供天地、宗庙、百神之祀之壤者哉。鳄鱼其不可与刺史杂处此土也。

二十四字作一气读。

“土”“壤”二字是一篇主。

刺史受天子命，守此上，治此民；而鳄鱼睅然不安溪潭，据处食民畜、熊、豕、鹿、獐以肥其身，以种其子孙，与刺史抗拒，争为长雄。刺史虽驽弱，亦安肯为鳄鱼低首下心，伈伈睍睍，为民吏羞，以偷活于此耶！且承天子命以来为吏，固其势不得不与鳄鱼辨。鳄鱼有知，其听刺史言：

此大张威灵以晓喻之。

又提。

潮之州，大海在其南，鲸、鹏之大，

此一段又以其去路安顿之。

逐层逆卷后复顺下三段，犀利无前。

虾、蟹之细，无不容归，以生以食；鳄鱼则朝发而夕至也。今与鳄鱼约：尽三日，其率丑类南徙于海，以避天子之命吏。三日不能，至五日。五日不能，至七日，七日不能，是终不肯徙也，是不有刺史、听从其言也。不然，则是鳄鱼冥顽不灵，刺史虽有言，不闻不知也。夫傲天子之命吏，不听其言，不徙以避之，与冥顽不灵而为民物害者，皆可杀。刺史则选材技吏民，操强弓毒矢，以与鳄鱼从事，必尽杀乃止。其无悔！

结尤峭劲。

顶批　按：《文醇》云：欧阳文忠作《陈文惠公神道碑》，书公通判潮州，恶溪鳄鱼不可近，公命捕得，鸣鼓于市，告以文而戮之，其患乃息。潮人叹曰："昔韩公谕鳄而听，今公戮鳄而惧，所为虽异，其使异物丑类革化而利人一也。吾潮间三百年而得二公，幸矣。"　按：林次崖曰：祭一鳄鱼，劈首提出先王，此又提出天子、天地、宗庙、百神及刺史，以摧服其心，义理正大，讽谕严切，殆与《汤盘》《周诰》相表里。或谓唐文下于汉，以此较观，未见其然也。按：明初，鳄鱼复来潮州，夏侍郎原吉令渔舟五百只，各载矿灰，以击鼓为令，闻鼓声，渔人齐覆其舟，奔窜远避。少顷，如山崩龙战，至暮寂然无声，鳄鱼种类皆死于海滨矣。此篇末段，闪电轰雷一齐俱发，斧钺之笔，亦凛然不可再犯。然非平日忠君爱国之心足以质天地而告鬼神，恐未必信乎若是也。故公浩然之气尤为后世诸贤所不逮云。

评解　全篇只是不许鳄鱼杂处此土，反复说来，正见驱之为此。昌黎尝言：“气盛，则言之长短与声之高下皆宜。”读此益信。陈午亭曰：辞气严正，风霜集具腕下。所谓蔺相如虽千载以上人，凛凛有生气也。读者至今神思悚动，当日之感异类，理固然耳。

书后　尝读《易》至《中孚》，而叹诚之动物，有非可以人欲参也。必其中之虚无不涵，实无不备，其至诚无妄之念，足以应变而回天，而后风感水受，物不期动而自动。文公之贬潮也，以佛骨之谏启怒宪宗，虽因裴度、崔群之言以免极刑，而其忠恳之发，实足以回天怒而悟君心，非所谓“利涉大川”，履险难而不失其贞者乎？是以天下无不可济之事，即无不可感之物，故虽鳄鱼之冥顽不灵，而真性相触，情识不生，亦如泽之受风而有感遂通也。然非心之冲然至虚，一私不有，粹然至实，众理咸具，将人欲丛杂，必不能乘木之虚舟而涉大川，又何以占豚鱼之吉，而象协《中孚》哉？

岳阳楼记

（宋）范仲淹

岳阳楼在湖广岳州府城西门，左洞庭，右彭蠡，襟山带江，胜境也。相传滕子京以司谏谪巴陵郡守时重建，范希文作记，苏子美缮书，邵竦篆额，称为“四绝”。子京名宗谅。仲淹本末详前。

> 通篇从“谪守”二字生情。
>
> 叙作记之由。

庆历四年春，滕子京谪守巴陵郡。越明年，政通人和，百废俱兴。乃重修岳阳楼，增其旧制，刻唐贤、今人诗赋于其上。属予作文以记之。

> 略写景物即便扫之。
>
> 远承“谪”字，提出“异”字，生下二段，以露主意。

予观夫巴陵胜状，在洞庭一湖。衔远山，吞长江，浩浩汤汤，横无际涯；朝晖夕阴，气象万千。此则岳阳楼之大观也，前人之述备矣。然则北通巫峡，南极潇湘，迁客骚人多会于此，览物之情得无异乎？

此段就雨写悲，正对谪放一流。

若夫淫雨霏霏，连月不开；阴风怒号，浊浪排空；日星隐曜，山岳潜形；商旅不行，樯倾楫摧；薄暮冥冥，虎啸猿啼。登斯楼也，则有去国怀乡，忧谗畏讥，满目萧然，感极而悲者矣。

此段就时写喜，为上段作偶。

至若春和景明，波澜不惊；上下天光，一碧万顷；沙鸥翔集，锦鳞游泳；岸芷汀兰，郁郁青青。而或长烟一空，皓月千里；浮光耀一作跃金，静影沉璧；渔歌互答，此乐何极！登斯楼也，则有心旷神怡，宠辱皆忘，把酒临风，其喜洋洋者矣。

提出仁人，转进一层以衬之，乃作记本旨。

嗟夫！予尝求古仁人之心，或异二者之为。何哉？不以物喜，不以己悲。居庙堂之高，则忧其民；处江湖之远，则忧其君。是进亦忧，退亦忧。然则何时而乐耶？其必曰“先天下之忧而忧，后天下之乐而乐”欤！噫！微斯人，吾谁与归！

结局大有规箴子京意。

时六年九月十五日。

顶批　按：余自明曰：通体俱在谪守上着笔，确是子京重修岳阳楼记，一字不肯苟下。圣贤经济，才子文章，于此可兼得之。　按：岳阳大观，已尽前人，故用“前人述备”一句撇开转下，省却多少笔墨。此人详我略处，亦脱卸法也。　按：中用两段（编按：指“若夫”“至若”二段），作法与《严先生祠堂记》同。而彼注子陵，此注子京，面虽平而意实侧。可见古人之文，整饬处皆其生动处，焉得不令后人推倒。　按：末段文正将一生大本领一齐揭出，直与当年勋业并传。　按：此篇着眼原只在“悲”“喜”“忧”“乐”等字，所以能忧乐，不为物悲喜之故，又在能求古仁人之心，而与常人异也。兹（编按：指“评解”中“黼按”一段）再就“异”字、“心”字阐发，而以“忧”“乐”“悲”“喜”字带说，文章似更生色。

评解　入手即将题点过，而“谪守”二字，已伏一篇之意。盖谪者多悲而少喜，故将景物随写一笔，即便昂开，提出主意，隐对子京。切定洞庭畅发两段，得宽题走窄境法。末段提出仁人之用心以规勉之，何其正大，不知此即文正公自己写照也。公为秀才时，尝言士君子当先天下之忧而忧，后天下之乐而乐，不觉因上悲喜，即便吐露，而忧乐正与悲喜对也。亦岂己所不能，而貌为大言乎？《楼记》发此大议，可谓小中见大之文。看其一结，虚托闪开，作想慕不已之情，冷冷而住，不自任而矜张，不打照子京而露迹，尤为巧妙绝伦。至中间两对，已早开有明八股之风矣。　　黼按：君子之所以异于人者，以其存心也，心可即境而存，心不可随境而变，其所存于中者大，斯其所遇于外者小矣。文正此记，前半为岳阳写景绘情，经营惨淡，已到十分。而其中或悲或喜，处处隐对子京，即处处从谪守着想。故末以“忧”“乐”二字易“悲”“喜”二字，归到仁人身上，见得境虽变，心不与之俱变，心所存，道即与之俱存。出忧其民，处忧其君，仁人之心自有其所以异者在也。通幅不矜才，不使气，使自己胸襟显得磊磊落落，正大而光明，非其存于中者大而能若是乎？

书后　杜少陵《登岳阳楼》诗云：“吴楚东南坼，乾坤日夜浮。”读者第知戎马关山，其悲天悯人之念未尝一日忘；而不知心中一种浩然之趣，其足以掀扬天地之大观，开拓后人之胸臆者为不少也。咸、同间，余客于此。迩时粤逆鸱张，东南蹂躏。每偕一二同人诵少陵之诗，读文正之记，凭栏俯仰，曾不免老杜悲悯，慨然兴澄清揽辔之思。未几吴、楚荡平，往岁楼亦重构。呜呼！何转衰为盛之速也。虽然，天下之生久矣，后此读文正之记者，有能忧其忧、乐其乐，不踽踽于悲喜之常，而放怀于天地之大，与少陵佳句同一寄其遐思焉；又安见古今人之不相及哉？

丰乐亭记

（宋）欧阳修

亭本以丰山可乐得名，文却因年丰可乐而成，此欧公作记长技也。《宋史》：杜衍、韩琦、范仲淹、富弼相继以党议罢去，公疏救，指斥群邪，于是其党益恨，因其孤甥张氏狱傅致其罪，左迁知制诰，知滁州。此记公知滁时所作。滁，水名，因水为州，在江南淮东州南琅琊山谷间，有泉于其下。

《醉翁亭》末点名，此劈首就点。

修既治滁之明年夏，始饮滁水而甘。问诸滁人，得于州南百步之近。其上丰山，耸然而特立；下则幽谷，窈然而深藏；中有清泉，滃然而仰出。俯仰左右，顾而乐之。于是疏泉凿石，辟地以为亭，而与滁人往游其间。

以上叙亭之胜。

议论忽开一篇结构。

滁于五代干戈之际，用武之地也。昔

太祖皇帝尝以周师破李景兵十五万于清流山下，生擒其将皇甫晖、姚凤于滁东门之外，遂以平滁。修尝考其山川，按其图记，升高以望清流之关，欲求晖、凤就擒之所，而故老皆无在者；盖天下之平久矣。

就平滁想出天下平，一往情深。

自唐失其政，海内分裂，豪杰并起而争，所在为敌国者何可胜数。及宋受天命，圣人出而四海一，向之凭恃险阻，划削消磨。百年之间，漠然徒见山高而水清，欲问其事，而遗老尽矣。今滁介江、淮之间，舟车商贾、四方宾客之所不至。民生不见外事，而安于畎亩衣食，以乐生送死，而孰知上之功德，休养生息，涵煦于百年之深也！

又推开，以原太平所自，归美宋得体。

即用前意重作一番，是文家咏叹法。

归重上之功德，是作记本旨。

修之来此，乐其地僻而事简，又爱其俗之安闲。既得斯泉于山谷之间，乃日与滁人仰而望山，俯而听泉，掇幽芳而荫乔木，风霜冰雪，刻露清秀，四时之景，无不可爱。又幸其民乐其岁物之丰成，而喜

写景。

两“幸”字一篇主意。

与予游也。因为本其山川、道其风俗之美，使民知所以安此丰年之乐者，幸生无事之时也。

结出作记意，应转“休养生息”句。

夫宣上恩德，以与民共乐，刺史之事也。遂书以名其亭焉。

结出名亭本旨。

顶批　按：《文醇》云：宋兴，削平天下，养以风雨，海内晏清，文武恬嬉，多积日阅考，以取卿相。百姓长子养孙，不见兵革。君子未尝不见微而知著。此篇一则曰“幸乐丰成”，再则曰“幸生无事”，盖深危斯世斯民不能长幸也。厥后神宗，言利之臣进，边衅遂开，而滁复为用武之地。然则斯文也，有《蟋蟀》风诗之意焉，所以诏天下万世之居安思危者，旨深哉！　按：沈确士曰：记一亭而由唐及宋，上下数百年之治乱，群雄真主之废兴，一一在目，何等识力！中间“休养生息”一段，见仁宗之滋培元气，子孙不用更张，隐然言外。　按：公父为吏，常夜烛治官书，屡废而叹。母问之，则曰：“此死狱也，我求其生不得耳。”母曰：“生可求乎？”曰：“求其生不得，则死者与我皆无恨。”今滁民乐生送死，而由于畎亩衣食之安，其无求生失死之恨亦自可知。而必推本于上之功德使然，是又公之所移孝以作忠者矣。

评解　《观止》云：作记游文，却归到大宋功德休养生息所致，立言何等阔大。其俯仰今昔，感慨系之，又增无数烟波。较柳州诸记，是为过之。《辑注》云：欲为“丰乐”二字描写，忽追溯分裂时之战争扰攘，方显得太平之仁恩汪洋，是妙极烘托法。又从滁民不知而欲使之知，发出宣上恩德心事，方定记亭名丰乐之故，原非徒写丰乐景色也。小题大作，唐宋八大家文往往如此，惟欧公更有一种逸致。虽悲歌慷慨，而仍和平雍容，令人爱敬。由其平日专摹史迁，其所养已深也。故后人评为元度，而以七家皆魁才云。

书后　朝廷设官分职，以为民也。食者民之天，苟无岁，何有民？苟无民，何有君？有官而不能与民共其乐，百姓焉赖有此官？有官而不能为上宣其德，朝廷焉用有是职？六一公之治滁也，值政治之余闲，作山川之游历；借岁功之丰稔，写亭榭之清高。一似独乐其乐，而不必与民共乐；共乐其乐，而不必明其乐之自上者。而篇中所述，几若今日之乐非与民共乐不足以言乐，即与民共乐而犹不敢自居其乐，使平日一片敬上爱民之心，悉流露于言外。然则此记非为亭也，直为民耳；非为民也，直为岁耳；非为民之不知有岁也，直为民知有岁而不知岁之所由丰、所由乐耳。呜呼！先生之政勤矣，先生之文伟矣。

阅江楼记

（明）宋　濂

阅江楼，洪武初建于金陵——明为南京，今江南江宁府省会地。宋公本末详见后《秦士录》。

提金陵为定鼎伏脉。

金陵为帝王之州。自六朝迄于南唐，类皆偏据一方，无以应山川之王气。逮我皇帝，定鼎于兹，始足以当之。由是声教所暨，罔间朔南，存神穆清，与天同体，虽一豫一游，亦可为天下后世法。京城之西北有狮子山，自卢龙蜿蜒而来。长江如虹贯，蟠绕其下。上以其地雄胜，诏建楼于巅，与民同游观之乐，遂锡嘉名为“阅江”云。

“游豫”二句是立言之本。

补出正意。

登览之顷，万象森列；千载之秘，一旦轩露。岂非天造地设，以俟大一统之君

上叙事，下发议，气势雄伟。

而开千万世之伟观者欤？当风日清美，法驾幸临，升其崇椒，凭栏遥瞩，必悠然而动遐思。

从“阅”字生出“思”字作主，下许多“思”字皆从此生。

见江汉之朝宗，诸侯之述职，城池之高深，关厄之严固，必曰：“此朕栉风沐雨，战胜攻取之所致也。”中夏之广，益思有以保之。

此段思怀诸侯。

见波涛之浩荡，风帆之上下，番舶接迹而来庭，蛮琛联肩而入贡，必曰：“此朕德绥威服，覃及内外之所及也。”四陲之远，益思有以柔之。

此段思柔远人。

见两岸之间，四郊之上，耕人有炙肤皲足之烦，农女有捋桑行馌之勤，必曰：“此朕拔诸水火，而登于衽席者也。”万方之民，益思有以安之。

此段思子庶民。

触类而思，不一而足。臣知斯楼之建，皇上所以发舒精神，因物感兴，无不寓其致治之思，奚止阅夫长江而已哉！彼临春、结绮，非不华矣，齐云、落星，非不高矣；不过乐管弦之淫响，藏燕赵之艳

总束一笔，结上“思”字。

叹前代之楼，以寓规讽意。

姬，不旋踵间而感慨系之，臣不知其为何说也？

前从“阅”字上想，此又从“江”字上点缀。

虽然，长江发源岷山，委蛇七千余里而入海，白涌碧翻。六朝之时，往往倚之为天堑。今则南北一家，视为安流，无所事乎战争矣。然则果谁之力欤？逢掖之士有登斯楼而阅斯江者，当思圣德如天，浩荡难名，与神禹疏凿之功同一罔极。忠君爱上之心，其有不油然而兴耶？臣不敏，奉旨撰记。欲上推宵旰图治之功者，勒诸贞珉；他若留连光景之辞，皆略而不陈，惧亵也。

呼一句，承上生下。

“当思”，“思”字与前数“思”字应。

到底是规讽，妙！妙！

顶批 按：宋公以文学受知太祖，恒侍左右，备顾问。一日，谓太祖曰：“得天下以人心为本；人心不固，虽金帛充牣，将焉用之？”又尝奉制咏鹰，直以古禽荒为戒。其平时随事纳忠，概可想见。此篇于“动遐思”数段，有固人心之意；于“临春”一段，有戒禽荒之心。反复细玩，无非一片忠爱所流，诚名臣也，亦至文也。　按：余自明曰；“见江汉”三段，实从“阅”字描出圣天子安不忘危至意。词意春和，议论警切，寓规于颂，逼真大臣风度。又按：此文中幅，全从魏徵《十思疏》、王禹偁《待漏院记》脱胎而来，后为刘曾《春秋楼记》所取。自来古文多相仿摹者，时文何独不然？在学者善读之耳。　按："淫响""艳姬"，既借他楼叹发，紧用"虽然"一接，慨想当年形胜，回顾六朝，斯不冷落前文。所谓有起伏、有照映也。　按：原评云：既规君，又规臣，意极周匝得体。末既结明作记深心，以"惧亵"二字扫却一概浮词，何等郑重。

评解　一楼记耳，而一起一结，便有气象。而中间又从"阅"字上生出一"思"字，发出三段大议论。体裁宏远，小中见大。然奉旨撰记，故篇中多规讽之言，而为庄重之体，真台阁应制文字也。又须看其切江切楼，非泛泛铺排者，极为切实冠冕周到之作。明初朝廷大制作，皆出先生之手。阅此一篇，见其本领矣。《辑注》评：文有三层伟论，前从定鼎一统说入，摹出开创宏规，一也；中就颂扬主德寓讽，卓然大臣风范，二也；末以君恩罔极勉士，自露忠爱之心曲，三也。如此巨制，洵堪继韩续苏。

书后　上古无颂扬君后之文，故禹拜皋飏，只以钦思之一心，敕几康而兴郅治，此明良之遇，所以独隆千古也。先生当太祖定鼎之际，海宇混一，川岳效灵。斯时气象，固已孕虞育夏、甄殷陶周，六五帝而四三王矣。一旦建楼畿辅，奉旨撰记，计惟有铺张盛治，归美主德，如扬子云之《剧秦美新》，臭馨香，含甘实，奋三为一，袭以示来人可也。乃不效后世谀美之词，而必作唐虞吁咈之想，卒能抒下情而通讽谕，宣上德而尽忠孝。虽由太祖之圣量渊深，细流不择，然非其平日志尚典谟，学宗尧舜，亦安能进箴讽之良规，继赓飏之盛事哉？

独坐轩记

（明）桑　悦

桑悦，字民怿，常熟人。有才名，为诸生时，上谒监司曰“江南才子”，监司大骇。吴中书过目辄焚弃，平居则大言述道统，以孟子自况。年十九，举成化元年乡试。试春官，答策语不雅驯，被斥。三试得副榜，年二十余耳，籍误“二”为“六”，遂除泰和训导。迁长沙通判，调郴州。会外艰家居，益狂诞，乡人莫不重其文而骇其行。居长沙，著《庸言》，自以穷究天人之际。所著有《思元集》行世。

此记轩名来历。

予为西昌校官，学圃中筑一轩，大如斗，仅容台、椅各一。台仅可置经史数卷，宾至无可升降，弗肃以入，因名之曰“独坐”。

此记轩中事。

予训课暇，辄憩其中，上求尧、舜、禹、汤、文、武、周公、孔子之道，次窥关、闽、濂、洛数君子之心，又次则咀嚼《左传》、荀卿、班固、司马迁、扬雄、刘向、韩、柳、欧、苏、曾、王之文，更暇，则取秦汉以下古人行事之迹少加褒贬，以定万世之是非，悠哉悠哉，以永终日。

叙事字法有轻重。

此记轩前景。

轩前有池半亩，隙地数丈。池种芰荷，地杂植松、桧、竹、柏。予坐是轩，尘垒不入，胸次日拓；又若左临太行，右抉东海，而荫万间之广厦也。

“又若”三句一宕，跌起下文。

此承前第二段来，以翻轩名。故先提“酬酢”句，以明主意。

且坐惟酬酢千古：遇圣人，则为弟子之位，若亲闻训诲；遇贤人，则为交游之位，若亲投膝而语；遇乱臣贼子，则为士师之位，若亲降诛罚于前。坐无常位，接归正轩名作结，矫矫不群。

无常人，日觉纷挐纠错。坐安得独？

虽然，予之所纷挐纠错者，皆世之寂寞者也。而天壤之间，坐予坐者寥寥，不谓之独，亦莫予同。作《独坐轩记》。

顶批 按：俞汝成曰：思元居士负气自高，凌厉一世。其诗赋类多率情，有玩世自嘲之意，可以咨暇启颜者，亦复不少。读此益信。 按：枕经胙史，崇正黜邪，是其绝后空前本领，故能独来独往，天壤间莫争是坐。此在士林中不可无一，而在学官不得有二。 按："左临泰山，右抉东海"，其豪放不羁，与曹子建《与吴质书》"太山为肉，东海为酒"同意。但彼以拟人，此以自况。文章波澜，固见恣肆，而身分亦自占矣。 按：读书而尚论古人，是儒生本色。世俗纷华之子，不知"纷挐纠错"为何事，亦何怪先生谓"坐予坐者之寥寥"也。

评解 小中见大，极真、极趣、极高、极妙。凡不真、不趣、不高、不妙，勿为古文也，亦莫为时文也。黼按：开首即将自己揭出，以下所以名轩，及轩中物，轩中事，轩前所见之景，轩内所遇之人，皆因己而有，非因轩而有，是以别人一毫受用不得。文之灵动处全在"又若""虽然"两接，故记事均觉顿挫生姿。至将古今圣贤、文人、学士、忠义、乱贼一齐收入方寸，使己或为弟子，或为交游，或为士师，能于极小中独见其大。初不异苏秦之抵掌，王猛之扪虱，一种旁若无人之概，真堪独步文坛。

书后　儒者穷而在下，则独善其身，或褒贬万世之是非，或参订五经之同异，固宜上下古今，左右图史，而翘然独出，不与世俗为伍也。先生道则唐虞三代，心则汉宋诸儒，文则诸子百家。观其所植：池则芰荷，盖喜其中通外直，有慕乎濂溪之为人也；地则松、桧、竹、柏，盖取其错节盘根，虚衷折节，有合乎后凋之喻，君子之比也。但不知瞑坐悟道时，曾有如游酢之立雪不去否耶？又不知夜坐校书时，亦有如太乙之燃藜以照否耶？更不知心斋坐忘时，且有如舜之见尧于羹墙、孔子之见周公于梦否耶？若然，即坐先生于俦人广众之中，亦将独寐寤言，独寐寤宿，而遗世独立矣。惜乎坐而言，未得起而行，吾恐青毡故物，且将与管宁藜床同一坐穿也已。

卷之八　无中生有

桃花源记

（晋）陶　潜

唐舒元舆《桃源画记》谓武陵之源，分灵洞三十六之一支，在今湖南常德府治。虽有其境，究无渔人寻访入洞遇人事，此乃渊明假托寄意耳。记与诗本分，今合之。

历历落落，宛然如画。

别有天地。

晋太元中，武陵人捕鱼为业。沿溪行，忘路之远近。忽逢桃花林，夹岸数百步，中无杂树，芳草鲜美，落英缤纷。渔人甚异之。复前行，欲穷其林。林尽水源，便得一山。山有小口，仿佛若有光。便舍船，从口入。初极狭，才通人。复行数十步，豁然开朗。土地平旷，屋舍俨然，有良田、美池、桑竹之属。阡陌交一片写去，如写家书，莫分段落，神行之文。

通，鸡犬相闻。其中往来种作，男女衣著，悉如外人。黄发垂髫，并怡然自乐。见渔人，乃大惊。问所从来，具答之。便要还家，设酒杀鸡作食。村中闻有此人，咸来问讯。自云先世避秦时乱，率妻子邑人，来此绝境，不复出焉，遂与外人间隔。问今是何世，乃不知有汉，无论魏、晋。此人一一为具言所闻，皆叹惋。余人各复延至其家，皆出酒食。停数日，辞去。此中人语云："不足为外人道也。"

前后看来，无不以为实有此境。读此二句，方知是寓言，主意在此。

既出，得其船，便扶向路，处处志之。及郡下，诣太守，说如此。太守即遣人随其往，寻向所志，遂迷，不复得路。南阳刘子骥，高尚士也。闻之，欣然亲往，未果，寻病终。后遂无问津者。

结得高。

记本避秦，故从嬴氏直起。

嬴氏乱天纪，贤者避其世，黄绮之商山，伊人亦云逝。往迹浸复湮，来径遂芜废。

相命肆农耕，日入从所憩。桑竹垂余荫，菽稷随随一作遂时艺。春蚕收长丝，写出古境。

秋熟靡王税。荒路暧交通，鸡犬互鸣吠。

光景、世界，写得使人羡煞。

俎豆犹古法，衣裳无新制。童孺纵行歌，斑白欢游诣。草荣识节和，木衰知风厉，虽无纪历志，四时自成岁。怡然有余乐，于何劳智慧。

奇踪隐五百，一朝敞神界。淳薄既异

结得飘然，本旨到此始透。

原，旋复还幽蔽。借问游方士，焉测尘嚣外。愿言蹑轻风，高举寻吾契。

顶批　按：渊明以曾祖侃晋世宰辅，耻屈身二姓，自宋代晋后，耕躬不出，故特为此寓言以寄兴。西仲谓：犹王绩之“醉乡”，不必实有是乡；白玉蟾之“寂光国”，不必实有是国。斯言得矣。　按：赵东山论靖节诗：义熙后，多悼国伤时之语。不欲显斥，故或托以述酒，寓以他语，漫奥不可指摘。余于此亦云。记曰“避秦乱”，诗曰“乱天纪”，隐指宋王裕之废零陵也。而篇首乃云“晋太元中”，其亦诡托之使不可指摘欤？又韩子苍论诸寓言诗谓：高举不受世纷，至于躬耕乞食，其忠义亦足见矣。然则问津寻契，岂复有外人可与道哉？　按：唐子西曰：唐人诗云：“山僧不解数甲子，一叶落知天下秋。”及观元亮诗云：“虽无纪历志，四时自成岁。”便觉唐人费力。如记中言：“尚不知有汉，何论魏、晋。”可见造语之简妙。

评解　写得历历分明，无不以为真。及至后问津不得，咸以为仙矣。谁知此乃寓言其所得也。《辑评》云：分明胸次里别有洞天，故幻出一篇奇文。尝著文章自娱，颇示己志，先生固已自解矣。以文论，清洁高远，渺无尘氛，隐现空虚，全无半点沾滞，亦飘飘乎仙笔矣。予尝言文未有无为而作者，如何又有无中生有之文？不知情意是实有，而事与境不必尽有。如此首，桃源是有，渔人之遇所未有，乃作者添出为文之波澜，以寄托其意耳。消息全露在“不足为外人道”一句，读者得之章句之外可矣。

书后　色、空两念，非参禅者不明；真、妄两途，非见道者不悟。靖节以不禅不儒之概，作非仙非隐之谈，此桃花源所以有记也。故其始终往来只一渔父，忽迷忽得，若即若离，鸡犬相闻，男女共话。谓以为真，而迹无可验；谓以为妄，而事若可凭。致使无色不空，无空非色。虽其此中人语，着墨无多，而夹岸桃花，半村屋舍，不啻以画工之笔传化工之神。令人读之，如入蜃楼蛟室，不见云雾，但见青天。倘非参透禅机，窥破道旨，无尘氛半点之扰，有高出一世之情，而能构此绝境，为世俗纷华之子一破迷途哉？

梓州兜率寺文冢铭

（唐）刘　蜕

文冢者，聚文草而封之也。刘蜕，字复愚。唐懿宗咸通间进士，为左拾遗。后以与令狐滈同官，奏其无家法，以布衣窃卿相权，坐贬山阳令。垂老，瘗其文于南山兜率寺，刻石自为铭序之。有故宅在长沙县城西北湘江边。

释“文冢”二字之义。

文冢者，长沙刘蜕复愚为文，不忍弃其草，聚而封之也。蜕愚而不锐于用百工之技，天不工蜕也，而独文蜕焉。故饮食不忘于文，晦冥不忘于文，悲戚、怨愤、疾病、嬉游、群居、行役，未尝不以文为怀也。适当无事，而天下将以文为号。文明代，生殖明晦，皆效文用。故日月星辰文乎旗常，鱼虫鸟兽文乎彝器，徐方之土

舍文之外无他能。

舍文之外无他嗜。

此言太平之世重文，无物不可自见。

文于侯社，夏翟之羽文于旌旄。登龙于章，升玉于藻，百工妇人，雕砻染练，以供宗庙祭祀之用。岂独蜕也生知效用，不及时文哉？然而意常获助于天，而不获助于人，故其穷。虽穷无憾也。

承上句，以天自慰，起下两段“天”字。

当勤意之时，不敢嚏、不敢咳、不敢唾、不敢跂倚，嗜欲躁竞忘之于心，其祇祇畏畏，如临上帝。故有灿如星光，如贝气，如蛟宫之水；又有黯如屯云，如久阴，如枯腐熬燥之色；则有如春阳，如华川，逶逶迤迤；则有如海运，如震怒，动荡怪异。夫十为文，不得十如意，少如意，则岂非天助乎？

此段言获助于天处。

常欲使天下闻之而必行，观之而必蹈，散之茫洋以为道，演之浸淫以及物。然后为农文之，使风雨以时；兵文之，使寇虏以顺。文于野、文于市，使得其所。幽隐之士以出，口者使之言，材者使之用。然而自振者无力，终知者甚稀，岂非不获于人助乎？

此段言不获助于人处。

忽撰出筮词，且自解之。

汲冢《周书》，鲁壁《尚书》，皆藏而复出，四句解“协吉”之兆。

此言文埋地下，听其变化。

呜呼！十五年矣，实得二千一百八十纸，有涂者、乙者，有注楷者，有覆背者，有朱墨围者。于是以《周易》筮之，遇《复》之《同人》。筮者曰：“鸣于地中，殷殷隆隆，七日而复，复来而天下昭融乎？”他日更召龟而合之，将听袭吉。卜于火，如秦，兆惟曰“不吉”。卜于水，不成乎河、洛，兆则亦惟曰“不吉”。卜于土而閟之，土协吉。累累为冢，则汲之兆乎？峭峭为壁，则鲁之兆乎？

且其占曰：“土之文，为山河，为华英，将不崩不竭，为滋味而传乎？结为丘陵，为其设险乎？融为川渎，率其朝宗乎？华为百谷，以洁祭祀之粢盛乎？不然，使其速腐为墟壤，生刍藁以食牛羊乎？化涂泥为陶甄，以作器乎？将块为五色，而分封茅社乎？流于乐，为土鼓，为块桴，以泄其和声乎？夷为都邑，以兴宫庙乎？坎为洿池，以泽生殖乎？祀为坛灶乎？窾为井墓乎？吾皆不得而知也。”

“百工”字与篇首相呼应。

当世既不得为吾用，唯速化为百工之用。慎无朽为芝菌，以怪人自媚；慎无坚为金铁，以行货起争；慎无潏为醴泉，以味乎谗口；慎无祷为城社，以狐鼠凭妖；慎无耸为良材，以雕斲伤性；慎无萌为兰茝，以佩服见亵。呜呼！介而为石，使之能言；舒而为蟦虫名，使之饮泉。既而他年游魂之未返者，亦命巫师而吊，三招之。号曰：“在几阁而来归兮，掩为尘垢；在耳目而来归兮，奄视汝丑；在口吻而来归兮，訾不汝久。”噫！笔绝之年，而麟见祟，文其无祟乎？唅非珠玉，敛无裙襦，后世诗礼之儒，无惊吾之幽墟。

此言化为世用，但不可趋于邪。

石取其坚，蟦取其清。

文之流播者皆招入冢。

文安于冢。不患窃去。

其冢也，在莽苍之野、大块之丘。时有唐大中丁卯而戊辰之季秋。铭曰：

点出葬地、葬日。

文乎文乎，有鬼神乎？风水惟贞，将利其子孙乎？

铭有待之后世意。

顶批　按：志载：帝以内臣吴德应为巡绎使，台谏上言：故事，御史巡绎，不应忽以内臣代之。上谕敕命已行，不可复改。蜕上言："自古明君所尚者，从谏如流，岂有已行而不改？且敕自陛下出之，自陛下改之，何为不可？"审是，则刘公之为人，殆古之戆者耶。故其为文，虽穷而亦不憾，岂非文如其人哉？　按：《文心雕龙·原道篇》有云："云霞雕色，有逾画工之妙；草木贲华，无待锦匠之奇。"盖谓文之为文，不贵勉然而贵自然耳。此篇谓不获助于人而获助于天，亦以勉然者非文，而自然者乃文也。故十为文而不得十如意。　按：屈原既放，三年不得复见，乃往见郑詹尹以卜其居，而去从吉凶，龟策竟不能为之一决。今刘公集十五年之所有，以为《周易》之筮，亦犹屈子卜居遗意，而龟策偏乐为之告者，何哉？不知彼有孰吉孰凶之心，此无何去何从之念，故中间虽皆用"乎"字以作疑词，而其用心究各有所在也。　按：志载：初，荆州每岁解送举人多不第，号曰"天荒解"。及蜕以荆解及第，号为"破天荒"。时崔魏公作镇，以"破天荒"钱七十万资蜕。蜕谢辞略曰："三十年来，自是人废；一千里外，岂曰天荒。"读此则知公之坚如石，清如蟥，不逢迎以趋势，不苟且以骛利者，要自素所树立然也，非所谓言顾行者哉！

评解　林西仲曰：以"不为吾用"四字作主，自首至尾，总是无中生有。其大旨以获助于天，不获助于人，无可奈何，以故忽而筮，忽而卜，忽而招魂。其言冢在兜率寺也，又云莽苍大块，是有葬地而无葬地。其言为冢在唐大中也，又云丁卯而戊辰，是有葬日而无葬日。明明一篇子虚文字，奇绝。黼按：刘公抱华国之才，生文明之代，而自振无力，终知甚稀。以故潦倒半生，死期将至，不禁将生平得力之处，所可自信以对天地而告鬼神者，聊借以一抒其愤懑，是以通篇皆是自伤自悟之语。且见世之虽死犹生，可以信今而传后者，仅有此文章耳。因特假作冢名，聚而封之，以俟后之学者。至文笔怪发，不可捉摹，独得《南华》神髓，而造句重字又多胎息《左》《国》，文气最为醇厚。中间插用“然而”“不然”等笔，有转必深，无折不醒，于整饬中极寓灵动之致。故补选之。

书后　欧阳文忠公曰：“文章之事，寸心千古。”归震川曰：“文章者，天地之元气，得之者，其气直与天地同流。”夫心者，神之所从生，而声之所由发也。气者，理之所从出，而形之所由立也。是以声发而文生矣，形立而章成矣。惟其有神与理，则寸心可千古，元气可同流。亦惟有形与声，则不能不望获于天，待掩于地，期速化于千古也。刘公文冢之铭，于三才则曰“待助于天”，于五行则曰“协吉于土”，似不以神全而以形全，不以气化而以声化，若不知有千古也者，不知其腐为墟壤，化为涂泥，夷为都邑，坎为洿池，祀为坛灶，窾为井墓，块为五色，流为土鼓、块桴者，不过消融其形与声，而其铄天地、震千古，则又非芝菌醴泉之媚人适口，金铁良材之起争伤性，城社兰茝之见亵凭妖，所可同日语也。故能及时效用，不异文忠之寸心，震川之元气，以利其后世子孙。不然，不能超生于草木人禽之外，而又抑郁于阴阳五行之中，又何以亘千古而不敝，配天地于无穷也耶！

卷之九　借影

伯夷列传

（汉）司马迁

伯夷名允，字公信，墨胎孤竹君子。谥曰夷。列传者，以人行迹有可序列也。伯夷以让称，《史记》列传首举之，犹世家之首泰伯云。

四句冒起，一句一转。

所引俱为伯夷作陪。

“何以”句双顶。

夫学者载籍极博，犹考信于六艺，《诗》《书》虽缺，然虞、夏之文可知也。尧将逊位，让于虞舜。舜、禹之间，岳牧咸荐，乃试之于位，典职数十年，功用既兴，然后授政。示天下重器，王者大统，传天下若斯之难也。而说者曰：尧让天下于许由，许由不受，耻之逃隐；及夏之时，有卞随、务光者。此何以称焉？太史公曰：余登箕山，其上盖有许由冢云。孔折衷立传。

自首至此言列传所以首伯夷之意。

子序列古之仁圣贤人，如吴太伯、伯夷之伦详矣。余以所闻由、光义至高，其文辞不少概见，何哉？

“怨”字是眼目，借以作波。引旧传之词，而于诗有怨意，见与圣言不合。

孔子曰：“伯夷、叔齐名致，字公达，不念旧恶，怨是用希。”“求仁得仁，又何怨乎？”余悲伯夷之意，睹轶诗可异焉。其传曰：伯夷、叔齐，孤竹君之二子也。父欲立叔齐，及父卒，叔齐让伯夷。伯夷曰：“父命也。”遂逃去。叔齐亦不肯立而逃之。国人立其中子名远。于是伯夷、叔齐闻西伯昌善养老，盍往归焉。及至，西伯卒，武王载木主——号为文王，东伐纣。

古今少不得此一谏。

伯夷、叔齐叩马而谏曰：“父死不葬，爰及干戈，可谓孝乎？以臣弑君，可谓仁乎？”左右欲兵之。太公曰：“此义人也。”扶而去之。

处分自好。

“耻”字最有关系，惟此可以长留天地。

武王已平殷乱，天下宗周，而伯夷、叔齐耻之，义不食周粟，隐于首阳山，采薇而食之。

此歌当是《离骚》之祖。

及饿且死，作歌。其辞曰：“登彼西山兮，采其薇矣。以暴易暴兮，不知其非矣。神农、虞、夏忽焉没兮，我安适归矣？于嗟徂兮，命之衰矣！”遂饿死于首阳山。由此观之，怨邪？非邪？

“由此”二句，应上“可异”。

或曰：“天道无亲，常与善人。”若伯夷、叔齐，可谓善人者非邪？积仁洁行如此而饿死！且七十子之徒，仲尼独荐颜渊为好学。然回也屡空，糟糠不厌，而卒蚤夭。天之报施善人，其何如哉？盗跖日杀不辜，肝人之肉，暴戾恣睢，聚党数千人横行天下，竟以寿终。是遵何德哉？此其尤大彰明较著者也。

此言天道不可恃，以起下文“轻”“重”二语。

总束一笔，含情无限。

若至近世，操行不轨，专犯忌讳，而终身逸乐，富厚累世不绝。或择地而蹈之，时然后出言，行不由径，非公正不发愤，而遇祸灾者，不可胜数也。余甚惑焉。傥所谓天道，是邪？非邪？

“近世”一段另言，全为自喻起见。

子曰“道不同不相为谋”，亦各从其志也。故曰：“富贵如可求，虽执鞭之士，吾亦为之；如不可求，从吾所好。”“岁寒，然后知松柏之后凋。”举世污浊，清

为善不望报，自当以夫子言为断。

士乃见。岂以其重若彼，其轻若此哉？

“君子疾没世而名不称焉。”贾子曰：“贪夫徇财，烈士徇名，夸者死权，众庶冯生。”“同明相照，同类相求。”“云从龙，风从虎，圣人作而万物睹。”伯夷、叔齐虽贤，得夫子而名益彰；颜渊虽笃学，附骥尾而行益显。岩穴之士，趋舍有时，若此类名湮灭而不称，悲夫！闾巷之人，欲砥行立名者，非附青云之士，恶能施于后世哉！

“轻”“重”指声名富贵言。

四句重徇名。

“名”字是一篇主。

推说以结凭吊由、光意。

又推说以慨立名之难，为伯夷幸。

顶批　按：姚苎田曰：从来高世之行，必征信于古人书籍。而古昔遗文散逸不少，故又必得古圣人称许，而后可断其必传。通篇只是此意到底。惟“天道无亲”以下六行，乃因一“怨”字而别发其胸中感慨，卒又以祸福轻而名誉重引归传世正旨。其文如草蛇灰线，处处照应，乃知其奇而不诡于正也。　按：苎田曰：“轶诗”即《采薇》之诗。诗既轶，则亦将湮没不传矣。终赖孔子赏称之，所以独得不朽，此特插孔子于前之故也。而其文势，却以孔子两称其不怨，及睹轶诗，则又深似有怨者，故曰“可异”。惟其立志在彼，而文势在此，所以令人目迷，得其脉则了如指掌矣。　按：

陈氏云：孔子所云“无怨”，兄弟逊国，史公所云“怨”者，以暴易暴，之间原不相乖。　　按：苎田曰：前半将许由、卞随、务光伴伯夷，惜三人之不得载于《诗》《书》，几欲泯没，而重为伯夷幸也。后半将颜渊伴伯夷，羡颜渊之独见称于孔子，其贤益显，而更为伯夷幸也。文虽万折千回，而大势截然不乱。　　按：苎田曰：幸富贵而与草木同腐，甘贫贱而与日月争光，各从其志而已。以下只发此意，所引经书（编按：指引《论语》“富贵如可求”以下各经书句），当以意会，不得将宋儒训诂强合之。　　按：《范雎传》：须贾云：“不意君能自致于青云之上。”则“青云”自当主闻达言。《丹铅录》云：“青云士，指圣贤之立言传世者。”前解较俗本附会自高，究不若后解之确。　　按：王安石尝驳史公饿死夷、齐及韩子作颂事，则据《孟子》非君不事、养老而归之言，以为伯夷伐纣之心无异太公。其不与同伐者，非未至文王之都而死，即未及武王之世而死。其言亦具有见。但介甫此论，与史公、韩子正相反，将使后世乱臣贼子，如贾充、褚渊辈俱得公然藉口，是岂君子立言之道哉？要之，武之伐纣救天下，夷之饿死存臣道，二者原并行不悖。足见天下之理无终穷，惟各行其是而已。是以根于天性，止乎忠孝，无待称扬而其名自显。与余后所书“夭寿不贰”之旨本相表里，且可补史公传中所未备，故附录于此，以俟能者辨之。

评解　以夫子之言为断，是其立传本意。此合传、赞为一篇，结构最精。前幅先引孔子之言虚论一段，次引旧传之词，备详其实。篇中止此是伯夷正传，却又兼叔齐在内。至其屡用活笔处，不肯说煞。人多赏其文情缥缈，不知即其含愤处也。后幅引回、跖等证天道，及末段推说，固是发明传意，回抱前文，究无非自慨也。黼按：此篇史公全是借伯夷诸人以影自己，与文公《龙说》《马说》同意。但彼以物言，此以人言，其立体虽殊，而用心则一。通篇主脑只在一“名”字，中间夹叙夹议，或数句一转，或数十句一转，几无段落可寻。时文家金正希、方文辀诸先生多有之。原本摈未入选，殆以史公神化，不便初学。不知此在记中为极显豁之作，读此亦可借以入门，不得概以高深置之也。故补选之。

附录　韩愈《伯夷颂》：

士之特立独行，适于义而已，不顾人之是非，皆豪杰之士信道笃而自知明者也。一家非之，力行而不惑者，寡矣。至于一国一州非之，力行而不惑者，盖天下一人而已矣。至若举世非之，力行而不惑者，则千百年乃一人而已矣。若伯夷者，穷天地、亘万世而不顾者也，昭乎日月不足为明，崒乎泰山不足为高，巍乎天地不足为容也。

当殷之亡，周之兴，微子贤也，抱祭器而去之。武王、周公圣也，从天下之贤士，与天下之诸侯而往攻之，未尝闻有非之者也。彼伯夷、叔齐者，乃独以为不可。殷既灭矣，天下宗周，彼二子乃独耻食其粟，饿死而不顾。由是而言，夫岂有求而为哉？信道笃而自知明也。

今世之所谓士者，一凡人誉之，则自以为有余；一凡人沮之，则自以为不足。彼独非圣人而自是如此；夫圣人乃万世之标准也。予故曰：若伯夷者，特立独行，穷天地、亘万世而不顾者也。

虽然，微二子，乱臣贼子接迹于后世矣。

黼按：太史公以救李陵，故遭腐刑，佴蚕室。初不顾人之是非，发愤而作《史记》，满腹牢愁，深以天道无知为慨。其首作《伯夷列传》，遂淋漓感慨以出之。所云“近世操行不轨”“而终身逸乐富厚”，直诋当时之人。“非公正不发愤，而遇祸灾”，正史公自谓，所谓借他人之酒杯浇自己之块垒也，卒之力行不惑。《史记》藏之名山，传之其人，不使乱臣贼子接迹于后世，太史公亦因之不朽。以视伯夷之特立独行，穷天地、亘万古而不顾，民到如今称之者，何多让焉。则亦可为千百年之一人而无憾矣，岂非信道笃而自知明哉！

书后　孟子曰：“夭寿不贰，修身以俟之，所以立命也。”命为圣人所罕言，而孟子言之。盖孟子之所谓夭寿者，不卜之以渺冥莫必之天，而决之于诚意正心之己，故其理可自信，而天亦退处于无权。伯夷当殷周之际，知命之不可强，而天之不可恃，第以其理之所可自信者，以饿死于首阳，非所谓“夭寿不贰”者耶？不然，以一首阳槁饿之夫，而欲与奭、旦、望、散诸人争烈，亦綦难矣。然则伯夷之虽夭犹寿，虽死犹生。其生之寿之之权，不操于“同明相照，同类相求”、千载下之大圣人。而其所以不夭不死者，即在积仁洁行、修身以俟之一日。史公立传以表彰之，而谓其因附青云而益著，其亦有慨乎其言之也与？

获麟解

（唐）韩　愈

《春秋·鲁哀公十四年》：麟见于郊，为叔孙氏之车子钼商所获，折前左足，载以归。叔孙以为不祥，弃之郭外。孔子往观之，曰：“麟也。何为乎来哉？”反袂拭面，涕泣沾襟，曰：“吾道穷矣。”因著《春秋》，书“西狩获麟”，为之绝笔。文公感其事，故作是解。

直起超卓。此段正言祥。

麟之为灵，昭昭也。咏于《诗》，书于《春秋》，杂出于传记百家之书，虽妇人小子，皆知其为祥也。

然麟之为物，不畜于家，不恒有于天下。其为形也不类，非若马、牛、犬、豕、豺、狼、麋、鹿然。然则虽有麟，不可知其为麟也。角者吾知其为牛，鬣者吾知其为马，犬、豕、豺、狼、麋、鹿吾知其为犬、豕、豺、狼、麋、鹿，惟麟也不可知。不可知，则其谓之不祥也亦宜。

“形”字呼下“德”字。

此段反言不祥。

虽然，麟之出，必有圣人在乎位，麟为圣人出也。圣人者必知麟，麟之果不为不祥也。

此段又言祥，必圣人方知，何等身分。

又曰：麟之所以为麟者，以德不以形。若麟之出不待圣人，则谓之不祥也亦宜。

提出“德”字为主。

结转不测。

顶批　按：沈确士曰：意重不祥边，见有德而非时者，俱近不祥。孔孟以降，不胜数也。将尽忽转，将绝复生，极文章之诡幻。　按：通篇凡四转，而每段中又各自为转，或二转，或再三转，有转无竭，所以曲折顿宕，议论不穷。按：祥麟乃是正论，文据《左传》。而以不祥为主，反复辨论，归到不详。固属翻案文；玩两“亦宜”，“亦”字活甚，言外毕竟还是以祥麟为正意也。

评解　此文公借题自写，有如龙、马之说。且文凡四转折，矫变不测，如生龙活虎，可为平钝者药石。凡文，断无无故而作者，文公之人与文，真所谓祥麟威凤，争先睹之者。此必是下第，人不知其文，或以无人荐之，故有感而作此。不然，不病而呻，不哀而泪，吾所未见也。唐荆川曰：以“祥”“不祥”三字作眼目。《辑注》评：前以知论麟之祥不祥，谓之不祥者，人之咎也，麟无与焉；后以德论麟之祥不祥，谓之不祥者，麟之咎也，人何责焉。四段归重末段，人不知麟，我偏责麟。明是翻案文字，而公之用意深远矣。

书后　麟为毛虫三百六十之长，故麟以为畜，则兽不狘。感王者至仁而出，遇海内一主而生，胡为乎见获而灵者不灵哉？《春秋》绝笔于此，其旨微矣。文公一生，崇圣道、辟佛、老，上不见信于君，下则见谤于友，道弊义丧，莫此为甚。故一旦见麟自伤，以见宣圣之穷，复有于今也。篇中所解，或以无人奥援，或以未得登第。夫以文公之为人，文章光于日月，道统接乎邹、鲁，岂若章句小儒，终日占毕，以冀博一官、幸一第，以为身家衣食计？或因附骥无名，请缨失路，遂尔垂头丧气。冬烘主司秋感成赋者有之矣，而乃以此测公，亦何小视夫道，轻视夫麟，将何以为宣圣地？更何以为麟经地也哉？

龙　说

（唐）韩　愈

龙说者，借龙以喻明君也。文公思得明君用己，故有是说。

首节言龙之灵，意轻。

龙嘘气成云，云固弗灵于龙也。

次节言云之灵，意重。

然龙乘是气，茫洋穷乎玄间，薄日月，伏光景，感震电，神变化，水下土，汩陵谷。云亦灵怪矣哉！

三节申言龙之灵，意轻。

云，龙之所能使为灵也。若龙之灵，则非云之所能使为灵也。

四节申言云之灵，意重。

然龙弗得云，无以神其灵矣。失其所凭依，信不可欤！

末节言龙必有云，无云则亦非龙矣。

异哉！其所凭依乃其所自为也。《易》曰："云从龙。"既曰龙，云从之矣。

顶批　按：李厚庵曰：此条寄托至深，取类至广。精而言之，则如道义之生气、德行之发为事业文章，皆是也。大而言之，则如君臣之遇合，朋友之应求，圣人之兴起于百世之下皆是也。　按：龙是主，云是宾，层层转换，每下一转，令人骇绝。

评解　是篇以“灵”字为骨。前获麟，取之《春秋》，用反正法，此云龙，取之《易》，用开合法，而其矫如神龙一也。张声有云：从来非圣君不能用贤臣，非贤臣亦不能辅圣君，其相需有成，相得益彰，实与云龙相似。公兴怀喜起，想望明良，特借云龙发挥心事。文仅一百一十四字，却成五段，而段段有转，舌若辘轳，笔若转环。读者只觉韵长，不嫌节短。

书后　《周易》一书，圣人所以扶阳，而究未尝偏厚于阳，何也？《乾》用九，而多取象于龙。龙，阳也。《坤》用六，而上嫌于无阳，亦称龙。然则阳能驭阴，阴不能驭阳，似可动而无悔矣。而《乾》之上九，又以亢为有悔，非以过亢则无辅；无辅则位危，而阳不可扶乎？故从龙之象，虽于飞天之龙发之，而其为亢龙望者实殷也。文公说龙即说云，说云即说龙，意谓云非龙不灵，龙非云不神，深得“亢龙有悔”之义，以见阳之扶不可无辅也。如第以末段引《易》，有合飞龙之象，而无厚望于亢龙之心，是知其一而未得其二者也。

马　说

（唐）韩　愈

马说，韩公借以自喻，因人不己知而作。篇中伯乐，姓孙名阳，善相马，秦穆公时人。天有房星名伯乐，在天熙星之旁；人因孙阳识马，目之曰伯乐，盖以伯乐喻世之能知人者。

起发一论，下用反笔申明。

世有伯乐，然后有千里马。千里马常有，而伯乐不常有。故虽有名马，祇辱于奴隶人之手，骈死于槽枥之间，不以千里称也。

此言屈于不知。

马之千里者，一食或尽粟一石。食马者，不知其能千里而食也。是马也，虽有千里之能，食不饱，力不足，才美不外见，且欲与常马等不可得，安求其能千里也。

此言非高爵厚禄不足以显其才。

此言用枉其才。

结处掉转首句，以清主意。

策之不以其道，食之不能尽其材，鸣之而不能通其意，执策而临之，曰："天下无马。"呜呼！其真无马邪？其真不知马也！

顶批　按：《文醇》云：皋陶举治天下二大端，曰："在知人，在安民。"知人居其先焉。一部《论语》以知人终，先圣先师之明训如此。诚能知人，将治天下如运掌矣。虽然，人固不易知，知人亦不易易。三复斯文，慄然冰渊，惄如调饥。　按："千里"二字凡七唤，感慨不遇，令人读之，几为湿遍青衫。结末"执策而临"一语，绝似小人蔽才口角，何等隽永。

评解　此篇以千里马自喻，以伯乐喻知己，总言知己之难遇也。分作无数转折，与麟、龙之说大抵同一意，同一笔。文公之文，能大能小，能长能短，所谓狮子搏象用全力，搏兔亦用全力者。如此小品，亦见其生龙活虎之态。《辑评》云：起如风雨骤至，结如烟波浩渺，寥寥短幅，变态无常。而庸耳俗目，一齐写尽矣。

书后　子曰："骥不称其力，称其德。"诚以德为性所固有，非若力之赋于生初，而犹待培于生后也。是以骥之为骥，知之而性无所加，不知而性无所损。修其在己，听其在人。辱于奴隶，弗顾也；死于槽枥，不惜也；食不饱，力不足，才美不外见，不计也。文公所说千里马，食以千里则马显，食非千里则马晦。一若千里之权，不操于己，而听于人。虽马犹是马，而固有之失不亦多乎！

梓人传

（唐）柳宗元

梓人，造屋工师也。柳公见梓人合相道，故为传而借以讽焉。

佣役主人以代租。 此以言语代叙事。 故作一折为下蓄势。	裴封叔名瑾之第在光德里。有梓人款其门，愿佣隟同隙宇而处焉。所职寻引、规矩、绳墨，家不居砻斫之器。问其能，曰：“吾善度材，视栋宇之制，高深、圆方、短长之宜，吾指使而群工役焉。舍我，众莫能就一宇。故食于官府，吾受禄三倍；作于私家，吾收其直大半焉。”他

日入其室，其床阙足而不能理，曰："将求他工。"余甚笑之，谓其无能而贪禄嗜货者。

其后，京兆尹将饰官署，余往过焉。委群材，会众工，或执斧斤，或执刀锯，皆环立向之。梓人左持引、右执杖而中处焉。量栋宇之任，视木之能举，挥其杖曰："斧!"彼执斧者奔而右；顾而指曰："锯!"彼执锯者趋而左。俄而斤者斫，刀者削，皆视其色，俟其言，莫敢自断者。其不胜任者，怒而退之，亦莫敢愠焉。画宫于堵，盈尺而曲尽其制，计其毫厘而构大厦，无进退焉。既成，书于上栋曰"某年某月某日某建"，则其姓字也，凡执用之工不在列。余圜视大骇，然后知其术之工大矣。

句句包含下意，摹写极工。

继而叹曰：彼将舍其手艺、专其心智，而能知体要者欤？吾闻劳心者役人，劳力者役于人。彼其劳心者欤？能者用而智者谋。彼其智者欤？是足为佐天子相天

"体要"二字一篇之主。
又将"心""智"分两层写。

下法矣，物莫近乎此也。

点落相道，转入正意。

彼为天下者本于人。其执役者，为徒隶，为乡师、里胥，其上为下士，又其上为中士，为上士，又其上为大夫，为卿，为公。离而为六职，判而为百役。外薄四海，有方伯连率同帅，郡有守，邑有宰，皆有佐政。其下有胥吏，又其下皆有啬夫、版尹，以就役焉。犹众工之各有执技以食力也。

此以王都内言。

此以王都外言。

段段与梓人映。

彼佐天子相天下者，举而加焉，指而使焉，条其纲纪而盈缩焉，齐其法制而整顿焉。犹梓人之有规矩绳墨以定制也。

择天下之士，使称其职；居天下之人，使安其业。视都知野，视野知国，视国知天下，其远迩细大，可手据其图而究焉。犹梓人画宫于堵而绩于成也。

能者进而由之，使无所德；不能者退而休之，亦莫敢愠。不炫能，不矜名，不亲小劳，不侵众官。日与天下之英才，讨论其大经。犹梓人之善运众工而不伐艺也。

单承一句，侧出第五段，句法变化。

夫然后相道得而万国理矣。相道既得，万国既理，天下举首而望曰：“吾相之功也。”后之人循迹而慕曰：“彼相之才也。”士或谈殷周之理者，曰伊、傅、周、召，其百执事之勤劳，而不得纪焉。犹梓人自名其功而执用者不列也。

以上五段阐相道之合梓人处。

一赞作结，宕起下文。

大哉相乎！通是道者，所谓相而已矣。

此就上五段意反为一段文字，已足，下另发议。

其不知体要者反此。以恪勤为公，以簿书为尊，衒能矜名，亲小劳，侵众官，窃取六职百役之事，自听于府庭，而遗其大者远者焉。所谓不通是道者也。犹梓人而不知绳墨之曲直，规矩之方圆，寻引之短长，姑夺众工之斧斤刀锯以佐其艺，又不能备其工，以至败绩，用而无所成也。不亦谬欤？

此以主为室者，喻人君之任相当专一意。

或曰：“彼主为室者，傥或发其私智，牵制梓人之虑，夺其世守，而道谋是用，虽不能成功，岂其罪邪？亦在任之而已。”

余曰：不然。夫绳墨诚陈，规矩诚设，高者不可抑而下也，狭者不可张而广也。由我则固，不由我则圮。彼将乐去固而就圮也，则卷其术，默其智，悠尔而去，不屈吾道，是诚良梓人耳。其或嗜其货利，忍而不能舍也；丧其制量，屈而不能守也。栋桡屋坏，则曰："非我罪也。"可乎哉？可乎哉？余谓梓人之道类于相，故书而藏之。

梓人盖古之审曲面势者，今谓之都料匠云。余所遇者，杨氏，潜其名。

此又从梓人上喻为相者。

反掉警绝。

喻意、正意，总结一句。

末点梓人姓名，此为倒装法。

顶批　按：沈确士曰：题因譬喻，不须说出正义，令人言外思之。此则六义中比体也。先喻后正，而透发正义，层层回抱前文，文各有体，不得以太尽议之。　按：林西仲曰：床阙足而求他工数语，正见其不夺众工之长，以佐其艺之意。以前后不便叙入，故作侧势出之，此运笔之巧处，并非布景生波也。　按：王葬州曰：形容梓人，至此（编按：指"其后京兆尹将饰官署"段）已妙，即作一语结束可也。犹复喋喋不已，未免复而易厌。储同人云：此为一篇大臣论，不过借梓人以发端，由宾而主，非触而长之之谓。故其结构精严，无懈可击。　　按：原评云：连用三“者欤”赞叹，方转入正位，如黄河之水九折而入海，何等委曲。　　按：林西仲曰：相臣贵知大体，而大体在于识时务、善用人。天下之治乱安危，即相臣所以为能否，非可以才艺见长也。陈平不对决狱，丙吉不问杀人，虽未必尽为相之道，第其言颇得不亲小劳，不侵众官之意，实千古相臣龟鉴。　　按：林西仲曰：总反总应，其意重在不知大体，夺众工之长以佐其艺。读至此，愈知不理床足一段，非闲文也。　　按：沈确士曰：不通相道，而侵众人之职者，固非大臣。乃又有外托有容而漫无可否，惟以行安无事，保全禄位为长，此孔光、张禹之续也。　　按：君臣以义合者也。士君子行义以达其道，不可嗜利，尤不可贬道。合则留，不合则去。出处进退之间，道义之所由著也，可不慎欤！

评解　一梓人耳，看出宰相之道来，小中见大，识解高卓，笔力劲健，无怪韩、柳并称也。其作意，大抵规时相耳，亦有自命之意。《观止》云：前细写梓人，句句暗伏相道。后细写相道，句句回抱梓人。末又补出人主任相、为相自处两意。极为周到，章法井然，自是奇作。林西仲云：史称子厚文有法度，单举《梓人》《种树》两篇为说，则此文自是子厚集中第一艺也。吾读柳文，识亦高，思亦巧，笔亦畅达，然雄杰英爽处不及韩也。韩盖得天者多，柳乃出于人力多者欤。

书后　《考工记》所载攻木之工七，匠与梓异名，似梓不可曰匠。而《周书》“若作梓材”注：“以凡治木器曰梓。”是梓又匠之通称。则为筍簴之梓人，亦可呼之为匠矣。然《梓材》一篇，亦武王诰康叔之书，其曰“既勤朴斲，惟其涂丹雘”，武王盖欲以已成之制，使康叔润色而经纶之，俾得焕然一新。故不惜曲喻旁征，以合所以责其成终之意。而其篇首得名，亦即以此。然则梓人可方治道，古人固已先柳子言之矣。而柳子游艺之顷，亦即独有会心，非其志道据德依仁之后，而能读书有得若是乎？古谓宰相须用读书人，如柳子者，可谓能读书矣。惜乎，当日未得假手一试也。

种树郭橐驼传

（唐）柳宗元

郭橐驼，种树者也。古人每于史法例不能立传，而其人不可埋没者，则别立传以表彰之。若此篇，与宋清诸传同于庄生之寓言，无庸例视也。

一起，先叙橐驼名。

郭橐驼，不知始何名。病偻，隆然伏

行，有类橐驼者，故乡人号之“驼”。驼闻之曰：“甚善，名我固当。”因舍其名，亦自谓橐驼云。其乡曰丰乐乡，在长安西。

驼业种树，凡长安豪富人为观游及卖果者，皆争迎取养。视驼所种树，或迁徙，无不活，且硕茂蚤实以蕃。他植者虽窥伺效慕，莫能如也。

“无不活”，双承种与迁。

“他植”句反衬，伏下文。

有问之，对曰：“橐驼非能使木寿且孳也，能顺木之天，以致其性焉尔。凡植木之性：其本欲舒，其培欲平，其土欲故，其筑欲密。既然已，勿动勿虑，去不复顾。其莳种也也若子，其置也若弃，则其天者全而其性得矣。故吾不害其长而已，非有能硕茂之也；不抑耗其实而已，非有能蚤而蕃之也。

顺天致性是主旨。

四“欲”字，木之性也。

以上只就植木上说道理。

“他值者则不然，根拳而土易，其培之也，若不过焉则不及。苟有能反是者，则又爱之太殷，忧之太勤，旦视而暮抚，已去而复顾，甚者爪其肤以验其生枯，摇

一句捷转。

上一层已撇开，注意在此层。

格论。

一句结。

其本以观其疏密，而木之性日以离矣。虽曰爱之，其实害之；虽曰忧之，其实仇之。故不我若也。吾又何能为哉？”

接入正意，发出议论。

总提一句，下就“他植不然”一段摹出。

写出俗吏情弊，读之令人凄然。

收“性”字，正、喻相应。

一笔总结。全篇精神命脉直注在此。

问者曰：“以子之道移之官理，可乎？”驼曰：“我知种树而已，官理非吾业也。然吾居乡，见长人者好烦其令，若甚怜焉，而卒以祸。旦暮吏来而呼曰：‘官命促尔耕，勖尔植，督尔获，蚤缫而绪，蚤织而缕，字而幼孩，遂而鸡豚。’鸣鼓而聚之，击木而召之。吾小人辍飧饔以劳吏者且不得暇，又何以蕃吾生而安吾性也？故病且怠。若是，则与吾业者其亦有类乎。”问者嘻曰：“不亦善夫！吾问养树，得养人术。”传其事以为官戒也。

顶批　按：王念存曰：借种树之法，发出居官理政绝大议论，与《捕蛇者说》《梓人传》皆为有功世道之文。而是篇文势，大类子书，说者谓从“牧马童子”及“杨子问铸金得铸人术”化出，或有然也。　按：刻薄固易以寡恩，而姑息又易以致祸。尝见古今人主于宠幸宵小之时，徒优柔含忍，每欲生之而实以杀之者，何可胜道。读此可以悟爱股忧勤之适为鸩毒也。　　按：《文醇》云：长民者，民之父母也；民，赤子也。父母之于子，无名之可立，故《大学》申《康诰》之旨，不以名求而以心诚求，是以神听无响而适得其赤子之心。乃不知此而徒令是烦，且以居官为立名之区、获利之薮，而赤子果将何以蕃其生而安其性耶？惟其骛名与利，故赤子与我即秦、越，虽若甚怜而卒以祸也，可不戒欤！

评解　　此为勤民而不得其道者言。林西仲曰：政在养民，即唐、虞不废戒董，以其能致民之性也。后世具文烦扰，而民始病。郭橐驼种树之道，若移之官理，便是居敬行简一副学问，即充而至于舜之无为，不越此理。然前段以种植之善不善分提，后段单论官理之不善。但云以他植者为戒，不说以橐驼为法，盖知古治为不易复。省一事，斯民间省一扰，即汉诏以不烦为循吏之意，非谓居官可以不事事也。黼谓养树养人本是一理，《中庸·哀公问政章》已有"敏政""敏树"之喻，柳州此篇，不过借为官戒。而其论政之旨，多发前人所未发，于世道人心有裨益，故补选之。

书后　　圣贤相传之道，不外一中。中者执于一心，贵勿正勿忘，尤贵勿助长。故人心道心之著，则危而又微，必精以察之，一以守之，不可过，亦不可不及。此《中庸》所谓"天下之大本"也。大本既立，以之养物，而物无不遂；以之养人，而人无不安。一有所偏，则畸轻畸重之念既呈，即或荣或枯之机所由伏也，岂必待有心戕贼而始然哉？柳子所言，即孟子“苟得其养，无物不长；苟失其养，无物不消”之义。而其莳若子，置若弃，不以殷勤顾验者过其中，亦不以根拳土易者不及乎中，可谓得天下之大本者矣。故与言养树，而无害且仇之实；与言养人，而无病且怠之讥；即与言养心，而无旦视暮抚，爪其肤以验生枯，摇其本以观疏密，或助其长之虑。顺吾心之天以致其性，则养心之道得，而民物之生亦遂矣。然则古圣贤之所拳拳于一中者，岂徒然哉！

爱 莲 说

（宋）周敦颐

爱莲说，乃周公借以自写。周名敦颐，字茂叔，宋湖广道州人。博学力行，闻道甚早。遇事刚果，有古人风。为政精密严恕，务尽道理。著《太极图》《通书》。程从之游，每令寻孔、颜所乐何事。襟怀飘洒，雅有高致，世号濂溪先生。

总起一笔。

暗伏“众”字。

七句为“君子”二字伏根，已露主意。

此三句辨花之品。

此三句辨爱之品。

水陆草木之花，可爱者甚蕃。晋陶渊明独爱菊，自李唐来世人甚爱牡丹。

予独爱莲之出淤泥而不染，濯清涟而不妖，中通外直，不蔓不枝，香远益清，亭亭净植，可远观而不可亵玩焉。

予谓菊，花之隐逸者也；牡丹，花之富贵者也；莲，花之君子者也。噫！菊之爱，陶后鲜有闻；莲之爱，同予者何人？牡丹之爱，宜乎众矣。

顶批　按：余自明曰：莲在众芳之内最为高品，幽同夫菊而不傲艳，类牡丹而不俗，故于甚蕃之中特举二者以为陪衬。妙在“可爱”二字包罗在内，并不说坏，立言极有斟酌。　按：《辑评》云：先生，君子也。爱莲者，爱其德似君子也。借题抒写，想见光风霁月襟怀。

评解　章法分明，局度深稳，有道之言也。二氏言性，多以莲为比，言“火里种金莲”，即出淤泥而不染也；“佛之身坐碧莲台”，即中通外直、亭亭净植也。先生有题莲诗云：“佛爱我亦爱，清香蝶不偷。一般清意味，不上美人头。”先生于世皆淡，而独爱莲乎？非爱莲也，爱其与已性合也。今观“淤泥”七句，俱是言性，不知者以为是说莲也。我于莲亦有悟焉：尝剖开莲子观之，见其心中小芽，根向上而叶向下，有回光返照、归根复命之理，而太极两仪生生不已之机，已于是乎具矣。妙矣哉！宜乎有道者爱之也。古人言事言物，不专是那事物，往往托以影道理、影人己，其文乃深而有味，若呆说是事物则浅索矣。故作文便是那文，便非作文人；读文便是那文，便非读文人。所选各首，可类此而推焉。

书后 天命之谓性。性者，命之所由成，道之所从出也。有是性，即有是情；有是情，即有是理。理之所在，性即具焉；性之所在，道即行焉。夫固即事即物之所得而存，亦即事即物之可得而验也。周子爱莲之作，其曰“中通外直”，盖谓有合一阴一阳之道，合虚与气而名之也；其曰“不染”“不妖”“不蔓不枝”，盖谓有合性善之旨，而不同于迁就可转、浑沦无别也；其曰“香远益清”“亭亭净植”“可远观而不可亵玩”，盖谓有合元亨利贞之保合太和，仁义礼智之发皆中节，宜活泼，不宜胶执也。故爱之愈挚，则说之愈殷，理固罕譬而可存，情亦随喻而皆验。然非有以探乎命之大原，道之大本，又何能与乐天知命之渊明，同一相忘于富贵也哉。

游褒禅山记

（宋）王安石

褒禅山，前有洞，后洞尤深，安石游此而作记。安石字介甫，一字半山，临川人。相宋神宗，封荆国公。行新法，不便于民，时以为奸，士大夫非之。然其文为八大家之一，而八股则自公始也。

此叙山名来历。

褒禅山亦谓之华山。唐浮图慧褒始舍于其址，而卒葬之，以故其后名之曰褒禅。今所谓慧空禅院者，褒之庐冢也。距其院东五里，所谓华山洞者，以其乃华山之阳名之也。距洞百余步，有碑仆道，其文漫灭，独其为文犹可识，曰“花山”。今言华如“华实”之“华”者，盖音谬也。

此辨洞名，暇甚。

以前衬后。

分点二洞，伏下夷险。

其下平旷，有泉侧出，而记游者甚

众，所谓前洞也。由山以上五六里，有穴窈然，入之甚寒，问其深，则其好游者不能穷也，谓之后洞。予与四人拥火以入，入之愈深，其进愈难，而其见愈奇。有怠而欲出者曰："不出，火且尽。"遂与之俱出。盖予所至，比好游者尚不能十一，然视其左右，来而记之者已少。盖其又深，则其至又加少矣。方是时，予之力尚足以入，火尚足以明也。既其出，则或咎其欲出者，而予亦悔其随之，而不得极乎游之乐也。

"其进"句隐下正旨在内。

游洞至此已毕。

此将后洞之深、游之不能尽处慨惜一番，伏后意。

于是予有叹焉。古人之观于天地、山川、草木、虫鱼、鸟兽，往往有得，以其求思之深而无不在也。夫夷以近则游者众，险以远则至者少。而世之奇伟瑰怪非常之观常在于险远，而人之所罕至焉，故非有志者不能至也。有志矣，不随以止也，然力不足者，亦不能至也。有志与力，而又不随以怠，至于幽暗昏惑而无物以相之，亦不能至也。然力足以至焉，于

"夷""近"应前洞，"险""远"应后洞。一层，接入主意。

二层，应上"力足以入"句。

三层，应上“火足以明”句。

人为可讥，而在己为有悔；尽吾志也而不能至者，可以无悔矣，其孰能讥之乎？此予之所得也。

此段全是借题说入学问上去。

予于仆碑，又有悲夫古书之不存，后世之谬其传而莫能名者，何可胜道也哉！此所以学者不可以不深思而慎取之也。

至此方点“学”字。

四人者，庐陵萧一本下有“君”字，恐非圭君玉，长乐王回深父，予弟安国平父、安上纯父。至和元年七月某日临川王某记。

还他四人名字作收。

顶批　按：沈确士曰：有志有力，而又有物以相之，其中不能至者，则亦无如之何也。借题发意，文人之常，然必说破正旨。此只于言外遇之，又是一格。　按：荆公尝记虔州、慈溪两学，一就人心立论，一就风俗立论，其大议发挥，皆借一州一邑。此篇所影，虽本志、力，而所借实只一洞。益见荆公为学，触类旁通。茅鹿门谓非深于学不能记其学，良有以也。　按：沈确士曰：理愈深则造者愈少，此惟亲历甘苦者能言之，亦亲历甘苦者能知之也。　按：力可至而不至，非挟泰山以超北海之类也。平地而覆，九仞而亏，进吾进而止吾止，可不惜与？　按：原评云：一路俱是论游，按之俱是论学。笔之曲折，亦如洞之幽深，逐层写来，具见灵心四辟。　　按：西仲云：因华山“华”字之谬，又推言古书谬传者必多，亦说入学问上去，作余波，妙。

评解　记游而影学问，用笔则曲曲深入，所谓“深人无浅语，慧心无直笔”者也。在记体则为别行一路，在理则从“从游舞雩”章得也。林西仲曰：凡记游，必叙山川之胜与夫闻见之奇，且得尽其所游之乐，此常调也。兹但点出山名洞名，随以不尽游为慨，若如此便止，有何意味？精采处全在古人观物有得上发出一段大议论，即把上文所以不得尽游重叙一番，惟尽吾志以赴之，若果不能至，则与力可至而不至者异矣。譬之学者，六合之外，存而不论，即是有得处。末以山名误字推及古书，作无穷之感。俱在学问上立论，寓意最深。　　黼按：此篇头绪甚繁，大要只在尽志与力以深思，而后可以无悔。以之游洞如是，以之为学亦如是，此介甫所独得，而欲学者所共得也。其文鞭辟入里，单行一路，在王集中第一。最利理境题文，学者尤宜熟读。

书后　同一境也，浅者见浅，深者见深。浅者见浅，虽深而犹浅；深者见深，虽浅而犹深。非境之忽浅忽深也，有浅有深者其境，而能浅能深者其心。心以为浅，无往非浅；心以为深，无往非深。故人之浅深，不视其境而视其心，不视其心而究其力。力果不足，而实出于心之有余，此狷者之所以有不为也。力果有余，而又本其心之不足，此狂者之所以能进取也。荆公力有余，而心犹觉其不足，则不足者虽浅，而有余者自深矣。心有余，而力又适处于不足，则有余者非浅，而不足者更深矣。以心驭境，何险何夷？以力课心，何远何近？故第即境之险夷，以验力之至与不至；但即境之远近，以问心之有悔无悔。而卒之浅者见，深者见，即视浅犹深之心，及诣深于浅之力，亦与之俱见。语云："深人无浅语。"余三复是篇而益信。

赠太史罗先生序

（明）邵　宝

罗太史名玘，字景鸣，江西南城人。成化丁未进士，官南京吏部侍郎。谥文肃。有《圭峰集》。告病在家，将北上，时邵宝为江西学政，赠以序。宝字国贤，无锡人。举进士，授许州。弘治七年，入为户部员外郎，历郎中，提学即其时也。寻迁侍郎，请终养归，卒赠太子太保，谥文庄。有《容春堂》前、后集，《泉斋勿药集》。

通篇以所由之道形出太史之道，却从此句生波。

太史南城罗公以疾在告，既愈而将北上也，予适视学，自建昌之宜黄，道于其里，因预为公饯。公二从子城、里以诸生侍。公起如内，予问二生公道所由。城曰：“由浙。浙之道坦，然而迂，迂不胜坦，其将由之。”里曰：“由江。江之道疾，然而险，险不当疾，其将由之。”既而公出，予以问公。公曰：“彼意之耳。斯二道者吾皆不由也。夫浙之道坦矣，而迂，吾尝由之，迂非吾所恶也。江之道疾矣，而险，吾尝由之，险非吾所恶也。然而今之行，顾皆不由焉，吾将由鄱阳出安庆，渡江而北，道楚、陈、宋、鲁、齐、赵，以至于京师。

字法双关。

顿住。

“盖为道者三千余里。计其所经：济、淮、河、沁，吾将济焉；嵩、衡、恒、岱，吾将望焉；其历代帝王之都，圣贤之里，神灵英杰之祠墓，吾将谒焉；其残碑断碣，倚壁而卧庭者，吾将读焉；其平原沃野，为古井田，吾将考焉；其名城望

总挈一笔。

凡十样，迭迭写来，真觉无所不有，胸襟为之一开。

邑，吾将览焉；其高岩绝壁，为古关隘，吾将征焉；其大陵崇丘，为古会盟之坛，其长坂广谷，为古战斗之场，吾将吊焉赋焉。闻者采之，睹者图之，可献则献，可录则录。行焉而观，观焉而学，学焉而资。吾用不徒然也。

束上生下，古气磅礴，又引两古人，波澜无穷。

“昔者吴季札之聘，汉司马子长之游，于今为胜，称之不衰。顷虽西走关、陕，东涉嬴、博，南径婺、越，北抵并、冀，足迹半天下，而独遗中原。譬之语道者遗孔、孟，谈功者遗禹、皋，论世者遗唐、虞、三代，君子不谓之知也。吾于是憾焉。故虽迂于浙，险于江，吾必由之。吾且老矣，舍是不由，其将焉待哉？”

渐露出正意来，妙在不直，口中更作注明。

予闻而笑曰：“公之于世诚熟矣。奇以为文，危以为行，四十始仕，仕十有六年尚未徙官，吾固知公之不畏夫迂与险也。虽然，中原之道，天下之达道也，其所经诚有如公言者。公归天子所，进备顾问，退而代言，且执笔书天下事，君之职

入赠行意。

批注	正文
此作序正意。	也。有所不对，对必以大；有所不制，制
点清主脑。	必以正；有所不纪，纪必以直。直也、正也、大也，天下之达道也，其为公之中原
回顾“迂”“险”二字，周密。	也。大也，而是行不能无资焉。虽迂且险，公亦何慊哉？因问道，而得赠公之说，二生者识之，吾将征公焉。”

顶批　按：明名臣同时罗先生有四：一字允升，名钦顺，泰和人；一字达夫，名洪先，吉水人；一字彝正，名伦，永丰人；一先生。三人皆有传，而先生独无者，何哉？岂不以三人者，一乞养夺职，一正储贰除名，一沮李贤夺情被谪，皆以中原达道，建白一时。而先生独养疴梓里，寂无所闻。邵公作序以赠，其勉以立名之心者深矣。　　按：此篇前后文意，大半是讽，妙在中间一段，即托罗先生自己口中说出所必由正道之故，是以能令言者无罪，闻者知感。此古人善于忠告处，读者不得徒以文词奔放见赏也。　　按：邵公尝取程子格物之义名曰“格子”。其平日留心事故，博览兼综，按此益可想见。　　按：罗公与邵公同出西涯之门，为诗友。每撰述，必栖乔树之巅，霞思天想。或闲坐一室，客有窃窥者，见其容色枯槁，有死人气，皆缓步以出。其所传作，大都皆树巅、死去所得。其不畏迂与险者，亦素性然也。邵公

与之同门，故知之最深。　　按：邵公之学，原以洛、闽为宗，故其所言粹然一出于正，则当日之愿为真士大夫，不愿为假道学者，固非无所本而然也。

评解　以路引道，正论也，奇论也。设为问答巧法得之昌黎。中一段历叙所由，古气磅礴，则得之子长也。一赠行文耳，生出如许波澜，如许议论。然不如是，不足传也。于此可悟为文矣。

书后　昔孔子抱唐、虞、三代之道，辙环列邦，以冀其一遇。最迂者，莫如书社之挠，临河之返；最险者，莫如陈、蔡之厄、匡人之围。虽所遇晨门、荷蒉、楚狂、沮、溺辈，类皆问而不答，答而不问。即问津之役，子路得遇丈人，杀鸡为黍，以见二子，而又以“孰为”见讥，不一道其所道。卒致道长半生，莫容于世，以坐老于东山、泗水之间。今先生一遵孔道以为道，自不慊其为迂，慊其为险，而迂与险又皆其所夙经。而邵公之来，一见二子，乃即道其所道，以明长幼之节与君臣之义，为达道中不可偏废，是不以晨门、荷蒉诸人之行待人者也。先生果能因此一遇，而即守道勿失。不舍正道而不由，亦安见达道之在中原，必与大圣人同一不容于时也哉。

卷之十　写照

五柳先生传

（晋）陶　潜

五柳之名，随遇取之，原无寓意。先生，即渊明自谓也。传者，所以表其人。人有闻于国家，史为表之以立传，从无自立传者。有之，自渊明始。后名人仿之者多矣，总无一似。渊明本末，详《归去来辞》。

不以地传，不以名传，取号大奇。

先生不知何许人也，亦不详其姓字。宅边有五柳树，因以为号焉。

善于读书。

闲静少言，不慕荣利。好读书，不求甚解，每有会意，便欣然忘食。

深得酒趣。

性嗜酒，家贫不能常得。亲旧知其如此，或置酒而招之。造饮辄尽，期在必醉；既醉而退，曾不吝情去留。环堵萧然，不蔽风日，短褐穿结，箪瓢屡空，晏如也。（领得孔、颜乐处。）

常著文章自娱，颇示己志。忘怀得失，以此自终。（“忘怀得失”，现出本领。）

赞曰：

黔娄有言：不戚戚于贫贱，不汲汲于富贵。其言兹若人之俦乎？衔觞赋诗，以乐其志。无怀氏之民欤？葛天氏之民欤？（“乐”“志”二字，为立传主脑。）（结更高古。）

顶批　按：昭明为靖节作传，录此一篇，又序其集，称其文章不群，独超众类；而如《桃花源记》及此篇，皆未选入。意选体藻缋纷披，不欲令藐姑射之仙下溷脂泽耶？按：西仲云：此老浩浩落落，胸中本无一点粘着。故好读书，不知有章句；嗜饮酒，不知有主客。非得孔、颜乐者，岂易语此？赞末“无怀”二句，即夷、齐“神农、虞夏”之思，暗写不仕宋意。然以当身即是上古人物，无采薇“忽没”之叹，更觉高浑也。

评解　不矜张，不露圭角，淡淡写去，身分自见，亦与其诗相似，非养深者不能。此在文中，乃逸品也。前辈元文，颇有似此者。《辑注》评不肯仕宋，自是先生大节，然读此文，不必计此。但看他突然而起，悠然而结，叙出事迹，了无异人，味之却有大本领在。通篇结构，总画出个“不知何许人”意，若曰：知先生者，先生也。

书后　晋祚百四十年间，学士大夫鲜不以风流相尚。故刘伶、向秀之徒，咸以枕曲承糟，翘然自命，而王戎贪佞，阮籍猖狂，其于竹林七贤之名，多有未副其实者。先生既无荷锄挈榼之苦，又无癖钱钻核之讥，故能衔杯赋诗，以乐其志。然非不慕荣利，得失忘怀，亦安能淡泊自甘若是哉！观传中所载，屡空晏如，既醉而退，以视七贤之优劣何如也？

毛　颖　传

（唐）韩　愈

此篇全是借喻。柳子谓：韩子穷古书、好斯文，嘉颖之能尽其意，因奋然而为之传，以发其郁积云。

叙祖宗。

毛颖者，中山人也。其先明视，佐禹治东方土，养万物有功，因封于卯地，死为十二神。尝曰：“吾子孙神明之后，不可与物同，当吐而生。”已而果然。明视

兔生从口出，故曰吐。

叙族派一隐一灭，以击动下，见用意。

八世孙𪕷，世传当殷时居中山，得神仙之术，能匿光使物，窃姮娥骑蟾蜍入月，其后代遂隐不仕云。居东郭者曰㕙，狡而善走，与韩卢争能，卢不及，卢怒，与宋鹊谋而杀之，醢其家。

笔始造于蒙恬。

秦始皇时，蒙将军恬南伐楚，次中山，将大猎以惧楚，召左右庶长与军尉，以《连山》筮之，得天与人文之兆。筮者贺曰：“今日之获，不角不牙，衣褐之徒，缺口而长须，八窍而趺居。独取其髦，简牍是资。天下其同书，秦其遂兼诸侯乎！”遂猎，围毛氏之族，拔其豪，载颖而归。献俘于章台宫，聚其族而加束缚焉。秦皇帝使恬赐之汤沐，而封之管城，号曰“管城子”，日见亲宠任事。

筮之繇词。

筮之断词。

叙出身。

叙才能。

颖为人强记而便敏，自结绳之代以及秦事，无不纂录。阴阳、卜筮、占相、医方、族氏、山经、地志、字书、图画、九流、百家、天人之书，及至浮图、老子、外国之说，皆所详悉。又通于当代之务，官府簿书、市井货钱注记，惟上所使。

叙遇合。

自秦皇帝及太子扶苏、胡亥、丞相斯、中车府令高，下及国人，无不爱重。又善随人意，正直邪曲巧拙，一随其人。虽见废弃，终默不泄。惟不喜武士，然见请，亦时往。

叙荣幸。

累拜中书令，与上益狎，上尝呼为“中书君”。上亲决事，以衡石自程，虽宫人不得立左右，独颖与执烛者常侍，上休

叙伴侣。

方罢。颖与绛人陈玄墨，弘农陶泓砚，及会稽褚先生纸友善，相推致，其出处必偕。上召颖，三人者不待诏辄俱往，上未尝怪焉。

后因进见，上将有任使，拂拭之，因

叙老死。

免冠谢。上见其发秃，又所摹画不能称上意，上嘻笑曰：“中书君老而秃，不任吾用，吾尝谓君‘中书’，君今不‘中书’耶?”对曰：“臣所谓尽心者。”因不复召，

叙后代。

归封邑，终于管城。其子孙甚多，散处中国、夷狄，皆冒管城。惟居中山者，能继

父祖业。

太史公曰：毛氏有两族：其一姬姓，文王之子，封于毛，所谓鲁、卫、毛、聃者也。战国时有毛公、毛遂。独中山之族不知其本所出，子孙最为蕃昌。《春秋》之成，见绝于孔子，而非其罪。及蒙将军拔中山之豪，始皇封诸管城，世遂有名；而姬姓之毛无闻。

孔子绝笔于获麟。

颖始以俘见，卒见任使。秦之灭诸侯，颖与有功，赏不酬劳，以老见疏，秦真少恩哉！

一篇主意，感慨在此。

顶批　按：《礼》曰："士载言、史载笔。"占以为能述事而言，故谓之为述；又以为能毕举万物之形，亦谓之为毕。故秦谓之"毕"，楚谓之"聿"，燕谓之"弗"，吴谓之"不律"。《尔雅》注以"不律为语之变转"，是同物而异其名也。中山之毫谓"颖"，《韵会》以为笔头，其实一物耳。

按：《古今注》：古之笔不论以竹以木，但能染墨成字，即谓之笔。秦吞六国，灭前代之书，故蒙恬得称于时。蒙恬造笔，即秦笔耳，以枯木为管，鹿毛为柱，羊毛为被，所谓苍毫也，史官记事用之。此篇借兔生情，而蒙恬所造，究非兔毛竹管也。　　按：《史记·平原列传》载：毛遂定从于楚事，人每不咎平原相士之疏，甚有讥遂之自荐者。不知遂客门下三年于兹矣，未见一召，一旦请处囊中，以与十九人俱，平原未尝不怪焉。迨从约既定，使赵重于九鼎大吕，而后知遂之蚤得处囊，且脱颖而出，非特见其末焉。则其所谓“尽心者”，已可知矣。当日文公立传而曰“毛颖”，其或因此而附会之，盖未可知也。不然，何姓同而名又即其所称者耶？按：韩子尝云：“古于文必己出，降而不能乃剽窃。”实自道也。独此有意规抚《史记》，特著“太史公曰”四字，正自白此文弄笔拟古，亦正以显生平不寄人篱，故在昌黎集中仅见之作。　　按：古人之文深于文公，犹为俗眼所嗤，柳子力排其议以表彰之，其所以闲斯文者，至矣！然则韩、柳虽并称，而柳实为韩之功臣也。况此评（编按：见“附录”）离奇夭矫，尤足与是篇角胜，惜世罕见，因萃录于此。

评解　　沈确士曰：游戏文字，章法谨严，后人拟之，不直一笑。黼按：通体全是寓言。主意在不任吾用而犹自谓尽心，则颖之无负于秦，秦之少恩于颖，自在言外。故前半数段，只就任用不任用互说，以预为末段数语作势，是以仅一点睛，而全篇文字俱欲飞去。此在韩集中另是一种，与公《送穷篇》同一手笔。读此可以知古人之写真手段，诚妙绝千古也。至其结构细密，笔情轩爽，尤不得仅目为游戏文字，故补选之。

附录　《文醇》载：柳子尝谓："自吾居夷，不与中州人通书。有来南者，特言韩愈为《毛颖传》，不能举其词，而独大笑以为怪。而吾久不克见，杨子诲之来，始持其书索而读之。若捕龙蛇、搏虎豹，急与之角，而力不敢暇，信韩子之怪于文也。世之摹拟窜窃、取青媲白、肥皮厚肉、柔筋脆骨而以为词者之读之也，其大笑固宜。且世人笑之也，不以其俳乎？而俳又非圣人之所弃者。《诗》曰："善戏谑兮，不为虐兮。"太史公书有《滑稽列传》，皆取乎有益于世者也。故学者终日讨论答问，呻吟习复，应对进退，掬溜播洒，则罢惫而废乱，故有息焉、游焉之说。不学操缦，不能安弦；有所拘者，有所纵也。太羹玄酒，体节之荐，味之至者，而又设以奇异，小虫水草，樝梨橘柚，苦咸酸辛，虽蜇吻裂鼻，缩舌涩齿，而咸有笃好之者。文王之菖蒲菹，屈到之芰，曾皙之羊枣，然后尽天下之奇味，以足于口，独文异乎？韩子之为也，亦将弛焉，而不为虐欤？息焉、游焉，而有所纵欤？尽六艺之奇味，以足其口欤？而不若是，则韩子之辞，若壅大川焉，其必决而放诸陆。不可以不陈也。"

书后　天生一物，必有一物之用；人成一物，必竟一物之用。不竟其用而不用，固谓负物；即竟其用而遂不用，亦不得谓之非负物。此其意，吾尝得之孟子之告齐宣。夫齐宣之遇臣下也，昔者所进，今日不知其亡。盖藐然无敬以相加，刻焉少恩以相待；而欲臣下之视如腹心，不以国人寇仇报君者，果几人也？今文公之立《毛颖传》，于其任用，遂曰“日见亲宠”，则进之不啻加诸膝矣；其于不任吾用，遂曰“因不复召”，则退而不啻坠诸渊矣。审是，秦之待颖，初无异齐宣之遇臣下，疑若无可为腹心也者，而犹曰“臣所谓尽心”。是秦以犬马土芥畜颖，而颖以手足报之也。然则秦之负颖，不在不用，而在不竟其用；不在不竟其用，而在竟其用而遂不用。夫至竟其用而遂不用，于臣下为寇仇，而无旧君反服之义。则夫颖之遂生于天、获成于人者，文公纵不以无敬咎秦，而少恩之讥，又岂得谓之为过论哉！

戆窝记

（明）方孝孺

戆，愚也，直也。窝，居室也。潘君以戆名其室，孝孺与同邑，慕其人，因为之记。孝孺本末，详前《深虑论》。

一起命意而大皆已该。

士之可贵者，在气节，不在才智。天下未尝无才智之士，而世之乱也，恒以用才骋智者驰骛太过，钓奇窃名，以悦其君，卒致无穷之祸；而气节之士不与焉。气节者偃蹇可畏，而才智者敏慧可喜。可喜者，易以成功，亦易以致乱；欲制祸乱于未萌之先，非得可畏者而任之不可也。

从国家用人说，立论最高。

汉汲长孺、吴张子布辈，皆负气自高，昌言倨色，不少屈抑以取合当世，视人君之尊不为之动，遇事辄面斥其短无所忌。此皆流俗所谓戆人也，而朝廷恒倚之以为重，狐鼠之盗瞷其进退以为恭肆。彼岂用区区之才智以服人哉！人望而惮之，以其气节之足尚也。国家可使数十年无才智之士，而不可一日无气节之臣。譬彼甘脆之味，虽累时月不食，未足为病；而姜桂之和，不可斯须无之。人君无可畏者在其侧，欲无危败难矣。

引两戆。

点出“戆”字。

取譬名通。

此段言古来戆者皆为国家所倚重。

余少慕古之戆者，欲起长孺、子布与之交而不可得，则思博交海内之士以观其所存。谓余为戆者有矣，而慕乎戆者未始或见，岂气节之士独少于今之时乎？抑遇

引入自己，现身说法。

此段言近时戆者少。

合之术固有不同也？今也天子惩近代之弊，立谏诤，风厉在位，俾得言事。诚得戆者出以应其求，则治道可冀矣。

此方入事。

同邑潘君伯理甫，年七十余，而以戆名其窝，岂慕长孺辈者乎？于其名可从而知其志，惜其老而不获见于用也。然而志者不累乎用舍，居乎家，行乎乡，与用邦国奚异焉？使长孺、子布为布衣，亦将闻于时，传于后，其肯泯然与庸众人等乎？君居其名，师其道，言论事为必有卓越于世者，是亦余之所慕者也。愿造君之窝，而相与论之。

"志"字一篇之骨，即三军不可夺意。

此言戆无往不可，不必见用，有规勉之意。

顶批　按：记一窝耳，乃从"戆"字上看出气节为国倚赖，议论千古不磨。中间或引古人，或说自己，或勉潘君，皆从"戆"字著想，不肯一笔放松。觉得往古来今，天地赖以不灭，国家赖以保全，仅仅有此，故尔珍重可贵。此为震铄宇宙之文。　按：古人作文，每喜括入自己，从不肯滥以夸人，此自占地步，抬高身分处。然必其人之言可顾行，方能矢口无愧。先生后此杀身成仁，可谓行如其言者矣，读此能不令人生敬！　按：此"戆"字，即孟子所谓"至大至刚，以直养而无害”者也，非子路问强，第以血气用事者比，故能进为邦国所倚赖，退不与庸俗共声名。方子以此勉潘君，是欲其为天地间第一等人也。

评解 林西仲曰：戆是任气节不顾利害的人。有此本领，方可以托孤寄命。此先生借题为自己写照也。奈戆者世不乏人，而用戆者累世不一见。故霍兀厓与王晋溪书云：“今之人，大率取依阿软媚者，习遂成俗。故凡遇直率者，即群咻焉，曰‘其人粗鄙’；遇恬静者，即群咻焉，曰‘其人立异’；遇豪杰者，即群咻焉，曰‘其人肝胆难测’，皆摈而不用。其用者，必软熟无气、易驾驭听使者也。此辈人太平时极见忠厚可托，不幸事变，卒至委身寇庭，而倒戈向内皆是也。”此数语可与是篇参看。千古用人皆蹈此病，以致危败相属，可为一叹！

书后 日星河岳之运，间世而一产其奇。故一代祸乱之兴，必有一二气节骨鲠之臣，可以厉冰霜而泣鬼神，此乾坤正气所由磅礴万古也。先生为同邑潘君记戆窝，慨然想见长孺、子布之豪杰，而一切才智之士不取焉，斯亦可谓能得天地之正气者矣。故其后燕兵犯阙，先生卒以戆直之故，族及朋友门生者八百七十三人，非姜桂之性使然欤？向使建文当日不倚齐泰、黄子澄辈而专任先生，亦何至竟与铁铉、景清、练子宁诸人同蹈鼎镬，而莫可救止也？呜呼！此岂偶然者哉。

卷之十一　进步

赠黎安二生序

（宋）曾　巩

黎生、安生，蜀人，至京求序于子固，因以赠之。子固名巩，鲁复圣公裔，远祖徙南丰。幼英敏，过目成诵。为唐宋古文八大家之一，朱子深爱其文。登嘉祐进士第，历知齐、襄、洪、福、明、台、沧州，所至务除民疾苦，入为中书舍人。文章与欧阳永叔齐名，学者称为南丰先生云。

引线法。就文引入。此段叙二生来历。

赵郡苏轼，予之同年友也。自蜀以书至京师遗予，称蜀之士曰黎生、安生者。既而黎生携其文数十万言，安生携其文亦数千言，辱以顾予。读其文，诚闳壮隽伟，善反覆驰骋，穷尽事理；而其才力之放纵，若不可极者也。二生固可谓魁奇特起之士，而苏君固可谓善知人者也。

单提黎生。抑一笔。此段叙求赠言之故。从己说来，所感已深。“迂阔”二字，一篇之主。由文而说到为人，乃进步法，亦规勉法。

顷之，黎生补江陵府司法参军，将行，请予言以为赠。予曰：“予之知生，既得之于心矣，乃将以言相求于外耶？”黎生曰：“生与安生之学于斯文，里之人皆笑以为迂阔。今求子之言，盖将解惑于里人。”予闻之，自顾而笑。夫世之迂阔，孰有甚于予乎？知信乎古，而不知合乎世；知志乎道，而不知同乎俗：此予所以困于今而不自知也。世之迂阔，孰有甚于予乎！今生之迂，特以文不近俗，迂之小者耳，患为笑于里之人。若予之迂大矣，使生持吾言而归，且重得罪，庸讵止于笑乎？

应前文。二段正写所赠之意。首尾以苏君起结为章法。

然则若予之于生，将何言哉？谓予之迂为善，其患若此。谓为不善，则有以合乎世，必违乎古；有以同乎俗，必离乎道矣。生其无急于解里人之惑，则于是焉必能择而取之。遂书以赠二生，并示苏君，以为何如也？

顶批　按：《观止》云：文之近俗，必非文也。故里人皆笑，则其文必佳。子固借“迂阔”字曲曲引二生入道，读之觉文章声气，去圣贤名教不远。　按：王念存曰：今之学者，无不言古矣，谈道矣。然而模胡《史》《汉》，影响程、朱，未知其果合于古、造于道否也。　按：林西仲曰：通篇拿定“里人笑为迂阔”一语，步步洗发，就作文上搀到立身行己上去，命意正大无匹。其文似嘲似解，总言自信得过，不可移于世俗之毁誉。而以迂阔不迂阔两路听人自择，严中带婉，此有德之言也。

评解　二生蜀人，与子固不相知，何故以文来见而赠以序？此起之所以必从苏君引入，非无故牵扯苏君也。既以之起，少不了末后要照应一笔，此所以苏君结也。二生同为蜀人，同以文来见，题既云赠“二生”，而为参军求赠言者，单黎生也，故于黎生口中扯安生，此补法也。因其笑为迂阔一语，即从“迂”字生情，将己扯入，而又以己迂之大，高一层进之，极为得体。称为“生”，大抵晚学后进辈也，立言当如此。至起首冒头，以其文引入，尤为亲切。合看此文，无法不备，无处不切。虽逊韩、苏之奇变恣肆，却自醇稳质实。八家并称，良有以也。

书后　昔貉稽尝以不理人口问孟子矣，孟子以“无伤”答之，而即进以孔子、文王之所以见愠。但不知貉稽未见之初，亦尝有人为之称道否？及进见时，亦尝携其文以自媒否？抑别有所可称，而为孟子所乐告否？不然，貉稽以素不相识之人，孟子亦安肯为之尽言？即言，亦安肯引孔子、文王，而进其所以为士之道哉？今者，黎、安二生之来于子固也，其友苏氏子瞻遗书为之荐；而其文又诚闳壮隽伟，才力放纵若不可极。则子固之所称道弗衰者，固非无因而然也。而何以黎生将行，子固若不相识，初无一言以为赠？及请言解惑，而又自顾而笑，不一引孟子之所引，以进二生于大且远，而第以己之迂为甚答之？将谓二生为不足进于道与，而何以前此之称若此也？将谓二生为可进于道与，而何以后此之答若彼也？然则子固之不言，直以苏君之所称为非是而后可，而又并示苏君以为何如，则其所以告黎生者，吾知非以不言外之，必其所得于心者深矣。得于心而无言，则孔子、文王之所以见愠者，不皆可于言外会之哉。若以貉稽之答而疑黎生之不答，则亦未免小视乎曾公矣。

送天台陈庭学序

（明）宋　濂

天台，县名，隶今台州。有山在县北，如赤城，亦胜境也。庭学仕蜀罢归，与宋公友善，相遇于京师，作此序送之。宋公本末，详后《秦士录》。

起句奇突，一篇之冒。

西南山水，惟川蜀最奇。然去中州万里，陆有剑阁、栈道之险，水有瞿塘、滟滪之虞。跨马行丛竹间，山高者累旬日不见其巅际，临上而俯视，绝壑万仞，杳莫测其所穷，肝胆为之掉栗；水行则江石悍利，波恶涡诡，舟一失势，尺寸辄糜碎土沉，下饱鱼鳖。其难至如此！故非仕有力者，不可以游；非材有文者，纵游无所得；非壮强者，多老死于其地。嗜奇之士恨焉。

此段极言游蜀之难，句句伏下案。

应“奇”字，顿住。

天台陈君庭学，能为诗。由中书左司掾官属屡从大将北征有劳，擢四川都指挥司照磨，由水道至成都。成都，川蜀之要地，扬子云、司马相如、诸葛武侯之所居。英雄俊杰战攻驻守之迹，诗人文士游眺饮射赋咏歌呼之所，庭学无不历览。既览，必发为诗，以纪其景物时世之变，于

述成都人物形势，思致勃勃。

挽诗一笔。

此段叙其游之有所得。	是其诗益工。越三年，以例自免归，会予于京师。其气愈充，其语愈壮，其志意愈
山水一应。	高，盖得于山水之助者侈矣。
	予甚自愧。方予少时，尝有志于出游
“自愧”伏下。	天下，顾以学未成而不暇；及年壮而出，
“志”字为一篇主脑。	而四方兵起，无所投足；逮今圣主兴而宇内定，极海之际，合为一家，而予齿益加
收转“庭学”一句，下文推开，勘进一层。	耄矣，欲如庭学之游，尚可得乎？
	然吾闻古之贤士，若颜回、原宪，皆坐守陋室，蓬蒿没户，而志意常充然，有
此段与前反衬。	若囊括于天地者。此其故何也？得无有出
“山水”再应。应“愧”字结。	于山水之外者乎！庭学其试归而求焉。苟有所得，则以告予，予将不止一愧而已也。

顶批 按：王念存曰：结构周密，文势遒炼，可以继轨欧、曾。先生《阅江楼记》亦脍炙人口，应制之文，体裁宏伟，然不若此篇之苍劲。 按：汉王阳、王尊先后为益州刺史，道经九折坂。阳以奉先人遗体，恐乘此险，遂返车；尊至是，则叱驭驱之：两人忠孝之名，因此而著。今庭学仕其地，一经剑阁、栈道、瞿塘、滟滪之险，而其诗益工。虽

宋公所称不及九折坂，非因与二王异道，盖作者之意有不能枚举者，故太白《蜀道难》篇亦不及瞿塘、滟滪也。

按：宋公于元至正中荐翰林，以亲老辞不受，遂入龙门山，著书十余年。明太祖取婺州，公首以文学受知召见，为郡学五经师，明年征至应天授经皇太子，一时礼乐制作，开创规模，多出其手。史载其自少至老，未尝一日去书卷，则当日之所家修而廷献者，庭学亦可翻然悟矣。

评解　《观止》云：先叙游蜀之难，引起庭学之能游，是正文；继叙己之不能游，与前作反衬；末更推进一步。起伏应合，如峰回路转，真神明变化之笔。起首从蜀山水之奇起，乃从所仕之地生情也。后段推进一层，乃作序本意，得规勉体。篇中以“山水”二字为眼目，故前后三见；而前半二“奇”字，后半二“愧”字，各相照应，又各半篇之眼目也。文之细密如此。

书后　太史公周览天下名山大川，故其文疏荡有奇气。于是好奇之士，有谓子长之文章，不在书而在游者。不在书而在游，是必穷泰山之巅，极禹穴之深，人迹之所罕到，子长历历寓目而后可。不知天下一意耳，不出户庭而知者，千古岂乏人哉。陈君庭学一游蜀而其诗益工，斯亦可以言游者矣。宋公恐其终于游而不在书也，于是进之以不必游，而其游直可囊括乎天地。庭学果不以颜回、原宪为不足游，则庭学进矣。然则不在书而在游，可以语子长之文章，而不可以语天下后世之学为文章者。以书为游，则虽起子长而问之，亦安得取宋公之言而易之哉！

卷之十二　虚托

孔子世家赞

（汉）司马迁

《史记》有三十“世家”，皆纪诸侯之世系也。以其子孙皆有国土，故曰世家。孔子非诸侯，而亦称世家者，以圣人为教化之主，又代有贤名，故列孔子于世家。《记》中凡世家及列传，前文序事，后有赞，则史臣之论断也。诸本选《孔子世家赞》，多不选《世家》，今仿之。

引诗虚笔起。

太史公曰：《诗》有之：“高山仰止，景行行止。”虽不能至，然心向往之。余读孔氏书，想见其为人。适鲁，观仲尼庙堂、车服、礼器，诸生以时习礼其家，余低徊留之不能去云。

“低徊”句荡漾有姿态。

分两段，上是己，下是人。

天下君王至于贤人众矣，当时则荣，

“至圣”二字，一篇之主。

没则已焉。孔子布衣，传十余世，学者宗之。自天子王侯，中国言六艺者，折衷于夫子，可谓至圣矣！

顶批 按：过商侯曰：项羽亦称“本纪”，孔子反世其家，皆是因其人而特进之，亦《春秋》书字书名意也。太史公作一代史，岂漫无主张，而随笔云云哉。 按：徐万资曰：圣无能名，如何论赞？故只自写其高深莫测，景仰无穷，再以君王之贤作衬，见生民未有之盛，惟夫子也，而后以“至圣”结之。是史公极有斟酌文字。 按：《史记·卫世家赞》“余读世家言”云云，是古本有“世家”一体，史公用之以纪公侯传国。《汉书》则变例尽改而为列传。孔子无公侯之位，而《史记》独列于世家，尊孔子也。介甫之言，“处之世家”云云，其论尚通，而独谓“迁自乱其例，多所牴牾”，是犹未窥史公列世家之本旨也。

评解 赞孔子，不实道一句。前半以己工写，后半以人工写，乃避实击虚，全用托法也。盖夫子之道德难名，挂一或至遗万，故惟虚写一法，乃无诸弊。从来古文、时文皆祖之：古文惯用此法者，昌黎；时文惯用此法者，正希也。

附录 王荆公曰：太史公叙帝王，则曰“本纪”；公侯传国，则曰“世家”；公卿特起，则曰“列传”，此其例也。其列孔子为世家，奚以进退无所据耶？

孔子，旅人也，栖栖衰季之世，无尺土之柄，此列之以传宜矣，曷为世家哉？岂以仲尼躬将圣之资，其教化之盛，舄奕万世，故为之世家以抗之？又非极挚之论也。

夫仲尼之才，帝王可也，何特公侯哉。仲尼之道，世天下可也，何特世其家哉。处之世家，仲尼之道不从而大；置之列传，仲尼之道不从而小。而迁也自乱其例，所谓多所牴牾者也。　　黼按：秦汉时人尚不知十分尊崇孔子。而史公独称之曰“至圣”，列之于世家，其巨见灼识，诚为千古所不易。故列国世家与孔子毫不相涉者，亦皆书“是岁孔子相鲁”“孔子卒”，以孔子系天下之重轻。见非可以爵位尊，当以道德尊也。其与列项羽“本纪”，于下笔时隐寓不满汉高之意，以存褒贬者，大略相同，在读者善辨之耳，后人亦乌可妄议前贤哉？

书后　　鸿荒既辟，龟书既呈，唐虞三代之隆，遂日递嬗而益焕其绩。天生孔子，所由振声金玉，以集百王而觉万世也。太史公踵闻知之寄，肩道统之传，而欲丹青史乘，羽翼纲常，自宜祖述麟经，弥纶彝宪，以成一已斧衮之功。然非读其书以想见为人，登其堂以观所习礼，将何由望门墙而窥美富，知江汉之濯，秋阳之暴，皓皓乎为不可尚者哉？然则是篇之作，史公虽以自乱其例，为王荆公所牴牾，而“至圣”二字，后世遂崇为庙号，当日折衷，可谓至当矣。非其识高千古，亦乌足以与于斯。

送李愿归盘谷序

（唐）韩　愈

李愿，唐功臣李晟之子。晟平朱泚乱，封平西王（编按：当作“西平王”）。愿弟愬，平吴元济，定淮西，兄弟皆为节度使。愿独以罪去职，隐居盘谷。文公因其归，作序送之。又旧本《磐谷序》高从所跋云：“陇西李愿，隐者也，不干誉以求进，每韬光而自晦，寄迹人世，游心太清，乐仁智于动静之间，信古今一人也。昌黎韩愈，知名之士，高愿之贤，故序而送之。县大夫博陵崔君披其文，稽其实，用是命工勒石于谷之西偏。”按此则当时别有李愿，非平西之子也。盘一作“磐”，谷在孟州济源县。

直起。

太行之阳有盘谷。盘谷之间，泉甘而

以两“或曰”释命名之义，下句是主。

首一段即将全题点定，以下用代字诀。

土肥，草木藂同丛茂，居民鲜少。或曰：“谓其环两山之间，故曰盘。”或曰：“是谷也，宅幽而势阻，隐者之所盘旋。”友人李愿居之。

愿之言曰：“人之称大丈夫者，我知之矣：利泽施于人，名声昭于时，坐于庙朝，进退百官，而佐天子出令。其在外，则树旗旄，罗弓矢，武夫前呵，从者塞途，供给之人各执其物，夹道而疾驰。喜有赏，怒有刑。才畯满前，道古今而誉盛德，入耳而不烦。曲眉丰颊，清声而便体，秀外而慧中，飘清裾，翳长袖，粉白黛绿者，列屋而闲居，妒宠而负恃，争妍而取怜。大丈夫之遇知于天子，用力于当世者之所为也。

此段是宾。

“命”字一篇之骨，安命则无不足矣。

“吾非恶此而逃之，是有命焉，不可幸而致也。穷居而野处，升高而望远，坐茂树以终日，濯清泉以自洁。采于山，美可茹；钓于水，鲜可食。起居无时，惟适之安。与其有誉于其前，孰若无毁于其

语入情。

此段是主。

后；与其有乐于其身，孰若无忧于其心。车服不维，刀锯不加，理乱不知，黜陟不闻。大丈夫不遇于时者之所为也，我则行之。

上两等人外，又有此一等，亦是衬。

“伺候于公卿之门，奔走于形势之途，足将进而趑趄，口将言而嗫嚅。处污秽而不羞，触刑辟而诛戮。侥幸于万一，老死而后止者，其于为人贤不肖何如也？”

“闻言”句收尽前文。

昌黎韩愈闻其言而壮之，与之酒而为之歌曰：

方转实，忽又为歌以宕之，奇绝。

歌亦间间与起相应。

盘之中，维子之宫。盘之土，可以稼。盘之泉，可濯可沿。盘之阻，谁争子所？窈而深，廓其有容，缭而曲，如往而复。嗟盘之乐兮，乐且无央，虎豹远迹兮，蛟龙遁藏，鬼神守护兮，呵禁不祥。饮且食兮寿而康，无不足兮奚所望？膏吾车兮秣吾马，从子于盘兮，终吾身以徜徉！

送人说自己亦欲往，其不得意可知。

顶批　按：蔡闻之曰：史言愿结纳权近，以荒侈败，与篇中所述正复相反，明非一人，疑必当时适有同姓名而乐高隐者。公又有《和卢郎中送盘谷子诗》，序作于贞元十七年，愿方官朝列，诗和于元和七年，愿正拥节旄，更非弃官高蹈可知。附此以俟能者。　　按：王罕皆曰：中段造语形容，宾主映发，全是李愿自言，惟前后数语及一歌为作者所抒想，文高格奇。昔苏文忠谓：“唐无文章，惟此一篇而已。”生平尝欲效此文，每执笔辄罢，因笑曰：“不若放退之独步。”其推重如此。　　按：谢叠山曰：道积于身，学裕于素，达则兼济天下，穷则独善其身，所谓大丈夫非此则彼耳。若不为君相所知，而复留恋于富贵，必流入侥幸一途。收段所言，以示高蹈之志，非必平列三段也。　　按：西仲曰：歌词从“闻言”一句趁势撰出，真蜻蜓点水妙手。玩中“无不足”三字，暗寓知足不辱良规。而盘之真乐，即可于言外求之矣。

评解　以格论，两大比格也；以文论，通篇游虚，不实写一笔，愿之言非真有其言也，亦作者设想耳。故不惟中间入口气处是虚，即首尾无一实写其人，间间写景处，亦是虚也。变幻奇离，集中另是一格。昌黎之文无雷同如此。西仲曰：李愿曾为武宁节度使，以罪去职，不但非抱道不仕者，即归隐亦未必乐。所谓“大丈夫”之言，或出于愿，或不出于愿，俱未可知。但不如此作法，便有许多碍手处。巧于避忌，良工之心独苦。

书后　余读《诗》至《考槃》，而知隐处之乐，非可勉强而伪为也。必其胸中先有一段悠然不尽之致，而后能与天地同流，造化共适。不然，始虽矫情，终当自露，身在槃中，心溢槃外矣。李公隐盘谷，虽其宅幽势阻，入山惟恐不深，而形逸心劳，或不无以退为进之意。文公序中，独以毁誉、忧乐两两相形，正见盘之真乐，非借径山林者所可强得。托言以讽，其旨微矣。故其首尾极称盘胜，其曰“乐且无央”，即“永矢弗谖”之谓也；其曰“终生徜徉”，即“永矢勿过”之谓也；其曰“谁争子所”，即“永矢勿告”之谓也。至于“泉甘土肥”，则在涧、在阿、在陆可知；“居民鲜少”则独言、独歌、独宿可知。向使李公当日，果能饮食寿康，无所不足，则薖轴之贤，将不是过也。千载而下，读《考槃》之诗者，能不为之并美硕人也哉。

送石处士序

（唐）韩　愈

石处士，名洪，字濬川，洛阳人。其先始乌石兰，后独以石为氏。有至行，举明经，为黄州录事参军。罢归东都，十余年隐居不出，公卿数荐，皆不答。乌重胤镇河阳，求贤者以自重，乃具书币邀辟，洪亦谓重胤知己，欣然成行。后诏书召为昭应尉、集贤校理。临行，都人士赠诗，文公为之序。

先出乌公。次出石公。因此一问，下便借从事之荐词，以代己之颂美。三"若"字作喻空妙绝伦。

河阳军节度、御史大夫乌公，为节度之三月，求士于从事之贤者。有荐石先生者，公曰："先生何如？"曰："先生居嵩、邙、瀍、榖之间，冬一裘，夏一葛。食，朝夕饭一盂，蔬一盘。人与之钱则辞，请与出游，未尝以事免，劝之仕，不应。坐一室，左右图书。与之语道理，辨古今事当否，论人高下，事后当成败，若河决下流而东注；若驷马驾轻车就熟路，而王良、造父为之先后也；若烛照、数计而龟卜也。"

因此再问，下又借从事之言安顿石处士。

大夫曰："先生有以自老，无求于人，其肯为某来耶？"从事曰："大夫文武忠孝，求士为国，不私于家。方今寇聚于恒，师环其疆，农不耕收，财粟殚亡。吾此段句句为石生占地步。

所处地，归输之涂，治法征谋，宜有所出。先生仁且勇，若以义请而强委重焉，其何说之辞？”

写大夫求士郑重。

于是撰书词，具马币，卜日以授使者，求先生之庐而请焉。先生不告于妻子，不谋于朋友，冠带出见客，拜受书礼于门内。宵则沐浴，戒行李，载书册，问道所由，告行于常所往来。晨则毕至，张上东门外，酒三行，且起，有执爵而言者曰：“大夫真能以义取人，先生真能以道自任，决去就。为先生别。”又酌而祝曰：“凡去就出处何常？惟义之归。遂以为先生寿。”又酌而祝曰：“使大夫恒无变其初，无务富其家而饥其师，无甘受佞人而外敬正士，无昧于谄言，惟先生是听，以能有成功，保天子之宠命。”又祝曰：“使先生无图利于大夫，而私便其身。”先生起，拜祝辞曰：“敢不敬蚤夜以求从祝规。”

“告行”一句生出下半篇文字来。

第一祝并赞二人。

第二祝独寿处士。

第三祝规大夫。

第四祝规先生。四祝词一段紧一段。

须有此一答，四祝方有收拾。

于是，东都之人士咸知大夫与先生果

一篇主意，归结此一句。

能相与以有成也。遂各为歌诗六韵，遣愈为之序云。

顶批　按：欧阳文忠曰："洪始终无可称，而名重一时，以尝为退之称道耳。"今按《新唐书》乃欧阳公奉敕撰，称洪有至行，而平日议论又云"洪始终无可称"。甚矣！信史之难也。　按：西仲云：此篇段落句法，无不错落古奥，与公集中诸序，各出一奇。乃知推陈出新，总在炼句。此文家秘密诀也。　按：元和四年，成德军节度王士真卒，其子承宗叛，诏吐突承璀率诸侯兵讨之。恒州即成德军所治也。或曰，恒又作"垣"，不指实地名，虚说。亦通。　按：沈确士曰：先生应聘一段，与前劝仕不应相反，岂韩公不满石、温二处士，故作贬笔，以不相照应耶？不知温处士在朝颇见风采，其相反处正相照。行文尤难以此拘。　按：四祝文意，前二祝不过徐徐引入，不重；后一祝，第为富家、饥师互应之笔，亦不重；专重三祝后幅，方合当日作序之旨。不得谓"一段紧一段"也。

评解　前半从事、大夫两问答，后半送行者四祝词，颂之、美之、规之、戒之，无所不有。而在自己，不消实写一笔。此与《送李愿序》同一避实击虚法。然彼首尾还露自己，如神龙在天，尚有一二可见，而此则通篇问答、祝词，托无数人口中，皆从作文者撰出，令人无从摹索。托空手段，一至于此。

书后　从来狐媚谄谀之辈，每于新旧离合之际，以媒孽乎正人。而英贤道义之归，亦即于非嫌疑似之交，以保全其令节。此读史者所由刺心而长叹也。文公之序石生，固知石生之贤，非乌公之忠且孝，不足以罗致。河阳之役，非石生之仁且勇，不足以成功。特患相得始彰，而佞言旋间，致使聚垣之寇，环疆之师，治法征谋，一无所出。故不惜从旁婉讽，庶几乌公军国大政，得以捐阃内而寄石生，而石生之伟抱宏才，亦即于此得展其所素蕴。两人之道义可全，天子之宠命可保，则东都幸甚，天下幸甚矣！观后此南涯温生之荐，媒自石生，乌公果能无昧谄言，惟命是听。倘非此一序之力，讵能相与有成若是哉！

送杨少尹序

（唐）韩　愈

杨，姓。少尹，官名。名巨源，字景山，以能诗称。唐贞元五年进士。长庆中，年七十，致仕归。朝官作诗送行，时文公为吏部侍郎，为之序。

陪入，奇突。

此段引二疏事，为下文比照埋根。

昔疏广、受二子，以年老，一朝辞位而去。于是公卿设供帐，祖道都门外，车数百辆；道路观者，多叹息泣下，共言其贤。汉史既传其事，而后世工画者又图其迹，至今照人耳目，赫赫若前日事。

入题。

此段序杨君，绾合二疏一笔。

国子司业杨君巨源，方以能诗训后进，一旦以年满七十，亦白丞相去归其乡。世常说古今人不相及，今杨与二疏，其意岂异也？

借病作波，通篇尽成虚境。

工画是后事，以补为撇。

此段从二疏绾合杨侯。

予忝在公卿后，遇病不能出，不知杨侯去时，城门外送者几人，车几辆，马几匹，道旁观者，亦有叹息知其为贤与否；而太史氏又能张大其事为传，继二疏踪迹否，不落莫否。见今世无工画者，而画与不画，固不论也。

此又从杨侯绕到二疏。

“古今”二字一篇持论之主。

然吾闻杨侯之去，丞相有爱而惜之者，白以为其都少尹，不绝其禄。又为歌诗以劝之，京师之长于诗者，亦属而和之。又不知当时二疏之去，有是事否。古今人同不同，未可知也。

当时官家每落任所，故公有感而言。

法其不以官为家。

说到死后，是古人临文不讳。

中世士大夫以官为家，罢则无所于归。杨侯始冠，举于其乡，歌《鹿鸣》而来也。今之归，指其树曰："某树，吾先人之所种也；某水、某丘，吾童子时所钓游也。"乡人莫不加敬，诫子孙以杨侯不去其乡为法。古之所谓乡先生没而可祭于社者，其在斯人欤？其在斯人欤？

顶批　按：孙月峰曰：借二疏形容，全在空中簸弄，其宾主相映，虚实相生，情景奇绝。看来韩文妙处，只是翻空。若粘滞实说，乃后人应酬文字，而近代以为得体，可怪也。　按：原评释"祖道"云：黄帝有子名累祖，死于道，后以为行神。凡行远者必祭，谓之祖道。此后以为送行也。　按：杨公既引年去，命其为都少尹，盖公河中人，即其乡也。张籍有诗送之："官为本府当身荣，因得还乡任野情。"意盖指此。　按：确士曰：前说二疏所有，或少尹所无；此说少尹所有，或二疏所无。婉转回环，无中生有。按：原评云：就归其乡意赞叹作结。一起以客，一结以主，中则主客相形，极变化，亦极分明。此正发明杨侯贤处，莫作余波看。

评解　妙在一起引事来陪，以下同不同两两相形，不惟文有律，亦且有情。至相形处，妙不说煞，全从“遇病不能出”句生来。古人行文，纯用虚托，不肯用一实写，乃自占地步，不滥夸人处，不徒善作波澜已也。《辑注》评：突引二疏作陪，又将自己病不能送，偷插一笔，顿觉溪山重迭，细雨迷离。末段偏从杨君归乡，追思童时事，并把没后可祭，就乡人心中写出，纯是空中楼阁，宛如逼真情景。文章巧妙，莫逾此法，昌黎尤长，所以冠乎八家。时文则金正希多有。学者即此四首，可悟一切矣。

书后　项羽初得关中，即思东归，曰：“富贵不归故乡，如衣锦夜行。”而卒至垓下之败。高祖以一泗上亭长，贵为天子，及还过沛，而乃悲歌慷慨，泣数行下，汉祚卒于此基焉。夫同一不去其乡之感，而成败悬绝若是者，何哉？盖一出于意气，一发于性天。古今人同不同，概可知也。杨子始冠举于乡，七十而致仕，五十年间羁旅功名，应不乏故乡游子之感。一旦乞骸归里，在庸夫俗子之耳目，方且奔走骇汗，以艳称其衣锦之荣。而不知故乡为先人庐墓之区，非富贵所可夸耀，必其生平行诣可以法乡里而示来兹，没而祭于社，而后不愧为古所称乡先生者矣。文公以二疏拟杨子，吾知当日乐为之序者，必不在意气而在性天。但不知杨子归里后，指其树，思其人，抚夙昔钓游之地，亦尝召父老子弟纵酒，如高祖之悲歌慷慨否也。

卷之十三　巧避

进　学　解

（唐）韩　愈

文公为监察御史，上疏极论征税。德宗怒，贬阳山令。宪宗元和七年，复为博士。久不见迁，故有此解。

徒发四语，起下不明、不公意。

国子先生晨入太学，召诸生立馆下，诲之曰：“业精于勤，荒于嬉；行成于思，毁于随。方今圣贤相逢，治具毕张，拔去凶邪，登崇俊良。占小善者率以录，名一艺者无不庸。爬罗剔抉，刮垢磨光。盖有幸而获选，孰云多而不扬。诸生业患不能精，无患有司之不明；行患不能成，无患有司之不公。”

此段叙先生训学者之词。

四句是一篇之纲。

言未既，有笑于列者曰：“先生欺予

哉。弟子事先生于兹有年矣，先生口不绝吟于六艺之文，手不停披于百家之编，纪事者必提其要，纂言者必钩其玄。贪多务得，细大不捐。焚膏油以继晷，恒兀兀以穷年。先生之业可谓勤矣。

此段言勤于所业。

“觝同抵排异端，攘斥佛、老。补苴罅漏，张皇幽渺。寻坠绪之茫茫，独旁搜而远绍。障百川而东之，回狂澜于既倒。先生之于儒，可谓劳矣。

此段言劳于卫道。

“沉浸醲郁，含英咀华。作为文章，其书满家。上规姚、姒，浑浑无涯，《周诰》《殷盘》，佶屈聱牙，《春秋》谨严，《左氏》浮夸，《易》奇而法，《诗》正而葩；下逮《庄》《骚》，太史所录，子云相如，同工异曲。先生之于文，可谓闳其中而肆其外矣。

此段言文章之著。

“少始知学，勇于敢为；长通于方，左右具宜。先生之于为人，可谓成矣。

上三段论业精，此段论行成。

“然而公不见信于人，私不见助于友。跋前疐后，动辄得咎，暂为御史，遂窜南夷贬阳山令，三年博士，冗不见治。命与仇谋，取败几时！冬暖而儿号寒，年丰而妻啼饥，头童齿豁，竟死何裨！不知虑此，反教人为？”

此段承上四段，破不明、不公。

以下是解。

先生曰：“吁！子来前。夫大木为杗，细木为桷，欂栌侏儒，椳闑扂楔，各得其宜，施以成室者，匠氏之功也；玉札丹砂，赤箭青芝，牛溲马勃，败鼓之皮，俱收并蓄，待用无遗者，医师之良也；登明选公，杂进巧拙，纡余为妍，卓荦为杰，较短量长，惟器是适者，宰相之方也。

此引二儒之业精行成，不能期其必遇。

“昔者孟轲好辩，孔道以明，辙环天下，卒老于行。荀卿守正，大论是弘，逃谗于楚，废死兰陵。是二儒者，吐词为经，举足为法，绝类离伦，优入圣域，其遇于世何如也？

解前四段。

“今先生学虽勤而不由其统，言虽多而不要其中，文虽奇而不济于用，行虽修而不显于众。犹且月费俸钱，岁糜廪粟，此段解前“公不见信”一段，言有司未有不公不明处。

子不知耕，妇不知织，乘马从徒，安坐而食，踵常途之役役一作促促，窥陈编以盗窃。然而圣主不加诛，宰相不见斥，兹非其幸欤？动而得谤，名亦随之，投闲置散，乃分之宜。若夫商财贿之有亡，计班资之崇卑，忘己量之所称，指前人之瑕疵，是所谓诘匠氏之不以杙为楹，而訾医师以昌阳引年，欲进其豨苓也。”

掉尾抱前二喻，最耐寻味。

顶批　按：沈确士曰：首段发端，中段是驳，后段是解。胸中抑郁，反借他人说出，而己则心气和平。宜当时宰相读之，旋生悔心，改公为史馆修撰也。　按：元和六七年，宰相为权德舆、李绛，本有爱才之心，故其言易入。又按：多用韵语，扬子云《解嘲》已然，盖用韵则铿锵作金石声也。　按：沈确士曰：六经、《左》《国》《史》《汉》，不独意到，无不炼字炼句。韩、柳文尤多，至宋人纯是策论气习，时文非古文矣，惟曾南丰间有炼句。　按：“浮夸”见《左氏》之浩博，非贬词也，玩上下文，无贬意可见。按：《合评》云：文章不本六经，虽生剥子云之篇，行剽相如之籍，词非不美，总属无根之学，故公必上规姚、姒，而始下逮百家也。　按：荀卿、孟子并称，后世有妄嗤公为学杂者。不知荀子之书，其微言妙论甚多，自苏子定论后，学者始不复推。文公以前数百年无人道破，而能以特见，削其不合以著其合，正是待人以恕，不肯向古人以吹毛求疵也。然荀子为人，已详苏论，读之自明。　　按“动而得谤，名亦随之”，文公《原毁》亦云“事修谤兴，道高毁来”，是毁谤缘于怠忌者多。不知道德之人，愈毁而名愈显，怠之忌之，亦徒见其愚耳，究何益哉。

评解　　《观止》云：此公久为博士，不见超迁而作，注意全在宰相。盖大才小用，不能无憾，而以怨怼无聊之词托之人，自咎自责之词托之己，言之者无罪，闻之者知愧，巧于避忌，最为得体。岂兵行诡道，文亦行诡道欤？至词句时文中常用，尤宜熟读。昌黎文不以雕饰为工，此篇修词，亦具排山倒海之势，如杜陵为律，力大气雄，不为偶体所缚，非六朝人所敢望也。朱良玉云：体格亦本之《客难》《解嘲》《答宾戏》诸篇，彼多以人抑己扬，此偏以人扬己抑，是善于翻用前人文者，遂觉耳目一新。

书后　　《进学解》一篇，评家皆疑为久不见迁而作。余谓“解”者，解其惑于当时，非鸣其不得志于一己也。夫三年博士，冗不见治，郁郁久居，诚非公愿。不知当时人士，竞耻相师，不啻如越犬吠雪，蜀犬吠日，猖狂奔肆，莫知所为。今公一旦抗颜为师，则呶呶者之所腾沸，必且嬉笑怒骂不绝于耳。故曩时李蟠之来，即作《师说》以贻之，以见师道之立，医巫百工且然，况传道受业以解其惑者乎？而滔滔皆是，积重难返，故不惜再设问答，将诸生意中所欲吐而未吐者，一一先为阐白，使己若无容身之地，而后循循开导，俾其胸中得以心领而神会。故其所引匠氏医师两喻，皆为《师说》所已及，而又以行成者传其道，业精者受其业，则登明选公之为解惑也明矣，亦乌得仅以久不见迁疑之哉。

寄欧阳舍人书

（宋）曾　巩

欧公为中书舍人时，为巩祖父作墓志铭，因以此书谢之。巩本末详《黎安二生序》。其祖名致尧，知扬州时上疏论事，指斥大臣尤切，当时皆不悦，又徙知鄂州。坐知扬州误入添支俸多一月，贬监江宁府酒税。用封禅恩，累迁户部郎中。大中祥符五年五月卒于官，赠右谏议大夫。

巩顿首载拜舍人先生。去秋人还，蒙

“感惭”二字伏后。

赐书及所撰先大父墓碑铭，反复观诵，感与惭并。

“义近”二句，一篇之纲，生下二段。

夫铭志之著于世，义近于史，而亦有与史异者。盖史之于善恶无所不书；而铭者，盖古之人有功德、材行、志义之美者，惧后世之不知，则必铭而见之，或纳于庙，或存于墓，一也。苟其人之恶，则于铭乎何有？此其所以与史异也。

此段申明“与史异”句。

其辞之作，所以使死者无有所憾，生者得致其严。而善人喜于见传，则勇于自立；恶人无有所纪，则以愧而惧。至于通材达识，义烈节士，嘉言善状，皆见于篇，则足为后法。警劝之道，非近乎史，其将安近？

此段申明“近乎史”句。

及世之衰，人之子孙者一欲褒扬其亲，而不本于理，故虽恶人，皆务勒铭以夸后世。立言者皆莫之拒而不为；又以其子孙之所请也，书其恶焉，则人情之所不得，于是乎铭始不实。后之作铭者，当观其人，苟托之非人，则书之非公与是，则

“公是”二字，通篇主脑，故先就世衰以言其难。

不足行世而传后。故千百年来，公卿大夫至于里巷之士，莫不有铭，而传者盖少。其故非他，托之非人，书之非公与是故也。

此段反言托铭非人，以徐引到欧公身上。

然则孰为其人而能尽公与是欤？非蓄道德而能文章者，无以为也。盖有道德者之于恶人，则不受而铭之，于善人，则能辨焉。而人之行，有情善而迹非，有意奸而外淑，有善恶相悬而不可以实指，有实大于名，有名侈于实。犹之用人，非蓄道德者，乌能辨之不惑，议之不徇？不惑不徇，则公且是矣。而其辞之不工，则世犹不传，于是又在其文章兼胜焉。故曰：非蓄道德而能文章者，无以为也。岂非然哉！

衬笔绝佳。

此段就“公是”二字推重作铭之人，渐逼到题。

又用反跌，笔势矫健。

然蓄道德而能文章者，虽或并世而有，亦或数十年、或一二百年而有之。其传之难如此，其遇之难又如此。若先生之道德文章，固所谓数百年而有者也。先祖之言行卓卓，幸遇而得铭其公与是，其传

不直入欧公，又作一顿，文更曲折。

方出欧公，缴应紧密，千里来龙，至此结穴。

收得感慨。	世行后无疑也。而世之学者，每观传记所书古人之事，至于所可感，则往往衋然不知涕之流落也，况其子孙也哉？况巩也哉？
又拓开写。 此段感激先生为铭，乃寄书正意。 推重欧公，不徒为一已感激，见非一人之私。 结所感。 结所愧。	其追晞明也祖德，而思所以传之之由，则知先生推一赐于巩，而及其三世，其感与报，宜若何而图之？抑又思若巩之浅薄滞拙，而先生进之；先祖之屯蹶否塞以死，而先生显之。则世之魁闳豪杰不世出之士，其谁不愿进于门？潜遁幽抑之士，其谁不有望于世？善谁不为，而恶谁不愧以惧？为人之父祖者，孰不欲教其子孙？为人之子孙者，孰不欲宠荣其父祖？此数美者，一归于先生。既拜赐之辱，且敢进其所以然。所谕世族之次，敢不承教而加详焉。愧甚，不宣。巩载拜。

顶批　按：朱文公《家礼》小注：志铭有定式，用石二面：其一为盖，镌朝代、官爵、姓氏；其一为底，镌讳字、州县、父母、子女，及生卒之年月日而已，此外繁文也。程

子云：用志石者，虑异时陵谷变迁，或误为人所动，而此石先见，有知其姓名者，庶为掩之，原不为阐扬先德起见。

按：姚姬传曰：志者，识也。或立石墓上，或埋之圹中，古人皆曰志。为之铭者，所以识之之辞也。然恐人观之不详。故又为之序。世或以石立墓上，曰碑，曰表，埋乃曰志。及分志、铭二之，独呼前序曰志者，皆失其义，盖自欧阳公已不能辨矣。此与余所书《柳子厚墓志后》宜参看。　按：《文醇》云：以蓄道德、能文章归美欧阳，足见作铭之不易。以此一义回旋转折，洒洒洋洋，极唱叹游泳之致，想见行文乐事。　按：西仲云：蔡中郎犹多惭色之碑，韩吏部不免谀金之墓，铭志之失实，其所由来者久矣，况托之非其人者哉。　按：沈确士曰：铭近于史；而今人之作，每不逮古人；须俟诸蓄道德而能文章者。逐层牵引，如春蚕吐丝，春山出云，不使人览而易尽。　按：以一人一家之事，说得于世道人心大有关系，是子固为人质实醇厚处，故文亦似之。至通篇一种感慨咽呜之气，博大幽深之识，溢于言外，较苏长公《谢张太保撰先人墓碣书》特胜。

评解　林西仲曰：是篇把志与史分别异同，转入后世之不实，无可传处，归到庐陵之道德文章，欣幸一番，感恩一番，颂美一番，见得此铭便是千秋信史，可以警劝，关系匪轻，与世人执笔不同。把自己祖父亦占了许多地步，是善于阐扬先德者，不特文词高妙，议论精确也。予谓古人不滥夸人，其夸人处，必是自占地步。如此文中间极夸欧公处，正是为祖父占地步处也。且人如欧公，夸之非滥，正足当此。前半纡徐曲折，转入幽深；后半酣畅淋漓，言之有物，应为《南丰集》中第一。

书后　余尝读司马相如《封禅书》，及扬子云《剧秦美新》诸篇，而叹文章、道德之判若两途也。汉武以雄略之主，相如临终，不闻遗言规谏，而复侈然封禅以大其心；王莽以篡逆之贼，子云委贽，不闻密谋正诛，而复显然剧秦以耽其宠。两人身败名裂，卒因此为之厉阶。此岂文章不足多与？抑亦道德之器不足以载之也？子固感文忠之铭其大父，乃不专夸其文章之美，而必推重其道德之藏，是盖深知子云、相如之为人，而益信文忠之难遇也。故其篇中不必追美祖德，而细味其悠扬不尽之致，其大父之幽光潜德，不啻轩露而尽呈，斯亦可谓蓄道德而发为文章者矣。此岂子云、相如同工异曲所可得而轩轾之者哉！

卷之十四　旷达

归去来辞

（晋）陶　潜

此取篇首以名篇，以渊明作此，寓有深意，不欲与人言也。陶集原有自序六十余字，未录。渊明名潜，字元亮，浔阳柴桑人。长沙公侃曾孙，孟参军之外孙。时晋方乱，隐居不仕，五十余岁始应召为彭泽令。到官八十日，郡守遣督邮至县，吏曰："当束带见之。"公曰："吾安能为五斗米折腰向乡里小儿耶？"即日解印绶去，作此辞以见志。后以刘裕将移晋祚，耻不复仕。号五柳先生，后人谥曰靖节居士。

首题一句。

"为形役"即不乐天，一篇之主。

归去来兮，田园将芜胡不归！既自以心为形役，奚惆怅而独悲！悟已往之不谏，知来者之可追。实迷途其未远，觉今此写归途。

是而昨非。舟摇摇以轻飏，风飘飘而吹衣。问征夫以前路，憾晨光之熹微。

此写初到。

此写室中之乐。

园中八句言园中之乐。

乃瞻衡宇，载欣载奔。僮仆欢迎，稚子候门。三径就荒，松菊犹存。携幼入室，有酒盈樽。引壶觞以自酌，眄庭柯以怡颜。倚南窗以寄傲，审容膝之易安。园日涉以成趣，门虽设而常关。策扶老以流憩，时矫首而遐观。云无心以出岫，鸟倦飞而知还。景翳翳以将入，抚孤松而盘桓。

再提一句。

以下皆说田事。

归去来兮，请息交以绝游。世与我而相遗，复驾言兮焉求。悦亲戚之情话，乐琴书以消忧。农人告余以春及，将有事乎西畴。或命巾车，或棹孤舟。既窈窕以寻壑，亦崎岖而经丘。木欣欣以向荣，泉涓涓而始流。羡万物之得时，感吾生之行休。

此段收尽一篇之旨。

已矣乎！寓形宇内复几时，曷不委心任去留！胡为乎遑遑欲何之？富贵非吾愿，帝乡不可期。怀良辰以孤往，或植杖乐天知命是其本领。

而耘耔。登东皋以舒啸，临清流而赋诗。聊乘化以归尽，乐夫天命复奚疑！

顶批　按：孙月峰曰：风格亦本楚骚，但骚侈此约，骚华此实。其妙处乃在无一语非真境，而语却无一字不琢炼。总之，成一种淡泊气味，虽不是文章当行，要可称逸品。欧阳永叔谓："两晋文章，惟《归去来辞》一篇。"以其情真淡永，不染词家气息也。　按："园日涉以成趣"，非学圃也；世相移而事畴，非学稼也。有为农为圃之想，而不同于老农老圃之行，则当日托以寄慨之心深矣。　按：何义门曰：其出也无心，其还也不改，感王室之将微，愿守其岁寒之节也。　按：渊明之去，在义熙二年，以其时考之，盖宋高祖杀殷仲文之岁，昭明所谓"耻复屈身异代"者，为得其心。　按：何义门曰：浅言之而消忧，深言之而乐天，庶乎不为形役者欤？

评解　此文只写田园可乐，不露形迹，极有含蓄，真有道之言。《辑注》云：是篇评解穿凿，一概删去，只就本文读之，甚有异味。曰"以心为形役"是多少箴规；曰"委心任去留"，是何等超脱；末云"乐天命"，几入孔、颜门户矣。先生真是东晋第一流人！　按：先生立身大节，与邵康节先生颇似，谥曰靖节，亦几同矣。

书后　《易》曰："知几其神乎？"故君子见几而作，

不俟终日。诚以天下之理，有显必有晦，有伸必有屈；当晦而不晦，当屈而不屈，此亢龙之所以有悔也。靖节生当晋末，天心人事，已大可知，潜龙勿用，此其时也。故一旦翻然改图，不俟终日。厥后东坡在海外，屡和其辞，且集其字为小诗，而于是篇三致意焉，盖亦有今是昨非，往不谏而来犹可追之慨。则当日倚窗寄傲，涉园成趣，非其乐天之真，知几之哲，而能用晦于显，求屈于伸，以履幽人之贞吉，得契髯苏于旷代也耶？

酒德颂

（晋）刘　伶

古无以德自颂者。刘伶性嗜酒，旷达不羁，有规劝之者，乃作此颂，以明酒之德。伶字伯伦，晋人，与嵇康、阮籍、籍兄子咸、山涛、向秀、王戎相友善，有竹林之乐，时号“竹林七贤”。篇中忘思虑，绝是非，不知寒暑利欲，乃命题之旨，此便是德。

此段颂所以能饮之德。

有大人先生，以天地为一朝，万期为须臾，日月为扃牖，八方为庭衢。行无辙迹，居无室庐，幕天席地，纵意所如。止则操卮执觚，动则挈榼提壶，惟酒是务，焉知其余。

此段写欲戒其饮之人。

有贵介公子，搢绅处士，闻吾风声，议其所以，乃奋袂攘衿，怒目切齿，陈说礼法，是非蜂起。

不与辩，仍然一醉，实能容之是德。

此段颂德全于酒，不知人言之是非，所以为德。

先生于是方捧罂承槽，衔杯漱醪，奋髯箕踞，枕曲藉糟。无思无虑，其乐陶陶。兀然而醉，豁然而醒。静听不闻雷霆之声，熟视不睹泰山之形。不觉寒暑之切肌，利欲之感情。俯观万物，扰扰焉，如江汉之载浮萍，二豪侍侧焉，如蜾蠃之与螟蛉。

顶批　按：何义门曰：撮庄生之旨，为有韵之文，仍不失潇洒自得之趣，真逸才也。《竹林七贤论》：伶未尝措意文章，终其身，凡著《酒德颂》一篇而已。又按：孙执升曰：极真率，极豪迈，是醉话，是达语，浩浩落落，真足破除万事。　　按：李善曰：螟蛉，桑虫；蜾蠃，蜂虫。蜂虫无子，取桑虫蔽而殖之，幽而养之，祝曰："类我。"久则化而成蜂。二豪，指公子、处士；谓其随己而化，类蜾蠃之变螟蛉也。一解"焉"字属在下句，言二豪何如二虫微小。宜从李解为长。

评解　大言炎炎，酒中之仙，豪放不羁，翘出七贤。林西仲曰：伯伦裸体而处，其友讥之，答曰："君何为入吾裈中?"此即以"日月为扃牖"之说也。其出也，挂酒榼于车，令人荷锄随之，曰："死便埋我。"此即"挈榼提壶"之说也。是颂绝不假饰一字，虽不可训，然七贤中较之钱癖则远过之矣。本是解嘲文，乃大其题目曰"颂"。颂中议论大方，词气雄豪，亦与题称，仍有波折章法，晋文中之杰也。黼按：方北海曰：古人遭逢不幸，多托于酒，谓非此无以隐其干济之略，释其悲愤之怀，故酒非真文人不可饮也。自后世以衔杯为高致，荡业破家，废时失事，甚至干犯名义，敢于酒后悍然为之。尝见流辈以此覆坠家声，驱纳法网，夭折身命者多矣，正不得借刘参军、阮步兵为口实也。

书后　饮中八仙之作，少陵当日不过摹其仙仙之醉态，以志一时之仙品，初无褒贬于其间也。先生幕天席地，与酒为徒，甚至荷锸以随，死且不顾。越礼犯分，莫此为甚。而乃罔惜人言，以德自颂，不亦诬乎！不知晋祚沦夷，中原多故，貂续狗尾之诮，牛系马后之谣，真有不堪设想者。先生生当其际，亦何疑于放荡形骸，惟酒是务哉。然篇中词意多为解嘲，不辨是非，而是非自辨。虽有不臧之状，究无由醉之言，是亦可为沉湎其貌而不沉湎其心之一证也。使其生逢老杜，必与知章诸君争坐矣，未知少陵主人果将屈谁席以待之耶。

春夜宴桃李园序

（唐）李　白

桃李园，长安名园也。春，桃李盛开，李白与诸兄弟夜饮于其中，相与赋诗，而为之序。

起段言当及时行乐。

夫天地者，万物之逆旅；光阴者，百代之过客。而浮生若梦，为欢几何？古人秉烛夜游，良有以也。

通篇着眼“夜”字。

况阳春召我以烟景，大块假我以文章。会桃李之芳园，序天伦之乐事。群季俊秀，皆为惠连；吾人咏歌，独惭康乐。

“乐欢”二字，宴园之主。

此方叙入宴，末句借诗酬酒。

幽赏未已，高谈转清。

开琼筵以坐花，飞羽觞而醉月。不有佳作，何伸雅怀？如诗不成，罚依金谷酒数。

顶批　按：《释义》云：发端数语，已见潇洒风尘之外，而转落层次，语无泛设，幽怀逸趣，词短韵长，读之增人许多情思。　按：谢灵运袭封康乐侯，惠连即其从弟也。引此以证古人。　按：《礼》载："三爵而油油以退。"石崇与客饮金谷园中，赋诗不成，则罚酒三觞。今太白依数以罚，虽为行乐，亦犹古之道也。

评解　小小燕集，而一起却从天地万物说入，是何等胸怀！至阳春云"召我"，大块云"假我"，花曰"坐花"，月曰"醉月"，字句都仙矣。《辑注》云：古人作文最会认题，如此题有一"夜"字，便不是春宴桃李园矣。劈首逆从"夜"字生波，再折到春宴桃李园，真有海阔天空、高瞻远眺之概。《快笔》云：为一"夜"字，劈从天地光阴发出如许异想，是其识见之超卓处。烟景而曰"召"，文章而曰"假"，是其下字奇特处；写景则曰"烟景"，写赏则曰"幽赏"，写醉则曰"醉月"，总不脱一"夜"字，是其体贴精细处。而且一句一转，一转一意，尺幅中具有排山倒海之势。

短文之妙，无逾此篇。

书后　古之以酒为罚者，射礼而外，惟投壶之礼得以行之。故其胜负之数，皆为君子之所必争。太白金谷之罚，但不知坐花醉月时，吟兴未成，亦有如投壶之胜饮不胜，请为胜者立马否也。若然，则算多算少之数，即在此酬彼唱之间。吾恐斗酒百篇之才，算马虽多，而清酒百壶，歌既醉者，不在吾人，将在群季也。

前赤壁赋

（宋）苏　轼

赤壁在黄州，此生而赤者。时东坡谪居于此，睹景兴怀而作是赋。前者，别于后也。若赋中所用周瑜以火攻曹操，石壁皆赤，此在嘉鱼县北，无妨借用。《广舆记》载：操军初战赤壁未利，次引江北。则赤壁当在江南。今江汉间赤壁者五：汉阳、汉川、黄州、嘉鱼、江夏，惟在嘉鱼者合于史。凌安国曰：东坡《与范子丰书》云："黄州少西，山麓陡入江中，石色如丹，传云曹公败处，所谓赤壁者。”或曰：非也。时曹公败归华容路，路多泥泞，使老弱先行，践之而过，曰：“刘备智过人而见事迟，华容夹道皆葭苇，使纵火，则吾无遗类矣！”今赤壁少西对岸即华容镇，庶几是也。然岳州复有华容县，竟不知孰是。今原注以赤壁在武昌嘉鱼县，东坡所游者黄州赤嶂也，恐亦未确。

起四句为赋小序，古赋多然。 “风”“月”二字，一篇线索。	壬戌之秋，七月既望，苏子与客泛舟，游于赤壁之下。清风徐来，水波不兴。举酒属客，诵明月之诗，歌窈窕之章。
此段用韵还他赋体。	少焉，月出于东山之上，徘徊于斗牛之间。白露横江，水光接天。纵一苇之所如，凌万顷之茫然。浩浩乎如冯虚御风，而不知其所止；飘飘乎如遗世独立，羽化而登仙。
美人比君，主意在此。 层次写来，题已尽，下皆就客生情。	于是饮酒乐甚，扣舷而歌之。歌曰：“桂棹兮兰桨，击空明兮泝流光。渺渺兮予怀，望美人兮天一方。”客有吹洞箫者，倚歌而和之。其声呜呜然，如怨如慕，如

忽因吹箫发出一段悲歌，起下愀然意。

泣如诉，余音袅袅，不绝如缕，舞幽壑之潜蛟，泣孤舟之嫠妇。

苏子愀然，正襟危坐而问客曰：“何为其然也？”

此段藉曹公发端，以切赤壁事也。其伤感却在下段。

客曰：“‘月明星稀，乌鹊南飞’，此非曹孟德之诗乎？西望夏口，东望武昌，山川相缪，郁乎苍苍，此非孟德之困于周郎者乎？方其破荆州，下江陵，顺流而东也，舳舻千里，旌旗蔽空，酾酒临江，横槊赋诗，固一世之雄也，而今安在哉！

以上拟客发议，以抒下文。

“况吾与子渔樵于江渚之上，侣鱼虾而友麋鹿，驾一叶之扁舟，举匏樽以相属。寄蜉蝣于天地，渺沧海之一粟。哀吾生之须臾，羡长江之无穷。挟飞仙以遨游，抱明月而长终。知不可乎骤得，托遗响于悲风。”

此段妙理与《楞严》客主之说合，见形有尽性无尽。

苏子曰：“客亦知夫水与月乎？逝者如斯，而未尝往也；盈虚者如代，而卒莫消长也。盖将自其变者而观之，则天地曾真是现前受用，前段禅理，此段儒理，与春风沂水同一意。

不能以一瞬；自其不变者而观之，则物与我皆无尽也，而又何羡乎？且夫天地之间，物各有主，苟非吾之所有，虽一毫而莫取。惟江上之清风，与山间之明月，耳得之而为声，目遇之而成色，取之无禁，用之不竭，是造物者之无尽藏也，而吾与子之所共食。”

竟住。妙极！

客喜而笑，洗盏更酌。肴核既尽，杯盘狼藉。相与枕藉乎舟中，不知东方之既白。

前夜此晓，有章法。

顶批 按：余自明曰：起首就风月上写，原含共适之意。入后却借吹箫发出一段悲感，而平日一肚皮不合时宜都消归乌有，那复有人世兴衰在其意中。尤妙在江上数语，回应起首，痛陈胸前一片空阔了悟。是知风月不死，先生不亡也。 按：原评云：篇中所言，不过随时行乐，惟“美人”二字，则公真意所在。《离骚》尝以美人比君，旧解谓思同朝君子，岂知公之拳拳不忘者乎？厥后谥曰“文忠”，良有以也。自来评者多以风月文字目之，误矣。 按：《文醇》云：轼手书帖“盈虚者如代”，后人以“代”为“彼”；“吾与子之所共食”，后人易“食”为“适”。今详其意，言水与月虽前后代嬗，而本体不迁，所谓“观方知彼去，去者不知方”也。今易为“如彼”，以对“如斯”，将彼月而斯水乎？水与月何彼我于其间也？释典谓六识以六入为养，其养也胥谓之食：目以色为食，耳以声为食，鼻以香为食，口以味为食，身以触为食，意以法为食。清风明月，耳得成声，目遇成色，故曰“共食”。易以“共适”，则意味索然。当时有问轼“食”字之义，轼曰：“如食邑之‘食’，犹云享也。”轼盖不欲以博览上人，故权词以答，古人谦抑如此。

评解　以文体论，似游赤壁记也，然记不用韵，而赋方用韵，此盖以记而为赋者也。故文带叙带赋，忽用韵，忽不用韵，古赋如《风赋》《好色赋》皆此类也。以文法论，纯得吹箫一段生波，下乃发出如许妙理。公尝参禅学佛，故号“东坡居士”。其笔墨之飘洒，机趣之活泼，又似于仙，故世号曰“坡仙”。此文前乐、中悲、后乐，有似王右军《兰亭叙》。其借客发慨，不必实有其言，亦如昌黎之《进学解》，乃巧为避忌也。《辑注》评：风月作线索，悲乐作转换，引曹孟德为赤壁设色，照应点缀，杼柚亦工。篇中凡十二用韵。

书后　黄州为全鄂胜境，子由《快哉亭记》谓其南合湘、沅，北合汉、沔，其势奔流肆放，益张于赤壁之下。余尝三至其地，凭苏子吊古之墟，瞰长江之清流，慨然想见其为人。夫以天地之大，白露清风，长江皓月，何在非供骚人笔墨资者？然非所性不失，有以胜造化鼓铸之情，鲜不动于物而生其羡矣。坡仙以象外之神，写个中之境，物皆自得，兴与人同，故能使一时望君吁古之怀，遂成为千百世凭吊兴亡之所。而其穷耳目之胜，又适如子由之记《快哉》，令人读之，真有难为兄难为弟者。此所由壮色江山，而江山皆乐为之助也欤！

后赤壁赋

（宋）苏 轼

赋赤壁而云“后”者，继《前赤壁》而言也，故文中起处及中间都承前来。西仲云：若无前篇，不见此篇之妙；若无此篇，不见前篇之佳。张声云：处处变换，步步别致，迥非前游故事，故开后人神智不浅。按公《年谱》：年四十九，在黄州，寓居临皋，就东坡筑室，因雪中成，名雪堂。此赋盖作于堂成以后也。

闲闲叙起，不必定游赤壁，不必定约某客。

“乐”字伏后。

仍用“风”“月”二字，乃长公一生襟期。已引起游意。

是岁十月之望，步自雪堂，将归于临皋。二客从予过黄泥之坂。霜露既降，木叶尽脱，人影在地，仰见明月。顾而乐之，行歌相答。已而叹曰：“有客无酒，有酒无肴，月白风清，如此良夜何？”

客曰：“今者薄暮，举网得鱼，巨口细鳞，状如松江之鲈。顾安所得酒乎？”归而谋诸妇，妇曰：“我有斗酒，藏之久矣，以待子不时之需。”

感慨多少。

“不可复识”句一篇关键。

于是携酒与鱼，复游于赤壁之下。江流有声，断岸千尺，山高月小，水落石出。曾日月之几何，而江山不可复识矣。

此番举动，前赋未有。

啸以舒愤懑之气。

主意在此。

题面至此已尽，看下文生波。

忽鹤忽梦，仿佛《南华》。

予乃摄衣而上，履巉岩，披蒙茸，踞虎豹，登虬龙木类，攀栖鹘之危巢，俯冯夷之幽宫，盖二客不能从焉。划然长啸，草木震动，山鸣谷应，风起水涌。予亦悄然而悲，肃然而恐，懔乎其不可留也。反而登舟，放乎中流，听其所止而休焉。

时夜将半，四顾寂寥，适有孤鹤，横江东来，翅如车轮，玄裳缟衣，戛然长应前“乐”字。两赋结处俱仙。

鸣，掠予舟而西也。须臾客去，予亦就睡。梦一道士，羽衣蹁跹，过临皋之下，揖余而言曰：“赤壁之游乐乎？”问其姓名，俯而不答。“呜呼！噫嘻！我知之矣。畴昔之夜，飞鸣而过我者，非子也耶？”道士顾笑，予亦惊悟。开户视之，不见其处。

顶批　按：《观止》云：前篇写实情实景，从“乐”字领出歌来；此篇作幻境幻想，从“乐”字领出叹来。一路奇情逸致，相通而出，与前赋同一机轴，而无一不相与。读此两赋，胜读《南华》一部。　按：东坡生日，置酒赤壁矶下。踞高峰，俯鹊巢。酒酣，笛声起于江上。客有郭、尤二生，颇知音，谓坡曰：“笛声有新意，非俗工也。”使人问之，则进士李委。李闻坡生日，作曲曰《鹤南飞》以献。呼之使前，则青巾紫裘，腰笛而已。既奏，又快作数声，嘹然有穿云裂石之概。坐客皆引满醉倒。审是，则篇中所云孤鹤，其即委之所奏新曲乎？抑或别有所感乎？然醒时见孤鹤，梦时见道士，实与《列子》蕉鹿同意，不必深求也。

评解　前篇结处作不了语，原来留此篇地也，故起首即承之。此篇亦写客、写歌、写风、写月、写乐、写酒、写肴，一一与前篇同，而各位置不同。前篇纯在舟中，次早还在；此篇有登岸一举，半夜即归，则前篇所未有也。前篇借客生波，尚似实情；此篇忽鹤忽道士，奇幻极矣，乃神似《南华》，非袭其貌也。至前篇说悲处，在客口中；此篇悲则公自言矣。予于此篇往复数次，而知其用意在“懔乎不可久留”一句，仍是前篇“望美人”一片心肠也。或仍以受用风月目之，则说不去矣。

书后　盖江山者，化工之画工，忽而壮丽，忽而清奇，固大造无尽之藏，留以待泄于文人者也。然其悲乐之际，主客之间，其人之学问性情，皆流露于不觉焉，初何尝有成见存乎其间哉。前、后之名，篇中所解，谓前留不结之语以待后篇，似此未免过泥。余谓雪堂之步，临皋之归，在坡仙亦自行所无事，一旦睹江山之顿改，觉风月之仍前，向之所欣，俯仰之间已为陈迹，犹不能不以之兴怀。故孤鹤一段，脱化无痕，飘然而来，戛然而去，似梦非梦，神兴俱飞。此诚能夺化工之工，泄大造之造者矣，而谓可于字句间求之也乎？

先君子刺黄之属邑曰蕲，前后凡三任，余故得三至其地。岁戊寅，樊口筑堤民变，先君子奉檄平之，未折一矢，而民帖然。蒇事，遂捐馆舍。余读是篇，不能无貌似目瞿、名同心瞿之戚矣！庚辰仲冬，仁黼谨附记。

舣槎亭记

（元）元明善

舣，泊船也。槎，枯木也。汉武帝使张骞于大夏寻河源，乘槎经月，历一处，有城郭民舍，遥望宫中多织妇，又有一人牵牛渚次饮之。问是何处？女取支矶石（编按：《太平御览》卷五十一引宗懔《荆楚岁时记》、张华《博物志·杂说》均作“支机石”，下同）与骞曰：“还问严君平则知矣。”骞至蜀问君平，曰：“某年月日有客星犯牛女宿。”计时正骞到天河日也，支矶石后为东方朔所识。张君锡慕其事，以名亭，明善为之记。明善字复初，大名清河人。为安丰、建康两学正辟掾，调省掾，转中书左曹掾，旋复掾省曹。仁宗居东宫，首擢为太子文学，及即位，授翰林待制，迁翰林直学士，延祐初转礼部尚书，历拜翰林学士。卒封清河郡公，谥文敏。

此叙名亭之故。

汲人张君锡氏作舣槎之亭；志怪者云"海与天河通"，盖有人乘槎至斗牛间，徵而慕之，故以名亭。

此叙张君昔日所游之危。

昔君锡挟能放游，浮河达淮，乱江而南历吴越，西至于鄂衡，又至于沅澧，逾洞庭，下彭蠡，内赍刳中，息于水腹，夺晶明也于覆，袽絮也渐于罅，或再月不得抵所止。舟师候洋，盲风猋作，水与风争，舳舻崩倾，樯折柁败，淼同渺无底戾，又雨且暮。游二十年，不知几此遭矣！怠而北归，在于室中，夜悸于梦，朝怵于见，犹事于槎，亦何谓耶？

作问语，以起下答词。

曰："怖吾之南，信如子言，今吾完然我也，不亦有不水死者众乎？环燕千里，无湖江浸也。依龙光被休风之人也，耉寿昌嗣，终不逢不若，宜也。尝试徵余二十年间，或者服食百忌，步乘有择，武导昼，兵卫夜，临避而吻动又噤避危甚审，见获则声切亟诧择安最切，非不牢自谋也。

"临避"二字补入，因讳解，故注。

一旦若轻尘惊风、漠无踪响者，抑何也？其所居甚海涛，所乘甚胶舟，风水不争，立将解剥，彼且安之，固亦危夫我矣！

此段言陆地之危甚于海，进笔匪夷所思。

“且也世所共安而不之危，非天地乎？然载万物者地也，载地者水也，火水石土合为地体，并水而载之者天也。地不为大舟乎？天不为大水乎？实大舟，运大水，其不有大危乎？道虽无泯，器当有敝，十二万年之后，又谁知其不并大舟大水而趋于大坏也欤？槎本无也，无又何待于舣？亭亦无也，有亭必基于土，地且不能自有，何有于物？虽然，寄居于槎，犹万物之寄于地，同寄也，又奚安奚危哉？”

此段言天地亦危，不必择安。惟道无泯，主意透此。

余曰：“子之号达矣，旷矣，其情盍求乎称也？夫槎者，沟中断也，利小涉，不大受也。胡不虚其中使无不容，牢诸外使无不载，道为之楫，时为之帆，泊之于义渚，系之于德渊。若然，效大舟之实而不泄，托大水之运而不覆，沨沨水声乎，潎潎水流乎，槎之进乎是者至矣。

至此名方称实，可以久安而不危，非小涉之槎可比。

顶批　按：张骞乘槎事，有谓：海渚年年八月，有浮槎来去，不失期。人有奇志者，赍粮于槎上，一人独至其处，遂传其事云。又有谓：张骞武帝时为郎，封博望侯，《汉书》载其穷河源，并无犯斗牛、得支机石事。此记亦曰有人，然则乘槎非张骞，而或同其姓名者与？未可知也。　按：元公拓拔魏之裔，居清河四世。幼颖悟，读诸经皆有法，尤深《春秋》。所为文出入秦汉，晚益进。事仁宗，每奏，帝必称善，曰："二帝三王之道，非卿莫闻也。"公文章经济，在有元不多见。此篇又若雷霆之震惊，鬼神之灵变，虞集谓非性情之正，亦未足为定论也。　按：千金之子，坐不垂堂，自谋非不牢固，而饮食醉饱之微皆足陨命，古今祸福机关往往如是，虽先生尝试之言，实为世俗创闻之论，读之诚足猛省一世。　按：《皇极经》：世以天地始终为一元，计十二万九千六百年，故天地之形亦有时而坏。　按：乾道至健而时成，坤道至顺而时行，时无尽，道亦与之无尽，不泄不覆，乾坤之道在是矣。

评解　林西仲曰：以行舟之危引起，转入人生触处皆犯危机，且把天地一齐拖入危机之内，奇横无匹。末归本于道德，自是正论不刊。元文中如此高古精深，不啻鸡群见鹤。李云：奇而有据，非杜撰也；奇而有理，非悖谬也；奇而切题，非野战也。是文有此三奇，乃为真奇。

书后　《南华经》一书，以虚灵之笔，运巧幻之思，故能罕譬诸物，动中窾窍。先生此篇全祖《南华》，而其要不外虚者实之、实者虚之两端：盖斗牛乘槎不过虚传其事，而君锡所历则皆实指其程，故其境危而乃不以为危，而以无槎之危为更危，则天下皆危境矣，此虚者实之之说也；天地以有形之器运无形之理，乃以地为大舟，天为大水，是天地之危无异槎之危，故天地亦有时同趋于坏，此实者虚之之说也。人寄于天地，天地不实，则人之所履皆虚，而槎之危更可想矣。道载夫天地，天地不虚，则道之所丽皆实，而人之危始有凭矣。不然，亭亦奚危？槎亦奚危？天地又奚危哉？

瘗古志石文

（明）邹迪光

瘗，埋也。工人掘地得古志石，迪光有感，因为文以瘗而祭之。迪光字彦吉，无锡人。万历甲戌进士，除工部主事，历员外郎中，出知黄州府，升福建提学副使，左迁浙江佥事，调湖广提学佥事。有《郁仪楼》《调象庵》《始青阁》诸集。

去先人数百武而近，工人掘地得古甓焉，纵横尺有奇。余拭而读之，则唐人墓志铭，字尚未剥落，可读，古色斑然。其葬以大中宣宗年号元年十月癸亥，其先世皆贵盛，三世父子兄弟簪缨相望，葬者志者，其姓名蚀不可辨，其地则安凤乡，其人则志称其聪明仁孝。然文甚简质，不作近代谀墓语。

直叙起。

二语是一篇感慨之根。

此志石中所载。

嗟乎！葬者，藏也。骨肉归于土，无不坏也。志以志之，铭以名之，庶几陵谷变迁而名不朽。而唐大中距今千有六百年，羡门潜闼，玉匣珠襦，一切亡有。是志落他人手，供坌块耳，张籍诗云：“千金立碑高百尺，终作他人柱下石。”今既不幸而见发，又幸而遘余，而又不幸终不能举其名。世之人役役百年之内，复规规百年之外，敝精竭神以蕲不朽，亦何益哉！晏平仲所言：“焚之亦可，沉之亦可，其衮衣绣裳而纳诸石棺亦可，其衣薪而弃诸沟壑亦可。”达哉！其言之矣。

“不朽”是作文主意。

此段带叙带议。

志铭亦不能不朽。

宕开一笔，所感无穷。

引古以见葬之厚薄，悉听自然。

转入当瘗正旨。

　　虽然，予既已耳而目之矣，安知尔之神气不傅抔土以存哉？余命童子瘗之，而仍以觞酒豆肉，为文以告之曰："千百年之前，贵耶贱耶？贤耶愚耶？吾不尔知；千百年之后，存耶灭耶？显耶晦耶？尔不自知；又更后此而千百年，尔铭无恙耶？吾言犹存耶？吾与尔皆不能知。而向为尔也者，恻怛悲哀而志之，今为尔也者，欷歔太息而瘗之，是造化小儿之愚吾与尔，而吾与尔又不自知也。悲夫！"

分三层写，如茧剥丝，时文中尤为警调。

结更超旷，祭文中绝调也。

顶批　按：林西仲曰：是篇叙事处，证得如许悲凉，中段、末段发出许多感慨，总觉得生前役役为名者，费尽无数精神，究竟一场落空，毫无补益，可醒世人。其命意措词，亦超旷之致，与谢灵运《祭古冢文》并传。　按：昔孔子宰中都，棺椁皆尽制，而于宋桓司马自为石椁三年不成，则遂以其若是靡而有死欲速朽之叹。然则晏子之言，其亦有所为而云然乎？　按：墓志之不纪实，子固《答欧舍人书》已详言之。不知徒事铺张，在己方冀一藉文士之名，千百年后以图不朽，而举世唾骂，转笑其愚，究何益哉？　按：西仲尝述先辈谓："卖菜佣略有一碗饭吃，死后必有一篇墓志。”诚贱之也。

评解　首段序事，中段发慨，末段瘗祭。而笔墨古隽，识见旷达，为世之墓志以图不朽者规也，真是醒世之文。而祭文之流利，亦近时文，故录。

书后　文生于情，情感于物，故哀痛死亡之际，足见真性情焉。古今所传脍炙人口者，莫如文公《祭十二郎》一篇。然以家庭骨肉之间，抱此短折夭亡之戚，固宜言之恻怛，惨目痛心。若先生之与石志，以千百年以下之人，吊千百年以上之物，痛痒毫不相关，将哀何自生，情何自起乎？而先生方说志之先以图不朽，而又悯其有今之掘；方说志之掘以为可哀，而又幸其有予之瘗。掘之瘗之，吾与尔不能自主；而掘而复瘗，瘗而复掘，又岂尔与吾所能逆料乎？以不能自主、不能逆料之事，而世之人乃犹必敝精竭神以祈不朽，则亦徒见其愚耳。愚而不自知其愚，此古志之所以可悲也；愚而必欲效其愚，此世人之所以可悲也；以己之智悯人之愚，而又必瘗之祭之以同归于愚，此己之所以可悲也。情至而文生矣，此所以为至情；文至而情出矣，此所以为至文。文情交至，亦何怪其与韩文并传不朽哉！

卷之十五　感慨

报任少卿书

（汉）司马迁

少卿，任安字，又字定祖，荥阳人。为益州刺史时，与迁书，责以进贤之义，迁报之。迁字子长，生于龙门，夏阳人，有良史才。汉武帝天汉二年，李陵战败于匈奴，边报以闻。上怒，问太史令司马迁，迁盛称陵有国士风，推言其功，上以迁为诬罔，欲沮贰师，为陵游说，下迁腐刑。既被刑后，为中书令，复为太史，尊宠任职，报书即其时也。死后，其书稍出。

先述少卿书意，是一篇持论之根。

太史公牛马走司马迁再拜言：少卿足下，曩者辱赐书，教以慎于接物，推贤进士为务，意气勤勤恳恳。若望仆不相师，而用流俗人之言，仆非敢如此也。仆虽罢

“身残处秽”数语，不惟引起下文，亦且直冒全旨。

驽，亦尝侧闻长者之遗风矣，顾自以为身残处秽，动而见尤，欲益反损，是以独抑郁而谁与语？谚曰：“谁为为之？孰令听之？”盖钟子期死，伯牙终身不复鼓琴，何则？士为知己者用，女为悦己者容。若仆大质已亏缺矣，虽才怀随、和，行若由、夷，终不可以为荣，适足以见笑而自点辱也耳。

此段明来书之意，而答其“不相师”之故。

书辞宜答，会东从上来，又迫贱事，相见日浅，卒卒然无须臾之闲，得竭志意。今少卿抱不测之罪，涉旬月，迫季冬，仆又薄从上雍，恐卒然不可为讳，是仆终已不得舒愤懑以晓左右，则长逝者魂魄私恨无穷。请略陈固陋，阙然久不报，幸勿为过。

难言其死，故云“不可为讳。”

此段言向未答书及今不得不答之故。

仆闻之：修身者，知之符也；爱施者，仁之端也；取予者，义之表也；耻辱者，勇之决也；立名者，行之极也。士有此五者，然后可以托于世，而列于君子之林矣。故祸莫憯于欲利，悲莫痛于伤心，

反激起下受刑受辱意。

“辱”字一篇之骨。

束上启下。

语多悲感，风神固在字句之间。

此段言被刑之人不足荐士。

行莫丑于辱先，诟莫大于宫刑。刑余之人，无所比数，非一世也，所从来远矣。昔卫灵公与雍渠同载，孔子适陈；商鞅因景监见，赵良寒心；同子参乘，袁丝袁盎字变色：自古而耻之。夫中材之人，事有关于宦竖，莫不伤气，而况于慷慨之士乎？如今朝廷虽乏人，奈何令刀锯之余，荐天下之豪俊哉！

四意层列，文致错落。

自责自咎正其含愤处。

此段申言不足荐士，再答安意。

仆赖先人绪业，得待罪辇毂下二十余年矣，所以自惟：上之不能纳忠效信，有奇策材力之誉，自结明主；次之又不能拾遗补阙，招贤进能，显岩穴之士；外之不能备行伍，攻城野战，有斩将搴旗之功；下之不能累日积劳，取尊官厚禄，以为宗族交游光宠。四者无一，遂苟合取容，无所短长之效，可见于此矣。向者仆亦尝厕下大夫之列，陪奉外廷末议，不以此时引纲维，尽思虑，今已亏形为扫除之隶，在阘茸猥贱也之中，乃欲仰首伸眉，论列是非，不亦轻朝廷、羞当世之士耶？嗟乎！

嗟乎！如仆尚何言哉！尚何言哉！

提句直管到受辱著书。

且事本末未易明也。仆少负不羁之才，长无乡曲之誉，主上幸以先人之故，得使奏薄技，出入周卫之中。仆以为戴盆何以望天，故绝宾客之知，忘室家之业，日夜思竭其不肖之材力，务一心营职，以求亲媚于主上。而事乃有大谬不然者。

此段反照救陵取祸，故末句急转作收。

夫仆与李陵俱居门下，素非能相善也，趣舍异路，未尝衔杯酒接殷勤之欢。然仆观其为人，自守奇士，事亲孝，与士信，临财廉，取予义，分别有让，恭俭下人，尝思奋不顾身以徇国家之急，其素所蓄积也，仆以为有国士之风。夫人臣出万死不顾一生之计，赴公家之难，斯已奇矣。今举事一不当，而全躯保妻子之臣随而媒孽其短，仆诚私心痛之。

一振。

此段言己与陵无旧好，有独赏。

且李陵提步卒不满五千，深践戎马之地，足历王庭，垂饵虎口，横挑强胡，仰亿万之师，与单于连战十余日，所杀过当。虏救死扶伤不给，旃毡同裘之君长咸震怖，乃悉征左右贤王，举引弓之民，一国共攻而围之。转斗千里，矢尽道穷，救兵不至，士卒死伤如积，然陵一呼劳军，士无不起，躬自流涕，沬血饮泣，更张空弮，冒白刃，北向争死敌者。陵未没时，使有来报，汉公卿王侯皆奉觞上寿。后数日，陵败书闻，主上为之食不甘味，听朝不怡，大臣忧惧，不知所出。

仆窃不自料其卑贱，见主上惨凄怛悼，诚欲效其款款之愚，以为李陵素与士大夫绝甘分少，能得人之死力，虽古之名将，不能过也。身虽陷败，彼观其意，且欲得其当而报于汉，事已无可奈何，其所摧败，功亦足以暴于天下矣。仆怀欲陈之而未有路，适会召问，即以此指推言陵之功，欲广主上之意，塞睚眦之辞。未能尽明，明主不晓，以为仆沮贰师，而为李陵游说，遂下于理。拳拳之忠，终不能自列。因为诬上，卒从吏议。家贫，货赂不足以自赎，交游莫救视，左右亲近不为一

“矢尽”八字，正足为陵出脱。

写出公卿等丑状，无非为李陵生色。

此段详叙李陵。

“以为”二字直贯下九句。

言非无因。

“欲广”二句，对上“惨怛”与“媒孽”。

曰“因”、曰“卒”，从见有文致之意，绝无平反之心。

“家贫”数语，风刺特深。

言。身非木石，独与法吏为伍，深幽囹圄之中，谁可告愬者！此真少卿所亲见，仆行事岂不然乎？李陵既生降，颓其家声，而仆又佴次也之蚕室，重为天下观笑。悲夫！悲夫！事未易一二为俗人言也。

此段言救陵被刑之由。

一句结尽上文。

仆之先，非有剖符丹书之功，文史星历，近乎卜祝之间，固主上所戏弄、倡优所畜、流俗之所轻也。假令仆伏法受诛，若九牛亡一毛，与蝼蚁何以异！而世俗又不能与死节者次比，特以为智穷罪极，不能自免，卒就死耳。何也？素所自树立使然也。人固有一死，死或重于泰山，或轻于鸿毛，用之所趣异也。太上不辱先，其次不辱身，其次不辱理色，其次不辱词令，其次诎体受辱，其次易服受辱，其次关木索、被箠楚受辱，其次鬄毛发、婴金铁受辱，其次毁肌肤、断肢体受辱，最下腐刑极矣！《传》曰："刑不上大夫。"此言士节不可不勉励也。

"趣异"句结上生下。

此段叙己所以不自引决之故。

接笔挺健，最不易学。

猛虎在深山，百兽震恐，及在槛阱之

以下叙己受辱。

中，摇尾而求食，积威约之渐也。故士有画地为牢，势不可入，削木为吏，议不可对，定计于鲜也。今交手足，受木索，暴肌肤，受榜棰，幽于圜墙之中。当此之时，见狱吏则头抢地，视徒隶则心惕息。何者？积威约之势也。及以至是，言不辱者，所谓强颜耳，曷足贵乎！且西伯，伯也，拘于羑里；李斯，相也，具于五刑；淮阴，王也，受械于陈；彭越、张敖，南面称孤，系狱抵罪；绛侯诛诸吕，权轻五伯，囚于请室；魏其，大将也，衣赭衣，关三木；季布为朱家钳奴；灌夫受辱于居室：此人皆身至王侯将相，声闻邻国，及罪至罔同网加，不能引决自裁，在尘埃之中。古今一体，安在其不辱也？

历叙古人被辱者以自证。

与上“文史星历”对看。

此段自叙受辱，而终不引决意。

提笔顿挫。

由此言之，勇、怯，势也，强、弱，形也，审矣，曷足怪乎？夫人不能早自裁绳墨之外，已稍陵夷，至于鞭棰之间，乃欲引节，斯不亦远乎！古人所以重施刑于大夫者，殆为此也。

此段承上二段反复咏叹，以作收束。

此顶上激义理，重振起。

跌宕处委婉。

此段言不引决实为著书之故。

夫人情莫不贪生恶死，念父母，顾妻子，至激于义理者不然，乃有所不得已也。今仆不幸早失父母，无兄弟之亲，独身孤立，少卿视仆于妻子何如哉？且勇者不必死节，怯夫慕义，何处不勉焉。仆虽怯懦，欲苟活，亦颇识去就之分矣，何至自沉溺缧绁之辱哉！且夫臧获婢妾，犹能引决，况仆之不得已乎？所以隐忍苟活，函于粪土之中而不辞者，恨私心有所未尽，鄙陋没世而文采不表于后世也。

虚提一笔。

倒句。

“此人”三句总承上言。

此段历引古人被辱著书以自比。

古者富贵而名磨灭，不可胜记，惟倜傥非常之人称焉。盖西伯拘而演《周易》；仲尼厄而作《春秋》；屈原放逐，乃赋《离骚》；左丘失明，厥有《国语》；孙子膑脚，《兵法》修列；不韦迁蜀，世传《吕览》；韩非囚秦，《说难》《孤愤》；《诗》三百篇，大抵圣贤发愤之所为作也：此人皆意有所郁结，不得通其道，故述往事，思来者。乃如左丘明无目，孙子断足，终不可用，退而论书策以舒其愤，思垂空文以自见。

先叙来历。

次揭纲领。

仆窃不逊，近自托于无能之辞，网罗天下放失旧闻，略考其行事，综其终始，稽其成败兴坏之纪，上纪轩辕，下至于兹，为十表，本纪十二，书八章，世家三十，列传七十，凡百三十篇。亦欲以究天人之际，通古今之变，成一家之言。草创未就，适会此祸，惜其不成，是以就极刑而无愠色。仆诚已著此书，藏之名山，传之其人，通邑大都，则仆偿前辱之责，虽万被戮，岂有悔哉！然此可为智者道，难与俗人言也。

再叙义蕴。

此段言《史记》之成，可偿被刑之辱。

回应前文，关锁甚紧。

且负下未易居，下流多谤议，仆以口语遇遭此祸，重为乡党所戮笑，以污辱先人，亦何面目复上父母之丘墓乎？虽累百世，垢弥甚耳！是以肠一日而九回，居则忽忽若有所忘，出则不知其所往，每念斯耻，汗未尝不发背沾衣也。身为闺阁之臣，宁得自引深藏岩穴耶？故且从俗浮沉，与时俯仰，以通其狂惑。今少卿乃教

再醒一笔，蹴起下文。

首尾呼应，有结构。

以推贤进士，无乃与仆之私心刺谬乎？今虽欲自雕琢，曼辞以自饰，无益，于俗不信，只足取辱耳！要之死日，然后是非乃定。书不能悉意，略陈固陋，谨再拜。

此段收拾前文，并以复书意作结。

“固陋”与前应。

顶批　按：孙月峰曰：粗粗卤卤，任意写去，而矫健磊落，笔力真如走蛟龙、挟风雨，且峭句险字往往不乏。读之但见其奇肆，而不得其构造锻炼处。古圣贤规矩准绳文字，至此一大变，卓为一代伟作。　按《释义》云：“太史公”三字，著其官也；“牛马走”三字，谦其贱也；“司马迁”三字，具其姓名也，即此已见史笔。　按：昔汉明帝讳庄，改庄助为“严助”，庄子陵为“严子陵”，以庄为严本同音，《殷武》诗叶音是其证。今迁父名谈，《史记》讳赵谈为“赵同”，此曰“同子”，以古音谈亦音同也，《急就章》以“谈”叶“桑”是其证。在古人避讳改字，原有意义，第《礼》载孔子之母名徵在，言在不称徵，言徵不称在，其名不偏讳者，亦本敬亲爱亲之心所流。而《曲礼》又曰：“诗书不讳，临文不讳。”诚恐惑学者误承用。此改赵谈曰“同子”，其亦未免惑学者而误承用矣。　按：李陵《答苏武书》有云：“虚死不如立节，灭名不如报德。”在陵之言，出自血忱。故史公救于万死，虽卒以祸，而亦不悔。但事在危疑之际，非得举朝之人共相匡救，鲜不为国法所诛，况当日随而媒孽者之不乏其人也。　　按：棬，弩弓也。颜师古读为"拳髲"之拳，大谬。李善曰："拳则屈指，不当言张，陵时矢尽，故张弩之空弓，非是手拳也。"《汉书》作"卷"，音圈。　　按：自来全躯保妻子之臣，非无才而自甘巽懦，即有才而惯贡媚谀。贡谀者恒唱声于前，甘懦者恒和声于后，是以安则称庆为悦，变则退葸不遑。此汉廷诸臣，虽为一时之愧态，而实千古小人之故态也。　　按：余自明曰：迁为陵受刑，《纲目》本削而不书。"得当报汉"，洵迁强为分疏，或援别苏武时语以为之辨，窃恐庶几曹沫，未可轻信。或又谓武帝因宠李夫人，欲贰师立功以贵之，不知广利太初四年早已侯矣。谓上欲诛陵母妻，迁特救之，则篇中明有"适会召问"四字，岂未之读耶？况族陵之家，事在天汉四年，下迁腐刑，固二年也。此皆考核之未详，读者宜细心参究。

按："刑不上大夫"者，制五刑三千之科条，不设大夫犯罪之目也。所以然者，大夫必用有德，若逆设其刑，则是君不知其贤也。张逸云：谓所犯之罪，不在夏三千、周二千五百之科。不使贤者犯法，非谓都不刑其身也，其有罪，则以八议议其轻重耳。史公尝厕下大夫之列，而身蹈八议之条，故以自励为言，此不怨天不尤人之大本领也。　　按：李陵书则以明不背君亲、不捐妻子，为非偷生惜死之人；而史公此篇则以明念父母、顾妻子为贪生恶死之辈。其迹若相殊，而要之彼所谓“非偷生”者，即此所谓为“恶死”者也，是以禹、稷、颜子，易地则皆然。　按：荆楚之间呼奴为“臧”，呼婢为“获”，即下“婢妾”字重迭言之，非另有所指。“函”有包藏之义，身蹈秽辱，正如包藏粪土之中。作“幽”者非是。　按：世以《国语》为《春秋》外传，亦左丘明作，或云非是；不韦《吕览》作于相国，非迁蜀时；韩非《孤愤》，亦非囚而后作，此特取以比类耳。　按：《史记》书末特加自序，明其书虽一家之绍述，而二千余年之记载具在，实则洋洋大观。班掾特采其序入传，而即缀以此书，盖以二篇本相表里，读者须据《汉书》合钞观之方得。若传首太史公执手涕泣、无忘论著一段，实为作记之本，世人不察，但以前引古人困难奋发，遂为作记所由来。细玩篇中所云“草创未就”等语，可知不在遭祸之后而作，所以不死者，正欲因而成之耳。　按：史公卒于武帝末年，书藏于家。宣帝时外孙平通侯杨恽上于朝，诏付史馆，遂宣布焉。哀帝时王莽求封公后为史通子，遂世掌史氏，此为“身后是非乃定”之证。

评解　大意不过谓刑余之人难以荐士，况当日原为荐士受刑，所以不死者，只为要著书以偿前辱，故且隐忍苟活耳，尚何能荐士，以复少卿书中“推贤进士”之语。但胸中一段不平之气，触之而动，遂不觉言之长矣，而行文亦极纵横驰骤之至。王罕皆曰：满腔悲愤郁勃，出之以激昂慷慨，文势纡回曲折，而首尾相应。苏氏谓文疏宕有奇气，此篇是矣，自当与《离骚》抗衡千古。若杨恽之《报会宗》、子云之《答刘歆》，其又具体而微者矣。黼按：此篇主意，细玩在受辱不死著书自见上，故余后所书，即从死生著笔。而其自悲自责，并无一毫非上之心，可谓能得《小雅》“怨诽不乱”之旨。通体文势豪放，一气呵成，其如天马行空，不可羁勒。最宜学步，故补选之。

书后　死生之际，至难言矣。死或重于泰山，或轻于鸿毛，其中缓急之权衡，有未易为俗人言者。尝见古今圣贤，一旦激于义理，不念父母，不顾妻子，以一身保全忠臣义士之名节，如拯水火，如救饥渴，虽蹈鼎镬而不辞。而小人不知义理之所在，反媒孽于其间。是何居心之大相悬绝哉！抑以保全身家之念殷，因以不能自决于死生之归耳。史公之救李陵也，其得不死者间于容发，而复隐忍苟活，与时俯仰，亦第以文采不表于后世，将不免有没世无称之叹。非若全躯保妻子之臣，碌碌无所短长，而为倜傥非常之人所不齿焉。故其汲汲著书，以求不朽，又何暇自引岩穴深藏之士，以与富贵功名者流竞奔廊庙哉！然则此书之答，不过借少卿“推贤进士”之语，以一雪其胸中积愤，明所以不死而生之故，以为万世正告之也。悲夫！悲夫！

兰亭集序

（晋）王羲之

兰亭在兰渚山，本越王勾践种兰处，在浙江绍兴府山阴县城西南。晋穆帝永和九年三月上巳，羲之与同志谢安、孙绰、郗昙、魏滂等三十二人，并其弟（编按：应为“其子”）凝之、涣之、玄之、献之辈九人，宴集此亭，因为是序。羲之字逸少，司徒王导从子，琅琊人，善书。东晋时为会稽内史，即家于会稽。又为右军将军。

此叙所以会之故。

永和九年，岁在癸丑，暮春之初，会于会稽山阴之兰亭，修禊洁也事也。群贤毕至，少长咸集。

叙人。

此地有崇山峻岭，茂林修竹，又有清流激湍，映带左右。引以为流觞曲水，列坐其次，虽无丝竹管弦之盛，一觞一咏，亦足以畅叙幽情。是日

“虽无”一折，跌入赋诗。

叙事。

叙会事至"信乐"一句已毕。下乃畅发胸中之感。

也，天朗气清，惠风和畅，仰观宇宙之大，俯察品类之盛，所以游目骋怀，足以极视听之娱，信可乐也。

忽从俯仰内陡然兴感。

此只就一时一事论。

申足上文，逼取正意。

归重死生上，乃感慨之故，作序本旨。

夫人之相与，俯仰一世，或取诸怀抱，晤言一室之内；或因寄所托，放浪形骸之外。虽取舍万殊，静躁不同，当其欣于所遇，暂得于己，快然自足，曾不知老之将至。及其所之既倦，情随事迁，感慨系之矣。向之所欣，俯仰之间已为陈迹，犹不能不以之兴怀，况修短随化，终期于尽。古人云："死生亦大矣。"岂不痛哉！

"悲"字与前"乐"字，应为一篇之骨。

每览昔人兴感之由，若合一契，未尝不临文嗟悼，不能喻之于怀。固知一死生为虚诞，齐彭殇为妄作，后之视今，亦犹今之视昔。悲夫！故列叙时人，录其所述，虽世殊事异，所以兴怀，其致一也。后之览者，亦将有感于斯文。

顶批 按：林西仲曰：兰亭之会，孙绰曾作后序，右军此作乃前序耳。通篇笔意，疏旷跌宕，如云气空濛，往来纸上。后惟陶靖节文庶几近之。　　按：晋《束皙传》：武帝问三日曲水之义，皙曰："昔周公城洛邑，因流水以泛酒。"然则修禊事，又不始于《溱洧》一诗矣。　　按：《遁斋闲览》云：右军《兰亭》，其文甚丽，但"天朗气清"，春言秋景，梁昭明亦以此摈不入选，未免太拘。　　按：西仲云：右军何等人物！生死关头，宁勘不破。不知时尚清谈，剽窃老庄，仁义为土梗，名教为桎梏，因而风俗颓敝，国步改移。右军有心人也，故一旦于此胜会，痛加感慨，长歌当哭，隐然有维持世教之心。古人之文，其不苟作有如此。

评解　玩此文中段，因乐极生悲，感生死事大，见不可不随时行乐之意，乃旷达一流。或以右军非把生死看不破，为当时清谈误国者箴。看来文中原无此意，就文论文，不必深求。夫随时行乐，正是看破死生者也，乐极而悲，正见此会不可多得，乃文章反衬之法。　　按：谢立夫曰：山水清幽，名流雅集，写高旷之怀，吐金石之声，乐事方酣，何至遽为说死说痛？不知乐至于极，未有不流入于悲者。故文中说生死之痛，说今与昔同感，后之与今同悲，总是写乐之极致耳。

书后　《郑风·溱洧》一诗，朱注以为三月上巳之辰祓除不祥而作。夫天下事，莫祥于生，莫不祥于死。想当时赠芍采兰，士女戏谑，必有见及一死生、齐彭殇为虚诞、为妄作者，故尔放浪形骸，以为及时行乐之计。右军此会，虽其仰观俯察，足以极一时视听之娱。然当列序时人，录其所述，非欲因以踵《溱洧》之遗风，续前贤之韵事，使后之视今亦犹今之视昔而有感乎？然则《溱洧》之篇，抑亦畅叙幽情之雅奏也，彼概斥为淫荡之词者，不亦过欤？

吊古战场文

（唐）李　华

此战场盖指西北而言，战场称古，则战斗久而死亡多矣。李华过此，因悲而为文吊之。华字遐叔，唐赵州赞皇人。少旷达，慕汲黯之为人。中博学鸿词，天宝末为监察御史，劾杨国忠姻戚，州郡肃然。历官至吏部员外郎。

突起，开口便觉凄惨。

题在亭长口中出，有法。

浩浩乎！平沙无垠，复不见人。河水萦带，群山纠纷。黯兮惨悴，风悲日曛。蓬断草枯，凛若霜晨。鸟飞不下，兽挺亡群。亭长告余曰："此古战场也。常覆三亭长言止“天阴”句，下方是吊古。

军，往往鬼哭，天阴则闻。”

伤心哉！秦欤？汉欤？将近代欤？吾闻夫秦、魏徭戍，荆、韩召募，万里奔走，连年暴露。沙草晨牧，河冰夜渡，地阔天长，不知归路。寄身锋刃，腷臆谁诉？秦汉而还，多事四夷，中州耗斁，无世无之。古称戎夏，不抗王师。文教失宣，武臣用奇，奇兵有异于仁义，王道迂阔而莫为。

又溯秦汉起，伏下。

此正言好战之故。

鸣呼！噫嘻！吾想夫北风振漠，胡兵伺便。主将骄敌，期门受战。野竖旄旗，川回组练。法重心骇，威尊命贱。利镞穿骨，惊沙入面。主客相搏，山川震眩。声折江河，势崩雷电。

此段写初战未覆时。

“法重”二句，字法酸苦。

至若穷阴凝闭，凛冽海隅；积雪没胫，坚冰在须；鸷鸟休巢，征马踟蹰；缯纩无温，堕指裂肤。当此苦寒，天假强胡。凭陵杀气，以相剪屠。

此写正覆时苦寒。

一束。

径截辎重，横攻士卒。都尉新降，将军覆没。尸填巨港之岸，血满长城之窟。

此承“剪屠”而畅发之。

无贵无贱，同为枯骨。可胜言哉！

此从三军既覆后追言交战时。

鼓衰兮力尽，矢竭兮弦绝，白刃交兮宝刀折，两军蹙兮生死决。降矣哉，终身夷狄！战矣哉，暴骨沙砾！鸟无声兮山寂寂，夜正长兮风淅淅，魂魄结兮天沉沉，鬼神聚兮云幂幂，日光寒兮草短，月色苦兮霜白，伤心惨目，有如是耶！

纯用叠字。

此段复叙历代用兵得失一番，微嫌其倒乱重复。

吾闻之：牧用赵卒，大破林胡，开地千里，遁逃匈奴。汉倾天下，财殚力痡，任人而已，岂在多乎？

言周之得，承上“文教”来。

周逐猃狁，北至太原，既城朔方，全师而还。饮至策勋，和乐且闲，穆穆棣棣，君臣之间。

再言汉，不言近代，失亦可知。

秦起长城，竟海为关，荼毒生灵，万里朱殷赤黑色也。汉击匈奴，虽得阴山，枕骸遍野，功不补患。

苍苍烝民，谁无父母？提携捧负，畏其不寿。谁无兄弟？如足如手。谁无夫妇？如宾如友。生也何恩？杀之何咎？

其存其没，家莫闻知。人或有言，将

此两段将战没者家中情形痛诉一番，以起末宜守不宜战意。

陡然收住，奇绝！

信将疑。悁悁心目，寝寐见之。布奠倾觞，哭望天涯。天地为愁，草木凄悲。吊祭不至，精魂何依？必有凶年，人其流离。呜呼！噫嘻！时耶？命耶？从古如斯。为之奈何，守在四夷。

顶批　按：林西仲曰：古战场为朔北沙漠之地，人迹罕到，当年交战，亦无有目击其事者，故文中初据亭长之说，再则曰“吾闻”，又曰“吾想”，又曰“吾闻”，如得之传闻意象间者。读之不知是歌？是哭？是笑？是骂？　按：“文教失宣”四句，明明教人用仁义，不用奇兵，为吊古张本。盖仁义之道，即谓王道，迂阔莫为，是以有事四夷而常覆三军也。故余后所书，直以为规近代之作。　按：“鼓衰兮”一段，从战败者心目中慨想而出，非后人所见。若不如此看，不但与上段犯复，即下段亦接不去。而其笔歌墨哭，写得一字一泪，令人不忍卒读。　按：前二段追言穷兵，此段注意任人，故中插叙周师之善，以形后代之失。语虽复而意不复，词虽乱而意不乱。　按：西仲云：“守在四夷”句，重守而不重战，守即仁义之用。其说近是。但语出《左传》，楚沈尹戍谓“四夷代为守”，非屯边以防其侵之说。审此则当宣文教，而不事武臣。安内治外之法，不知包括许多在内，人多不解。

评解 通篇主意在守不在战，守则以仁义，乃孔孟之旨也。但用赋体为文，段段用韵，感慨悲凉之中，自饶风韵，故尔人人乐诵，且可为穷兵者炯戒，可为战场死者吐气，读者无不叹息，真古今至文也。或曰："此文诚妙，于时文何益?"曰：起之突，结之陡，佳矣。借亭长口中点题，此借点法也。历叙前代，题境宽阔；正写战处，酣畅淋漓；末段写家，余波不尽。而仁义以守，有断制，有主脑。曰"告余"，曰"吾闻"，曰"吾想"，正摹"古"字，实面未尝不虚。种种妙法，赏之不尽，在读者而已。

书后 兵不可一日不备，而可百年不用。故王者之师，只以征不法，讨不庭，而非以耀武也。自后世喜功好大，日以开疆拓地为心，初则帑藏为之一空，继则民财为之罄竭，卒至生民涂炭。外侮未清，内患旋作，因而覆宗亡国者有之矣。公生天宝末，吐蕃、回纥乘衅进攻，以致社稷丘墟，皇舆播越，西北蹂躏，已不堪言。一旦触景兴怀，则《匪风》《下泉》之感，故宫禾黍之思，是亦仁人君子之所用心也。故其悲壮之气，凄惋之情，写得如许真挚，令人不可卒读。然及身论世，不免多所触讳，故中间用"吾闻之""吾想夫"等语。慨古即以伤今，惩前正以惕后，不言失而失自见矣。此固古人之善于避忌，抑亦远祸之一道也。

柳子厚墓志铭

（唐）韩　愈

子厚，名宗元。坐王叔文党，贬柳州刺史。卒，公与之友，为作墓志。志者，记其人之生平及时与地也。志后有铭，长短不一，要皆慰死庇后之词。

一起即叙先世。

子厚，讳宗元。七世祖庆，为拓跋魏侍中，封济阴公。曾伯祖奭，为唐宰相，与褚遂良、韩瑗俱得罪武后，死高宗朝。皇考讳镇，以事母，弃太常博士，求为县令江南。其后以不能媚权贵，失御史；权贵人死，乃复拜侍御史。号为刚直，所与游皆当世名人。

此叙子厚生平。

子厚少精敏，无不通达。逮其父时，虽少年，已自成人，能取进士第，崭然见头角，众谓柳氏有子矣。其后以博学宏词授集贤殿正字。隽杰廉悍，议论证据今古，出入经史百子，踔厉风发，率常屈其坐人，名声大振，一时皆慕与之交，诸公要人争欲令出我门下，交口荐誉之。

此段见子厚非求附人，人自争附，全为附叔文一节出脱。

贞元十九年，由蓝田尉拜监察御史。顺宗即位，拜礼部员外郎。遇用事者指王叔文得罪，例出为刺史；未至，又例贬州司马。居闲，益自刻苦，务记览为词章，泛滥停蓄，为深博无涯涘，而自肆于山水间。

初黜永。

见文穷后工。伏后。

元和宪宗中，尝例召至京师，又偕出为刺史，而子厚得柳州。既至，叹曰："是岂不足为政耶？"因其土俗，为设教禁，州人顺赖。其俗以男女质钱，约不时赎，子本相侔，则没为奴婢。子厚与设方计，悉令赎归。其尤贫力不能者，令书其佣，足相当，则使归其质。观察使下其法于他州，比一岁，免而归者且千人。衡、湘以南为进士者，皆以子厚为师，其经承子厚口讲指画为文词者，悉有法度可观。

再黜柳。

此段叙政绩，兼及文辞。

"力"字一篇主，详后。

正叙毕。

此句另提。

其召至京师而复为刺史也，中山刘梦得禹锡亦在遣中，当诣播州。子厚泣曰："播州非人所居，而梦得亲在堂，吾不忍梦得之穷，无辞以白其大人。且万无母子俱往理！"请于朝，将拜疏，愿以柳易播，虽重得罪，死不憾。遇有以梦得事白上者中丞裴度为禹锡请，梦得于是改刺连州。

此段言其笃于友谊。

鸣呼！士穷乃见节义。今夫平居里巷相慕悦，酒食游戏相征逐，诩诩强笑语以相取下，握手出肺肝相示，指天日涕泣，誓生死不相背负，真若可信；一旦临小利害，仅如毛发比，反眼若不相识，落陷阱，不一引手救，反挤之，又下石焉者，皆是也。此宜禽兽夷狄所不忍为，而其人自视以为得计，闻子厚之风，亦可以少愧矣！

此段发慨，千古交情，尽括其中。

子厚前时少年，勇于为人，不自贵重、顾藉，谓功业可立就，故坐废退。既退，又无相知有气力得位者推挽，故卒死

"勇为"二句，是子厚病根。"顾藉"二句，是子厚本心。

只数语叙子厚生平，且悲且惜。

于穷裔柳州，材不为世用，道不行于时也。使子厚在台省时，自持其身，已能如司马、刺史时，亦自不斥，斥时有人力能举之，且必复用，不穷。然子厚斥不久，穷不极，虽有出于人，其文学词章，必不能自力以致必传于后如今无疑也。虽使子厚得所愿，为将相于一时，以彼易此，孰得孰失，必有能辨之者。

就斥穷一转，又深幸之。

子厚以元和宪宗年号十四年十一月八日卒，年四十七。以十五年七月十日归葬万年先人墓侧。子厚有子男二人，长曰周六，始四岁；季曰周七，子厚卒乃生。女子二人，皆幼。其得归葬也，费皆出观察使河东裴君行立。行立有节概，重然诺，与子厚结交，子厚亦为之尽，竟赖其力。

附书裴、卢二人，与前"士穷见节义"一段对照。

葬子厚于万年之墓者，舅弟卢遵。遵，涿人。性谨顺，学问不厌。自子厚之斥，遵从而家焉，逮其死不去，既往葬子厚，又将经纪其家，庶几有始终者。

志已详，铭宜从略。

铭曰，是惟子厚之室，既固既安，以

利其嗣人。

顶批　按：沈确士曰：子厚之于叔文，躁进则有之，阿党则非也。昌黎不没其事，感慨惋惜在隐跃间。先表其好学，次叙其政绩，次详其交谊，归结其文章之必传。虽曰出脱，而子厚之心事、子厚之定案，皆著笔端。是为墓志中千秋绝调。　按：沈云：名重亦是一累。苟非壁立千仞，罕有不入党援者。士君子遇此等处，须立定脚根。　按，《眉诠》云：子厚年少，喜功名，挟才轻进，以此不振，固非臣莽党操者比，其事亦不必深讳。此云“要人”，云“用事者”，后云“不自贵重”，云“使自持其身”，绝非曲脱，亦无甚辞，彼若疑为隐护而回全者，皆过分之虑也。　按：《眉诠》云：挑出患难交情作抽叙，文澜风发，对后“相知”“推挽”者命意，文得此乃不平直，此叙事中最得意之笔，龙门惯用此法。　按：“呜呼”一段，力发感慨。为赞子厚，为骂世耶？为无援手子厚耶？神照在意到笔不到处，得《伯夷列传》《屈原传》之神。必谓子厚当日交游中实有此事，亦刻舟求剑之说也。　按：沈确士曰：顾藉，犹顾惜也。二字宜成句，安溪相公曾辨之。公又尝上郑相公启云：“无一分顾藉心。”可以为证。　按：子厚以柳易播，在患难中还知有此，真为难得，故事虽未成，而其忠恳之著，实足以愧世俗而励浇风。而裴、卢二人，一轻财，一重义。厚于友者，友亦为之报，天理不爽，有如是乎？　　按：子厚子名告，字用益。孙名韩绾（编按：韩绾为韩愈之孙，此少“退之”二字）。咸通四年，右常侍萧仿知举，试《谦光赋》《澄清如水诗》，中第者二十五人，告第三、绾第八，皆获隽。子厚嗣人果利若是。是知文公此作，有非近代谀墓者可比，宜其信今而传后也。　　按：百篇中惟《独坐轩》及此篇主意难以下手，兹虽强昭划一，然不免蹈刻鹄之诮也，阅者谅之。

评解　　此篇以文论，予只取中间“其召至京师，而复为刺史也”至“必有能辨之者”三段，一言交情之笃，不似近世之薄；一言其文穷而益工，因此乃传也，未为不幸。然前后叙事虽多，墓志体如是，不可不知。考其时，宰相王叔文招致文人以倚重，如柳子厚、刘梦得等皆罗门下。在子厚初以其有权，或能大用己，后以奸败，与门下士皆贬。为之作志，只极扬其友谊与文章，而其事若不甚为之讳，此古人作文所以为实录也。黼按：文为志墓，非他文扼定主意者比。然前人之作，皆有脉络可寻，如此篇首段叙先世，即以不媚权贵为坐党叔文、无气力推挽伏案；随叙子厚，即以益自刻苦为自力文词伏案；中间或尽力于民，或尽力于友，无非为末段数“力”字作势。故后此得赖友力，虽为余波，然亦本此脉而来。似此“力”字宜为是篇之主矣。原评只取中间三段，恐亦未尽然之论也。

书后　尝考石志不出典礼。志者，记也，所以纪其人、其时、其地及其世系子孙，将千秋后陵谷变迁，使后人有所闻知也。其人若有殊才异德者，则为铭文。然则有志而无铭，知其必为庸俗人矣。而文公之记子厚，志详而铭略。其生平道艺，均于志中补叙，而铭若赘疣者，何也？铭志之体备，则其人之贤不肖可知，而详略非所记也。后世不知此义，专以铭词夸美其人，而志反从其略，是岂立铭之本意乎哉！

圬者王承福传

（唐）韩　愈

圬，泥镘也。王承福弃官业圬，其言足警鄙夫之事君，明天之不假易，而民生之不可偷。文公义之，因为立传云。

陡然立论，领起一篇精神。

圬之为技，贱且劳者也，有业之，其色若自得者。听其言，约而尽。问之，王其姓，承福其名，世为京兆长安农夫。天弃官勋，就佣工，便属奇人。

宝玄宗年号之乱，发人为兵，持弓矢十三年，有官勋。弃之来归，丧其土田，手镘衣食，余三十年。舍于市之主人，而归其屋食之当焉。视时屋食之贵贱，而上下其圬之佣以偿之，有余，则以与道路之废疾饿者焉。

此段写福之事，笔笔埋伏。

陡发议论。

又曰："粟，稼而生者也，若布与帛，必蚕绩而后成者也，其他所以养生之具，皆待人力而后完也，吾皆赖之。然人不可遍为，宜乎各致其能以相生也。故君者，理吾所以生者也，而百官者，承君之化者也。任有小大，惟其所能，若器皿焉。食焉而怠其事，必有天殃，故吾不敢一日舍镘以嬉。夫镘易能，可力焉，又诚有功，取其直值同，虽劳无愧，吾心安焉。夫力易强而有功也，心难强而有智也。用力者使于人，用心者使人，亦其宜也。吾特择其易为而无愧者取焉。

一篇主意，在此提出。

此段叙业圬之故。

"嘻！吾操镘以入富贵之家有年矣。有一至者焉，又往过之，则为墟矣。有再

忽生感慨，无限烟波。

至、三至者焉，而往过之，则为墟矣。问之其邻，或曰：‘噫！刑戮也。’或曰：‘身既死，而其子孙不能有也。’或曰：‘死而归之官也。’吾以是观之，非所谓食焉怠其事而得天殃者耶？非强心以智而不足，不择其才之称否而冒之者耶？非多行可愧，知其不可而强为之者耶？将富贵难守，薄功而厚飨之者耶？抑丰悴有时，一去一来而不可常者耶？吾之心悯焉，是故择其力之可能者行焉。乐富贵而悲贫贱，我岂异于人哉！”

举此以为天殃者验，说得凛凛可畏，令人猛省。

三层就前所自见处翻案。

二层又推开一步，感慨。

反束有力。

此段就业圬发论。

又曰：“功大者，其所以自奉也博，妻与子皆养于我者也。吾能薄而功小，不有之可也。又吾所谓劳力者，若立吾家而力不足，则心又劳也。一身而二任焉，虽圣者不可为也。”

“又曰”以下，为折衷张本。

此段写自业自食有余之意。

愈始闻而惑之，又从而思之，盖贤者也，盖所谓“独善其身”者也。然吾有讥焉，谓其自为也过多，其为人也过少，其学杨朱之道者耶？杨之道，不肯拔我一毛

忽赞忽讥，波澜曲折。

似抑实扬。应上“心”字。

数语是作传本旨。

此段论断作结，且以自鉴，意极含蓄。

而利天下。而夫人以有家为劳心，不肯一动其心以畜其妻子，其肯劳其心以为人乎哉？虽然，其贤于世之患不得之而患失之者、以济其生之欲贪邪而亡道以丧其身者，其亦远矣。又其言有可以警余者，故余为之传而自鉴焉。

顶批　按：史有二：记事、记言。《左传》记事也，《国语》记言也。韩集私传二：《何蕃传》记事也，《王承福》记言也。故此篇学者多称于世云。　按：王罕皆曰：托贫者之言，寓规世之意。篇首略作叙事，末论断数语，中间波澜层迭，感慨淋漓，局法既高，机神独绝。昔人谓叙事议论相间，有《伯夷传》之风。然彼则传其人，因叙事而有议论；此则传其言，以议论而代叙事，固自不同耳。　按：沈确士曰：就操镘上发出如许议论，骄淫矜夸，将由恶终，"高明之家，鬼瞰其室"，古人先已言之矣。此其理，大约旁观者每逆料之，而享逸乐者则全不知也，不亦大可哀也乎！　按：世俗之子，每乐富贵而悲贫贱者，其故起于谋衣食、蓄妻子。其弊甚于贪邪亡道，而其渐则长于患得患失之一心。然未得而求得，已得则患失，此犹人之恒情。若乃闻人有失，则生喜幸心；闻人有得，则生希冀心；甚至势位富厚，已已复无可得，而一见人或有得，即百计以阳沮之，阴陷之，且从而牢笼以牵制之，此其人近则报于其身，远则及其子孙。余常验之天道，准之人情，固历历不爽者。然则人欲常享富贵，曷勿于一心患得患失之时，而一防其渐也夫。

评解 林西仲曰：王承福本有官勋，不难身至富贵，其所以弃之而业圬者，自度其能不足以任其事，故甘为贱且劳，自食其大，博得一个心安无愧而已。此即不处富贵、不去贫贱一幅大本领也。若仕宦人肯存是念，必能为清官，必能为劳臣，致君泽民之道，尽于此矣。其所言二段，自疏其所以业圬之意，以不能蓄妻子之因，语语总是自安本分。中间即操镘所见，借富贵之家以大发感慨，将举朝尸位素餐者尽行骂煞，笔墨何等淋漓。末段二抑一扬，俱有深意，皆为疾时已甚之言。黼则爱其文之有关风气，于孟子劳心劳力之旨多所发明。且起二句即时文破题，旋承四句，再作原起以为小讲，中分三段，后归到断语作束，俨然一篇小题时文。诚度世金针也，故补选之。

书后 天道无百年而不变，人心无一日而可偷。人心者，天道所倚为盈虚者也。此其理，惟贤者能言之，亦惟贤者能行之，岂所语于百工之下执事乎哉。然柳子之方相道也，则立《梓人杨潜传》；之言勤民也，则立《种树郭橐驼传》；之慨交道也，则立《善药宋清传》。今圬者王承福，其业不异于梓人、种树、善药，而其人亦即杨潜、郭橐驼、宋清者流。独其弃官就圬，辞富居贫，不以薄功而厚飧，不以小智而大谋，匪惟言之，而且行之，较杨、郭、宋三人为尤难。非所谓独善其身，而所称为贤士者耶？不然，以一杨子之道，不肯一动其心以蓄妻子，其与贪邪亡道者相去又几何也，亦乌足以回人心而慨风俗哉！然则此传之立，上而百官，下而百工，苟食焉而不尽其事，行焉而不称其才，则人心有一日之偷，即天道有一日之变，可不惧欤？可不戒欤？

五代史伶官传论

（宋）欧阳修

五代，梁、唐、晋、汉、周也。伶官，乐工名。后唐庄宗，伶官之嬖幸者周匝，善俳者敬新磨，其败政乱国者景进、史彦琼、郭从谦为最。庄宗姓朱邪，名存勖。先世事唐，赐姓李。及克用，以平黄巢功封晋王。至存勖，灭梁自立。善音律，或时自傅粉墨，与优人共戏于庭。后为郭从谦所弑。欧公尝作《五代史》，此则专论庄宗盛衰之故。

盛、衰、得、失四字，是人事之验，通篇主意。

呜呼！盛衰之理，虽曰天命，岂非人事哉？原庄宗之所以得天下，与其所以失之者，可以知之矣。

先作总笔，下接叙事。

世言晋王李克用之将终也，以三矢赐庄宗，而告之曰："梁朱温，吾仇也；燕王刘守光，吾所立；契丹与吾约为兄弟，而背晋以归梁。此三者，吾遗憾也。与尔三矢，尔其无忘乃父之志！"庄宗受而藏之于庙。其后用兵，则遣从事以一少牢告庙，请其矢，盛以锦囊，负而前驱，及凯旋而纳之。

先扬。

方其系燕父子以组，函梁君臣之首，入于太庙，还矢先王，而告以成功，其意气之盛，可谓壮哉！

后抑。

及仇雠已灭，天下已定，一夫夜呼，乱者四应，仓皇东出嗣源兵犯庄宗，东走汴，未见贼而士卒离散，君臣相顾，不知所归，至于誓天断发，泣下沾襟，何其衰也！

复作虚步，宕出正意，归重人事作主。

岂得之难，而失之易欤？抑本其成败

引《书》作断，应篇首"理"字。 千古名言。 又括上盛衰复论一番。 推开作结，慨想独远。	之迹，而皆自于人欤？《书》曰："满招损，谦得益。"忧劳可以兴国，逸豫可以亡身，自然之理也。 故方其盛也，举天下之豪杰，莫能与之争；及其衰也，数十伶人困之，而身死国灭，为天下笑。夫祸患常积于忽微，而智勇多困于所溺，岂独伶人也哉！作《伶官传》。

顶批　按：张文瑞曰：叙唐庄宗处，倏而英俊，倏而衰飒。凭吊欷歔，虽尺幅短章，有萦回无尽之意。　按：唐乾宁二年，李克用表刘仁恭为卢龙军节度使。又明年，克用征其兵，仁恭嫚骂，执其使，尽囚太原上之在燕者，克用由是恨之。天祐中，克用乞盟于契丹，会于云州，宴酣，克用借兵以击仁恭，契丹许之，约为兄弟。其后梁封仁恭子守光为燕王，实由仁恭先为卢龙帅，故克用自谓晋所立也。按：蔡闻之曰：庄宗自平梁以前，英雄俶傥，所向无前，一小太宗也，后来狼狈乃如是。逸豫之中人也，殆哉！世有半生勤劳，得第居官后，因利心胜，逸心萌，不旋踵而凌替者多矣，况子孙以逸豫承之，有不速坏乎！成立之难如升天，覆坠之易如燎毛，正堪痛心刻骨。　按：是篇在《五代

史》中有数文字，因原评太略，兹将鄙意附记于此云（编按：见“评解”后按语）。

评解　抑扬尽致，俯仰雍容，逼肖龙门，此六一公生平最得意之笔，学者当百读不厌也。黼按：文为逸豫亡身者发。开首即以盛衰之理，归到人事慨叹一番。随引庄宗事以作证据，明其得失之数，成败之迹，均非可诿之天命。末仍就盛衰上说庄宗之得失，实缘人事之未尽，见得祸患之来，每根逸豫。天下之可以亡身者，不仅有伶官，而伶官其较著者也；皆类于伶官，而伶官其已然者也。反覆推勘，使人知所警醒。通篇语意，全从“人无远虑”章化来。其间“一夫夜呼，乱者四应”及“身死国灭，为天下笑”等语，适与太傅《过秦论》“一夫作难而七庙隳，身死人手为天下笑”相类。夫秦皇之与唐庄，固同一不轨于道者。先生之文，岂必有所胎袭于此，盖亦知人论世之各有真见，木期同而自同者也。

书后　孟子谓“生于忧患，而死于安乐”，旨哉！其言之也。夫人之情，莫不爱生而恶死，而卒贪安乐而忘忧患者，何哉？岂不谓“死生有命，富贵在天”，忧患之未必生，安乐之未必死也？不知《尚书》所载尧以来，其禄位名寿之必得者，只此忧勤惕厉之一念所积而成耳。不然，朱、均、桀、纣纵不肖，亦得袭祖父余荫以延国祚，何至覆亡荐是哉。彼庄宗之为人，盖亦朱、均、桀、纣之流亚，蹈其辙而不自觉者也。人可不引为前鉴也夫！

秋声赋

（宋）欧阳修

秋声，即秋风也。不曰风而曰声者，如人悲叹之声也，文故从“声”字生情。秋多西风，起云“声自西南来者”，以离夏未久，尚兼南风也。此欧公中年时有感而作。

扼“声”字，破空逆入。

连下三喻，长短参差，极意描写。

借视陪闻作渡。

前出“声”，此出“秋”，有层次，亦不直。

欧阳子方夜读书，闻有声自西南来者，悚然而听之，曰：“异哉！”初淅沥以潇飒，忽奔腾而砰湃，如波涛夜惊，风雨骤至；其触于物也，鏦鏦铮铮，金铁皆鸣；又如赴敌之兵，衔枚疾走，不闻号令，但闻人马之行声。予谓童子：“此何声也？汝出视之。”童子曰：“星月皎洁，明河在天，四无人声，声在树间。”予曰：

“噫嘻！悲哉！此秋声也，胡为乎来哉？”

此段正赋秋。

盖夫秋之为状也，其色惨淡，烟霏云敛；其容清明，天高日晶；其气慄冽，砭人肌骨；其意萧条，山川寂寥。故其为声也，凄凄切切，呼号奋发。丰草绿缛而争茂，佳木葱笼而可悦；草拂之而色变，木遭之而叶脱。其所以摧败零落者，乃一气之余烈。

上从声转出秋，此从秋转入声。

落到声上。

此段单赋秋，并论其所以然之理，以起下段。

夫秋，刑官也，于时为阴；又兵象也，于行为金。是谓天地之义气，常以肃杀而为心。天之于物，春生秋实。故其在乐也，商声主西方之音，夷则为七月之律。商，伤也，物既老而悲伤；夷，僇也，物过盛而当杀。

此段不悲秋而悲人，乃作者本意。故以“心”“情”二字为主。

嗟夫！草木无情，有时飘零；人为动物，惟物之灵。百忧感其心，万事劳其形，有动于中，必摇其精。而况思其力之所不及，忧其智之所不能。宜其渥然丹者为槁木，黟然黑者为星星。奈何非金石之质，欲与草木而争荣？念谁为之戕贼，又何憾乎秋声！

顾童子一笔，周匝。又于秋声添出一声作余波。

童子莫对，垂头而睡。但闻四壁虫声唧唧，如助予之叹息。

顶批　按：《眉诠》云：古不如汉，丽不如唐，超解亦让后来坡老。而其机法之楚楚，可以津逮幼学。此评寥寥数言，允当此作。　按：余自明曰：通篇凡十四易韵，借景言情，不徒以赋物为工，而感慨悲凉中寓警悟意，洵堪令人猛省。　按：过商侯曰：秋声本无可写，却借其色、其容，其气、其意唤出，并秋声颇不寂寞，亦觉形色可睹。议论大奇。　按：《合评》云：草木无情而人有情，无情者尚有时而飘零，况有情者乎？此篇宜以"情"字为骨。按：西仲曰：天地本有自然之运，为生为杀，其势不得不如此，非有心戕物也。而人日营营名利，以图一时之荣，其神动精摇，自速其老，初无异物之摧败零落，亦听诸时之自至。呜呼！愚矣。

评解　《辑注》评：《悲秋赋》前有作者矣，此独从"声"字著笔，自首至尾，看他步步生波，层层联络，开小题中多少法门。后段以忧思憔悴归咎于人，撇开秋声，并将悲秋二字，翻转入妙。西仲云：物之飘零者在目前，有声之秋；人之戕贼者在意中，无声之秋。道得最妙。

书后　《文心雕龙》曰：“赋也者，受命于诗人，拓宇于楚辞也。”尝考古今篇什，秋意最甚，莫如楚辞。夫楚辞者，创于屈原，而述于宋玉。其缠绵恻怛之意，悉本诗人忠厚之遗。故《离骚》之悲，隐而不露；《九辩》之悯，感而遂通。古人托物言情，无论目睹心思，所以兴悲，其致一也。先生感光阴之荏苒，叹时事之已非，一旦触景摅怀，闻声致慨，其萧瑟之情，固同《九辩》，而悲伤之隐，实类《离骚》。亦何怪嗣响楚辞，而继美诗人也哉！

五人墓碑记

（明）张　溥

明天启中，太监魏忠贤用事，杀害忠良，明朝元气殆尽。周公名顺昌，吴人也，辞官家居。巡抚毛一鹭，魏党也，诬公有怨言，密报忠贤发兵来捕。吴人不服，义击之，魏复发军来杀，五人毅然出认，于是只诛五人，而吴人得免。众义之，为之垒坟立碑表之，溥作记。溥字天如，江南太仓人，崇祯辛未进士，改庶吉士。幼嗜学，所读必手录，录过即焚，如是者六七，因名其斋曰“七录”。所纂述经史，有功圣贤。卒年四十，有司先后录上三十余卷，帝悉留览。

起手便提出五人来历。

五人者，盖当蓼洲周公之被逮，激于义而死焉者也。至于今，郡之贤士大夫请于当道，即除魏阉废祠之址以葬之，且立石于其墓之门，以旌其所为。呜呼，亦盛矣哉！

“义”字一篇之骨。

叙立碑之由，先赞一笔。

夫五人之死，去今之墓而葬焉，其为时止十有一月耳。夫十有一月之中，凡富贵之子，慷慨得志之徒，其疾病而死，死而湮没不足道者，亦已众矣，况草野之无闻者欤。独五人之皦皦，何也？

此言无闻而死者，不及五人，反跌所以盛之故。

予犹记周公之被逮，在丁卯三月之望。吾社之行为士先者，为之声义，敛资财以送其行，哭声震动天地。缇骑按剑而前，问：“谁为哀者！”众不能堪，抶而仆之击也。是时以大中丞毛一鹭抚吴者，为魏之私人，周公之逮，所由使也。吴之民方

快甚！

叙五人激义原由，及姓名可考。

痛心焉，于是乘其厉声以呵，则噪而相逐，中丞匿于溷藩以免。既而以吴民之乱请于朝，按诛五人，曰：颜佩韦、杨念如、马杰、沈扬、周文元，即今之傫然在墓者也。

句宕甚。

言五人之死难为。

然五人之当刑也，意气扬扬，呼中丞之名而詈之，谈笑以死。断头置城上，颜色不少变。有贤士大夫发五千金，买五人之脰而函之，卒与尸合。故今之墓中，全乎为五人也。

言五人之死，关系甚重。

嗟夫！大阉之乱，搢绅而能不易其志者，四海之大，有几人欤？而五人生于编伍之间，素不闻诗书之训，激昂大义，蹈死不顾，亦曷故哉？且矫诏纷出，钩党之捕遍于天下，卒以吾郡之发奋一击，不敢复有株治。大阉亦逡巡畏义，非常之谋难于猝发，待圣人崇祯之出而投缳道路，不可谓非五人之力也。由是观之，则今之高爵显位，一旦抵罪，或脱身以逃，不能容于远近，而又有剪发杜门，佯狂不知所之者，其辱人贱行，视五人之死，轻重固何如哉？

将此辈与五人相较，妙不说煞。

是以蓼洲周公，忠义暴于朝廷，赠谥美显，荣于身后，而五人亦得以加其土封，列其姓名于大堤之上，凡四方之士，无有不过而拜且泣者，斯固百世之遇也。不然，令五人者保其首领，以老于户牖之下，则尽其天年，人皆得以隶使之，安能屈豪杰之流，扼腕墓道，发其志士之悲哉？故予与同社诸君子，哀斯墓之徒有其石也，而为之记。亦以明死生之大，匹夫之有重于社稷也。贤士大夫者，冏卿因之吴公、太史文起文公、孟长姚公也。

顾周公一笔。

五人至今犹生，谁谓不幸？

反掉一笔，文势更足。

点出作意。

点出贤士大夫，应起作结。

顶批　按：林西仲曰：拏定激义而死一意，说得有赖于社稷，且有益于人心，何等关系，令一时附阉搢绅无处生活。文中有原委，有曲折，有发挥，有收拾，华衮中带出斧钺，真妙篇也！　按：孔子疾没世而名不称，为君子惜，非为小人惜。五人生于编伍，不娴诗书，而亟亟于名，不后君子，当与鲁殇童汪锜能执干戈之例，同一见许圣人也。按：周公被逮，缘授推官时捕治税监高寀爪牙不少贷。寀及民变，劫辱巡抚袁一骥，质其二子，并质副使吕纯如。或议以公代，公不可，纯如以此衔之。天启中，擢吏部员外，屡忤忠贤，削籍家居。纯如挟前恨，数谮于中官李实及巡抚毛一鹭，遂追论前忤忠贤事，与巡抚周起元并逮。然则逮公者，不止毛一人也。余因题注未及，故详论之，以俾读者了然。按：怀宗即位，魏忠贤谪看凤阳皇陵，行至阜城，知不免，因缢死。所谓一旦抵罪，而高爵厚禄尽付诸无何有之乡，而五人姓名至今犹巍然独存。以彼易此，孰得孰失，必有能辨之者。　　按：忠孝廉节，虽皆出于性，而多发于情之所不容已。惟义死无情而独有性，情或有伪，而性无不真，此匹夫之所以有重于社稷也。

评解　　作者目击其事，故言之直切痛快，令人读之亦痛快也。《观止》评：夹叙夹议，感慨淋漓，激昂尽致，当与史公伯夷、屈原二传并传不朽，然笔亦似之。凡作文不著痛痒，又死抱题目，题外无余情，不足取也，故选此以开人心胸。

书后　　自古奸雄擅国，必众树党援者以助其威福也，必诛锄正类者以遂其诡随也。魏之党毛，毛之逮周，此亦气数使然，势所必至，无足深骇者。若夫五人，生于编伍之间，素不娴诗书之训，一旦公义奋发，视死如饴，不啻以死国者死周，愤毛者愤魏，使后世观之，生气犹凛凛焉，斯亦奇矣。且其谈笑就义，在五人之心，即死而湮没无闻，委诸沟渎，令其与草木同腐，亦所不惜，初何尝计及死后有为之表章者耶？虽然，秦之哀三良也，则赋《黄鸟》，卫之伤二子也，则咏“乘舟”，恻隐之在人心，有随在不可磨灭者。审是，则五人得先生之文，庶几其名益彰与！

谒漂母祠记

（明）黄省曾

漂，水中击絮也。漂母祠在淮阴——今江南淮安府。母与韩信同里，信少贫，乏食，见而怜之，进食数十日不倦。后信拜将封王，持千金报，母辞不受，曰：“吾哀王孙而进食耳，岂望报哉。”黄省曾过此，感而作记。省曾，字勉之，吴县人，嘉靖辛卯举人。从李空同游，刻意为诗，遂成一家。著有《吾岳山人集》。

此段叙事。

予自北归，舣亭淮阴，乃登观散趾，谒漂母于城。因叹韩信之在当时，三老无所举，县次不以择，胸涵冠代之略，才蕴帝师之算，不能博一餐于乡人。蓐炊绝往，川钓无获，绿草曷茹，清波难饱。使无漂母之饭，则楚沟之莩，信恐不免矣。宜其一旦致侯王，声天下，而奉千金以为报也。

此慨世宁奉权要，不济寒士，以反衬漂母。

且夫常人之情，向辏于权显之门，虽万镒之输，不以为吝，昭华、夜光之珠，每百方求进，以一受为荣。至于茅素埃尘之士，神龙不云，黄鹄未羽，所须者斗釜之粟耳，孰肯误有毫毛之捐，以济其旦夕之命哉？此母之高义所以为难，而千金之报予犹以为薄也。

提出“义”字，为一篇之主。

以上叙漂母当得信之报。

就祠设难。

看出天意，快极！奇极！

或曰：“庙貌之享，不其过欤？”予曰：“天将降大任于是人也，必先投之穷辛抑郁之地，无所往而有适，以坚闳其所具。则是信之贫窭，乃天之所养以为英雄者也。母于天之所养，哀而食之数十日，则天心宁有不悦，而使之俎豆于百世乎？信而饥死，则暴项不灭，而苍生糜烂无此段言当祠之故，亦发人所未发。

已，则是凡信之功皆母成之也。信既有祠，而母可少哉？”

此慨古。

当母之时，所谓黄金北斗者徒，皆卉蚁而死，惟母之声名齐日月于穹壤。施义之报，宜其然也。呜呼！今之淮阴，犹夫昔也，莽泽困悴，岂无英雄如信者乎？未闻有若漂母以饭之者，于是益知母之高义为难也。因奠之椒醑，再拜勒文于祠上。

此慨今。

顶批　按：岳东伯云：五岳游览之余，操觚靡倦，剪剔绮绣，咀嚼群英，每篇辍笔，粲然惊目。此作其亦游览时所成，故尔粲然可观。　按，林西仲曰：漂母以妇人而业漂，非有剩蓄可以济人，只哀王孙而不望报，出于无所为而为，故其陈义为独高。篇中赞叹感慨，将拥赀不舍、趋炎避凉一流，一齐愧煞。有祠得此而名益不灭，信夫。　按：太史公《淮阴列传》于漂母饭信之前，详写其贫时落魄、寄食无门景况，亦以当日信命已悬旦夕，忽然接此，自见母之高义为难。　按：姚芝田曰：信当项梁未起时，六国纷纷复立，既可依涉、广辈以免饥寒；及沛公入关时，即当弃羽事汉矣。乃计不出此，得毋自谋固拙乎？不知信当未遇之前，穷辛抑郁，动而获咎，是有天焉，非人之所可为也。

评解　昔人云：作文便止那文，便非作文人。看此借谒漂母，将古今之富而不义者一并规讽，此谓文外有文也。至序中韩信千金之报，人以为多，此反以为少，是何等眼孔。漂母之祠，人以为哀王孙，辞千金，此且说到灭楚是漂母之功，养信乃曰天意，是何等见识。即以题中论，文亦高于人数筹，况题外又有余韵乎？古人之可传者，此也；古文之宜读者，此也。

书后　漂母饭信一事，史册盛称。人咸谓信具将帅之才，而母能饭之以续其命，因而报以千金，庙食百世，固也。不知母之饭信，亦第怜其贫耳。向使信终莩饿，如子胥之吹箫而乞，冯谖之弹铗而歌，则母之饭直付诸尘埃流水矣。而谓一饭之惠即宜享祀如是，则凡世之解衣推食者不皆得附祀漂母乎？所独异者，不望报耳，不望报而不受报耳。不望报，仁也；不受报，义也。孟子曰；“居仁由义，大人之事备矣。”以须眉中不数觏者，而于巾帼中得之，此其所以俎豆百世而不愧也。先生之文，感于富而不义者而作，似犹未足为此祠实录也。然行文正自不得不尔。

卷之十六　雄伟

与吴质书

（魏）曹　植

吴质，字季重，济阴人，又曰南皮人。以文才为文帝所善，为朝歌长，官至振威将军。此书为朝歌时曹植所与也。植字子建，操第三子。黄初三年封鄄城王，四年封雍丘，太和三年徙东阿，六年封陈思王。薨年四十一。

此叙前会。

前日虽因常调，得为密坐，虽燕饮弥月，其于别远会稀，犹不尽其劳积也。若夫觞酌陵波于前，箫笳发音于后，足下鹰扬其体，凤叹虎视，谓萧、曹不足俦，卫、霍不足侔也。左顾右盼，旁若无人，岂非吾子壮志哉。过屠门而大嚼，虽不得肉，实且快意。当斯之时，愿举泰山以为

喻言才得用，当为长夜之饮。

肉，倾东海以为酒，伐云梦之竹以为笛，斩泗滨之梓以为筝，食若填巨壑，饮若灌漏卮，其乐固难量，岂非大丈夫之乐哉！

“乐”字一篇之主。

然日不我与，曜灵急节，面有逸过也景之速，别有参商之阔，思欲抑六龙之首，顿羲和之辔，折若木之华，闭濛汜之谷，天路高邈，良久无缘，怀恋反侧，如何如何。得所来讯，文采委曲，晔若春荣，浏若清风，申咏反复，旷若复面。其诸贤所著文章，想还所治朝歌也，复申咏之也，可令熹事小吏，讽而诵之。

以上叙与质由会而别。

夫文章之难，非独今也，古之君子，犹且病诸。家有千里，骥而不珍焉；人怀盈尺，和氏而无贵矣。夫君子而不知音乐，古之达论谓之通而蔽。墨翟不好技，何为过朝歌而回车乎？足下好技，而正值墨氏回车之县，想足下助我张目也。又闻足下在彼，自有佳政，夫求而不得者有之矣，未有不求而自得者也。且改辙而行，非王良伯乐之御，易民而治，非楚叔敖郑子

由文章而及音乐，为下朝歌生情：

“千里”二句，见文章佳者甚难。

好技亦是寻乐处。

勉以佳政，去路分明。 | 产之政，愿足下勉之而已矣。

顶批 按：邵子湘曰：先叙宴饮，次及文章，而以政事为结。高视阔步，终归勉勖之词，立言有体。 按：曹大家《欹器颂》曰："侍帝王之密坐。"字面虽似亲切，然合下观之，语义类多浮饰。孙月峰谓陈思与季重非真相知，亦信。 按：季重复书，有"秦筝发徽，二八迭奏"等语，反言规讽。当日陈思荒淫，已可想见。厥后有司奏其悖逆劫胁，知亦积渐使然，非尽无因也。而此书所言，虽不免近于狂荡一流，而语特雄奇，千古无匹。谢康乐称为"八斗才"，以吾计之，有赢无绌，读者勿以人废言可也。而况《责躬》《应诏》诸诗，《亲亲》《自试》诸表，犹属多所建白者哉。 按：林西仲云："良乐""楚郑"字面生捏，六朝割裂之弊，自此作俑。

评解 林西仲曰：前段以交情叙起，因称季子长才，当时不可多得，憾不长与宴饮为乐。中段因季重来讯文词之佳，转入诸贤著作之可贵，应令诵咏，谱之音乐。末段谓朝歌佳政，在行之自上，不必易民而治，所以望而勉之。其措词云委波属，复有豪放不羁之概，自是名笔。但细味其中音节，实开六朝排偶芜蔓之习。此则风气所必趋，虽有才者不能免也。而中间"泰山为肉"两段，俊伟雄奇，最易夺目。然文须因题而施，一味粗豪不得，学者量力量题为之可也。

以下各首，足见其概。

书后　吴季重一朝歌令耳，以陈王之尊，而与为密坐，在当时固表表者。而其书中，直以倾海为酒，并山为肴，伐竹云梦，斩梓泗滨，极雅意，尽欢情，拟之未免不于其伦。此复书之所以不敢庶几，而推为公子之壮志也。所不解者，当日不仅与陈王交，且尝与魏文为南皮游，行则连舆，出则接席，酒酣耳热，仰面赋诗，亦可谓极忘形之交，而得知音于文字者矣。而官犹不过令长，然且朝歌四年，不见迁擢。而第于复书言其一旅步武，不足以扬名骋迹。不大受而小知，岂待以君子之所可者乎？而篇末勉以佳政，文帝书亦以“行矣，自爱”为言；然则季重，其亦优于文辞而绌于政治者耶？不然，何两人之拳拳于此也？

为徐敬业讨武氏檄

（唐）骆宾王

徐敬业，唐徐世勣孙，起兵扬州，骆宾王为府属，使为檄传布天下，斥武氏罪状而讨之。宾王，义乌人。历官侍御史，上疏谏武后，贬临海丞，遂与敬业同起兵，败，二人皆逃为僧。武后，荆州都督武士彟女。唐贞观十一年，太宗闻其美，召为才人，年十四。后高宗立为后。中宗时临朝称制，废帝为庐陵王，幽于房州之别宫；立武氏七庙，国号周，武三思辈皆封王，专权用事。自名曰曌，字则天。曌音照，取两目当空，天有二日之义，盖意造也（编按：字当作"曌"，从日月，不从两目。）。僭位二十一年，大臣皆为所服，此一檄外，天下晏然。檄，尺书也。

劈首即提"伪"字作主。此段历数其淫乱之罪。

伪临朝武氏者，性非和顺，地实寒微。昔充太宗下陈，曾以更衣入侍。洎乎晚节，秽乱春宫。潜隐先帝之私，阴图后房之嬖。入门见嫉，蛾眉不肯让人；掩袖工谗，狐媚偏能惑主。践元后于翚翟，陷吾君于聚麀。

此段历数其弑逆之罪。

加以虺蜴为心，豺狼成性，近狎邪僻，残害忠良，杀姊屠兄，弑君鸩母。神人之所同嫉，天地之所不容。犹复包藏祸心，窥窃神器。君之爱子，幽之于别宫；

贼之宗盟，委之以重任。

此段言天下讨贼之无人，已所以不得不讨之故。

呜呼！霍子孟之不作，朱虚侯之已亡。燕啄皇孙，知汉祚之将尽；龙漦涎沫也帝后，识夏庭之遽衰。敬业皇唐旧臣，公侯冢子。奉先君之成业，荷本朝之厚恩。宋微子之兴悲，良有以也；袁君山之流涕，岂徒然哉！

此段言已讨之以安社稷，因形容军威之盛。

是用气愤风云，志安社稷。因天下之失望，顺宇内之推心，爰举义旗，以清妖孽。南连百越，北尽山河，铁骑成群，玉轴相接。海陵红粟，仓储之积靡穷；江浦黄旗，匡复之功何远。班声动而北风起，剑气冲而南斗平。喑呜则山岳崩颓，叱咤则风云变色。以此制敌，何敌不摧；以此图功，何功不克。

此段勉众共讨之。

公等或居汉地，或叶周亲，或膺重寄于话言，或受顾命于宣室。言犹在耳，忠岂忘心？一抔之土未干，六尺之孤何托！倘能转祸为福，送往事居，共立勤王之勋，无废大君之命，凡诸爵赏，同指山此反言以激之。

结二语笔下犹有生气。

河。若其眷恋穷城，徘徊歧路，坐昧先几之兆，必贻后至之诛。请看今日之域中，竟是谁家之天下！

顶批　按：余自明引《鉴》载：眉州刺史英公李敬业，及弟敬猷、唐之奇、骆宾王、杜求仁、魏思温各坐事遭贬，皆会于扬州，以匡复庐陵王为词。是敬业、宾王因失职怨望乃尔，非真有讨贼之心也。然此檄词严义正，亘古不磨，岂非人以文传哉！　按：霍光辅幼主以存汉，刘章诛诸吕以安刘，隐然有讥责朝臣之意。　按：飞燕祸汉，褒姒覆周，倾国倾城，千古同慨。以此作比，焉得不令妩媚奸雄读之心折！　按："爰举"一段，为义旗设色，写得声光赫赫，山岳震动，觉鬼女世界中，得复睹丈夫梗概。　此檄文中万不可少之笔。　按："一抔之土"二句说得明目张胆，大义凛然，武后闻亦瞿然。可知天理之在人心，尚有难尽泯者。惜乎当日举朝文武，安之若素。唐之子孙不绝，亦天幸也。

评解　武则天置其子中宗于房州，后自登大位，改唐为周。同朝文武共事之，无敢言者，敬业独起兵讨之于未登位之先。时宾王共事，代作此檄。武氏读之，但嬉笑，至"一抔之土未干"二句，瞿然曰："谁为之？"或以宾王对，后曰："宰相安得失此人！"后兵败，徐、骆俱逃为僧。事虽未成，而大义凛然，文亦不朽矣，君子不以成败论人也。凡檄文体，申明大义，历数其罪而讨之。四六体裁，词贵宏整。此文雄词伟论，炳耀日星，唐四杰中正大之作也。乃武氏读之，不惟不怒，且叹息其才，亦奇矣！

书后　《纲目》声乱贼之罪于千载，凡声罪致讨者，皆《纲目》之所予也。汉之高后，唐之武后，《纲目》皆变例书之，其声罪之意明矣。而吕氏立他人子，不闻起兵，武氏仅废中宗，即以起兵书者，何哉？岂以吕氏可为汉之太后，而武氏不得为唐之太后耶？不知吕氏立他人子，其罪固不容诛，而仅王诸吕，初无攘窃神器之图。若武氏则改元立庙，有同操、莽之所为矣。一旦敬业起兵，《纲目》焉得不深予之乎？独惜心非为国，希冀王气之所锺，以致卒取败亡，莫成大举。幸得宾王一檄，以正一时之诛而不足，以声千载之罪而有余。《纲目》录之，有以夫。

与韩荆州书

（唐）李　白

韩名朝宗，为荆州刺史。太白上书自荐，韩以其狂而不之用。白字太白，成都彰明县青莲乡人，凉武昭王九世孙。母梦长庚入怀而生，因名之。唐玄宗天宝初至长安，贺知章荐诏为供奉翰林，时号谪仙。因失意于贵妃，放逐。尝客并州，识汾阳王郭子仪于行伍中，脱其刑责而荐之。后隐庐山，永王璘延致之，及璘败，白坐系浔阳狱，流夜郎，汾阳亦以官爵赎其罪，得赦回。卒年五十四。

本不相识，故借人引起。

白闻天下谈士相聚而言曰："生不用封万户侯，但愿一识韩荆州。"何令人之景慕，一至于此！岂不以周公之风，躬吐握之事，使海内豪俊，奔走而归之，一登龙门，则声价十倍。所以龙蟠凤逸之士，皆欲收名定价于君侯。君侯不以富贵而骄之、寒贱而忽之，则三千之中有毛遂，使白得颖脱而出，即其人焉。

此段叙荆州平日能得士。

"价"序一篇之主。

白，陇西布衣，流落楚、汉，十五好剑术，遍干诸侯，三十成文章，历抵卿相。虽长不满七尺，而心雄万夫，皆王公大人许与气义。此畴曩心迹，安敢不尽于君侯哉！

此段叙自己平日见重于人，起下愿识意。

颂荆州。

君侯制作侔神明，德行动天地，笔参造化，学究天人。幸愿开张心颜，不以长揖见拒。必若接之以高宴，纵之以清谈，请日试万言，倚马可待。今天下以君侯为文章之司命，人物之权衡，一经品题，便作佳士。而今君侯何惜阶前盈尺之地，不使白扬眉吐气、激昂青云耶？

此段正写己愿识荆州，却无寒悲之态。

昔王子师东汉人为豫州，未下车，即辟荀慈明，既下车，又辟孔文举；山涛作冀州，甄拔三十余人，或为侍中、尚书，先代所美。而君侯亦一荐严协律，入为秘书郎。中间崔宗之、房习祖、黎昕、许莹之徒，或以才名见知，或以清白见赏。白每观其衔恩抚躬，忠义奋发。白以此感激，知君侯推赤心于诸贤之腹中，所以不归他人，而愿委身国士。倘急难有用，敢效微躯。

此段引古事及荆州事，以动其荐己。

且人非尧、舜，谁能尽善。白谟猷筹画，安能自矜。至于制作，积成卷轴，则欲尘秽视听，恐雕虫小技，不合大人。若赐观刍荛，请给纸笔，兼之书人。然后退

此段欲献文章，冀见其赏。

仍粘"价"字作结，关系甚紧。

扫闲轩，缮写呈上。庶青萍、结绿，长价于薛、卞之门。幸推下流，大开奖饰，惟君侯图之。

顶批 按：《太白年谱·开元二十二年》载：荆州延白饮，白误拜，韩让之。白曰："酒以成礼。"荆州大悦。并无以为狂之事。岂此饮后而又有不满于太白者耶？ 按：林西仲曰：文虽太白本色，然想其落笔时胸中有勃然不可遏之气，故语语皆自占地步。髯苏谓其"气盖天下"，信然。按："三十成文章"一语，《太白年谱·开元十八年》：太白年三十。后数年，遂有《忆襄阳旧游赠济阴马少府》诗云"高冠佩雄剑，长揖韩荆州"之句，然则此书上于三十以后无疑矣。 按：过商侯曰：其称许荆州处，未免过量，岂青莲不平满腔，故作此卤语耶？ 按：荆襄有井，饮者多死，朝宗移文喻神，饮者无恙，号韩公井。所云"侔神明""动天地"，其即以此乎？ 按：原评云：太白所长者文也，却不自献其文，先请给纸笔，何等身分！ 按：《合评》云：青萍，剑名；结绿，宋之玉名。薛烛，秦客，善相剑，卞和，善识玉，故曰"长价"。坊本谓二剑名，诚误也。

评解 此太白上书求荐也，而气骨棱棱，无一点含哀乞怜之象，自是豪迈本色。而一起排宕折出，最为出色，托之于闻，则称人处不为谄谀，而一气贯注，直摇五岳而凌沧洲矣。以下亦无一语卑靡，他日使高力士脱靴殿上，赫蛮书外国来臣，于此见之矣，岂无本领而貌为大言者。《辑注》评：得势在入手一段，将荆州与自己身分，一并抬高。以后述己才而思大展，颂荆州而愿委身，语语俱占地步矣。

书后　必有非常人之品望，而后可动非常人之景仰；既动非常人之景仰，必具有非常人之赏识，而后可以副非常人景仰品望之心。异哉！太白之上书韩荆州也。以心雄万夫之才，剑术文章已足历诸侯而抵卿相，其生平之择木而栖，当不知几经审视也。即在荆州，以文章司命，为人物权衡，必其有过人之品望，而赏识不诬，足以动太白之景仰者。一旦倾诚相向，即不若鱼水相投，亦未必反扞格而难入也。而乃文自推崇，卒如水火冰炭之终不合，其或太白之景仰，未克当其赏识与？抑或荆州之品望，未足动其景仰与？失人失言，两人者必居一于此矣。

上枢密韩太尉书

（宋）苏　辙

韩，姓；太尉，官名，即宋时宰相也。太尉名琦，有文武才。苏子由年十九，举进士，与兄子瞻同榜。以年少不愿仕，归以待选，闻韩公贤，上书求见，于是文益进。

以养气冒起一篇大意。

太尉执事：辙生好为文，思之至深，以为文者气之所形。然文不可以学而能，气可以养而致。孟子曰："我善养吾浩然之气。"今观其文章，宽厚宏博，充乎天地之间，称其气之小大。太史公行天下，周览四海名山大川，与燕赵间豪俊交游，故其文疏荡，颇有奇气。此二子者，岂尝执笔学为如此之文哉？其气充乎其中而溢乎其貌，动乎其言而见乎其文，而不自知也。

引孟子、史公以明文为气之所形，非亲尝者不能道此。

辙生十有九年矣，其居家所与游者，不过其邻里乡党之人；所见不过数百里之间，无高山大野可登览以自广；百氏之书虽无所不读，然皆古人之陈迹，不足以激发其志气。恐遂汨没，故决然舍去，求天下奇闻壮观，以知天地之广大。

虚势领起下四段所以养其气者。

过秦汉之故都，恣观终南、嵩、华之高，北顾黄河之奔流，慨然想见古之豪杰。至京师，仰观天子宫阙之壮，与仓廪、府库、城池、苑囿之富且大也，而后

不直说要见太尉，又引欧公陪起，文气浩瀚。

知天下之巨丽。见翰林欧阳公，听其议论之宏辩，观其容貌之秀伟，与其门人贤士大夫游，而后知天下之文章聚乎此也。

逐层而来，一层逼一层。

太尉以才略冠天下，天下之所恃以无忧，四夷之所惮以不敢发，入则周公、召公，出则方叔、召虎。

一句挽上起下。

而辙也未之见焉。

且夫人之学也，不志其大，虽多而何为？辙之来也，于山见终南、嵩、华之高，于水见黄河之大且深，于人见欧阳公，而犹以为未见太尉也。

总上文来，折入欲见太尉。

故愿得观贤人之光耀，闻一言以自壮，然后可以尽天下之大观而无憾者矣。

收应“奇闻壮观”，笔力千钧。

辙年少，未能通习吏事。向之来，非有取于斗升之禄，偶然得之，非其所乐。然幸得赐归待选，使得优游数年之间，将归益治其文，且学为政。

一结洒然，主意在此。

太尉苟以为可教

而辱教之，又幸矣！

顶批　按：余自明曰：此篇于纡徐婉曲中，盛气足以逼人，的是年少新得意人文字。本传称子由“为人沉静简洁，为文汪洋淡泊，而有秀杰之气”，读此益信。　按：沈确士曰：孟子、司马迁虽以并举，而通篇文字多从太史公周游天下数语生出。一往疏荡之气，亦如公之评太史公文。　按：养气、知言，是孟子一生内圣外王之学。子由之激发志气，不过借以养其为文之气而已。故前引史公，只言文有奇气，而不明言养气，亦以养气别有功夫也。　按：读书人未识宇宙形势、古今人物，不能作好文字。子由至此，可谓尽形势、人物之大观矣，故其为文洋洋洒洒，三折九曲，独具大海回风之象。　按：苏氏父子之学，皆以孟子为宗。末结明应为文，并未收激养气，非不禀承家训，亦以此篇主脑专在论文也。

评解　雄谈伟论，词沛气充，虽极夸人，自占地步亦不小。上书虽云求教，实是自卖弄其文也，与韩昌黎、李青莲上书求荐者不同，宜其扬眉吐气，无所屈抑。读此亦可借为激发志气之一助耳。《观止》云：意只是欲求见太尉，以尽天下之大观，以激发其志气。却以得见欧阳公，引起求见太尉；以历见名山大川、京华人物，引起得见欧公；以作文养气，引起历见名山大川、京华人物。注意在此，而立言在彼，绝妙奇文。《辑注》评：作文是一篇主意，养气又是作文骨子，文本于气，千古妙谛。子由少年英锐，能从作文看出养气根源，虽是亲尝甘苦语，然非思之至深，亦不能讨出这个消息来。

书后　文章、经济，二而一、一而二者也。昔子羔使宰，子以未学为贼其人；漆雕使仕，子以未信反嘉其志，是经济必本于文章，而文章不后于经济也。特是文章之事，千古寸心，有未易言者。蕴之在性天，充之塞宇宙，溢乎其貌而不自觉，动乎其言而不自知，非先有以尽天下之大观而无憾焉。其有歉于文章者，皆其有歉于经济也。子由知经济之必本于文章，故益治其文而且学为政。呜呼！子由其亦能得漆雕之遗意者乎？吾知太尉必有以教之矣。他日由文章而发为经济，宜其卓绝千古哉！

赠盖邦式序

（宋）马　存

盖君爱司马迁《史记》之奇，欲学之，问诀于马存。存以《史记》之文，从游而得，不在于书答之。论虽奇创，不无偏处，盖以《史记》全书，半从书得，半从游得，未足为定论也。马存本末待考。

一起即提明作意。

予友盖邦式尝为予言："司马子长之文章，有奇伟气。窃有志于斯文也，子其为说以赠我。"予谓子长之文章不在书，学者每以书求之，则终身不知其奇。予有《史记》一部，载天下名山大川壮丽奇怪之处，将与子周游而历览之，庶几可以知此文矣。

以历游作主，一句领起通篇，已下俱根此发论。

子长平生喜游，方少壮自负之年，足迹不肯一日休。非直为景物役也，将以尽天下之大观，以助吾气，然后吐而为书。今于其书观之，则其平生所尝游者皆在焉。

叙总"游"字一段，极言子长之文皆从此得。

南浮长淮，泝大江，见狂澜惊波，阴风怒号，逆走而横击，故其文奔放而浩漫。望云梦、洞庭之陂，彭蠡之潴，涵混太虚，呼吸万壑，而不见介量，故其文停蓄而渊深。见九疑之绝绵，巫山之嵯峨，阳台朝云，苍梧暮烟，态度无定，靡曼绰约，春妆如浓，秋饰如洗，故其文妍媚而蔚纡。泛沅渡湘，吊大夫之魂，悼妃子之憾，竹上犹斑斑，而不知鱼腹之骨尚无恙者乎？故其文感愤而伤激。北过大梁之墟，观楚、汉之战场，想见项羽之喑呜，高帝之嫚骂，龙跳虎跃，千兵万马，大弓长戟，交集而齐呼，故其文雄勇猛健，使人心悸而胆慄。世家龙门山西，念神禹之巍功，西使巴蜀，跨剑阁之鸟道，上有摩云之崖，不见斧凿之痕，故其文斩绝峻拔而不可攀跻。讲业齐、鲁之都，睹夫子之遗风，乡射邹、峄，彷徨乎汶阳、洙、泗之上，故其文典重温雅，有似乎正人君子之容貌。

连用七“故其”而句法四变，文之雄健夭矫无匹。

凡天地之间，万物之变，可惊可愕，可以娱心，使人忧，使人悲者，子长尽取而为文章。是以变化出没，如万象拱四时而无穷。今于其书观之，岂不信乎？

“凡天地”二句，推补一笔，周到。

予谓学子长之文，先学其游，可也。

不知学游以求奇，而欲操觚弄墨，组缀腐熟者，乃其常常耳。昔公孙氏见杜诗善舞剑，而学书者得之，乃入于神；庖丁氏出《庄子》善操刀，而养生者得之，乃极其妙。事固有殊类而相感者，其意同故也。

又引二事见善学文不在书。

今天下之绝踪诡观，何以异于昔，子果能为我游乎？吾欲观子矣。醉把杯酒，可以吞江南吴、越之清风；拂剑长啸，可以吸燕赵、秦陇之劲气，然后归而治文著书，子畏子长乎？子长畏子乎？不然，断编败册，朝吟而暮诵之，吾不知所得矣。

到底雄壮。

反结应前。

顶批　按：太史公《史记》之作，实继《春秋》，故述自陶唐以来，凡五经所载，靡不博采，此《自序》所由总提六经，而以绍述自任也。然则龙门一生，得力于书不少，夫岂徒在游哉！　按：史公父谈为太史官，卒三岁，继为太史，因续父书。以创为义例，起黄帝迄汉武获麟岁，撰成十表、本纪十二、书八、世家三十、列传七十，凡百三十篇。草创未就，会遭李陵之祸，下腐刑。死后，其书始出。至宣帝时，外孙杨恽祖述其意，遂宣布焉。然其中之微言奥义，一补于汉之褚少孙，一解于宋之裴骃。马公亦宋人也，乃于其书天下名山大川壮丽奇怪莫不咸载，意者或于裴解之后又加详也，而其批本不传，良可惜矣。然大段写游处，比拟极肖，真得龙门心事，即作当年增解序观之，亦奚不可？余喜其能道个中之意，因汇识史公作记颠末于此云。

按：把酒临风，拂剑长啸，一种豪迈不羁之概，胸中不知吞几云梦矣！然后归而治文著书，焉得不推倒豪杰！奇论实确论。

评解　文在游不在书，此韩、柳、欧、苏所未尝发者。应亦从游而得，非以《史记》为印本，而即有此杰作也。不然劈首明说子长之文不在书，今又本子长之书而为文，自相矛盾矣，且何以训人在游而不必读其书乎？过商侯评云：文以游而奇，最得子长文之妙处。文之奇伟壮丽，亦可与子长文相上下，此真宋文中之翘楚也，不为过誉矣。

书后　昔孟子游齐梁间，见天下之征伐不息，而思杜其乱源。一日取《武成》读之，不禁废书叹曰："尽信书则不如无书。"呜呼，《书》亦游而已矣，岂不可善读之哉！夫天下奇书未见者众矣，《书》则孟子已言，《礼》又汉儒所记，请试即《诗》《易》《春秋》论之。《诗》三百篇，多属男女之词，意在彼而言在此。是以山川草木鸟兽虫鱼一切壮丽奇怪之物，莫不咸在，使人周游而历览之，不觉可惊可愕，可以娱心，使人忧、使人悲而不知倦。《易》则卦爻彖象之义备，而天地万物之情见，近在一身，远在六合，以一时索卦则拘，以一事明爻则窒，其精神心术之运动，直如万象拱四时，变化出没而莫测。孔子删《诗》《书》，赞《周易》，而成《春秋》。盖其先足迹遍天下，席未尝一日暖，然后取二百四十年所见所闻而笔之书，故其文为史法之祖。太史公踵而行之，其不在书而在游也，亦又奚疑？今马公言子长之文章，不在书而在游，其亦能得孟子读书之深心，而知孔子之为《春秋》者矣。不然，《诗》理性情，《易》神变化，乌可以不读哉！以书为游，则《诗》兴人意，《易》感天心。可读谟、诰，可读《春秋》，即可学子长之文章，此马公先学游之意也。

送林守一重游吴越序

（明）曾异撰

守一为人，生平好游。当时士习，多以游沽名。异撰与之友善，为此序送之，盖有规之之意；半从昌黎《送董邵南序》化来。异撰字弗人，福建侯官人，崇祯己卯举人，有《纺绶堂集》。

起首说今世之游，即将卑卑一等驳去，下更有力。

此举以游为交者一人作讲。

今世之所谓游者，我知之矣。其卑卑曳裾者无论，闻者挟一策、一卷，往而师一先生，谒当世大人数辈，投刺名下士数辈；归而索赠言数十通，评文满纸，嘐嘐然，揭揭然，建鼓而号于人，曰："某吾师也。""某吾友也。"今世之所谓游者，如斯而已矣。

引友作陪。

吾友李世熊者，奇士也，尝雪棹泛西湖，半月不见一人而归。异撰者，碌碌不能奇，拙而善病者也，客岁游南州，亦不见一人而归。守一兼李子之奇，无予之拙，而差有其病，自髫丱，而吴、楚、滇、贵、百粤东西无不游，其目中不见有一人，而气量可以尽交天下之士。今且再游吴、越，吾知守一之无不可也。

点出送行本意。

夫古今才士而好游者，莫如司马子长，吾观其自叙历览之奇，未闻求一友、访一士。吾谓子长而与一人交，必不能成《史记》；无论余子不足交，即使更有一子长而与之交，亦必不能成《史记》。夫其

“决”一作“概”，读属上；“决”，属下，似从长，仍之。

独往独来于千百世之上下，使有一人焉，在其目中，皆足以碍人气，决而挠其著作之权。柳子厚不知此意，鳃鳃然诋退之之不作史也。使退之而作史，无论人非鬼责，吾谓非而责之者，必自相友善之子厚始；而其他之大称意则大怪者，又勿论矣。

又于作史上生出客中之客。

又从子长前后生出。

且夫古之著述者，前乎子长，则有丘明；后乎子长，则有孟坚。今观史迁记载，不必尽徇左氏，班掾之于腐史，阴用显弃，义例若炭与冰。夫使子长而有如丘明、孟坚者以为之友，亦可谓得其朋矣，犹不免牴牾若是。吾故曰：使子长与子长交，亦不能成《史记》。

雄词伟论，足惊四筵。

“以游”二句，一篇主意。

方归题上。

又以不求友而得友作余波收束，词义始全。

夫史迁者，取声气于泰山之高，禹穴之深，以自广其尚论之心目。盖以游为交，非以交为游者也。使其目中尚有一士，必不曰：“藏之名山，以俟其人矣。”守一行乎哉！天下之大，岂无有士焉，欲俟如守一之一人者而友之。然则守一虽不以交游，且以游获交，虽欲不交一人而不可得也。守一行矣。

顶批 按：原评云：前子由上书，以见贤人为文气之助，不重书也；次马公赠序，以游名山大川为大观，不在书也；此则以游为交，不在交也，亦不及书。各抒一见，持论奇辟，然不无偏处。看来贤人宜见也，名人宜交也，书宜读也，名山大川宜游也，联类合观，乃为无弊。其不得游者以书为游可也；如无书而又不亲师取友者，无一可耳。 按：韩子为史官，柳子因来书，尝盛气责之。大意谓：若书中言，与往年言史事大谬，不宜虚受荣号而利其禄。居是职者，当明不顾刑辟，幽不见神怪，若梗避于其间，应为而不为，则其位可去。此与韩子《争臣论》责阳城不谏者相似，但彼稍委曲，此尤峭直耳。然皆古人待友之诚，未可厚非。是篇第就不可以交为游立论，行文不得不尔也。 按：禹穴、泰山所以广尚论之心目，非以盗处士之虚声。以交为游，则势利纷华之念胜，而诗书餍饫之情轻，其为著作可想矣。

评解 以交为游，乃近日俗士通病。作者扫去此习，偏说以游为交。正黄际飞先生所谓：凡题必有一俗解，驳去俗解，自见精义，莫若就其言而反之。此文正是此法。然有此奇识，而笔不足以达之，亦无奇也。乃前以友与己品人，则前不突。中则以子长为正宾，而因子长又请无数宾，波澜不竭，而雄谈伟论，皆人未发者，洋洋洒洒，一气呵成。末收归题，又说游亦不能不交，以圆活之笔，论方无病。林西仲谓：此等识解，亦从目中不见一人而得。信然。

书后　孟子尝语勾践以游矣："人知之，亦嚣嚣；人不知，亦嚣嚣。"嚣嚣者，独往独来于千百世之上下，无一人足碍其气之谓也。然必其人之气量磅礴郁积，浩然沛然，足以弥宇宙而塞天地，而后行之无难焉。不然，胸中不能无一人之见存，即目中不能无一物之形蔽；目中有一物之形蔽，则彼将挟其高者大者以临我，而我反眩惑覆乱之不暇，而欲嚣嚣也得乎？曾公恐天下之言游者，不知嚣嚣之可贵，而因举子长之游不在交，以为守一劝。守一果不以交为游，则子长之《史记》可成，而孟子之"嚣嚣"可得，亦安见名山所俟，不即其人哉。

卷之十七　奇异

应科目时与人书

（唐）韩　愈

与书而曰“人”，以篇中未实指其人也。唐举子于礼部及第归，须守选。若就制科，或书判拔萃，应此科目，即得出仕。此公于贞元九年应宏词试，望韦舍人荐之，故有是书。

突起，譬喻奇绝。

月、日，愈再拜：天池之滨，大江之濆，有怪物龙也焉，盖非常鳞凡介品汇之匹俦也。其得水，变化风雨，上下于天不难也。其不及水，盖寻常尺寸之间耳。无高山大陵旷途绝险为之间隔也，然其穷涸，不能自致乎水，为猵獭之笑者，盖十八九矣。如有力者，哀其穷而运转之，盖一举手一投足之劳也。

总领六句，下连六转。

“穷”字一篇之骨。

气骨夭矫。

然是物也，负其异于众也，且曰："烂死于沙泥，吾宁乐之。若俯首帖耳摇尾而乞怜者，非我之志也。"是以有力者遇之，熟视之若无睹也。其死其生，固不可知也。

入题。

句句抱前，作三叠，总结。

今又有有力者当其前矣，聊试仰首一鸣号焉，庸讵知有力者不哀其穷，而忘一举手一投足之劳，而转之清波乎？其哀之，命也；其不哀之，命也；知其在命，而且鸣号之者，亦命也。

一篇皆是譬喻，只一句归结自己，妙甚！

愈今者实有类于是，是以忘其疏愚之罪，而有是说焉。阁下其亦怜察之。

顶批　按：王罕皆曰：不过上书求荐耳，而变常为奇，化俗入雅，突说一喻，生出无数波澜，纵横出没。书称"怪物"，亦为千古奇观。　按：周武青曰：韩文惯用突陈法，如周公、水火、怪物、伯乐、疏广等篇，无异金人使用铁浮图、拐子马，以冲突为长技。　按：庄周贷粟于监河侯，而有鲋鱼之喻。然求斗升之水，以待激于西江，是一举手一投足之劳，而亦不肯为也。文公应科，四举而后成进士，其当日"索我于枯肆"者，不知几忿然作色矣。今一旦东海波臣，复来于前，则希冀之想，自不得不效乎庄周。故其文之奇离纵肆，亦不让《南华》独步。

评解　此篇以“穷”字为骨。朱良玉云：公以龙自比，笔亦如神龙在天，夭矫不测。寸幅烟云，擅沧海之大观，奇绝！老绝！按：晚村有句云：“平生最爱韩夫子，宰相三书不忍看。”窃以如是之才学品地而屡上书求人，其不满人者，此也。

书后　文公处德、宪之朝，其时任用奸谀，崇信异学，故尝作《龙说》以见志。诚以龙者，居四灵之末，得全《乾》之体。苟不当其位，而无云以相之，亦终无以神其灵。是以引龙喻君，引云喻臣，以见龙之不可无云也。然龙不可无云，而龙不能自得云，必先有同声同气之相求，而后云得以从其龙焉。然则三上宰相书，非公之欲从龙而出于不得已者乎。此篇以龙自喻，而以得水属之韦舍人，亦以龙之不灵于云，皆由己之见困于水，故其望之之心为独殷，而与书之所由亟亟也。《评解》录晚村句，殆未即公之心而一谅之耳。观后此征税、佛骨两谏，皆坐贬退，有龙德而无龙遇，岂非命哉？固不得漫以上书干进而或少之也。

秦士录

（明）宋濂

秦士者，即邓弼壮士也，不遇而卒。宋濂为之传，盖以表奇士之不遇，亦见元之不能用人也。濂字景濂，金华浦江人。元至顺庚午进士，后乱，归隐。明太祖取金华，聘为五经博士，历官翰林学士承旨。追谥文宪。

“以力雄人”四字，一篇之骨。

以上叙其平日恃力行径。

邓弼字伯翊，秦人也。身长七尺，双目有紫棱眥角也，开合闪闪如电，能以力雄人。邻牛方斗，不可擘，拳其脊，折仆地。市门石鼓，十人舁抬也弗能举，两手持之行。然好使酒，怒视人，人见辄避，曰：“狂生不可近，近则必得奇辱。”

一日独饮娼楼，萧、冯两书生过其下，急牵入共饮。两生素贱其人，力拒之。弼怒曰："君终不我从，必杀君，亡命走山泽耳，不能忍君苦也！"两生不得已，从之。弼自据中筵，指左右揖两生坐，呼酒啸歌以为乐。酒酣，解衣箕踞，拔刀置案上，铿然鸣。两生雅闻其酒狂，欲起走。弼止之曰："勿走也！弼亦粗知书，君何至竟视如涕唾？今日非速君饮，欲少吐胸中不平气耳。四库书从君问，即不能答，当血是刃！"

再褫其魄。

两生曰："有是哉？"遽摘七经数十义叩之，弼历举传、疏，不遗一言；复询历代史，上下三千年，缅缅如贯珠。弼笑曰："君等伏乎未也？"两生相顾惨沮，不敢再有问。弼索酒披发跳叫曰："吾今日压倒老生矣！古者学在养气，今人一服儒衣，反奄奄欲绝，徒欲驰骋文墨，儿抚一世豪杰，此何可哉？此何可哉？君等休矣！"两生素负多才艺，闻弼言大愧，下楼足不得成步。归询其所与游，亦未尝见其挟书呻吟也。

博知经史：奇甚！

快甚！

"养气"二字应上下一篇主意，见非徒以力。

以上叙其读书博而且精。

泰定间，德王执法西御史台，弼造书数千言，袖谒之。阍卒不为通，弼曰：“若不闻关中邓伯翊耶?”连击踣数人。声闻于王，王令隶人捽入，欲鞭之，弼盛气曰：“公奈何不礼壮士？今天下虽号无事，东海岛夷，尚未臣顺，间者驾海舰，互市于鄞，即不满所欲，出火刀斫柱，杀伤我中国民。诸将军控弦引矢，追至大洋，且战且却，其亏国体为已甚。西南诸蛮，虽曰称臣奉贡，乘黄屋左纛旗也，称制与中国等，尤志士所同愤。诚得如弼者一二辈，驱十万横磨剑伐之，则东西止日所出入，莫非王土矣。公奈何不礼壮士！”庭中人闻之，皆缩颈吐舌，舌久不能收。

盛气与前两“气”字应。

此段文颇似《国策》。

王曰：“尔自号壮士，解持矛鼓噪，前登坚城乎?”曰：“能。”“百万军中，可刺大将乎?”曰：“能。”“突围溃阵，得保首领乎?”曰：“能。”王顾左右曰：“姑试之。”问所须，曰：“铁铠良马各一，雌雄剑二。”王即命给予，阴戒善槊者五十人，

“阴戒槊”，实欲杀之也。

驰马出东门外，然后遣弼往。王自临观，空一府随之。既弼至，众槊并进，弼虎吼而奔，人马辟易五十步，面目亡失。已而烟尘障天，但见双剑飞舞云雾中，连砍马首堕地，血涔涔滴。王抚髀欢曰：“诚壮士！诚壮士！”命酌酒劳弼，弼立饮而不拜。由是狂名振一时，至比之王铁枪彦章云。

以上叙弼之武艺绝世。

王上章荐诸天子，会丞相与王有隙，格其事不下。弼环视四体，叹曰：“天生一具铜筋铁肋，不使立勋万里外，乃槁死三尺蒿下，命也，亦时也。尚何言！”遂入王屋山为道士，后十年终。史官曰：弼死未二十年，天下大乱，中原数千里，人影殆绝。玄鸟燕也来降失家，竞栖林木间，使弼在，必当有以自见。惜哉，弼鬼不灵则已；若有灵，吾知其怒发上冲也！

见首不见尾，是神龙作用。

述史官言，归咎元不能用。

仍以其气作结。

顶批　按：史称宋公事明太祖十九年，未尝有一言之伪，故有“非止君子，抑可谓贤”之叹。公平生于学无所不通，为文醇深演迤，与古作者并。在朝凡郊社宗庙山川百神之典，朝会宴享律历衣冠之制，四夷贡赋赏劳之仪，旁及元勋巨卿碑记刻石之辞，皆出其手。此篇又公私集中之一也，而其行文奇辟，将伯翊一生不遇行径写得痛快淋漓，末复归咎元之不能用人，几与徐文长可合一传。遥遥百余年间，而两人之奇，均得横亘宇宙。殆亦天之不忍磨灭其奇也，况公之言有足多者哉。　按：原评云：养气，据程朱“涵养”言之，所以变化气质；以孟子“浩然”言之，所以担当天下。与韩苏所论亦合。今伯翊言实本此。而世之书生，骄傲之气、迂阔之气、柔软之气皆是，正不知所养何气也。

按：史载樊哙从沛公至鸿门，事急，张良见哙，哙即带剑拥盾入军门，撞卫士扑地。项王赐以斗卮酒，拜起立饮而尽。项王因称“壮士”者再。弼造书袖谒德王，连击踣数人，而王亦酌酒劳之，乃立饮不拜，竟使土抚髀欢曰：“诚壮士！诚壮士！”是两人之雄，皆足横行千古。而哙能佐高祖以成功，弼不能因德王以致用，岂非命哉！宜江浦公录以表之也。

按：西仲云：辟易，披靡貌。以气胜之，犹项羽叱赤泉侯，人马辟易数里，所谓拔山之雄，盖世之气也。斫马不斫人，以示人犹易斫也。果有上文三问三答之能矣。

评解　奇人、奇事、奇文，令人读之气壮。江浦公特表之，其胸中具有数万甲兵可知。林西仲曰：文武兼长，且擅绝艺，至使为道士，则元之用人可知矣。篇中“以力雄人”四字作骨，其读书精博，即于使酒拔刀时写出，不待另提。至说出“养气”，语皆前人所未发，应上“不平气”，伏下“盛气”，备极搏捖之妙，班马当分一席矣。

书后　鸣呼！豪杰之不遇，皆时会为之也。伯翊以鹰扬凤翙之资，可以驱十万横磨剑，可以读四库未见书。倘遇汉高，且将与之驰逐中原，共分秦鹿；倘遇昭烈，亦将与之歼灭吴魏，同戴汉宗。而乃共目为狂，人莫敢近。其生平抱负，仅一见于两生，一试于德王，竟使天生一具铜筋铁肋，槁死三尺蒿下，此何故哉？余尝推而考之，当元之世，宰相不用汉人，谏官不置左右，一时忠义路塞，英伟之士，莫不沉于下僚。虽世祖访求人才于江南，成宗巡察污吏于天下，而朝多苟且，吏半欺诬，生斯世而欲立勋万里，不綦难乎？是以伯翊入王屋后，不及二十年，天下大乱，而元亦寻灭。鸣呼！岂非时会之所为哉？不然，何不遇若斯之甚也！

滕王阁序

（唐）王　勃

滕王阁，唐高祖子元婴为江西洪州刺史所建，时诏封滕王，故名。后阎伯屿为洪州牧重修，大宴于此，欲夸其婿吴子章才，令宿构序以示宾客，因出纸笔遍请，客莫敢当。时王勃因其父福峙为交趾令，往省之，道经洪州，得会于此，其年最少，慨然不辞。阎恚甚，密令吏得句即报。先一二联，阎曰："老生常谈耳。"后渐奇异之，及报至"落霞"二句，乃矍然曰："天才也！"遂请成文，极欢而罢。王勃字子安，绛州龙门人。少有逸才，高宗时以神童举为申王待诏。因作《斗鸡檄》文，高宗恐其辅王生争斗之渐，黜之。

首叙地形之雄。

南昌故郡，洪都新府，星分翼、轸，

地接衡、庐，襟三江而带五湖，控蛮荆而引瓯越。物华天宝，龙光射牛斗之墟；

次叙人物之美。

人杰地灵，徐孺徐稚字孺子，洪州高士下陈蕃豫章太守之榻。雄州雾列，俊彩星驰，台隍池也枕夷夏之交，

此述宾主之美，伏后不得志。

宾主尽东南之美。都督阎公之雅望，棨戟遥临；宇文新州名钧，新除澧州牧之懿范，襜帷暂驻。十旬休暇，胜友如云；千里逢迎，高朋满座。腾蛟起凤，孟学士晋孟嘉之词宗；紫电清霜，王将军梁王僧辩之武库。家君作宰，路出名区；童子何知时年十四，躬逢胜饯。

此叙到阁之所涉历。

时维九月，序属三秋。潦水尽而寒潭清，烟光凝而暮山紫。俨骖騑于上路，访风景于崇阿。临帝子滕王之长洲，得仙人之旧馆即阁。

此言阁在山水之间，乃近景也。

层峦耸翠，上出重霄阁面山；飞阁流丹，下临无地阁映水。鹤汀凫渚，穷岛屿之萦回；桂殿兰宫，列岗峦之体势。

此言阁在山水之外，乃远景也。

披开也绣闼门也，俯雕甍栋也，山原旷其盈视，川泽盱张目其骇瞩远视。闾阎扑地，钟鸣鼎食大家将食，鸣钟为号，列鼎而食

之家；舸舰船也迷津，青雀黄龙之舳船尾所画。虹销雨霁，彩彻云衢。落霞与孤鹜齐飞，秋水共长天一色。渔舟唱晚，响穷彭蠡即鄱阳湖之滨；雁阵惊寒，声断衡阳衡山有回雁峰之浦。

此言古会之人歌饮之词，无所不妙。

遥吟俯唱，逸兴遄飞，爽籁发而清风生，纤歌凝而白云遏。睢园绿竹即淇澳事，气凌彭泽渊明为此令之樽；邺水曹操兴王之地朱华，光照临川王羲之为此内史之笔。四美具良辰、美景、赏心、乐事，二难并贤主、嘉宾。穷睇眄于中天，极娱游于暇日。天高地迥，觉宇宙之无穷收上胜景；兴尽悲来，识盈虚之有数起下命运。望长安于日下，指吴会江南于云间。地势极而南溟深，天柱高而北辰远四句申明天高地迥。关山难越，谁悲失路之人；萍水相逢，尽是他乡之客四句言在会者。怀帝阍君门也而不见，奉宣室贾谊对宣室以何年！

束住。

此叙乐极之后，感慨系之。

此言古时多失志者，后人亦因之以自慰。

呜呼！时运不齐，命途多舛错也，冯唐易老汉人，白首为郎，李广难封数奇不得封侯。屈贾谊绛、灌屈之于长沙，非无圣主文帝；窜梁鸿于海曲魏武帝时人，佞臣毁之，逐于北海（编按：梁鸿，东汉人，以作《五噫之歌》触怒汉章帝，先后避徙齐鲁、吴下，故曰“窜于海曲”），岂乏明时。所赖君子安贫，达人知命。老当益壮，宁移白首之心；穷且益坚，不坠青云之志。酌贪泉而觉爽泉在广州，饮者多贪。吴隐之饮而赋诗，有“试使夷齐饮，终当不易心”之句，处涸辙以犹欢。北海虽赊远也，扶摇风也可接；东隅早日已逝，桑榆晚日非晚。孟尝汉人，字伯周高洁，空怀报国之心；阮籍猖狂，岂效穷途之哭。

此言士虽遭穷，正当自励，主意透此。故前段由壮而悲，此段由悲而壮，皆为在会不得志者言。

勃，三尺微命，一介书生。无路请缨，等终军汉人之弱冠年二十余，请受长缨，以羁南越王致阙下；有怀投笔汉班超为人书记，意不屑，遂投笔，有封侯万里之志，慕宗悫之长风宋宗悫对叔父言志，愿乘长风破万里浪。舍簪笏于百龄弃百年之富贵，奉晨昏于万里到交趾省父。非谢家之宝树谢玄为叔父安所器，尝曰：譬如芝兰玉树，使生于庭阶耳，接

方说到自己。

自叙不遇而志不衰。

此叙省父过此，与宴不敢辞作序之意。

孟氏之芳邻即孟母三迁。他日趋庭，叨陪鲤对；今晨捧袂，喜托龙门汉李膺以声名自高，士有被其容接者，名为“登龙门”。杨意不逢，抚凌云而自惜司马相如作《凌云赋》，杨得意荐之；钟期既遇，奏流水以何惭伯牙鼓琴，志在流水，钟子期知之！

鸣呼！胜地不常，盛筵难再，兰亭已矣，梓泽即石崇金谷园丘墟。临别赠言，幸承恩于伟饯；登高作赋，是所望于群公。敢竭鄙诚，恭疏短引，一言均赋欲均以序而赋诗，四韵俱成：

勃居末座而僭作序，故以逊词作结，得体。

滕王高阁临江渚，
佩玉鸣鸾罢歌舞。
画栋朝飞南浦云，
珠帘暮卷西山雨。
闲云潭影日悠悠，
物换星移几度秋。
阁中帝子今何在？
槛外长江空自流！

诗四韵，写景写情，余韵悠然。

黼按：此诗原系一首古体，故不限韵。坊本

多分作两首，其义未谐；读者细玩其词意，一气旋转，自知不可划断矣。

顶批　按：《释义》云：此文是序体，非赋体，赋必有韵，文未尝用韵。彼以赋体议此文者，非惟不知有文，并不知有赋矣。　按：王罕皆曰：初唐犹仍六代之旧，故文体专尚骈丽。想其对客挥毫，名言络绎，如编珠缀玉，织锦裁霞，洵为天才绝艳。宜其压服群公，脍炙千古。　按：十旬，据《析义》引卢照邻“明珠爱客，置芳酒于十旬”之句作证，当是主人殷勤之意。若指宇文、阎公宾主交欢多日言，则与下句接不去。又有作九日登高讲者，亦非。　又按：孟、王二句，是借喻，不为实指。若云当日会中有此二客，因细赞后又特叙出，未免穿凿，转说不去。　按：《青箱杂记》：高宗虽以《斗鸡檄》斥勃，然心奇其文，意欲召用，而勃已死，尝喟然曰：“朕读《滕王阁序》，至‘落霞’及诗‘帝子’句，辄为掩卷者久之，曰：真奇才也。”　按：余自明曰：“关山难越”以下，俗解误作自叹语。不知当日会中多人，除阎公、宇文之外，必有怀才不遇、与己相同者。前既赞阎公、宇文及孟学士、王将军矣，而此等人必不可遗，故趁笔总叙入感慨之内，正其安顿布置之巧，而论者反谓其自叙过多，可叹也。且前半言景，后半言情，与诗章法相同，明眼人自辨。　按：孔子视富贵如浮云，是安贫也；孟子不立岩墙之下，是知命也。士君子立身行已，当鞭辟到此一路去，不然其不坠志而丧心者几希矣。子安知此，可谓年少而老成，读者不得仅以文奇赏之。　按：勃省父，次马当，去南昌七百里，梦水神告曰：“助风一帆。”达旦，遂抵南昌。然则此篇妙文，本自天成，宜其下笔时若有神交也。　按：原评云：四韵有伤今思古、物是人非之感，序词藻丽，诗意淡远，非是诗不能称是序。

评解　以文论，此四六体也，平仄要合，对仗要工，段落要明，次序要清，多用古典，词要藻丽，方有足观。以法论，首叙天文地理，次叙贤主嘉宾，次叙时令，次叙阁内阁外，似尽矣；乃忽拓开笔势，将古之失志者感慨一番，又将今之失志者规勉一番，方叙到自己，又自负一番，波澜壮阔，不是徒了题目者。

书后　自来手八叉、才七步如曹子建、温庭筠辈，类皆不免枚皋速而不工之弊；至求其可以三《二京》而四《三都》者，则又非相如之工而不速不可。古今所传，惟祢正平《鹦鹉》一篇，庶几兼之，然年非弱冠，而又有黄祖娱宾之迫，不得不顺从以远害，尽辞以效愚。若夫子安，路出洪州，躬逢胜饯，既无避祸之苦，又叨末座之宾，出纸慨然，此阎公之所以见恚也。而序珠来去，举笔有神，初不让八叉、七步之捷，竟致陈思《铜雀》，能倾魏武之心。以视孟坚之折西宾、太冲之访岷事，其工拙又何如也？然非遗墨一梦，安见十三楮子不减《洛神》，能令阎公叹为天才而矍然起敬哉！

阿房宫赋

（唐）杜　牧

阿房者，言殿之四阿皆为房也。秦始皇建宫于咸阳，因以为名。后项羽入关，焚之，其火三月乃熄。杜牧，字牧之，杜陵人。善属文，唐太和初试进士，吴武陵以此赋见主文者，读毕，请以第一人处之，果中异等。为人刚直，有奇节，论列大事，指陈利弊，尤为切至。官至扬州刺史。

起尤突兀。

此写其大，下乃细言之。

六王毕，四海一，蜀山兀，阿房出。覆压三百余里，隔离天日。骊山北构而西折，直走咸阳。二川樊、渭溶溶，流入宫墙。

此写宫中楼阁之多。

五步一楼，十步一阁，廊腰缦回，檐牙高啄，各抱地势，钩心斗角。盘盘焉，囷囷焉，蜂房水涡，矗不知其几千万落。

此写桥梁道路之远。

长桥卧波，未云何龙？复道行空，不霁何虹？高低冥迷，不知西东。

此写宫中歌舞之盛。

歌台暖响，春光融融；舞殿冷袖，风雨凄凄。一日之内，一宫之间，而气候不齐。

六句承上写歌舞，接下美人。

妃嫔媵嫱，王子皇孙，辞楼下殿，辇来于秦。朝歌夜弦，为秦宫人。

此写宫中美人之多。

明星荧荧，开妆镜也；绿云扰扰，梳晓鬟也；渭流涨腻，弃脂水也；烟斜雾横，焚椒兰也；雷霆乍惊，宫车过也；辘轳远听，杳不知其所之也。一肌一容，尽态极妍，缦立远视，而望幸焉。有不得见者，三十六年。

此写宫中珍宝之多。

燕赵之收藏，韩魏之经营，齐楚之精英，几世几年，取掠其人，倚迭如山。一旦不能有，输来其间。鼎铛玉石，金块珠砾，弃掷逦迤，秦人视之，亦不甚惜。

此极言秦以奢侈自取败亡。

嗟乎，一人之心，千万人之心也。秦爱纷奢，人亦念其家。奈何取之尽锱铢，用之如泥沙！使负栋之柱，多于南亩之农夫；架梁之椽，多于机上之工女；钉头磷磷，多于在庾之粟粒；瓦缝参差，多于周身之帛缕；直栏横槛，多于九土之城郭；管弦呕哑，多于市人之言语。使天下之人，不敢言而敢怒。独夫之心，日益骄固写秦止此。戍卒叫陈涉起，函谷举高祖入，楚人一炬项羽焚，可怜焦土。

一篇无数壮丽，只以"可怜"四字了之。

呜呼！灭六国者，六国也，非秦也。族秦者，秦也，非天下也。嗟夫！使六国各爱其人，则足以拒秦；秦复爱六国之人，则递三世可至万世而为君，谁得而族灭也？秦人不暇自哀，而后人哀之；后人哀之而不鉴之，亦使后人而复哀后人也。

以"哀"字作结，言有尽而意无穷，一篇主脑在此。

顶批　按：史载：始皇三十五年，以咸阳人多宫小，乃营作朝宫。渭南上林苑中先作前殿阿房，东西五百步，南北五十丈，上可坐万人，下可建五丈旗，周驰为阁道，自殿下直抵南山巅以为阙，上作复道，极其侈丽。宫成，始皇崩，未立名，故但云"阿房"云。　按：《释义》云："五步"一段既极言楼阁之多，若无"长桥"一段，几不知宫中更有如许空阔处矣。　按：《释义》云："有不得见"句妙甚，始皇三十六年，若说终身不得见，便呆。　　按：“燕赵”三句，是横写六国珍宝；“几世”三句，是竖写六国珍宝。见非神输鬼运，皆竭民力为之，宜其悖入而悖出也。　　按：《释义》云：“不敢言而敢怒”，秦皇之暴虐，天下之愤恨，一语道尽。　　按：《过秦》一篇，前半专言其强弱盛衰之不同，只末以“仁义”一句点醒，遂觉过不可言。此篇逐层写来，末亦只以“焦土”一句收尽前文，而感慨益大。两篇工力诚足抗衡千古。

评解　以文论，一起突兀，一结无穷。中间细写层次，藻丽流动，是佳文也。以理论，前半极写其丽，正为后灭亡作地，而后半情极痛悼，乃为炯戒，尤有关治体，不似《上林》《子虚》，徒逢君之恶也。以赋论，扬子云云：“文人之赋丽以则。”此其有焉。古来之赋，此为第一，所以家传户诵，至今犹新也。《辑评》云：想作时先有末一段议论在胸，然后借题抒写。前形容阿房，直是壮丽无比，后以“可怜焦土”四字了局，令人心灰意冷。结处发出本旨，乃知前之铺陈，俱为垂戒设也。至处处带定六国，亦见阿房所由来；憾秦皇，并憾六国也。篇中十三易韵，句法之工，亦无逾此。古文多以笔意胜，即此二首，笔意自有，而词华觉盛，故取以备一格。词华者，文之衣，不可少也，时文尤要。

书后　自来穷奢极欲之君，秦皇汉武，如出一辙。而秦以之亡、汉以之兴者，何哉？岂不以汉有祖宗之培植，德泽及民者深，故其兴也勃焉。不知轮台之悔，虽在暮年，初若无补前失于万一；而恶盈好谦之一念，实为天地鬼神所鉴临。故《秦誓》一篇，大圣人以之殿《尚书》也。若夫秦皇，始以富强并诸侯，继以暴戾定天下，以为宇宙之大，可以力争，可以力服，即可以力守。是以逮及暮年，绝不降一罪己之诏，而犹纵情土木，大造阿房，收藏六国之精英，疲极兆民之心力，以图为子孙帝王万世之安，而谓天下其肯甘心于秦皇哉！二世而亡，固其宜也。特是汉武以英睿之姿，当此殷鉴不远，而复蹈故辙，以同冒千古不韪之名，可惜也夫。

卷之十九 正大

师 说

（唐）韩 愈

唐世士大夫耻相师。时有李蟠者，年七十（编按："年七十"，各本作"年十七"。李蟠为唐贞元进士，作"十七"是。以此处之误与批语、书后俱有关联，故不改），师文公，特作《师说》赠之。嘉李氏，正以破俗习也。

三件齐提，意主"道"上。"业"即师道之业，"惑"即道之不明。	古之学者必有师。师者，所以传道受业解惑也。人非生而知之者，孰能无惑？惑而不从师，其为惑也，终不解矣。生乎吾前，其闻道也固先乎吾，吾从而师之；
隐按李年。	生乎吾后，其闻道也亦先乎吾，吾从而师
一句破的。	之。吾师道也，夫庸知其年之先后生于吾
此段言师道之行于古。	乎！是故无贵无贱，无长无少，道之所

存，师之所存也。

将古今比论一番，伏下孔子、士大夫，仍虚写。

嗟乎！师道之不传也久矣，欲人之无惑也难矣。古之圣人，其出人也远矣，犹且从师而问焉；今之众人，其下圣人也亦远矣，而耻学于师。是故圣益圣，愚益愚；圣人之所以为圣，愚人之所以为愚，其皆出于此乎！

以择师教子相形，更醒。

爱其子，择师而教之；于其身也，则耻师焉，惑矣！彼童子之师，授之书而习其句读者，非吾所谓传其道解其惑者也。句读之不知，惑之不解，或师焉，或不焉，小学而大遗，吾未见其明也。

又以百工衬。

唐时风气如此，正作《师说》之故。

巫医乐师百工之人，不耻相师。士大夫之族，曰“师”曰“弟子”云者，则群聚而笑之。问之，则曰：彼与彼年相若也，道相似也，位卑则足羞，官盛则近谀。呜呼！师道之不复可知矣。巫医乐师百工之人，君子不齿，今其智乃反不能及，其可怪也欤！

引圣人来证，前“古”字乃实。

圣人无常师：孔子师郯子、苌弘、师

此有“术业”，一应前提“受业”不落空。

末点题。

襄、老聃；郯子之徒，其贤不及孔子。孔子曰：“三人行，则必有我师。”是故弟子不必不如师，师不必贤于弟子，闻道有先后，术业有专攻，如是而已。

李氏子蟠，年七十，好古文，六艺经传皆通习之，不拘于时，学于余。余嘉其能行古道，作《师说》以贻之。

顶批　按：林西仲曰：师虽不载于五伦，然于人有相戒之益，则功在朋友一伦之上，称其徒为弟子，则分在父兄两伦之列。《檀弓》以事亲、事君、事师并称，谓亲生之，君治之，师教之，其有赖于人一也。　按：沈确士云：汉人经学之传，宋人埋学之传，维其授受各有渊源也。唐人独耻相师，故昌黎切直言之。文势如常山蛇，救首救尾，段段有力，学者宜熟读。　按：姚姬传曰：授句读及巫医乐师百工未尝非授业，但非传道、解惑耳。此两段明是以授业之师陪传道、解惑之师，而用笔变化使人不觉。　按：洪迂斋曰：柳子厚谓退之不顾流俗，收召后学，抗颜为师，是以得狂名。今观所云“弟子不必不如师，师不必贤于弟子”，其言非好为人师也。学者不归子厚而归退之，故子厚有此说耳。

评解　唐时士大夫之风，耻于相师，柳子厚《答韦中立书》亦言及矣。文公此说为李子作，实为当世发也，此为切人切世以立言。夫李氏之师文公，不过师其古文耳，公乃以传道受业解惑大处立论，所谓高处立、阔处行也。此文于劈首即提明，下只发明道与惑，或只单言道，至篇末又以道与业言，又不言惑，此变化错综处。至畅发“师”字，前虚后实，反正互用，波澜层出，此韩文之所以如潮也。若入庸手，理学腐语满篇，能生一波纵一笔哉！然惟能作古文者，方知古文也。此及下首为“正大”之目，以题固正大，文亦正大也。正大之文，岂必语语端庄，不事笔情丽句乎？看《师说》则笔势纵横，《正气歌》则词华古藻，益信文之为文，无奇不传也。

书后　师道立而善人多，学校废而流品杂。汉魏以来，神仙术士之学，浮屠老子之书，递易纵横，莫知所尚，盖数百年于兹矣。唐承其敝，是以一时士大夫之流，鲜不自鸣得意，竞耻相师。文公以一布衣周旋其间，而欲挽八代之颓风，洗一时之旧染，自非传道、受业、解惑三大端，不足以正流品而广善类。然持之过激，与言不得其人，则其道不传，而其业难受；其业难受，而其惑愈不解矣。今者李氏子蟠，耄而好学，初不让乎卫武之贤，一旦惠然肯来，不拘时俗，非所谓出类拔萃而知所向往者乎？文公作说以贻，固以嘉来学而奖后进，而其抵排异端，攘斥佛、老之功，不亦即此而并著哉！

正 气 歌

（宋）文天祥

《正气歌》，天祥在狱中作也。天祥字文山，一字履善，又字宋瑞，吉水人。举进士第一，知赣州，应诏勤王，后除右丞相，兼枢密使，加少保、信国公。宋亡，公图恢复，屡起义兵。战败，元将张弘范追公于五坡岭，众不及战，故被执。解赴燕京，禁闭三年，元世祖不杀，使人劝之降。终不屈而就义，故作此。

叙因起。为下七气伏线。

出“气”字。

余囚北庭，坐一土室。室广八尺，深可四寻，单扉低小，白间短窄，污下而幽暗。当此暇日，诸气萃然：雨潦四集，浮动床几，时则为水气；涂泥半朝，蒸沤历澜，时则为土气；乍晴暴阴，风道四塞，时则为日气；檐阴薪爨，助长炎虐，时则为火气；仓腐寄顿，陈陈逼人，时则为米气；骈肩杂沓，腥臊汗垢，时则为人气；或圊溷积臭，暴尸或腐鼠，恶气杂出，时则为秽气。叠是数气，当之者鲜不为厉，而予以孱弱俯仰其间，于兹二年矣。审如是，殆有养致然尔。然亦安知所养何哉？孟子曰："我善养吾浩然之气。"彼气有七，吾气有一，以一敌七，吾何患焉！况浩然者乃天地之正气也，作《正气歌》一首。

由诸气转入正气，见舍此无可为敌。

天地有正气，杂然赋流形。下则为河岳，上则为日星。于人曰浩然，沛乎塞苍冥。皇路当清夷，含和吐明庭。时穷节乃见，一一垂丹青。

劈首从天地入，总叙"正气"，即提"浩然"，点清主脑。

"时穷"二句，领起下段。

在齐太史简，在晋董狐笔，在秦张良椎，在汉苏武节。为严名颜将军头，为嵇名绍待中血，为张名巡睢阳齿，为颜名杲卿常山舌。或为辽东管宁帽，清操厉冰雪；或为孔明《出师表》，鬼神泣壮烈；或为祖逖渡江楫，慷慨吞胡羯；或为段秀实击贼

引十三人以证，句法凡三变。

笏，逆竖头破裂。

总括上文多人，见皆正气。

是气所旁薄，凛烈万古存。当其贯日月，生死安足论。地维赖以立，天柱赖以尊。三纲实系命，道义为之根。

浩然即道义所为。

此段自叙。

嗟予遘阳九，隶也实不力。楚囚缨其冠，传车送穷北。鼎镬甘如饴，求之不可得。阴房阒鬼火，春院閟天黑。牛骥同一皂，鸡栖凤凰食。一朝蒙雾露，分作沟中瘠。如此再寒暑，百沴自辟易。

歌为此作。

哀哉沮洳场，为我安乐国。岂有他缪一作谬巧，阴阳不能贼。顾此耿耿在，仰视浮云白。悠悠我心忧，苍天曷有极！哲人日已远，典型在夙昔。风檐展书读，古道照颜色。

结与前应言，己愿学古人。

顶批　按：《文山诗集》此歌之前别有小引，言狱中蒸湿诸气，一以正气敌之。原选及坊本均节未录，而当年忠义苦心不使尽揭千载，殊为可叹！兹照原集补登。其咽呜悲壮之气，慷慨凄恻之言，诚足以激忠良而愧欺贰。　按：圊音清，《说文》："厕，清也。"厕，古谓之清者，言污秽宜常清也。　按：公幼时至学宫，见祠祀欧、胡诸先生，遂欣然曰："没不俎豆其间，非夫也。"及死前四日，司天奏三台折，固知公之生有自来，死有所为矣。河岳日星之言，岂虚语哉！　　按：公柴市临刑，衣带中有赞云："孔曰成仁，孟曰取义，惟其义尽，所以仁至。"非真能以道义为根，其地维天柱之尊，将何以临难而毋苟免也！　　按：公性豪华，自奉甚厚。一旦捐躯报国，辱于奴囚，遂致牛骥一皂，鸡凤同食，尤属为所难为。非所谓"忧其忧而死其事"者乎？

评解　此长歌体也，五字句，数句换一韵。然亦有篇法：首从源头说入，次历引古人，末叙自己，结与前引古相应，此仍是古文法也。《辑评》云：是篇似与时文无涉，然其高风峻节，隐露行间，洵足廉顽而立懦，浩然之气塞天地、配道义。先生匪惟如之，允克蹈之矣。

书后　宋养士三百年，其间临难致身者，固不乏人；而国灭君亡，从容就义者，信国一人而已矣。想当勤王诏至，痛哭成师，发豪杰而结山蛮，倾家赀以助军实，向使天心佑宋，四镇策行，安见三王孱弱，不足中兴乎？无如海表崎岖，隶也不力，遂至五坡被执，传递燕京。绝食八日而仍生，多吞脑子而不死，竟使忠义之气，著于篇章。囚狱赋诗，良可恸矣！而天阏院黑，火阒房阴，道义懔万古而独存，阴阳随百沴以悉辟，故虽天心已去，而臣节难回，卒至伏锧从容，观者感涕。倘非宋之忠厚，而能收得士之报若是耶？《纲目》书之，所以深惜，亦以深幸之也。

卷之二十　论文

答李翊书

（唐）韩　愈

李，姓；翊，名。按贞元十八年，陆傪佐主司权德舆于礼部，文公荐翊于傪，翊用是其年登第。公与翊本素相知，一日，翊以书问作文之法，公就其问而进以古之立言，并告以己之所得，因嘉其志。此书乃文公一生得力之言，后为明人归、罗、章、陈诸公所祖。

首段言书当答。

六月二十六日，愈白李生足下：生之书辞甚高，而其问何下而恭也。能如是，谁不欲告生以其道，道德之归也有日矣，况其外之文乎！抑愈所谓望孔子之门墙而不入其宫者，焉足以知是且非耶？虽然，不可不为生言之。

开口便提出作文本领，一层落下，文势夭矫。

就其所问翻出两意来。

“志”“古”二字，一篇之主。

“无望”二句，正志古本领。

生所谓立言者，是也；生所为者与所期者，甚似而几矣。抑不知生之志蕲求也胜于人而取于人耶？将蕲至于古之立言者耶？蕲胜于人而取于人，则固胜于人而可取于人矣；将蕲至于古之立言者，则无望其速成，无诱于势利，养其根而俟其实，加其膏而希其光，根之茂者其实遂，膏之沃者其光晔，仁义之人，其言蔼如也。

“抑”一句，承上文以引下文。

此言为文之难，是第一层功夫。

抑又有难者，愈之所为，不自知其至犹未也。虽然，学之二十余年矣。始者非三代两汉之书不敢观，非圣人之志不敢存，处若忘，行若遗，俨乎其若思，茫乎其若迷。当其取于心而注于手也，惟陈言之务去，戛戛乎其难哉！其观于人，不知其非笑之为非笑也。如是者亦有年。

此言功夫至此，觉有来路，比前务去稍易。

犹不改，然后识古书之正伪，与虽正而不至焉者，昭昭然白黑分矣，而务去之，乃徐有得也。当其取于心而注于手也，汩汩然来矣。其观于人也，笑之则以为喜，誉之则以为忧，以其犹有人之说者存也。如是者亦有年。

此言落笔太易，恐杂而不醇，却又以难心出之。

然后，浩乎其沛然矣，吾又惧其杂也，迎而距之，平心而察之，其皆醇也，然后肆焉。虽然，不可以不养也，行之乎仁义之途，游之乎《诗》《书》之源，无迷其途，无绝其源，终吾身而已矣。

此言学古立言之用功，应上“无望速成”六句。

气，水也；言，浮物也。水大，而物之浮者大小毕浮。气之与言犹是也，气盛，则言之短长与声之高下者皆宜。虽如是，其敢自谓几于成乎？虽几于成，其用于人也奚取焉？

此言养成古之立言，无往而不适于用，应前志古收束。

虽然，待用于人者，其肖于器邪？用与舍属诸人。君子则不然，处心有道，行己有方，用则施诸人，舍则传诸其徒，垂诸文而为后世者法。如是者其亦足乐乎？其无足乐也？有志乎古者希矣，志乎古必遗乎今，吾诚乐而悲之，亟称其人，所以劝之，非敢褒其可褒，而贬其可贬也。问于愈者多矣，念生之言不志乎利，聊相为言之。愈白。

承“志”字作收。

顶批　按：王罕皆曰：此韩文自叙其一生得力也，其立志也高远，其用功也深沉，以自得为火候，以养气为指归。由勉几安，穷源探本，此中甘苦历历，惟得之者深，故言之亲切而有味。　按：过商侯曰：仁义之人，其言蔼如，便知立言之必有本，养气则犹从事于仁义之吃紧处也。如此论文，始知天下有真人品，然后有真文章。　按：原评云："陈言务去"一语，是文公生平所得。此时落笔最难，毋为俗眼所嗤。又程云：通篇大致以立言为纲，以志于古之立言为骨，以仁义为本根，《诗》《书》为浸灌，以气为运用，以二十年为节候。但前后两段，语多晦塞，毋乃陈言务去之过欤。　按：茅鹿门云：要窥作家为文，必于此立根基。今人乃欲以字句求之，何哉？　按：沈确士曰：作文根柢，则云"约六经之旨"；作文神境，则云"言之长短与声之高下皆宜"。评韩文者，不外此矣。　按：原评云：君子之学，本于道德，原不顾人之用不用。昌黎至此，写得云委波属，态致横溢，真自壮其文也。　按：《眉诠》云：篇中所言，多是无望速成，自有不诱于势利在内。此以不志乎利申结之，首在正其心术也。

评解　林西仲曰：李生以立言问于昌黎，不过欲求其文之工而已，初未尝必以古之立言为期也。昌黎却就其所问，诘其所志，把求用于人而取于人伎俩阁置一边，而以古人立言不朽处、用功取效说过一番，然后把自己一生功夫层层叙出，其曰“二十年”“亦有年”“终其身”等说，是“无望速成”注脚。其曰“不知为非笑”“笑则喜”“誉则悲”等语，是“无诱势利”注脚。至得手之后，尤须养气，探本溯源，所谓“仁义之人，其言蔼如”，有自然而然之妙矣。末段以乐、悲二意，见得学古立言，必不能蕲用于人而取于人，耐得悲过，方期得乐来。此一篇之大旨也。《辑评》云：李生大旨，只“蕲至于古之立言者”一句括尽，学古功效，只“无望其速成”八句说完，中把自己之一生甘苦浅深，层层叙出，益见前言之不虚。昌黎公每不轻以文章告人，此独详尽者，以李生之志可取也。

书后　太上有立德，其次有立功，其次有立言。言者授受之枢机，神明之邮铎也。先圣吐而成经，后人禀经以制式，其功非一蹴所能几，而其养直终身无可懈。文公扫八代之芜词，创千秋之定论，旁搜远绍，坠绪独寻，此岂漫不师古者之所能测其高深哉。李生何人，而遽以书请也？吾意文公当日，亦惟有如李蟠之来，直以《师说》贻之可耳。而乃㧑谦自道，必取半生甘苦，一一为之具言，诚以师者受其业于人，而非攻其业于己。然欲天下知功可以渐而成，气可以养而盛，而非即一己之所专攻，可以法先圣而示后人者，以诱掖奖劝之，则其业难受，而其传仍不广也。然则此篇之答，虽以明太上之所贵，不即以补《师说》之所未逮哉！

答韦中立论师道书

（唐）柳宗元

韦中立，潭州刺史彪之孙也。以书遗柳公，欲师其作文之道，因以此书答之。

全篇以此三字发议，主意即在此。

二十一日，宗元白：辱书云欲相师，仆道不笃，业甚浅近，环顾其中，未见可师者。虽尝好言论，为文章，甚不自是也。不意吾子自京师来蛮夷间，乃幸见取。仆自卜固无取；假令有取，亦不敢为人师。——为众人师且不敢，况敢为吾子师乎？

以上自谦不敢为师。

孟子称“人之患在好为人师”。由魏、晋氏以下，人益不事师。今之世，不闻有师；有辄哗笑之，以为狂人。独韩愈奋不顾流俗，犯笑侮，收召后学，作《师说》，

此言世人不肯事师。

引韩子，言师者不容于时。

因抗颜而为师。世果群怪聚骂，指目牵引，而憎与为言词。愈以是得狂名，居长安，炊不暇熟，又挈挈而东，如是者数矣。

屈子赋曰："邑犬群吠，吠所怪也。"仆往闻庸、蜀之南，恒雨少日，日出则犬吠，予以为过言。前六七年，仆来南，二年冬，幸大雪，逾岭被南越中数州，数州之犬皆苍黄吠噬，狂走者累日，至无雪乃已，然后始信前所闻者。今韩愈既自以为蜀之日，而吾子又欲使吾为越之雪，不亦病乎？非独见病，亦以病吾子。然雪与日岂有过哉？顾吠者犬耳。度今天下不吠者几人，而谁敢衒怪于群目，以召闹取怒乎？

正喻夹说。

以上两喻世人。

仆自谪过以来，益少志虑。居南中九年，增脚气病，渐不喜闹，岂可使呶呶者早暮沸吾耳，搔吾心，则固僵仆烦溃，愈不可过矣。平居望外，遭齿舌不少，独欠为人师耳。

以上言已不堪讪詈。

举冠礼紧切“成人”，正例师道之重，占地更高。

抑又闻之，古者重冠礼，将以责成人之道，是圣人所尤用心者也。数百年来，人不复行。近有孙昌胤者，独发愤行之。既成礼，明日造朝至外廷，荐笏言于卿士曰：“某子冠毕。”应之者咸怃然。京兆尹郑叔则怫然曳笏却立，曰：“何预我耶?”廷中皆大笑。天下不以非郑尹而快孙子，何哉？独为所不为也。今之命师者大类此。

吾子行厚而辞深，凡所作，皆恢恢然有古人形貌，虽仆敢为师，亦何所增加也。假而以仆年先吾子，闻道著书之日不后，诚欲往来言所闻，则仆固愿悉陈中所得者。吾子苟自择之，取某事去某事，则可矣。若定是非以教吾子，仆才不足，而又畏前所陈者，其为不敢也决矣。

此言自己不敢为师，是承上接下处。

此言欲令取其实而去其名。

吾子前所欲见吾文，既悉以陈之，非以耀明于子，聊欲以观子气色诚好恶何如也。今书来，言者皆太过。吾子诚非佞誉诬谀之徒，直见爱甚故然耳。始吾幼且

此虽不敢刍师之名，而教之意已见。

少，为文章以词为工。及长，乃知文者以明道，是故不苟为炳炳烺烺，务采色、夸声音而以为能也。凡吾所陈，皆自谓近道，而不知道之果近乎远乎。吾子好道而可吾文，或者其于道不远矣。

作文宗旨，所见者大。

故吾每为文章，未尝敢以轻心掉之，惧其剽而不留也；未尝敢以怠心易之，惧其弛而不严也；未尝敢以昏气出之，惧其昧没而杂也；未尝敢以矜气作之，惧其偃蹇而骄也。抑之欲其奥，扬之欲其明，疏之欲其通，廉之欲其节，激而发之欲其清，固而存之欲其重，此吾所以羽翼夫道也。

此言平生所经历，真尝过甘苦语。

此段言为文用笔之致。

本之《书》以求其质，本之《诗》以求其恒，本之《礼》以求其宜，本之《春秋》以求其断，本之《易》以求其动，此吾所以取道之原也。

此段言明道根本于五经，以采其精。

参之谷梁氏以厉其气，参之《孟》《荀》以畅其文，参之《庄》《老》以肆其端，参之《国语》以博其趣，参之《离

此段言为文旁通于诸家，以备其美。

骚》以致其幽，参之太史公以著其洁，此吾之所以旁推交通而以为之文也。

此段以文相印证，听其有择。

凡若此者，果是耶？非耶？有取乎？抑其无取乎？吾子幸观焉、择焉，有余以告焉。苟亟来以广是道，子不有得焉，则我得矣，又何以师云尔哉！取其实而去其名，无招越、蜀吠怪，而为外庭所笑，则幸矣！宗元复白。

语晦。

舒卷作结，力能扛鼎。

顶批　按：沈确士曰：前论师道，犹作谐谑语，后论为文根柢，倾囊倒囷而出之。辞师之名，示师之实，在中立自得之耳。较昌黎论文，尤为本末俱到。又《眉诠》云：体认命题，知是通论师道也。名不轻居，实堪共证。前带客气，后抉主根，以让为任。柳集中与韩匹敌之作。　按：沈确士曰：李翱、张籍皆昌黎弟子，而二人哭昌黎诗文俱呼为兄，盖耻言师也。恶习累人，儒者不免。　按：王伯厚曰：韩作《师说》，而柳不肯为师；韩辟佛，而柳谓佛与圣人合；韩谓史有人祸天刑，柳谓刑祸非所恐：韩柳虽并称，而其道实不同也。　按：西仲云：前段雪、日、冠礼诸喻，把末世轻薄恶态尽底描写，嬉笑怒骂兼而有之。想其落笔时，因平日横遭齿舌有许多愤懑不平之气，故不禁淋漓酣恣乃尔。

按：柳子书中所论文章之法，犹未敢必其尽能如所云，要之亦本于镵心研神者，原不轻以告人，故必先陈平日所得，以观其气色，而后尽情以相与也。　按：《眉诠》云：文以明道，后幅主句，非门面语。古人言必有物，皆道也。

按：陈午亭曰：观柳子之不苟炳烺，与韩子之其言蔼如，乃知其得力用功处。独是篇以孟、荀、庄、老并举类视，所见未见尽纯。特文辩肆雾兀，固当节取其长。　按：徐健庵曰；于文章之根柢条叶，数词皆备，上下千百年作者无能出其环中。韩、欧诸公皆好论文，止自言其所得，未若此之闳深肃括也。　按：沈确士曰：六经乃取道之原，故曰“本”。《谷梁》以下，乃畅道之支，故曰“参”。　按：《合评》云：无命师之名，而有得师之益，以免流俗之笑。一结收束通篇，此法得之西汉文。

评解　前数段言己不敢为师，世不重师，尚无甚警策。后段言己为文章苦心及其根本，其于道已近矣。王念存曰：前半论不敢为师，而起首“好言论，为文章”，便为后半篇伏脉。后半自言平生所得而结穴于何以为师，又将前半篇缩合。前则与昌黎《师说》相反，后则与《答李翊书》可参观。鹿门云：子厚诸书中作处，亦其平生所为文大指处。信然。

书后　《文心雕龙》一书，《原道》《征圣》之后，必继以《宗经》。盖谓经者，载道以立言，述圣以垂教，“洞性灵之奥区，极文章之骨髓”，是以百家腾跃而终入环内也。柳子此篇，其答韦公也，则去师之名，而取师之实。而其自明甘苦，则直以文为明道之端，虽与彦和《原道》《征圣》之旨未甚吻合，而其垂教立言之意则同也。是以文必本经以为宗，而后参以百家诸子。其惧也，恐其离经而叛道也；其欲也，皆其体经以崇圣也。故能性灵镕匠，羽翼道心，文章呼吸，旁通圣虑。然非不务声色，不苟炳烺，亦未必遽能如经之洞奥区、极骨髓若是也。千百世后，读其文，思其人，且将腾跃而入环内，而况韦生亲炙之者哉。

项思尧文集序

（明）归有光

项生以文集求序于归公，时李攀龙与王世贞、谢榛、梁有誉、宗臣、徐中行、吴国伦诸人主盟文坛，公目为妄庸巨子，因借以论文，抒其所自得。世贞大憾，后亦心折，尝赞归公画像曰：“千载有公，继韩、欧阳。余岂异趋，久而自伤。”盖悔之矣。而当其与于鳞辈是古非今，此长彼短，大伤风化，故此篇直指此辈而言。于鳞，攀龙字。

起即提“古”字，伏下，为一篇之主。

永嘉项思尧与余遇京师，出所为诗文若干卷，使余序之。思尧怀奇未试，而志于古之方，其为书可传诵也。

指学李于鳞辈。

此段言今人不知古人。

直斥李于鳞辈。

盖今世之所谓文者难言矣。未始为古人之学，而苟得一二妄庸人为之巨子，争阿和之，以诋排前人。韩文公云：“李、杜文章在，光焰万丈长。不知群儿愚，那用故谤伤！蚍蜉撼大树，可笑不自量。”文章至于宋、元诸名家，其力足以追数千载之上而与之颉颃，而世直以蚍蜉撼之，可悲也。无乃一二妄庸人为之巨子以倡道之欤？

一断。

文章何等。

思尧之文，固无俟于余言，顾今之为思尧者少，而知思尧者尤少。余谓文章，天地之元气，得之者，其气直与天地同流。虽彼其权足以荣辱毁誉其人，而不能以与于吾文章之事，而为文章者亦不能自制其荣辱毁誉之权于己，两者背戾而不一何等身份。

此段正言古文。

应“古”字结。

也久矣。故人知之过于吾所自知者，不能自得也；己知之过于人之所知，其为自得也。方且追古人于数千载之上，大音之声，何期于《折杨》《皇华》之一笑！吾与思尧言自得之道如此；思尧果以为然，其造于古也必远矣。

顶批 按：李于鳞始官刑曹，与濮州李先芳、临清谢榛、孝丰吴维岳辈倡诗社。王世贞初释褐，先芳引入社，遂与攀龙定交。逾年，先芳出为外吏。又二年，宗臣、梁有誉入，是为“五子”。未几徐中行、吴国伦亦至，乃改称“七子”。诸人多年少，才高气锐，互相标榜，视当世无人。七子才名既播，先芳、维岳摈不入，榛亦旋摈，于鳞独为之冠。其持论谓文自西京、诗自天宝以后，俱无足观。此先生所由以蚍蜉之撼为可悲也。 按：《庄子·天地篇》云：“大声不入于里耳，《折杨》《皇华》则嗑然而笑。”盖深痛末俗，迷于至得，愈趋愈失，不可挽回，故设是喻，以见《折杨》《皇华》为世俗之曲，不足以语大声也。先生引此，以明于鳞辈之是非，不足轻重。语虽摘用，实深得庄子辨惑之本旨。

评解 林西仲曰：震川文辉然有元气，当时以为庸，公亦以当时之文为妄，然不能以一胜众，故言自得之道，借题写照。归公之意，言文要学古，不可循今，今人不足以知古文也。此篇真可为此集之序，故以之终焉。以上各篇论文，韩柳所言根本及工夫，是上一等学养，非求速化者。若归公以天地之元气，学古自得为言，大而切实。俱皆绝顶之语，难分优劣，不可偏废，故合选之，读者照此下笔可也。黼按：先生为古文，原本经术，好太史公书，得其神理，尝以司马、欧阳自命。其为制举义，亦湛深经术，卓然成大家。后德清胡友信与齐名，世并称“归胡”。故古文时文，皆传今不朽。“天地同流”之语，不信然哉。

书后　有一代之气运，即有一代之人材。人材者，随气运为转移者也。是故前人之智，后人之师。己所不及者，虽从而师之，不为过，圣贤所以有私淑之教也；己所能及者，即从而友之，不为不及，圣贤所以有尚友之乐也。有明以来，文人辈出，如宋濂、王祎、方孝孺以文雄，杨维桢、张以宁、徐一夔、高启、刘基、袁凯以诗著，要皆承元代虞集、吴澄诸贤之后，以师友而讲贯之。逮弘、正之间，李东阳出入宋、元，溯流唐代，嘉靖之际，王慎中、唐顺之亦皆文宗欧、曾，诗仿初唐，未尝不学古人之学，而自以为是，以日肆诋排也。先生生最后，而其时李攀龙、王世贞之徒为之巨子以倡导之。岂真汉唐以后之人材气运，为不足供其采择欤？抑以自诩过甚，一唱百和，初不知古人之师友乎古人者，不在气运之末数与乎人材之虚名，而在自开其气运，以为国家育人材，尚论乎人材，以为国家回气运也。思尧之序，当日王元美始犹不屈，见而笑曰："妄则有之，庸则未也。"而晚年作赞亦心折。此可见先生所论之深，而元美之能服善矣。然则先生之追维前哲，所以回气运而培人材者，其功又岂在有明诸贤下哉！